Les ombres de Bombay

Du même auteur

L'Attaque du Calcutta-Darjeeling, 2019
(Folio Policier, 2020)

Les Princes de Sambalpur, 2020
(Folio Policier, 2021)

Avec la permission de Gandhi, 2022
(Folio Policier, 2023)

Le Soleil rouge de l'Assam, 2023
(Folio Policier, 2024)

Abir Mukherjee

Les ombres de Bombay

Traduit de l'anglais
par Emmanuelle et Philippe Aronson

Liana Levi

Titre original : *The Shadows of Men*

First published as THE SHADOWS OF MEN in 2021 by Harvill Secker, an imprint of Vintage. Vintage is part of the Penguin Random House group of companies.

ISBN : 979-10-349-0888-2

www.lianalevi.fr

Pour Elora, la meilleure des Mukherjee

Franchita Gonzalez Batlle n'était
pas seulement une traductrice
c'était une amoureuse des mots.
Je lui serai éternellement reconnaissant.

« Même si l'Inde tout entière s'accordait à affirmer
que l'unité hindoue-musulmane est impossible,
moi je proclamerai au contraire
qu'elle est parfaitement possible. »
Mahatma Gandhi

1
Satyendra Banerjee

À mon avis, les hommes sont définis par les ombres qu'ils projettent.

La plupart, malgré leur nombre et leurs efforts, laissent peu de traces. Telles celles des fourmis besogneuses sous le soleil de midi, leurs ombres sont insignifiantes et éphémères. D'autres, comme les arbres de la canopée, en projettent de bien plus vastes, qui éclipsent et influencent tous ceux qu'elles recouvrent. Mais il en est encore d'autres, rares mais redoutables, qui passent inaperçus et qui pourtant bouleversent tout sur leur passage. Dans un monde régi par l'ombre des hommes, ceux qui n'en ont pas sont, et de loin, les plus dangereux.

Il ne s'agit pas ici de l'histoire de Sam, mais de la mienne.

En vérité, je préférerais que *lui* vous la raconte, mais ce n'est pas possible, du moins pas entièrement, dans la mesure où il n'était pas présent. Bien entendu, cela ne l'empêchera pas de vous donner sa version des faits, à vous ou à quiconque susceptible de la lui demander, c'est Sam tout craché, voilà pourquoi vous devez écouter *mon* son de cloche, afin de pouvoir comprendre ce qui s'est réellement passé et pourquoi j'ai fait ce que j'ai fait.

C'est un fardeau dont je me charge avec réticence. Naturellement, Sam ne manquerait pas de me dire: *Saisissez le taureau par ses attributs et tenez bon, Satyen.* C'est quand il se précipite, en général les yeux fermés et tête la première là où les anges eux-mêmes craindraient de s'aventurer, qu'il est le plus heureux.

Même si cela peut sembler précipité, rien ne m'empêche de le faire. Ce n'est pas comme si j'avais actuellement d'autres chats à fouetter, et si je ne suis plus enfermé dans une cellule, mes faits et gestes sont encore limités par les quelques yards que mesure cette cabine et la peur d'être reconnu.

Je passe mes journées à m'efforcer d'accepter les conséquences de mes actes. Selon Sam, j'ai simplement fait ce qu'il fallait faire, et l'idée que l'on me croie coupable le laisse perplexe. Comment pourrait-il en être autrement? Il a beau être le plus aimable des Anglais, il n'en demeure pas moins anglais, c'est-à-dire incapable de comprendre un concept comme l'*izzat*, à savoir la honte que j'ai infligée à ma famille. Comme tous ses congénères en Inde, il vit dans une parfaite sérénité; imperturbable, il demeure aussi insensible au point de vue indien qu'un éléphant face aux aboiements de chiens errants. Même les moins puissants d'entre eux semblent avancer paisiblement dans la vie avec cet air de ceux qui sont nés pour diriger – non pas leur *propre* pays, mais le nôtre.

Mais je lambine alors que je devrais vous raconter l'histoire de ma chute. La première chose à préciser, c'est que je ne suis pas innocent. Mais je ne suis pas non plus coupable de tout ce dont on m'accuse. Toutefois, avec du recul, j'en suis venu à regretter certains actes.

Et pourtant, si c'était à refaire, je ne vois pas comment je pourrais agir différemment. Parfois un homme doit ouvrir les yeux et regarder en face la vérité sur lui-même et les maîtres qu'il sert. Et parfois, il doit se sacrifier pour le bien commun.

Tout a commencé par une convocation: une misérable feuille jaune qu'a agitée sous mon nez Shambu, un planton à face de rat, un larbin qui se croit supérieur à tous les autres larbins du bâtiment sous prétexte qu'il est l'homme à tout faire personnel des *burra sahibs*[1]* du dernier étage. Si le pouvoir absolu corrompt absolument, alors Shambu est la preuve vivante qu'une dose même infime peut s'avérer nuisible.

Dès l'instant où j'ai vu son sourire avec ses dents mal rangées tachées de bétel, j'aurais dû comprendre que tout comme les sombres nuages s'accumulant au sud, les astres s'alignaient contre moi. Il s'est approché de mon bureau en traînant les pieds, m'a tendu la feuille et, les yeux injectés de sang, a désigné d'un doigt crochu le plafond.

« *Borro shaheb-er theke chitee.* »

J'ai vite déplié le bout de papier, puis j'ai retenu mon souffle : j'étais convoqué sur-le-champ au dernier étage. Lord Taggart, le chef de la police, exigeait ma présence. Ce n'était pas la première fois que j'étais convoqué dans le bureau de sa seigneurie. Durant les cinq années précédentes, j'avais pénétré une douzaine de fois voire plus dans le sacro-saint sanctuaire, mais toujours à la demande de Sam ou d'un autre officier britannique, et toujours parce qu'ils avaient besoin du subalterne dévoué pour lever le voile de leur ignorance en matière d'affaires indigènes, ou jouer les paratonnerres à toute critique.

Cette fois, cependant, la missive m'était adressée à moi et à moi seul. J'ai soigneusement placé le message dans les pages de mon carnet avant d'inspirer. Le chef souhaitait *me* voir. Voulait-il me confier une affaire ? Aucun enquêteur indien n'avait jamais dirigé un dossier ; du moins pas à Calcutta. Devant un tel honneur, même mon père m'aurait malgré lui accordé son respect.

---

1. Les mots suivis d'un astérisque sont définis dans le glossaire en fin de volume.

J'ai congédié le planton et, après m'être arrêté devant le miroir des toilettes pour réajuster mon uniforme et peigner mes cheveux d'ordinaire rebelles, je me suis dirigé vers l'escalier, le cœur battant à tout rompre. Quelques minutes plus tard, le secrétaire de Lord Taggart m'a fait entrer dans le bureau de ce dernier.

Sa seigneurie m'a adressé un bref coup d'œil comme pour s'assurer que j'étais bel et bien le bon Indien, avant de retourner aux papiers sur son bureau.

« Sergent Banerjee. Asseyez-vous. »

J'ai obtempéré et il a continué pendant près d'une minute à parcourir ses documents tandis que je fixais la rangée de rubans bariolés sur sa tunique d'un blanc immaculé. À plusieurs occasions bien arrosées, Sam, qui a travaillé pour Lord Taggart pendant la guerre, m'a régalé de récits sur ses missions pour le chef de la police. Une ou deux fois, d'humeur particulièrement enjouée, il a même daigné avoir quelques paroles aimables sur l'homme, mais comme je le dis, une ou deux fois seulement.

Lord Taggart a enfin levé les yeux. Je me souviens que l'espace d'un instant, la lumière filtrant par les portes-fenêtres et se reflétant sur les verres de ses lunettes, je n'ai plus vu ses yeux et il m'a presque fait l'effet, avec son teint pâle et sa tunique blanche, d'un fantôme. Comment aurais-je pu savoir, alors qu'il commençait à parler, que ma vie allait voler en éclats et que ses mots déclencheraient une succession d'événements qui m'amènerait à être accusé d'une liste de crimes aussi longue qu'un python ?

« Dites-moi, sergent, que savez-vous de Farid Gulmohamed… ? »

2
Sam Wyndham

Quant à *moi*, j'ai pris connaissance de cette affaire lorsqu'un agent de police est venu frapper à ma porte avec dans une main une torche électrique et dans l'autre une enveloppe. Il était minuit passé, mais le type ne m'a pas réveillé puisque je venais juste de rentrer. La soirée avait été longue, chaude et contrariante ; je l'avais passée dans un coin sordide du nord de Calcutta qui pue les égouts et où les familles, lorsqu'elles ont une pièce pour vivre, s'y entassent à six ou sept, dorment sur des nattes et ont tout juste assez de riz et de dhal pour subsister.

J'étais allé là-bas voir un certain Uddam Singh, Uddam le Lion, ce qui peut sembler de prime abord impressionnant, sauf que dix pour cent de la population du pays s'appelle Singh. Uddam, originaire de la misérable province du Bihar, était venu sans le sou à Calcutta, et ce n'est qu'au prix d'un travail acharné et d'un penchant pour les égorgements qu'il est devenu le chef du gang qui contrôle quasiment la moitié du trafic de stupéfiants et des réseaux de prostitutions de la ville, ainsi que quelques autres activités illicites.

Nous nous étions retrouvés – il n'y avait pas plus à propos – dans Gola-katta Gullee, la rue Coupe-gorge, venelle aux odeurs nauséabondes bordée d'hôtels borgnes et de bouges où des chiens apathiques rôdent en meutes et des vaches itinérantes broutent dans un tas d'ordures à ciel ouvert.

Nous devions discuter de l'avenir de Vinay, le fils cadet de Singh. Son aîné, Abhay, avait été assassiné deux semaines plus tôt, et Satyen et moi avions été appelés dans le sud de la ville où nous avions trouvé son corps abandonné sur un chemin près du chantier naval de Kidderpore, une lame de six pouces plantée dans l'œsophage.

Il s'agissait du dernier d'une série de meurtres plutôt désagréables : des règlements de compte dont les victimes, ou selon votre point de vue les participants, avaient perdu la vie à cause du sale conflit territorial entre deux gangs indigènes se disputant le contrôle d'une partie des activités les moins recommandables de la ville.

En temps normal, nous les aurions laissés se débrouiller, naturellement sous l'œil attentif de la brigade des mœurs. Personne n'a envie que les Britanniques ou encore moins la presse internationale se penchent sur ce genre de sujet, et vu nos maigres ressources, nous aurions allègrement laissé ces voyous s'entretuer. Le problème cette fois c'était que les gangs en question n'étaient pas seulement de quartiers différents, mais de religions différentes, et nous avions appris à nos dépens que lorsque la religion s'en mêle, la mort de quelques *goondahs** peut vite devenir un massacre de masse entre hindous et musulmans.

L'assassinat du fils de Singh avait tout l'air d'une escalade. Il y a une forme d'honneur chez les gangsters, une sorte d'accord tacite, qui veut que les proches des rois de la pègre sont intouchables. Le meurtre d'Abhay était peut-être une terrible erreur, mais mon instinct me disait le contraire. Il n'avait aucune raison de se trouver dans le sud de Calcutta, si loin du territoire de son père dans le nord. J'avais l'impression qu'il s'agissait d'un coup monté, son père semblait avoir le même sentiment que moi, et il était bien décidé à se venger.

Et c'est là que Satyen et moi sommes entrés en action, ou du moins que *je* suis entré en action, parce que Satyen n'est jamais venu. Normalement, je ne me serais pas formalisé, j'aurais poursuivi et passé ensuite un savon au sergent, mais sur ce coup-là, sa présence était vitale, dans la mesure où c'était lui qui au départ avait eu l'idée lumineuse d'arrêter Vinay Singh.

Tout le plan venait de lui. Il y avait pensé en vue de calmer Lord Taggart, que la guerre qui avait éclaté dans sa ville semblait mettre dans tous ses états.

« Bon sang, c'est quoi toute cette violence ? » avait-il aboyé par-dessus le no man's land qu'était sa table de travail, et il allait sans dire que Satyen et moi n'en savions absolument rien. Peut-être n'était-ce après tout qu'un simple conflit territorial ; ou l'imminence des élections municipales ; ou bien les gangs, comme tout le monde en 1923, avaient-ils un peu perdu la tête. Quelle que soit la cause, Taggart voulait que cela cesse séance tenante.

Une semaine plus tard, alors que nous admirions le corps sans vie d'un autre abruti, un musulman cette fois auquel on avait coupé l'oreille et soigneusement tranché la gorge, Satyen a eu son idée de génie.

« On devrait coffrer cet idiot de Vinay Singh. »

Il m'a fallu un moment pour replacer l'idiot en question.

« Vous savez, le fils cadet d'Uddam Singh. »

Le fils tient de son père, à la fois pour sa tête en forme d'obus et sa propension à tailler aux gens des seconds sourires. Ce qui lui manque néanmoins, c'est l'instinct de survie de son père – que certains qualifient de chance pure et simple, mais que je mets pour ma part sur le compte d'une forme d'intelligence primitive.

« Vous croyez qu'il est impliqué ?

– Ce n'est pas le problème, m'a répondu Satyen. Ce qui compte, c'est que rien ne prouve le contraire. »

Je me suis demandé ce qu'il était advenu du jeune imbécile idéaliste que j'ai pris sous mon aile voici près de cinq ans.

« Vous voulez lui faire porter le chapeau ? Il faudrait peut-être vous transférer aux mœurs. Ou mieux encore, à Scotland Yard. »

Il a secoué la tête. « Je ne dis pas qu'on va l'inculper, on va juste *menacer* de le faire. Ou plutôt, on va menacer son *père* de le faire. »

J'ai commencé à comprendre où il venait en venir.

« Vous voulez arrêter Vinay Singh et dire ensuite au paternel qu'on va envoyer son fils croupir aux îles Andaman sauf s'il appelle à la cessation immédiate des hostilités avec les musulmans ? »

Il a souri. « Pourquoi pas ? »

Pourquoi pas ? J'aurais pu lui dire qu'il était malhonnête d'arrêter un homme innocent afin de faire pression sur sa famille. J'aurais pu lui dire qu'aucun tribunal digne de ce nom dans le pays ne le condamnerait sans preuves. Et j'aurais pu lui dire que lorsqu'on renie une fois ses principes il devient difficile de ne pas le faire les fois suivantes. Mais évidemment je ne lui ai rien dit de tout cela, à quoi bon. La vérité, c'est que le système judiciaire que nous administrons dans ce pays ne se préoccupe guère de l'éthique, ni de l'innocence d'un homme s'il a la peau brune et si ceux qui l'accusent ont la peau blanche ; et quant au fait d'hypothéquer son âme immortelle, j'étais mal placé pour conseiller à Satyen de ne pas le faire dans la mesure où j'ai vendu ou du moins égaré les titres de propriété de la mienne depuis belle lurette.

« Effectivement, pourquoi pas ? » ai-je répondu.

Et c'est ce que nous avons fait. Peu après, Satyen a arrêté le salaud, le sortant du lit, l'arrachant des bras de son épouse et le traînant dehors en étant sûr de déclencher suffisamment de cris pour que son père soit mis au courant avant même que le jeune Vinay ait eu le temps d'enfiler un pantalon. Après quoi, nous avons attendu vingt-quatre heures, le temps de laisser Vinay transpirer dans sa cellule et son père mijoter en se demandant ce qu'on allait faire de son fiston.

Nous l'avons finalement contacté via un des gamins des rues qu'il utilise pour transporter de la drogue, et lui avons proposé un rendez-vous dans Gola-katta Gullee. Satyen et moi étions censés expliquer à Singh senior que le meilleur moyen de mettre un terme à cette situation fâcheuse serait de tirer un trait sur sa petite guerre contre les musulmans, et qu'ensuite nous pourrions être disposés à laisser son fils sortir du trou avec sa belle gueule et ses dents intactes.

Tout marchait comme sur des roulettes jusqu'à ce que Satyen décide de ne pas se pointer.

« Où est-il, bon sang, ce connard de Banerjee ? »

Uddam Singh, le visage grêlé comme la peau d'un ananas et luisant de transpiration, se curait les dents avec une écharde de bois. Il n'était pas du genre à apprécier les retards, même ceux de membres de la police impériale, peut-être parce que bon nombre d'entre eux étaient à sa solde.

« Il va arriver », ai-je répliqué, mais vingt minutes plus tard j'en étais beaucoup moins sûr.

Singh a signifié sa désapprobation d'un hochement de tête et deux gros bras m'ont aussitôt plaqué contre un mur pendant qu'il appuyait une lame sur ma gorge.

« Vous vous moquez de moi, Wyndham sahib ? Vous ne me croyez pas capable de tuer un officier *gora*[*] ? »

J'ai senti la caresse de l'acier sur ma jugulaire, et même si j'aurais eu bien besoin d'un bon rasage, Singh n'était pas connu pour être un barbier hors pair.

« Allez-y et vous ne reverrez jamais votre fils vivant. »

Le vieux s'est radouci, je lui en ai su gré, et il a écarté la lame d'un demi-pouce. C'est typique des Indiens. Leurs enfants constituent leur point faible. Tous, même les patrons sanguinaires de la pègre apparemment, couvent leur progéniture comme une poule ses poussins. D'après ce qui se dit, les pères vont même jusqu'à enlacer leurs rejetons ce qui, d'un point de vue britannique, est franchement plutôt inquiétant.

« Deux heures, a décrété Singh. Amenez-le ici, ou il y aura du grabuge. »

J'ai réajusté ma chemise, maudit Satyen par-devers moi et pris mes cliques et mes claques pour partir à sa recherche.

Après avoir passé une heure à le chercher en vain de Lal Bazar à Cossipore, je suis rentré dans l'appartement que nous partageons dans Premchand Boral Street en espérant qu'il soit rentré ou qu'il y ait au moins laissé un message. Hélas, il n'avait fait ni l'un ni l'autre, alors je me suis servi un whisky et suis sorti sur le balcon le boire dans l'espoir, sinon de trouver l'inspiration, du moins de comprendre un peu mieux la situation. Malheureusement, j'en suis resté au même point, et j'ai maudit Satyen, j'ai maudit Uddam Singh, et pour finir j'ai maudit M. Gandhi.

Cela peut paraître sévère, mais tel que je voyais les choses, le Mahatma avait une grande responsabilité dans tout ce qui se passait. Cette vision de l'Inde pacifiste et tolérante qu'il avait vendue à des millions de personnes enthousiastes s'était en l'espace de quelques mois réduite en cendres et tout n'était plus que haine et bain de sang communautaire.

Dans les clubs, sur les terrains de cricket et autres bastions du pouvoir britannique, les hommes proclamaient qu'il se défilait. D'autres étaient d'avis que les indigènes allaient toujours échouer face à la détermination britannique. Ce qui était certain, c'était qu'après un an de grève générale et de sacrifice suprême de la part de ses partisans, le Mahatma, dans un nuage de fumée sacrée, avait tout laissé tomber pour disparaître dans son ashram et nourrir ses chèvres. Il soutenait qu'il faisait pénitence après qu'une vingtaine de policiers avaient été tués par une foule pro-indépendance dans un village perdu quelque part dans les Provinces unies, mais nombreux étaient ceux qui n'y voyaient qu'une forme de capitulation. Le Mahatma avait entamé un jeûne pour avoir attisé les passions et le vice-roi ainsi que les hommes du palais du gouvernement avaient applaudi sa décision, attendu quelques semaines puis l'avaient promptement arrêté pour sédition avant de l'expédier en prison pour six bonnes années.

Depuis, et sans Gandhi pour maintenir l'unité, le mouvement indépendantiste s'était effondré et était devenu un bourbier de luttes intestines et de récriminations mutuelles. La décision d'organiser des élections – non pas des élections nationales, nous ne sommes pas si stupides, mais des élections municipales –, élections qui allaient avoir lieu dans quelques semaines seulement, n'aidait pas.

L'imminence de ces élections avait provoqué une scission au sein du parti du Congrès et rouvert les blessures que les Indiens s'étaient toujours infligées. Les pressions qui couvaient sous la surface – les tensions entre hindous et musulmans, entre classes inférieures et supérieures, entre propriétaires terriens et paysans – explosaient désormais, et naturellement nous nous empressions d'exploiter tout cela. Après tout, on ne crache pas dans la soupe. Pas quand on est anglais.

La presse a commencé à affirmer que le Congrès était le parti des hindous, et les musulmans se sont mis à le quitter en masse. Après quoi, des émeutes religieuses ont éclaté aux quatre coins du pays. De notre côté, nous avons appelé cela le *communautarisme*, façon polie et aimable de désigner ce qui en fin de compte était une boucherie généralisée d'êtres humains croyant en un dieu différent.

Quant à Calcutta, s'il devait y avoir du grabuge, on pouvait parier sa dernière roupie que ses habitants seraient parmi les premiers à se jeter dans la mêlée et à prendre les armes même contre des voisins aux côtés desquels ils vivaient depuis des générations. La violence entre gangs hindous et musulmans semblait annoncer quelque chose de plus vaste, et à moins de renfermer Uddam Singh dans sa boîte, les choses ne tarderaient pas à empirer.

Voilà pourquoi je me trouvais à minuit passé sur le balcon à boire du whisky lorsque l'agent de police a débarqué en vélo, frappé à ma porte et m'a tendu un message m'informant que Satyen avait été arrêté pour meurtre.

3
Sam Wyndham

La banlieue de Budge Budge a tout le charme d'une tranchée en temps de guerre, et pour un policier, elle est quasiment aussi dangereuse. Ce n'était pas la première fois que je me félicitais d'être à bord d'une voiture rapide conduite par un chauffeur aguerri, et protégé par la nuit. Tandis que la Wolseley passait à toute allure devant des usines délabrées et des quais fantômes, je me demandais à quoi Satyen pensait à traîner dans un endroit pareil et, encore plus important, pourquoi il avait éprouvé le besoin de se faire arrêter pour meurtre.

Le commissariat avait l'air d'être en état de siège, avec ses volets brûlés et criblés de cratères devant des fenêtres à barreaux et ses portes en bois cuirassées d'acier. La voiture s'est garée et je suis descendu. Des éclats de verre dans la poussière ont crissé sous mes bottes. Hormis un chien errant au poil gris couché devant le bâtiment qui rongeait le tibia d'un animal n'en ayant probablement plus besoin et qui s'est mis à grogner alors que je passais devant lui, la rue semblait déserte.

Les portes étaient fermées, ce qui était logique. C'était sans doute inutile de les renforcer si on les laissait grandes ouvertes, et quoi qu'il en soit, ce n'était pas le genre de quartier où les habitants se présentaient au commissariat pour déposer un portefeuille perdu.

J'ai frappé du poing sur le battant, après quoi j'ai appelé en anglais, ayant compris depuis bien longtemps qu'un emploi judicieux de cette langue aide souvent les gens à se dépêcher, ce qui permet d'accélérer les processus qui sinon prennent beaucoup plus de temps.

Sans surprise, le judas s'est aussitôt ouvert et un globe oculaire au blanc jaunâtre m'a examiné. J'ai regardé mon chauffeur, Shiva. Je n'étais pas très enthousiaste à l'idée qu'il m'attende seul dehors, cible parfaite ; je lui ai donc fait signe de me suivre mais il a secoué la tête. Il aime cette voiture autant que sa propre famille. C'est seulement lorsque j'ai franchi le seuil de ce *thana** aux airs de forteresse que je me suis dit que d'autres raisons expliquaient peut-être sa réticence. Si le pire devait arriver, si nous nous faisions soudain attaquer par une foule, avec la voiture il aurait au moins une chance de s'échapper. Moi, je serais coincé dans le commissariat avec les agents, fin prêts à nous faire rôtir comme des poulets.

L'air à la fois méfiant et désabusé, le flic qui m'a ouvert la porte a tenté un salut mais son bras s'est arrêté à mi-chemin avant d'atteindre sa tête. Je comprenais ce qu'il ressentait. Il était tard et j'étais trop fatigué pour plaisanter donc je suis allé droit au but.

« Où est-il ? »

L'agent a hoché la tête. « Suivez-moi, monsieur. »

L'environnement était spartiate : une pièce unique avec quelques agents avachis mollement contre des murs nus ; un petit bureau à la porte entrebâillée ; un couloir menant aux cellules. S'il y avait l'électricité, quelqu'un l'avait coupée parce que seule la lueur tremblotante d'une lampe tempête éclairait les lieux. Une odeur de pétrole et de pisse flottait dans l'air.

Vêtu d'une chemise maculée de suie et de taches de sang, Satyen était assis sur un banc derrière les barreaux d'acier d'une cellule en béton. Son visage portait toutes les traces de ce que l'on appelle dans le métier une *arrestation musclée* : une lèvre fendue et un œil tuméfié, quasiment fermé. Cependant, son autre œil a semblé surpris de me voir.

J'ai secoué les barreaux de sa cellule et crié à l'agent de police qui tuait le temps assis à un bureau à deux pas « Ouvrez cette maudite porte ! »

L'homme s'est aussitôt précipité en brandissant, dans un tintement métallique, un trousseau de clés.

« Qu'est-ce qui se passe, Satyen, bordel ? » me suis-je exclamé.

Le sergent s'est levé en titubant.

« Ce n'est pas ce que... »

Je lui ai fait signe de se taire en attendant que l'agent ouvre la porte, après quoi j'ai ordonné à ce dernier ainsi qu'à son collègue d'attendre dehors avec les autres policiers. Une fois seul avec Satyen, je lui ai dit de se rasseoir.

« Qu'est-il arrivé à votre visage ? »

D'une main il a effleuré sa joue violette.

« J'ai eu une petite altercation avec les agents qui m'ont arrêté.

– Heureusement qu'elle n'était que *petite*, ai-je remarqué. Si ça avait été plus sérieux, ils vous auraient peut-être tué. Qu'avez-vous fait ? »

Satyen s'est rassis tout en restant résolument muet. Je me suis passé une main dans les cheveux. « Il paraît que vous avez tué un homme et mis le feu à sa maison. »

Il a levé la tête et m'a fixé de son œil intact.

« Je ne l'ai pas tué. »

S'il niait catégoriquement le meurtre, quelque chose dans sa voix laissait planer le doute.

« Et le bâtiment ? Vous n'avez pas essayé d'y mettre le feu ? »

Satyen est resté silencieux un instant avant de répondre : « Non... Enfin si, j'ai peut-être mis le feu, mais pas pour... » Il s'est interrompu en soupirant. « C'est très difficile à expliquer.

– Eh bien, vous avez intérêt à trouver le moyen d'y arriver, ai-je rétorqué. Vous êtes sous le coup d'une inculpation pour meurtre, incendie criminel et délit de rébellion. C'est plus que suffisant pour finir au bout d'une corde. »

Satyen a secoué la tête.

« Ils ne peuvent pas me pendre », a-t-il affirmé avec un degré d'assurance qui, compte tenu des circonstances, semblait complètement irréfléchi.

« Bien sûr qu'ils le peuvent, ai-je répliqué. Bon, dites-moi ce qui s'est passé pour que je vous sorte de là. »

Une goutte de sueur coulait sur sa tempe. Il a de nouveau secoué la tête.

« Je ne peux pas, mais je dois impérativement parler à Lord Taggart. Il faut que vous lui transmettiez le message.

– Pourquoi ?

– Parce que le macchabée dans la résidence… c'est Prashant Mukherjee. »

Le nom m'a frappé comme le sabot d'une mule. Mukherjee était un prétentieux de tout premier ordre. De caste supérieure, pompeux et donneur de leçon, c'est le genre d'hindou grâce auquel j'ai compris pourquoi tant de Bengalis de castes inférieures se convertissent à d'autres religions. Mais pour une certaine catégorie d'hindous, principalement issus des castes supérieures, familiers de l'échec et habitués à rejeter sur les envahisseurs étrangers et les usurpateurs musulmans tous les problèmes qui les minent, Mukherjee était un héros : le saint homme hindou à la voix douce paré d'un vernis intellectuel dont les paroles justifiaient la violence commise par ses coreligionnaires les plus radicaux du Shiva Sabha.

« Bon sang, Satyen, me suis-je exclamé. De tous les meurtres auxquels vous auriez pu choisir de vous mêler, vous avez opté pour celui de Prashant Mukherjee ?

– Je n'emploierais pas le verbe choisir, a-t-il relevé.

– Qu'est-ce que je suis censé faire maintenant ? J'ai dit à Uddam Singh que je vous mettrais la main dessus et que nous le retrouverions dans une demi-heure pour parler de son fils. Si on lui pose un lapin, il mettra votre tête à prix.

– Uddam Singh devra attendre, a-t-il déclaré. La priorité, c'est d'abord de parler à Lord Taggart. Sans lui, je suis déjà mort. »

4
Satyendra Banerjee

Qu'est-ce que je savais de Farid Gulmohamed ?

C'était une bien curieuse question que me posait le chef de la police. Je ne suis qu'un simple flic de Calcutta, et hindou avec ça. En revanche, Gulmohamed, qui travaille dans la finance à Bombay, est un éminent politicien – un chef de file de l'Union de l'Islam, connu pour son éloquence et ses costumes sur mesure. Tout ce que je savais de lui provenait des quelques articles que j'avais lus, tous empreints de cette méfiance sourde à l'égard de nos frères mahométans que l'on inculque à la plupart des hindous dès leur plus jeune âge. J'ai partagé avec Taggart la première partie de cette réflexion et gardé la seconde sous silence. Je n'ai reçu pour toute réaction qu'un grommellement.

« Il est ici. À Calcutta. Il est arrivé hier soir par l'Imperial Mail. Apparemment pour un rendez-vous d'affaires, mais avec les élections qui s'annoncent, je veux être sûr que c'est uniquement pour ça qu'il est venu. Et c'est là que vous avez un rôle à jouer. »

Il a marqué une pause, puis a inspiré comme le font les astrologues de Camac Street quand ils sont sur le point d'annoncer une nouvelle capitale. J'ai imploré silencieusement Maa Durga en me préparant au pire.

« Je veux que vous le preniez en filature. Que vous me rapportiez tous ses faits et gestes : avec qui il a rendez-vous, quand et où. »

Mon enthousiasme initial à l'idée de me voir confier une mission s'est aussitôt voilé d'un millier de questions. Comment étais-je supposé prendre en filature Gulmohamed ? J'avais peu d'expérience en la matière. Comment exactement allais-je accomplir ce que Taggart attendait de moi ? Et où était Sam ? Pourquoi le chef n'avait-il pas jugé bon de le convier ?

Comment allais-je expliquer à Lord Taggart que si pour lui nous étions tous identiques, un hindou filant Gulmohamed dans les quartiers musulmans de la ville serait aussi repéré que s'il assistait, lui, à une réunion de suffragettes ? J'ai finalement décidé de tempérer mes questions et taire mes inquiétudes, et de toute façon Lord Taggart a balayé d'un revers de main tout éventuel commentaire de ma part.

« Je ne vous demande pas de le suivre dans une mosquée et de prier en direction de La Mecque. Si le cas se présente, contentez-vous de l'attendre dehors, à bonne distance. »

Il semblait grossier de souligner qu'en fonction de la mosquée et du quartier dans lequel elle était susceptible de se trouver, une bonne distance pourrait vouloir dire plusieurs miles. Avec du recul, j'aurais dû le faire. Cela lui aurait peut-être épargné des ennuis et j'aurais sans doute évité de me retrouver sous le coup d'une peine capitale. Le recul, c'est bien beau, mais inutile. Ce qui importe c'est le *kismet*, la volonté des dieux.

Toutefois, je lui ai posé une ultime question. *Pourquoi moi ?*

Cela a paru le surprendre.

« Vous êtes un agent d'expérience, n'est-ce pas ? »

Jamais un officier britannique ne m'avait jusqu'alors considéré de la sorte, et d'ailleurs mon salaire en était la preuve.

« Je n'ai pas été formé à filer des suspects, monsieur. »

Il s'est enfoncé dans son siège et a secoué la tête.

« Bien vu, sergent. Sauf *qu'aucun* agent indigène n'est formé à la filature ; en tout cas je n'en ai pas sous la main. Les *wallahs** du renseignement de la Section H en ont peut-être, mais je n'ai pas l'habitude de demander de l'aide à l'armée.

– M. Gulmohamed restera ici combien de temps ?

– Deux jours. Vous aurez besoin d'un homme pour vous remplacer la nuit ; assurez-vous que Gulmohamed ne sorte pas de chez lui le soir. Je vous laisse gérer la logistique. »

Et nous en sommes restés là. Après m'avoir transmis ce qu'il savait sur les plans d'hébergement de Gulmohamed, Taggart m'a congédié en désignant la porte d'un signe de tête.

Je me suis levé, l'ai salué et alors que je me dirigeais vers la sortie, il m'a interpellé : « Et Banerjee. Inutile de parler de tout ça au capitaine Wyndham. »

5
Sam Wyndham

Je n'ai guère apprécié que Satyen soit si réticent à se confier à moi et encore moins l'idée de jouer les messagers entre lui et Lord Taggart, et je lui ai dit le fond de ma pensée. Mais il peut être sacrément têtu quand il veut, et il a tendance à choisir pour ce faire le pire moment. Il était deux heures du matin, il était couvert d'ecchymoses et j'étais trop fatigué pour discuter.

Réveiller Lord Taggart à cette heure tardive semblait ridicule, ce qui me donnait encore moins envie de le faire, mais j'avais besoin que Satyen sorte de cette cellule pour l'emmener voir Uddam Singh, même si nous avions quelques heures de retard.

Par ailleurs, il fallait prendre en considération les réactions potentielles à la mort de Mukherjee. Il y aurait des problèmes lorsque la nouvelle deviendrait publique. Surtout si les gens pensaient qu'il avait été tué par la police. S'ils découvraient que le suspect était détenu dans le thana du quartier, il y avait de fortes chances qu'ils incendient les lieux avant le lever du soleil. À tout bien considérer, il y avait suffisamment de raisons pour priver le chef de quelques heures de sommeil.

Aussi ai-je sommé l'agent de me laisser sortir et de renfermer Satyen dans sa cellule. Je me suis dirigé vers la porte tout en donnant au préposé quelques conseils.

« L'homme dans cette cellule. Vous savez qui c'est ? »

Le type a secoué la tête. « Non, sahib.

– C'est le sergent Satyendra Banerjee. Un gros bonnet de Lal Bazar. »

Mon interlocuteur a écarquillé les yeux comme des soucoupes.

« Sergent ?

– Exactement, et c'est un ami personnel de Lord Taggart. »

L'homme en est resté bouche bée.

« *Laat sahib ?*

– Lui-même. Maintenant, de vous à moi, le sergent Banerjee va être libéré demain matin à la première heure, et je pense qu'il sera plutôt fâché de la raclée que vous et vos hommes lui avez infligée. Donc si vous tenez à vos postes, vous feriez bien de vous assurer que le restant de son séjour ici soit aussi agréable qu'une nuit au Grand Hotel. Compris ? »

En souriant intérieurement, je l'ai laissé tant tremblant. Il n'y a rien de tel que de flanquer une bonne frousse à quelqu'un pour se sentir mieux soi-même lorsque l'on est dans une situation délicate.

Dehors, Shiva était appuyé contre le capot de la Wolseley et tirait sur un *bidi* en tapant la poussière du bout de son *lathi** avec une régularité de métronome.

« *Shob theek aché ?* » ai-je demandé.

Il a craché par terre et immobilisé son lathi sur le marchepied.

« Rien à signaler, sahib. »

Le trajet jusqu'à la résidence de Taggart s'est déroulé sans que je m'en rende compte. Les rues étaient tranquilles et j'étais tellement absorbé dans mes pensées que même les nids-de-poule de Budge Budge n'ont pu m'en détourner. Nous n'avons pas tardé à arriver dans White Town, une partie complètement différente de la ville où le panorama est somptueux, les chaussées lisses. Toutefois, même là, dans ce bastion britannique, l'autre Inde fait sentir sa présence. Shiva s'est arrêté au poste de contrôle – un sac de sable et une cahute entourée de fil barbelé – qui marquait l'entrée de la rue de Taggart.

Un agent sikh au visage de marbre, fusil prêt à l'emploi, a scrupuleusement examiné ma carte avec un mélange de méfiance et de diligence avant d'enfin daigner nous faire signe de passer.

Un peu plus loin dans la rue, après une boîte aux lettres rouge et un nid de mitrailleuse discrètement dissimulé derrière une haie, se trouvait l'allée de la maison de Taggart, barrée par un système de sécurité digne de Buckingham Palace ou de la banque centrale d'Angleterre. Cette fois un jeune officier anglais avec un fort mais distingué accent de Londres a non seulement inspecté nos papiers mais nous a posé aussi des questions.

« Pourquoi voulez-vous voir le chef de la police, monsieur ? … Vous savez quelle heure il est ? … Est-ce que le chef de la police vous attend ? »

J'ai limité mes réponses à de vagues monosyllabes et le jeune homme a fini par décrocher un téléphone pour parler à son supérieur, je le suppose, à l'intérieur de la résidence de Taggart. La réponse ne s'est pas fait attendre et, rigide, au garde-à-vous, le jeune homme d'un hochement de tête nous a autorisés à pénétrer dans le sanctuaire.

Shiva s'est garé sous le porche et je suis sorti de voiture au son des cigales chantant dans les arbres. Un domestique en uniforme m'a invité à monter les quelques marches, et je suis entré dans un vestibule au sol en damier où m'attendait l'ordonnance de Taggart, un certain Villiers, massif Irlandais du Nord fort comme un taureau et avec un visage taillé à la serpe. On aurait dit qu'il avait enfilé à la hâte son pantalon et sa chemise. J'ai apprécié l'effort.

« Capitaine Wyndham. Il est plutôt tard pour une visite de courtoisie, vous ne croyez pas ?

– Pas pour moi, Villiers, ai-je répliqué. Vous avez réveillé le patron ? »

L'ordonnance m'a regardé de travers. Comme bon nombre d'Irlandais du Nord, il est très à cheval sur le protocole et n'aime guère que j'évoque sa seigneurie en lui manquant de respect. « Lord Taggart a été informé de votre arrivée. Il va descendre d'un moment à l'autre. Dans l'immédiat, il a demandé que vous l'attendiez dans son bureau. »

Le bureau de Lord Taggart ressemblait beaucoup à celui de Lal Bazar : même odeur de tabac, mêmes dimensions démesurées. Je me suis installé confortablement dans l'un des nombreux fauteuils Chesterfield qui parsemaient la pièce tels des îlots dans un océan de parquet et me suis efforcé d'organiser mes pensées. Mais avant que j'aie le temps d'élaborer quoi que ce soit, la porte s'est ouverte et sa seigneurie a pénétré dans la pièce drapée dans une robe de chambre, le visage aussi gris que ses cheveux.

Je me suis levé pour me mettre au garde-à-vous.

« Asseyez-vous, Wyndham, a-t-il dit en s'approchant, et dites-moi ce qu'il y a de si diablement urgent pour que vous ayez cru bon d'obliger ce pauvre Villiers à s'habiller en pleine nuit.

– C'est Banerjee, monsieur. Il a été arrêté pour meurtre.

– Quoi ?

– Et ce n'est pas le pire. La victime est Prashant Mukherjee. »

Médusé, Taggart s'est immobilisé, manifestement peu enclin à admettre ce qu'il venait d'entendre, comme s'il était encore au fond de son lit et que tout cela n'était qu'un mauvais rêve.

« Pourquoi diantre aurait-il fait ça ?

– Il affirme qu'il n'a rien fait, mais les flics du quartier l'ont arrêté alors qu'il tentait d'incendier la maison de Mukherjee. Ce qu'il ne nie pas. »

Le chef de la police s'est dirigé vers le bar et s'est emparé d'une carafe pour se servir une bonne dose de breuvage.

« Il ne faut pas que cette information s'ébruite. Si la rue apprend que Mukherjee a été assassiné, nous le paierons très cher. »

Si la rue apprend... à mon avis, il n'y avait quasiment aucune chance que ce ne soit pas le cas. Calcutta a beau être une ville d'un million d'habitants, en ce qui concerne les potins, elle a tout d'un village, et les scandales se propagent aussi vite que des virus. Et comme avec n'importe quel virus, il y aurait des morts. Le prix serait sanglant.

Taggart s'est passé une main sur le visage. Pour quelqu'un à la tête de la police impériale, il semblait étonnamment nerveux. Cependant, je pouvais le comprendre. Une telle autorité ne va pas sans le terrible poids de la responsabilité.

Les maudites élections devaient avoir lieu quelques semaines plus tard, et la ville était une poudrière. C'était palpable : une tension, une énergie contenue, explosive flottait dans l'air, imprégnant la chaleur oppressante comme si la fin du monde était proche. Avec l'effondrement du mouvement de protestation de Gandhi, les habitants de Calcutta étaient tombés dans un marasme de découragement. Le désarroi avait cédé la place à la déception, la déception à la colère. Et les Bengalis s'y connaissent en matière de colère, surtout lorsqu'elle est politique. Personne ne sait l'exprimer mieux qu'eux, chose étonnante dans la mesure où ce n'est pas la stature physique qui les caractérise. Pour des gens petits, ils peuvent se montrer remarquablement violents – comme les Écossais, mais en moins baraqués. Et s'ils ne rechignent pas à user de leurs poings, de leurs dents ou de leurs bottes, ils sont surtout doués pour les actes exigeant ingéniosité et préméditation malveillante – voire essence et boîte d'allumettes.

En effet, pour un peuple qui s'enorgueillit de son amour pour les arts, les Bengalis sont admirablement prompts à mettre le feu chaque fois que les choses ne vont pas dans leur sens. Et les cibles de leurs représailles incendiaires sont diverses et variées : bâtiments, tramways, autres Bengalis… en particulier ceux qui pratiquent une religion différente de la leur.

« Qu'est-ce qui lui a pris, bon Dieu ?

– Il n'a pas voulu me le dire, monsieur. Il a affirmé qu'il ne parlerait qu'à vous et que vous seul pourriez le sortir de là. J'ai eu la nette impression, monsieur, qu'il avait le sentiment d'agir sous vos ordres. »

J'ai senti son regard glacial se poser sur moi.

« Vous pensez que c'est *moi* qui lui ai ordonné de tuer Mukherjee ?

– Non, monsieur. Comme je l'ai dit, le sergent réfute avoir tué qui que ce soit. Mais il insiste, c'est à vous et à vous seul qu'il parlera. »

Taggart a bu une longue gorgée méditative, après quoi il s'est dirigé vers le fauteuil de son bureau. S'asseyant, il s'est emparé d'un stylo et d'une feuille de papier et a griffonné quelques mots avant d'y apposer sa signature dans un grand geste.

« Tenez, dit-il, en me tendant la missive. Faites-le sortir et ramenez-le ici dès que possible. »

6
Satyendra Banerjee

J'ai regagné mon bureau dans un état second, ignorant les appels et les regards curieux de mes collègues, et j'ai réfléchi aux ordres du chef. Pour prendre en filature Gulmohamed, j'allais d'abord devoir le trouver. Le chef savait peut-être par quel train il arrivait, mais il ignorait où il prévoyait de loger, où il se rendrait et qui il était censé voir.

Un tuyau d'un collègue de Bombay, avait-il déclaré, mais cette information avait déjà plus de douze heures. Gulmohamed pouvait se trouver n'importe où à présent. Cependant, on a tendance dans une ville étrangère à rechercher les lieux familiers. Gulmohamed étant une figure prééminente de l'Union de l'Islam, le parti politique mahométan, il semblait plus que probable, à quinze jours des élections, qu'il soit à Calcutta pour des raisons politiques plutôt que financières. Il était donc raisonnable de penser que les cadres de l'Union locale étaient au courant de sa venue. Leurs bureaux dans Chowringhee me paraissaient être un bon endroit pour commencer.

J'allais bien sûr devoir d'abord me changer. En quittant Lal Bazar, j'ai hélé un rickshaw en maraude pour me rendre dans l'appartement de Premchand Boral Street que je partage avec Sam. Mon arrivée soudaine à cette heure inhabituelle a surpris Sandesh, notre domestique, que j'ai découvert vautré sur le canapé en train de faire la sieste comme un bienheureux. Mais j'ai aussitôt flanqué une bonne frousse au fripon fainéant, et quelques minutes plus tard il s'activait dans l'appartement pris d'un soudain élan ménager.

L'habit fait le moine, comme disent les Britanniques, et des vêtements différents font des hommes différents, et alors que Sandesh m'apportait une tasse de cha, j'ai opté non pas pour un kurta et un dhoti, tenue traditionnelle des hindous de caste supérieure, mais pour un ensemble chemise pantalon plus égalitaire, porté dans toutes les castes quelles que soient les croyances, et même par certains Britanniques.

Après m'être changé et avoir bu mon thé, je me suis emparé de la crasseuse sacoche en tissu dont Sandesh se servait pour faire les courses et suis ressorti dans la rue où j'ai trouvé le même rickshaw-wallah, accroupi près de son véhicule, son longhi crasseux remonté jusqu'aux mollets, mastiquant pensivement des feuilles de *paan**.

« *Jaaben* ? lui ai-je demandé.

– *Kothai* ?

– L'Esplanade. »

Il a hoché mollement la tête et annoncé le tarif.

« *Char tākā.* »

Sam lui aurait payé les quatre roupies. Mais comme je n'étais pas né de la dernière pluie, je l'ai fait baisser de deux.

Le trottoir est de Chowringhee Road était un tourbillon de corps, avec ses boutiques, ses innombrables employés de bureau et ses marchands ambulants. Le trottoir ouest en revanche, celui qui longe le vaste Maidan, livré à la puissance sans filtre d'un soleil furieux, était presque vide. Au-delà, la myriade de dômes vert-de-gris de la mosquée Tipu Sultan, étincelant tels des mirages dans les récits de Shéhérazade, surplombaient des murs d'un blanc éclatant.

Les bureaux de l'Union étaient situés juste à côté, dans un bâtiment délabré qui le paraissait d'autant plus qu'il jouxtait la somptueuse mosquée. Au-dessus de l'entrée, une banderole suspendue de guingois proclamait UNION DE L'ISLAM, en lettres capitales blanches avec, au-dessus, je le supposais, la même chose en arabe.

Je suis descendu du rickshaw comme le muezzin appelait à la prière. Le trottoir était bondé de mahométans barbus. Me frayant un chemin parmi eux, j'ai franchi le seuil et pénétré dans un hall obscur. Presque aussitôt le bruit de la rue a semblé se dissiper, contrairement à la voix du muezzin. Les murs étaient jaunâtres à cause du frottement des corps, le sol rougi de taches de jus de noix de bétel séché et l'air lourd charriait une poussière vieille de plusieurs siècles. De l'autre côté se trouvait un bureau derrière lequel était assis un homme émacié portant des lunettes, avec un *topi* sur la tête et un livre entre les mains. Il a levé les yeux, esquissant promptement un sourire. J'étais sur le point de me lancer dans une série de questions lorsque je me suis rappelé que j'étais là incognito. Au dernier moment, j'ai changé de tactique, abandonnant l'autorité d'un policier pour adopter l'humilité de la soumission.

« S'il vous plaît, *dada** », ai-je commencé avant de lui demander dans mon meilleur langage vernaculaire où je pourrais trouver Gulmohamed.

Son sourire s'est aussitôt évanoui, pour céder la place à une froide méfiance.

« C'est à quel sujet ? » a-t-il rétorqué avec des tonalités dans la voix rappelant le Bengale oriental.

Loin d'être dissuasive, sa réaction n'a fait que me confirmer qu'il savait que Gulmohamed était à Calcutta.

« Qui êtes-vous ? a-t-il ajouté, d'un air légèrement menaçant. Pourquoi cherchez-vous Gulmohamed ? » Il s'est penché vers moi. « Ne m'obligez pas à appeler mes amis pour qu'ils vous fassent cracher le morceau. »

J'ai brandi mes paumes ouvertes, l'air implorant, et je me suis empressé de réfléchir.

« *Na, na, dada,* ce n'est pas du tout ça. » J'ai souri, comme pour m'excuser. « Je suis le valet de Kazi Nazrul, le poète. »

Kazi Nazrul Islam est probablement le plus célèbre musulman de Calcutta, du moins depuis que son poème, *Bidrohi – Le Rebelle,* a été publié l'année dernière. C'était une attaque voilée envers les Britanniques, trop voilée pour attirer d'emblée l'attention de la censure, et lorsque celle-ci s'est finalement réveillée, c'était trop tard et le poème avait déjà mis la ville – et tout le Bengale, hindou comme musulman – à feu et à sang.

Son visage s'est éclairé telle la surface du Gange après une averse.

« Nazrul, a-t-il murmuré, admiratif.

– Mon maître, ai-je déclaré en bengali, a été informé de la présence en ville de M. Gulmohamed. Il aimerait beaucoup le rencontrer. » J'ai sorti de ma poche le message que Taggart m'avait fait transmettre pour me convoquer dans son bureau et l'ai agité sous son nez. « Vous voyez. C'est l'invitation à venir chez mon maître. »

C'était un risque calculé. Je ne pensais pas mon interlocuteur capable de lire l'anglais, et comme je l'espérais, la simple vue de cette écriture étrangère a suffi à lui prouver ma bonne foi. Il s'est soudain montré beaucoup plus affable.

« Gulmohamed sahib n'est pas ici. Il est à Metiabruz.

– Metiabruz ? »

Un frisson m'a parcouru la colonne vertébrale. Je n'avais jamais mis les pieds à Metiabruz. Quelle raison aurais-je eu de le faire ? Peu d'hindous dignes de ce nom s'y rendaient. C'était un quartier musulman après tout, à l'extrême sud de la ville, niché au creux d'un méandre du Hooghly, au-delà des quais de Kidderpore, et de Garden Reach. En toute honnêteté, *quartier* était un terme trop respectable pour l'endroit. D'après ce qu'on m'avait dit, c'était à peine plus qu'un bidonville où les étrangers ne s'aventuraient pas après la tombée de la nuit, ni d'ailleurs, en plein jour.

Il a griffonné une adresse sur un bout de papier et je l'ai remercié avant de faire volte-face et de m'éloigner en direction de la sortie.

« Attendez ! » s'est-il exclamé dans mon dos.

Je me suis retourné : il avait joint les mains, suppliant. « S'il vous plaît, dites à Nazrul-*kabi* que M. Rehman de l'Union est un de ses grands admirateurs et que je serais très honoré de le rencontrer. »

J'ai opiné du chef, me délectant de l'immense réputation de mon maître imaginaire, après quoi j'ai poursuivi mon chemin et suis sorti dans la chaleur de midi.

Metiabruz. Comment allais-je m'y rendre ? Le tram était hors de question. Cela m'aurait étonné qu'il aille jusque-là. Quant aux omnibus à chevaux, étant donné les tensions récentes, ils n'étaient probablement pas en service. Les habitants de Metiabruz ont la réputation d'être du genre à ne pas hésiter à passer leur colère en incendiant un bus ou deux. Comme moyen de contestation, c'est aussi inutile que l'immolation et ne sert, je le crains, qu'à les isoler un peu plus.

Réquisitionner une voiture aurait été la solution la plus pratique, mais j'aurais eu bien du mal à passer inaperçu dans un endroit pareil confortablement installé à l'arrière d'un tel moyen de locomotion. D'ailleurs, à moins d'arriver à dos d'éléphant, il n'y avait sans doute pas de manière plus voyante d'arriver là-bas.

J'allais devoir prendre un train. Restait à savoir si Metiabruz était doté d'une gare, voire même d'une simple halte – ces passages où les trains s'arrêtent et où la multitude de passagers saute tout simplement sur la terre poussiéreuse –, et je n'en avais aucune idée. Comme je savais qu'il existait une ligne allant jusqu'à Kidderpore, j'ai décidé que cela me rapprocherait suffisamment. Je pourrais toujours une fois là-bas héler un *tonga** ou un rickshaw.

Comme s'approchait un tramway bondé se dirigeant vers le nord, j'ai agrippé une poignée accessible, sauté sur le marchepied et me suis cramponné de toutes mes forces jusqu'à ce que la maudite voiture commence à se vider et que je puisse me frayer un chemin à l'intérieur pour le restant du trajet jusqu'à Sealdah.

La gare grouillait de gens. J'ai joué des coudes pour y entrer, acheté un billet au guichet et un *kamala lebu** au vendeur ambulant, puis me suis mêlé à une rivière de corps malodorants qui m'a porté jusqu'au quai où attendait le train desservant chaque station jusqu'à Kidderpore. Les portes sur ces convois ne sont jamais fermées – s'il fallait attendre qu'elles soient fermées pour que les trains démarrent, jamais ils ne quitteraient la gare –, et je me suis positionné près de l'une d'entre elles, pour profiter de la brise une fois que le train aurait enfin entamé son périple. Le chef de gare a sifflé. Agrippé à l'une des poignées d'acier, je me suis stabilisé alors que le convoi s'ébranlait.

Cela faisait bien longtemps que je n'avais pas voyagé en troisième classe, surtout parce que les troisièmes classes sont l'habitat naturel des pickpockets de Calcutta, et même si j'étais bien calé entre d'autres voyageurs, je savais à quoi m'en tenir et j'ai gardé à tout moment une main sur la poche de mon pantalon dans laquelle j'avais mon portefeuille et ma carte de police.

Les banlieues blanches ont défilé doucement: Park Circus, Lake Gardens, Tollygunge. À chaque halte, le train s'est vidé – du moins les voitures de première et de seconde. La troisième classe est restée résolument pleine, et il a fallu que le paysage change – les murs blanchis à la chaux cédant la place aux parois de briques d'argile délabrées et à la tôle ondulée – pour que ma situation s'améliore. J'ai néanmoins été soulagé de descendre enfin du train et de me retrouver sur le quai poussiéreux de Kidderpore.

J'avais passé le trajet à essayer de trouver le meilleur moyen de localiser Gulmohamed sans l'alerter de ma présence, et en sortant de la gare j'avais plus ou moins concocté un plan. J'ai acheté dans un kiosque au bord de la route plusieurs feuilles de papier à lettres et une enveloppe. Sans rien écrire sur les feuilles, je les ai pliées et fourrées dans l'enveloppe sur laquelle j'ai inscrit le nom de Gulmohamed avant de lécher le rabat et de fermer le pli.

Là-dessus, j'ai hélé un tonga pour me rapprocher de Metiabruz à travers des rues à la splendeur royale presque effacée, oubliée, héritage de Wajid Ali Shah, le dernier des grands rois de l'Awadh, que les Britanniques ont renversé pour ensuite lui offrir une compensation qu'ils considéraient équitable : une pension et une parcelle près du Hooghly contre son royaume tout entier. Wajid Ali Shah a fini là, en exil, dans une maison au bord du fleuve. On dit que sa capitale, Lucknow, lui manquait beaucoup, à tel point qu'il a acheté les terres environnantes et invité ses anciens sujets musulmans – artisans, tailleurs, danseurs de *kathak*, cuisiniers – à venir s'y installer et créer une petite Lucknow dans la Calcutta coloniale. Il est mort là, ses palaces ont été rasés et Metiabruz est devenu un bidonville ; les musulmans qu'il avait fait venir sont devenus extrêmement pauvres, mais Calcutta n'a pas complètement tourné le dos au roi et à son héritage. Nous avons adopté sa recette du biriyani.

La route en terre battue s'est rétrécie ; désormais à peine assez large pour laisser passer une charrette, elle était encombrée d'hommes et de bêtes. On pourrait croire de prime abord l'endroit semblable à n'importe quel bidonville plus au nord : les mêmes chiens errants se prélassant à l'ombre ; les mêmes volailles picorant dans les tas d'ordures près des fossés ; mais à y regarder de plus près, l'absence de vaches et de porcs d'ordinaire en liberté dans les rues des quartiers populaires hindous est frappante.

Le tonga a roulé tant bien que mal dans une flaque de boue au pied d'une majestueuse arche moghole. La route s'est élargie et l'odeur du fleuve n'a pas tardé à flotter dans la brise. J'ai inspiré, sentant le divin papillonner en moi comme à chaque fois que je respire ce parfum de terre, grisant, qui a imprégné toute mon existence et en a ponctué les moments clés. La vie d'un Brahmane est liée à ce fleuve. Ce fleuve sacré, qui irrigue non seulement le sol du Bengale mais aussi l'âme de son peuple. Son abondance nous nourrit, physiquement et spirituellement. Nos rites religieux, de la naissance à la mort, sont associés à ses eaux qui jaillissent à un millier de miles de là dans l'Himalaya et se jettent dans la mer, *notre* mer, la baie du Bengale, emportant avec elles nos offrandes votives, nos rêves et nos prières. Quelle ironie, n'est-ce pas, que les Britanniques soient arrivés en voguant à contre-courant de notre fleuve sacré. Qu'ils aient débarqué ici, au détour de ce méandre du fleuve et qu'ensemble nous ayons bâti Calcutta. Ils vous diront qu'*ils* l'ont construite, mais nous savons ce qu'il en est. Ils écrivent peut-être les livres d'histoire, mais nous transmettons notre histoire aussi, à travers le chant et la poésie et la tradition orale, et nous savons. Nous savons que cette ville est autant la nôtre que la leur. Si nous partageons la cité, nous partageons aussi le fleuve. Leurs bateaux ont apporté le monde au Bengale, et nous ont emportés vers le monde. Lorsque mon père a décrété que je devais aller étudier en Angleterre, c'est d'ici, de Kidderpore, que je suis parti en disant au revoir au Bengale de la proue d'un navire britannique.

Mon père m'avait préparé. « C'est difficile, m'a-t-il dit, d'expliquer le chagrin que ressent un hindou arraché à sa terre. C'est impossible à expliquer, même à un Bengali d'une autre religion. Que savent les musulmans ou les chrétiens de notre fleuve sacré ? Ils n'y viennent pas en pèlerinage. Leurs lieux saints ne sont pas ici, sur le territoire sacré du Bengale, mais dans des coins reculés et déserts. Nos dieux sont ici, non pas à La Mecque ni à Jérusalem ni à Rome. »

Avec le temps, j'ai fini par percevoir la vérité de ses paroles. Les Britanniques, dans leurs hymnes, imaginent que Jésus a parcouru les collines verdoyantes de leur charmant pays. Eh bien, nos dieux ont parcouru notre terre et continuent de le faire. Ils sont des nôtres et nous sommes des leurs. Leur esprit imprègne nos arbres, nos rivières et même notre poussière.

Mon père et moi ne nous parlons plus à présent, à cause de mon poste dans la police impériale. Je n'ai pas eu d'autre choix, même si cela m'est douloureux, car je n'ai pas pu me ranger à son opinion. Un homme doit vivre selon ses propres convictions, non pas celles de son père.

Mes pensées se sont envolées alors que le tonga brinquebalait à cause d'un nouveau nid-de-poule. D'un côté se dressait un grand mur contre lequel un certain nombre de cabanes précaires en bambou étaient adossées. Le cheval a ralenti, et tandis que résonnait la corne de brume d'un bateau à vapeur, la charrette s'est engagée entre les piliers d'une grande arche islamique en briques. Un instant plus tard, nous avions quitté le bidonville pour pénétrer dans un autre monde. À la place des taudis, des palmiers à présent bordaient la route, au-delà desquels s'étendaient les jardins de plusieurs vastes demeures aussi grandes que celles de White Town ou Shyambazar. Devant nous, un jardin fleuri était traversé d'une allée de gravillons serpentant jusqu'à l'ultime résidence derrière laquelle coulaient les eaux paisibles du Hooghly.

Le tonga-wallah s'est arrêté à l'entrée du jardin et je suis descendu. Un silence s'est installé que seuls ponctuaient le souffle lourd du cheval et les croassements des corneilles perchées dans les arbres voisins.

« C'est laquelle ? » ai-je demandé, glissant quelques pièces dans la paume du tonga-wallah.

Celui-ci a désigné une bâtisse d'un signe de tête. « *Oi-thō. Borro-tā.* »

La plus grande.

J'ai marché sur les gravillons en direction de la maison. Venant de la rivière, une brise faible mais néanmoins bienvenue tempérait quelque peu la chaleur torride. La véranda était soutenue par des piliers, et quelques marches en pierre menaient à une double porte en teck sculpté.

Les notes d'un santour et les sons percussifs d'un tabla ont flotté jusqu'à moi. Plus je me rapprochais, plus les accords métalliques se sont accélérés. Deux personnes étaient assises, jambes croisées, sur la véranda ; la première, un homme vêtu d'un sherwani d'un blanc immaculé, les yeux fermés, hochait la tête les yeux fermés, en rythme. Cependant, c'est l'autre silhouette qui a attiré mon regard : une femme si belle que j'ai failli en tomber à la renverse. La soie verte de son sari scintillait et des particules de poussières dansaient dans l'air autour de ses longs cheveux presque auburn. Mais elle était captivée par son santour, les cordes métalliques de l'instrument luisant sous ses doigts pâles et donnant naissance à un foisonnement de notes. De nouveau le rythme du tabla s'est accéléré. Et de nouveau la femme a suivi, ses mains se muant tel l'éclair, ses notes tombant en cascade comme une pluie de mousson.

Le santour. Il paraît qu'on peut en jouer pendant trente ans et rester novice. J'étais figé sur place, peut-être à cause de la musique, ou de la fille. Je l'ai contemplée, hypnotisé, tandis qu'elle jouait, le tempo s'accélérant et ralentissant par vagues, sans qu'elle prête la moindre attention à ma présence ou à celle du joueur de tabla, absorbée qu'elle était par l'extase de sa propre création.

Que puis-je dire d'autre à son sujet? Quels mots pourraient exprimer les sentiments qui m'ont animé en cet instant? Cependant, si j'étais transporté, j'ai gardé mon sang-froid. Indépendamment de la beauté de la fille, de son savoir-faire au santour, indépendamment de la richesse de sa famille ou de son statut social, elle était musulmane. Si elle avait été hindoue et si j'avais encore été en contact avec les miens, j'aurais peut-être parlé d'elle à mon père dans l'espoir que l'on nous présente ou que ma famille fasse une demande en mariage officielle. Mais en l'occurrence il n'y avait pas la moindre place pour ce genre de pensées, car tout ce que nous aurions pu avoir en commun – richesse, éducation, attirance physique – se briserait sur les rochers de nos appartenances religieuses respectives. Cette fille et moi avions beau habiter la même ville, nos mondes étaient séparés et se devaient de l'être à tout jamais.

Enfin, tout comme cesse une averse, les notes se sont faites plus rares pour finir par disparaître, et je suis sorti de ma rêverie.

Je n'ai pas pu m'empêcher de balbutier: « C'était magnifique. » Ce n'était pourtant pas le genre de commentaire qu'un domestique était censé faire.

Le joueur de tabla a ouvert les yeux. La femme a levé les siens, surprise. Remarquant ma présence, elle s'est empressée d'ajuster l'*anchal** de son sari afin de couvrir le sommet de sa tête.

« Que voulez-vous ? » a demandé l'homme, en se levant derrière son tambour.

J'ai détaché mon regard de la femme et pour la seconde fois de la journée, j'ai levé une main pour saluer en souriant avec servilité comme un domestique se doit de le faire. J'allais de nouveau débiter mon histoire, raconter que Nazrul, le poète, m'envoyait porter une invitation à dîner à M. Gulmohamed, mais au dernier moment je me suis ravisé. Les deux personnes que j'avais en face de moi étaient de toute évidence des artistes accomplis. Ils étaient musiciens, mais l'art c'est l'art, et il y avait de fortes chances qu'ils connaissent le poète. D'ailleurs, avec ma veine, ils étaient peut-être amis proches. J'ai donc modifié mon histoire.

J'ai sorti de ma poche l'enveloppe contenant le papier blanc et je l'ai agitée.

«Je suis de l'Union de l'Islam.»

7
Sam Wyndham

Après avoir quitté Lord Taggart, j'ai retrouvé Shiva et la voiture et nous sommes retournés à Budge Budge, cette fois pour chercher Satyen avant de refaire le même trajet dans l'autre sens. Je commençais à avoir le sentiment d'être une balle dans une partie de ping-pong.

Il faisait encore nuit noire, et hormis un mince filet de lumière filtrant à travers une fissure dans l'une des fenêtres aux volets fermés du commissariat, le bâtiment gris et massif demeurait comme voilé telle une veuve à des funérailles.

Je suis sorti de voiture et me suis dirigé vers l'entrée. Cette fois je n'ai pas demandé à Shiva de venir. Je l'ai laissé en lui ordonnant : « Ne coupe pas le moteur. »

J'ai frappé à la porte et l'on m'a fait entrer avec un empressement auquel je n'avais pas eu droit lors de ma précédente visite. J'ai cherché l'agent qui m'avait fait visiter les lieux la dernière fois et lui ai tendu le message du chef de la police. Il l'a lu lentement, intégrant minutieusement chaque mot. J'ai décidé de le presser un peu en désignant la signature en bas de page.

« Lord Taggart lui-même », ai-je fait et il m'a adressé un regard inquiet. « Je vous avais dit que votre prisonnier était un *burra babu.* »

Il m'a aussitôt escorté jusqu'aux cellules, j'imagine dans l'espoir que son efficacité de dernière minute puisse lui sauver la peau. Il était déjà en train de s'excuser alors qu'il glissait maladroitement la clé dans la serrure. La porte s'est ouverte d'un coup et il s'est pratiquement prosterné aux pieds de son détenu. Quant à Satyen, il s'est montré à mon avis plutôt revêche, sortant de la cellule sans un regard pour l'homme.

« Tout va bien ? » me suis-je enquis.

Il a secoué la tête. « Je ne dirais pas non à une tasse de thé.

– Cha, sahib ? a suggéré l'agent plein d'espérance.

– Pas le temps », ai-je lancé.

Au lieu de quoi, j'ai allumé une cigarette pour Satyen et nous sommes sortis du bâtiment alors qu'à l'est le ciel matinal se teintait de rose.

« Toujours pas envie de parler ? » Nous étions assis à l'arrière de la voiture, la ville défilant à toute allure. Satyen a fini sa cigarette et s'est débarrassé du mégot en le jetant par la vitre.

« Pensez-vous que le chef va nous offrir le petit déjeuner ? »

Je l'ai dévisagé. « Vous rendez-vous compte de la situation dans laquelle vous vous trouvez ?

– Je n'ai rien mangé depuis vingt heures.

– Ça m'étonnerait que le chef vous accueille avec des œufs et du bacon. »

Il a pris un air abattu. « Non, j'imagine que non. »

Il avait jusque-là évité de répondre à mes questions. Il ne m'avait presque rien dit de ce qu'il avait fait. Nous n'allions pas tarder à arriver à Alipore, et rien ne me garantissait que le chef me fasse entrer dans son bureau ni qu'il me mette dans la confidence après avoir parlé à Satyen. Si je voulais que ce dernier me révèle la vérité, il fallait que je le confronte maintenant. Me penchant vers l'avant, j'ai ordonné à Shiva de s'arrêter à une gargote sur le trottoir, un banc rustique installé près d'un brasero rougeoyant, en espérant que la reconnaissance du ventre inciterait Satyen à cracher le morceau.

Il a pris une bouchée de *shinghara*, un beignet de pâte frite en forme de triangle, fourré en l'occurrence de mouton épicé et de petits pois : un chausson des Cornouailles en quelque sorte mais à la sauce bengalie.

« Alors ? ai-je fait en sortant une roupie crasseuse de ma poche pour la donner à la vieille bique qui tenait la gargote. Je vous ai payé le petit déjeuner. Dans votre religion, cela signifie que vous êtes éthiquement obligé de me raconter ce qui s'est passé hier soir. »

Il m'a regardé, sourire en demi-teinte aux lèvres.

« C'est ça, l'hindouisme, vous êtes sûr ?

– Absolument, ai-je répliqué. C'est dans la *Gita*, je crois. Quelque part vers la fin. »

Satyen a mordu dans son *shinghara*, l'air plus méditatif cette fois, et j'ai opté pour une autre approche.

« Je ne vous ai jamais parlé d'Ypres, pas vrai ? »

Satyen a cessé de mâcher.

« C'était en 1918, ai-je poursuivi. Les Russes avaient capitulé quelques mois auparavant. Après avoir signé un affreux traité avec les Allemands qui signifiait qu'environ un million de Huns aguerris jusque-là tournés vers l'est se sont soudain retrouvés dans des trains en route vers le front de l'ouest. Les plus haut gradés avaient une trouille bleue. Comme vous le savez, je travaillais pour Taggart à l'époque ; il était colonel dans le renseignement militaire. Un jour, il m'a convoqué dans son bureau. Et m'a annoncé que la situation était grave. Que nous avions reçu des rapports révélant que les boches rassemblaient leurs forces en face de notre secteur. Il m'a fait tout un discours sur le roi, le pays, et cætera. *Des informations de première main sur lesquelles on peut compter. Voilà ce qu'il nous faut, Sam.* Il m'a demandé de me porter volontaire pour accompagner une unité dans un no man's land. Et attaquer une tranchée allemande. *Capturez un ou deux de leurs hommes, des gradés si possible, et tous les plans ou les documents que vous pourrez trouver. Vous parlez un peu allemand, n'est-ce pas ?*»

J'ai marqué une pause pour extraire d'un paquet écrasé de Capstan une cigarette, que j'ai portée à ma bouche sèche avant de dénicher une allumette et de l'allumer d'une main encore tremblante au souvenir de l'épisode.

« Sortir dans un no man's land à la nuit tombée ne promettait déjà rien de bon, mais attaquer une tranchée ennemie, c'était une mission suicide. Nous le savions tous deux. C'est pour ça qu'il voulait tant que je me porte volontaire, j'imagine. »

Comme j'exhalais un nuage protecteur de fumée gris-bleu, Satyen a posé le restant de son beignet sur une assiette en feuilles séchées, et pour la première fois depuis son arrestation a semblé me donner toute son attention.

« Et alors ? Vous vous êtes porté volontaire ?

– Oui. Taggart savait que je le ferais. Le pire c'est que mon allemand n'était pas si bon que ça, quelques trucs scolaires tout au plus et la curieuse phrase que j'avais relevée dans les prospectus qu'ils larguaient sur nos tranchées selon laquelle toutes nos femmes couchaient avec les hommes restés à la maison. J'avais autant de chance de rapporter la liste des courses de leur commandant que des documents importants, mais ce n'était pas le problème, apparemment.

– Que s'est-il passé ?

– Pour faire court, on m'a envoyé dans un groupe de fantassins spécialement entraînés pour ce genre d'action commando. L'officier qui s'en occupait était un capitaine, un certain Graves, ce n'était pas vraiment de bon augure que son nom signifie *tombeaux*... On m'avait ordonné de les rejoindre derrière les lignes afin de me familiariser pendant quelques jours avec les techniques d'infiltration, d'exfiltration et de combat au corps à corps. Toutes ces pratiques étaient censées nous donner une chance de nous en sortir, à condition de passer d'abord à travers le feu de la mitrailleuse Maxim.

« Ensuite, trop tôt, nous avons reçu nos ordres. Et pendant que la nuit tombait, nous sommes discrètement sortis de notre tranchée, avons enjambé le parapet et rampé de l'autre côté aussi vite que possible. Je m'attendais plus ou moins à ce que les boches ouvrent le feu immédiatement, mais ils n'en ont rien fait. Silencieusement, Graves nous a sommés d'avancer. Nous nous sommes levés dans la boue et l'avons suivi à l'aveuglette dans un dédale de fils barbelés comme des rats dans des égouts. Dix yards, vingt, trente, et nous nous sommes retrouvés dans le marasme infernal de gadoue et de corps qui marquait la frontière entre nos lignes et les leurs. Nous avons rampé à plat ventre jusqu'à un cratère d'obus suffisamment proche des tranchées allemandes. Je ne vous explique pas le soulagement que j'ai ressenti en me laissant glisser dans ce trou. Ce n'était rien de plus qu'une petite cuvette à quelques yards de l'ennemi mais à ce moment-là j'ai eu l'impression que c'était aussi sûr que le sanctuaire d'une église. Nous étions censés attendre que des Allemands patrouillent par là, leur tendre une embuscade et se servir d'eux comme couverture pour notre raid.

« Pendant quelques heures, un calme surréaliste a régné. Le monde entier a paru se résumer aux confins de ce trou. Au-delà de ça, tout n'était que ténèbres et vide intersidéral. Tout a dû commencer aux environs de minuit. Nous avons entendu le crissement d'une bobine de fil barbelé. Quelques pauvres andouilles des lignes ennemies avaient été envoyées pour réparer la clôture. J'ai senti une décharge électrique me parcourir. Nous avons écouté, tenté de localiser la position de l'équipe du génie réparation, et Graves a donné le signal à certains de ses hommes. Ils sont sortis en rampant du trou et se sont éloignés dans la nuit vers les lignes allemandes.

« J'ai entendu le bruissement de leurs mouvements pendant qu'ils avançaient, puis des bruits sourds et étouffés. Les choses se déroulaient comme prévu et puis soudain un des boches a réussi à crier et un tir a retenti. »

Je me suis interrompu et j'ai longuement tiré sur ma cigarette. Mais Satyen avait hâte d'en savoir plus.

« Que s'est-il passé ?

– Eh bien, ça s'est arrêté là. En quelques secondes, la ligne allemande s'est réveillée et ça a été l'enfer. Les tirs ont fusé de partout. J'ai baissé la tête et je me suis mis à prier. J'ai entendu les hommes de Graves crier alors qu'ils se faisaient abattre en cherchant à regagner notre trou d'obus. Les gars du génie allemand avaient dû se faire descendre aussi. Nous n'avons pas tardé à n'être plus que trois dans notre cuvette. »

J'ai aspiré une longue et amère bouffée de fumée avant de tendre ma cigarette à Satyen.

« Pour finir, les tirs se sont tus. Un des hommes de Graves gémissait encore dans le no man's land. J'ai jeté un coup d'œil par-dessus le rebord du cratère. Il était à une dizaine de yards. J'en ai informé Graves en lui disant que je pouvais aller le chercher. "Vous restez ici, m'a-t-il répondu. C'est nous qui allons le récupérer." Avec l'autre soldat, ils sont sortis du trou en rampant. Il leur a fallu du temps mais ils sont arrivés jusqu'au blessé. Ils ont même réussi à le tirer de quelques pouces vers notre refuge mais c'est ce que les boches attendaient, je crois. Ils se sont servis du pauvre type blessé comme appât, ils ont attendu qu'on sorte à découvert pour aller l'aider et ils s'en sont donné à cœur joie. Aucun d'entre eux n'est revenu. J'ai attendu dans ce trou pendant deux heures avant de regagner nos lignes en rampant. »

J'ai senti le désagréable picotement de la sueur dans ma nuque et mon dos, et dans mon poing le paquet de cigarettes vide était bouchonné. J'ai levé les yeux. Satyen fixait la poussière.

« Là où je veux en venir, ai-je repris, c'est que Taggart savait qu'il m'envoyait probablement au carnage, mais il l'a fait quand même, parce que ça l'arrangeait. »

Satyen a secoué la tête. « Vous pensez que Lord Taggart m'a envoyé faire son sale boulot ?

– Peu importe ce qu'il vous a demandé de faire, ça ne me regarde pas, ai-je rétorqué. Mais croyez-moi, vous feriez mieux de ne pas compter sur le soutien du chef s'il pense que vous êtes devenu un handicap. Souvenez-vous qui sont vos vrais amis, c'est tout ce que je dis. »

8
Satyendra Banerjee

« Il n'est pas là. »

Le joueur de tabla a continué de me dévisager, méfiant, et j'ai maudit mon sort.

« Ah, c'est dommage, ai-je marmonné. Mon patron, Rehman sahib à l'Union, a beaucoup insisté. Il m'a dit qu'il était impératif que M. Gulmohamed reçoive cette lettre au plus vite.

– Il devrait être de retour ce soir. » Cette fois c'était la femme qui avait pris la parole. Alors que le joueur de tabla n'avait plus l'air de se préoccuper de ma présence, elle m'observait avec ce qui me semblait être une certaine bienveillance. « Je suis sa nièce, a-t-elle ajouté. Vous pouvez me donner la lettre. Je m'assurerai qu'il la reçoive. »

Son compagnon a repris son instrument et s'est mis distraitement à jouer un rythme lent qui faisait écho à mes battements de cœur. Je me suis surpris à retenir mon souffle.

« Je regrette, memsahib, ai-je fait, en me souvenant d'expirer. Rehman sahib a bien précisé que je devais remettre la lettre en mains propres à M. Gulmohamed. Si je rentre sans avoir fait ce qu'il m'a demandé, il… eh bien, vous savez comment sont ces *burra babus*… »

La femme m'a souri avec compassion.

« Peut-être pouvez-vous me dire où il est allé ? ai-je poursuivi. J'essaierai de le trouver…

– Vous avez un crayon ? »

J'ai cherché dans ma sacoche, trouvé le bout de crayon de Sandesh et le lui ai tendu.

« Et l'enveloppe ? a-t-elle demandé.

– Pardon ? »

Elle m'a regardé comme si j'étais un demeuré.

« Il faut bien que j'écrive l'adresse quelque part.

– Oh, bien sûr. » J'ai souri et lui ai tendu l'enveloppe en déplorant mon manque de présence d'esprit. Toutefois, il s'agissait là précisément du manque de présence d'esprit auquel on pouvait s'attendre de la part d'un domestique, c'était du moins un point positif.

Tournant bizarrement l'enveloppe, elle a écrit à la manière un peu tortueuse des gauchers. Moi aussi je suis gaucher, enfin je l'étais enfant jusqu'à ce que ma mère, convaincue de bien faire, m'oblige à coups de raclées à changer de main. J'utilise la droite maintenant. J'ai donc été surpris que cette femme, de toute évidence bien née, n'ait pas connu le même exorcisme que moi.

« Voilà », a-t-elle dit en me rendant l'enveloppe. Au dos, dans une écriture bengalie très soignée, figurait étonnamment l'adresse du Lotus Hotel, un restaurant dans Budge Budge qui était une autre commune délabrée au bord du fleuve, plus au sud de la ville. Encore une fois, ce n'était pas le genre d'endroit où l'on s'aventurait sans avoir une bonne raison de le faire. Et je n'en avais jamais eue. Pas jusqu'alors.

J'ai collé mes paumes l'une contre l'autre, l'ai copieusement remerciée et je me suis rendu compte que je ne savais pas du tout comment j'allais pouvoir me rendre à Budge Budge.

« Encore une chose, ai-je osé. Si je puis me permettre. Pourriez-vous me dire comment aller là-bas ? »

Le joueur de tabla a ri avec dédain. La femme, cependant, s'est encore une fois montrée plus amène.

« Il y a un bus toutes les deux ou trois heures. Il s'arrête au more après l'arche. Mais les bus ne sont pas très fiables. Le moyen le plus rapide d'y arriver, c'est sûrement de prendre le ferry au *ghat** de la rivière.

– Merci, memsahib », ai-je dit. J'ai encore une fois affiché ma reconnaissance et tourné les talons pour partir tandis que le joueur de tabla accélérait le tempo. En remontant l'allée, j'ai entendu les premières notes du santour et je me suis rendu compte que j'aurais aimé pouvoir rester plus longtemps, caché dans un coin, à écouter cette femme jouer toute la journée.

À la rivière, j'ai pris le ferry pour Budge Budge, une embarcation antique, bringuebalante et bondée qui crachait de la fumée. Tant bien que mal, le rafiot s'est acheminé vers le sud, ses moteurs râlant bruyamment, sans jamais trop s'éloigner de la berge, Dieu merci. Je n'ai jamais appris à nager, enfin personne ne m'a jamais appris, chose courante chez les Bengalis, ce qui m'a toujours laissé perplexe. Pour un peuple dont le régime alimentaire se résume en grande partie au poisson, nous avons curieusement peur de l'eau dès qu'elle devient profonde.

Nous sommes arrivés à Budge Budge une demi-heure plus tard et ce n'était pas trop tôt. Notre ferry semblait dangereusement prendre l'eau, et un mélange liquide des plus toxiques d'huile et de suie serpentait jusque sous nos pieds. J'ai été un des premiers à débarquer, et même les quelques pas incertains sur les planches en bois à moitié vermoulues reliant, par-dessus rivière et boue, le bateau au ponton m'ont paru moins terrifiants que d'ordinaire.

Une fois sur la terre ferme, j'ai enlevé mes sandales et me suis séché les pieds avec ma sacoche en tissu avant de faire le point. Entre les débarcadères abandonnés depuis longtemps, la berge était ponctuée de cabanes de pêcheurs en ruines et de quelques temples blanchis à la chaux.

Au bord de la route se trouvaient une station de rickshaws et une échoppe de thé aux abords de laquelle s'agglutinait la ribambelle habituelle de travailleurs désœuvrés. Je me suis éclairci la gorge et frayé un chemin. Nous autres, Bengalis, sommes irrésistiblement attirés par les échoppes de thé, tout comme les Anglais par les clubs. Cela devait faire au moins six heures que je n'avais pas bu de thé et j'avais une soif terrible. J'ai acheté un *bhar**, bu une gorgée et me suis dirigé d'un pas tranquille vers un groupe de rickshaw-wallahs qui faisaient une pause par terre non loin de là en jouant aux cartes. L'un d'entre eux, vraisemblablement le prochain dans la file, a levé les yeux. C'était un vieux *dadū** avec un gilet sans manches, aux cheveux grisonnants et à la barbe de trois jours argentée.

« Lotus Hotel », ai-je lancé.

L'homme a opiné du chef. « *Ak tākā.* »

Une roupie paraissait trop cher. À son air, j'ai pressenti qu'il n'avait pas l'intention de négocier, pas devant ses collègues. Les rickshaw-wallahs sont de curieux personnages. Individuellement, ils sont toujours prêts à marchander mais dès qu'ils sont deux ou plus, ils se montrent aussi inflexibles que la plus radicale des organisations syndicales.

« *Chalo*, ai-je répondu. Allons-y. »

Le Lotus Hotel est un hôtel seulement au sens indien du terme, c'est-à-dire que ce n'est pas un hôtel mais un restaurant, sauf qu'en l'occurrence cette dénomination semble plutôt inadéquate. L'établissement est une structure de plain-pied plantée dans une rue poussiéreuse avec des égouts à ciel ouvert, entre un réparateur de vélos et une blanchisserie chinoise. En face se trouve un *pūkūr** d'eau stagnante verte, dont la surface est couverte de débris typiques des bidonvilles et de quelques fleurs de lotus. L'extérieur se résume à des murs de briques orange et de ciment, avec des trous en guise de fenêtres et de portes. Le nom est peint en haut de la façade, en vilaines lettres bleues qui ont dégouliné sur le chambranle métallique d'un rideau de fer.

Je me suis demandé ce qui pouvait bien amener un politicien de Bombay dans un bouge pareil, dans ce secteur qui, pour la plupart des gens raisonnables, ne faisait même pas partie de Calcutta.

Il n'y avait qu'une façon de le savoir.

Gulmohamed ne me connaissait pas. Accoutré comme je l'étais, et dans cet environnement, je passais aussi inaperçu qu'un arbre au milieu d'une forêt. Même s'il me voyait entrer, je me suis dit qu'il oublierait aussitôt mon visage. Je suis passé sur la dalle enjambant l'égout à ciel ouvert, j'ai franchi le seuil du restaurant et me suis retrouvé dans une pièce obscure.

Les lieux étaient plus grands que ce à quoi je m'attendais, pas plus reluisants toutefois que l'extérieur. Deux douzaines de tables carrées – la plupart occupées par des groupes de jeunes hommes qui fumaient des bidis et conversaient intensément autour de leurs tasses de thé – étaient rassemblées au centre. Autour, un essaim de serveurs entraient et sortaient de la cuisine dans un nuage de fumée de cigarettes.

Après avoir pris place à l'une des rares tables disponibles le long du mur noir, je me suis emparé d'un exemplaire de l'*Ananda Bazar* de la veille et j'ai fait mine de le parcourir. J'ai repéré presque immédiatement Gulmohamed. Il était bien plus âgé et bien mieux habillé que la plupart des autres clients. Face à lui était installé un homme : plus jeune, au crâne rasé et à la peau claire, pas assez néanmoins pour être anglais, bâti selon l'expression de Sam comme une armoire à glace. Il était vêtu d'une chemise blanche qui, à voir sa coupe, devait être onéreuse. Mais avant que je puisse les observer plus longtemps, un serveur s'est approché pour prendre ma commande.

« Cha », ai-je dit.

Il s'est éloigné en acquiesçant et je me suis remis à examiner les deux hommes. Gulmohamed parlait, autant avec ses mains qu'avec sa bouche, et de là où je l'observais il semblait troublé. Cependant, son interlocuteur restait imperturbable : hochant la tête, écoutant, et pour finir souriant en brandissant une main apaisante.

Je n'ai pas eu l'impression que c'était leur première entrevue. D'après ce que j'avais pu constater, les hommes politiques ne s'énervent jamais avec des gens qu'ils rencontrent pour la première fois. De plus, vu leurs tenues respectives, aucun des deux hommes n'aurait choisi le Lotus Hotel comme lieu de premier rendez-vous, surtout s'ils avaient l'intention de faire bonne impression.

L'homme à la peau claire s'est penché au-dessus de la table, l'air complice, à l'instant même où le serveur est revenu avec mon thé. Je l'ai promptement remercié avant de me reconcentrer sur l'ami de Gulmohamed. Il avait sorti un stylo et dessinait quelque chose sur la serviette en papier. Ce qui a paru rasséréner Gulmohamed, même si son expression laissait penser qu'il n'était pas encore entièrement convaincu.

Tandis que les deux hommes continuaient leurs pourparlers, j'ai siroté mon thé. Un quart d'heure plus tard, celui au crâne rasé s'est levé. Il a tendu la main et Gulmohamed s'est légèrement décollé de sa chaise pour la lui serrer avant de se rasseoir pendant que l'autre posait quelques roupies sur la table avant de se diriger vers la sortie.

Gulmohamed l'a regardé partir, après quoi il est simplement resté assis là un certain temps. Il a finalement mis une main dans la poche poitrine de sa veste et en a sorti un étui à cigarettes argenté qu'il a ouvert.

Après en avoir choisi une au filtre doré, de marque étrangère, il l'a tapotée sur la table, et d'une pichenette du pouce l'a allumée à la flamme d'un briquet assorti. Il a fumé lentement, comme si cela l'aidait à réfléchir. Une fois seulement, j'ai vu sa main trembler alors qu'il la reposait sur la table.

Pour finir, il a consulté sa montre. Et après avoir tiré une dernière fois sur le mégot doré, il l'a écrasé dans le cendrier en fer-blanc posé devant lui et s'est levé. En quelques secondes, il avait franchi le seuil de la porte et je me suis empressé de faire signe au serveur, de lancer quelques pièces sur la table et de sortir à sa suite.

Gulmohamed, à une vingtaine de yards dans la rue, passait devant un homme au dos voûté qui tirait un chariot chargé de sacs de jute. Il a sorti de sa poche un bout de papier : le message, ai-je pensé, que l'Eurasien bien habillé avait écrit. Il s'est immobilisé pour le lire, a traversé la rue et s'est engouffré dans une *gullee** étroite, ombragée et pleine de flaques.

En faisant attention de rester à bonne distance, j'ai moi aussi traversé avant de marquer une pause à l'entrée de la gullee pour m'assurer qu'il n'avait pas fait demi-tour. J'ai regardé dans l'exigu passage obscur mais n'ai rien vu. Gulmohamed avait disparu, happé par la pénombre.

9
Sam Wyndham

Avec l'arrivée de l'aube, les corneilles ont commencé à chanter. Les postes de contrôle dans la rue de Taggart avaient disparu. Avant, ils étaient là vingt-quatre heures sur vingt-quatre, mais suite aux plaintes des autres résidents, les guérites et ceux qui y travaillent ne font leur apparition, à l'instar des créatures nocturnes, qu'à la nuit tombée.

Cependant, le garde à l'entrée de son allée – sentinelle imperturbable armée d'un air renfrogné et d'un fusil Lee-Enfield n° 1 – était toujours bien en place. Taggart avait dû le prévenir de notre arrivée, car il nous a fait signe de passer en se contentant d'une inspection sommaire.

Shiva a stoppé la Wolseley à mi-chemin sur l'allée de gravillons, car un chien se réchauffant au soleil un peu plus loin bloquait le passage. Normalement il aurait klaxonné ou crié, voire en dernier recours serait descendu de voiture pour botter le maudit animal hors de sa route, mais comme ce chien était celui du chef de la police, il occupait une place autrement privilégiée que nous trois dans l'automobile.

Satyen et moi sommes descendus du véhicule et avons marché jusqu'à la porte d'entrée où Villiers nous a accueillis avant de nous escorter jusqu'au bureau de ce dernier. Sa seigneurie, qui nous attendait, vêtue cette fois d'un uniforme blanc soigneusement amidonné, contemplait par la fenêtre la pelouse aussi verte et plate qu'un green.

Il s'est tourné, et en cet instant j'ai vu le poids de sa charge s'inscrire dans les rides striant le contour de ses yeux.

« Que s'est-il passé ? »

La question s'adressait à Satyen.

« C'est difficile à expliquer, monsieur.

– Eh bien, il va falloir essayer, sergent. »

Satyen a laborieusement avalé sa salive. « J'ai fait ce que vous m'avez demandé, monsieur. J'ai localisé Gulmohamed dans un hôtel de Budge Budge.

– Budge Budge ? s'est étonné Taggart comme si l'endroit se trouvait sur la Lune.

– Oui, monsieur. Il avait un rendez-vous avec un homme là-bas. Un type bien habillé. Un Eurasien, ou un Anglo-Indien. De là où j'étais, je n'entendais pas de quoi ils parlaient exactement, mais Gulmohamed avait l'air agité. Il a attendu que l'autre homme parte avant de quitter lui-même les lieux. »

Satyen a inspiré profondément avant de poursuivre.

« Je l'ai suivi de loin. Ce n'était pas facile. Budge Budge est un entrelacs de rues étroites et de ruelles sinueuses. J'ai eu l'impression qu'il cherchait une adresse en particulier. Je l'ai perdu de vue à l'entrée d'une gullee mais j'ai entendu un bruit… un portail qu'on fermait. Je me suis approché de l'endroit d'où émanait ce bruit et je suis tombé sur l'entrée d'une résidence. Le portail n'était pas verrouillé et apparemment il n'y avait personne. J'ai attendu quelques minutes et j'ai pensé que je pourrais entrer pour voir ce que fabriquait Gulmohamed. J'ai entrouvert, mais après m'être discrètement faufilé dans l'entrebâillement, je me suis fait attaquer par-derrière. »

Il a touché d'une main l'arrière de son crâne. « J'ai perdu connaissance. Quand je suis revenu à moi, il n'y avait aucune trace de Gulmohamed. Je me suis relevé et suis ressorti dans la ruelle, mais elle était déserte. »

Sceptique, Taggart a haussé un sourcil. « Gulmohamed vous a attaqué pendant que vous étiez censé le filer ? »

Satyen a rougi. « Il semblerait, monsieur, oui. J'étais déterminé à retourner dans la résidence pour inspecter la maison au cas où Gulmohamed s'y serait encore trouvé. J'ai contourné le bâtiment. De l'extérieur, il semblait vide ; tous les volets étaient fermés. Ce n'est qu'en vérifiant la porte d'entrée que mes doutes se sont accrus. Elle était ouverte. J'ai écouté pour voir si j'entendais des voix, mais rien. J'ai alors décidé d'entrer. Si quelqu'un me surprenait, j'avais prévu de dire qu'on venait de m'attaquer et que j'avais besoin d'aide. Mais je n'ai constaté aucun signe de vie. J'étais sur le point de quitter les lieux quand j'ai remarqué une porte ouverte à l'arrière de la maison. Par l'entrebâillement, j'ai cru voir quelqu'un allongé à plat ventre par terre. À ses vêtements, j'ai compris que c'était un homme. Comme il était immobile, je suis entré pour voir s'il allait bien. »

Satyen a secoué la tête.

« Je l'ai retourné. Il y avait des marques sur son cou et sa tête a basculé vers l'arrière. Je me suis dit que la vertèbre avait probablement été cassée net. J'ai essayé de voir s'il respirait ; j'ai cherché son pouls mais je n'ai rien trouvé. C'est à ce moment-là que j'ai vu de qui il s'agissait. Prashant Mukherjee… Alors, vous imaginez le choc quand j'ai compris que c'était le *pundit** qui gisait là, encore tiède, le corps pas encore raidi. Je n'ai pu qu'en déduire que Gulmohamed venait de le tuer. Il était venu là dans ce but précis, et quand il s'est rendu compte que je le suivais, il m'a assommé avant d'assassiner Mukherjee. J'ai compris ce qui se passerait si l'on apprenait que Mukherjee avait été tué. Et si les gens découvraient que l'assassin était musulman, surtout que c'était Gulmohamed, le carnage dans la ville serait inimaginable. »

Il s'est interrompu et a bruyamment avalé sa salive.

« C'est alors que j'ai décidé…

– Quoi ? s'est enquis Taggart.

– De brûler toutes les preuves. Sur le moment, je pensais surtout à éviter les affrontements religieux, et je n'ai rien trouvé de mieux à faire. Je voulais faire croire à un accident, faire croire que Mukherjee s'était endormi sur le canapé avec une cigarette allumée qui se serait ensuite enflammée et aurait provoqué un incendie dans lequel il aurait péri. Cela m'aurait permis de vous faire mon rapport sans que le pays tout entier ne s'embrase. J'ai traîné le corps de Mukherjee jusqu'au canapé, j'ai glissé une de mes cigarettes dans sa main et j'ai mis le feu. Hélas, il m'a fallu plusieurs tentatives pour que le canapé finisse par flamber et entre-temps quelqu'un a dû signaler quelque chose parce que les policiers du secteur sont arrivés en force et m'ont arrêté, de la manière la plus énergique qui soit. »

Taggart a inspiré sèchement. « C'est une sacrée accusation.

– Mais vous n'avez pas réellement vu Gulmohamed pénétrer dans la maison ? ai-je demandé.

– Je ne me souviens pas exactement. Ma mémoire de cette histoire est assez floue. »

Le récit de Satyen a soulevé autant de questions qu'il apportait de réponses. Qu'est-ce que Mukherjee faisait à cet endroit ? Était-ce sa maison, ou avait-il été attiré là ? S'il habitait là-bas, où se trouvait sa famille ? Comment était-il possible qu'un idéologue hindou, respecté par un nombre incalculable de fanatiques, vive dans un trou comme Budge Budge ? Et toutes ces questions se posaient alors même que Satyen ne se rappelait pas formellement avoir vu Gulmohamed pénétrer dans la maison, ni de l'avoir vu tuer Mukherjee.

Mais avant que je puisse lui poser d'autres questions, Taggart a pris les choses en main.

10
Sam Wyndham

Taggart a gagné son bureau avant de s'affaler dans son fauteuil et de se pincer l'arête du nez.

« Merde ! »

Il n'y avait pas grand-chose d'autre à dire.

Il a ôté ses lunettes, s'est frotté lentement le menton et s'est tourné vers Satyen.

« Donc, un musulman respecté et connu de tous parcourt un millier de miles pour aller assassiner un hindou à l'autre bout du pays, tout ça sous *votre* nez, et vous n'avez rien trouvé de mieux que d'incendier les lieux et vous faire arrêter par les policiers du secteur qui, il faut bien le dire, ne sont pas connus pour leur rapidité… Est-ce que vous avez perdu la tête ? »

La réaction la plus censée aurait été de garder le silence, de prendre un air contrit, et d'éventuellement se concentrer sur un coin du tapis en attendant la fin de la tirade du chef. Je m'attendais à ce que Satyen adopte cette attitude, mais *Satyen* et l'idée d'agir de manière *censée* ne semblaient pas ces derniers temps aller de pair. Ainsi il a levé la tête et demandé s'il pouvait parler.

« Parler ? a rétorqué Taggart. Évidemment ! Je vous en prie ! Éclairez-nous. Dites-nous ce qui vous a pris.

– Ça m'a semblé judicieux, monsieur… étant donné les circonstances. J'espérais éviter que la situation ne dégénère encore plus… nous donner une chance d'appréhender Gulmohamed sans provoquer d'émeutes. Je n'ai tout simplement pas pensé que les policiers du secteur arriveraient. »

À voir la moue de Taggart, ces arguments ne l'avaient pas convaincu, et même si je nourrissais encore un océan de doutes, il m'a semblé que c'était le moment de prendre la défense de Satyen.

« Je dois dire que je suis d'accord avec le sergent, monsieur. Il nous a peut-être fait gagner du temps pour nous permettre de trouver comment sortir de ce pétrin. »

Le chef a tourné sa colère contre moi.

« Merci, Mahatma Wyndham. Vous pensez calmer les esprits avec ça ? »

En vérité, c'était exactement ce que je venais de faire. Le ton de sa voix commençait à s'apaiser : il acceptait peu à peu et à contrecœur que, même s'il risquait l'inculpation pour meurtre et incendie volontaire, le sergent avait malgré tout plutôt bien tiré son épingle du jeu. Et la clé pour qu'il se sorte de là était désormais de trouver et d'interroger Gulmohamed.

« Eh bien, a fini par lâcher Taggart. Qu'est-ce que vous attendez ? Allez me chercher l'homme. Ne l'arrêtez pas. Trouvez le moyen de lui mettre la main dessus et apportez-le-moi directement à Lal Bazar.

– Oui, monsieur », ai-je répondu avant de tourner les talons en direction de la porte. Satyen m'a emboîté le pas.

« Pas vous, Banerjee ! a rugi Taggart. Vous venez avec moi. »

Satyen a cligné des yeux.

« À Lal Bazar ?

– Sûrement pas. Vous êtes en état d'arrestation, je vous le rappelle. Je ne peux rien y faire dans l'immédiat, mais je peux vous assigner à résidence. »

Le sergent en est resté bouche bée. « Donc les charges qui pèsent contre moi restent d'actualité ?

– Pour le moment. Nous en reparlerons en allant chez vous. »

Le sergent a eu l'air de vouloir protester, mais il s'est ravisé.

« Oui, monsieur. »

Taggart s'est emparé d'une liasse de papiers sur son bureau avant de la flanquer dans une mallette en cuir qui semblait avoir fait la guerre. Il a appelé un domestique indigène qui d'un hochement de tête a saisi la mallette et nous a suivis jusqu'à la véranda.

La sortie du chef a paru surprendre Villiers, son ordonnance. L'homme s'est précipité sur le téléphone pour prévenir le chauffeur de Taggart, après quoi, remarquant notre voiture encore stationnée dans l'allée, il s'est empressé de dévaler les quelques marches du perron pour morigéner Shiva, qui n'était plus derrière le volant mais se trouvait à l'ombre d'un figuier non loin de là. Ils ont échangé quelques mots, ou du moins Villiers a crié en direction de Shiva. Le chauffeur est vite parti actionner la manivelle du moteur tandis que le véhicule de Taggart apparaissait à l'entrée de l'allée.

« Wyndham, a dit Taggart, quand vous m'aurez amené Gulmohamed, je veux que vous vous rendiez chez Mukherjee. Parlez à sa famille et aux hindous surexcités de son entourage. Transmettez-leur toutes nos condoléances. Dites-leur que nous prenons les choses en main. Surtout, ne laissez pas entendre qu'il s'agit peut-être d'un meurtre à caractère religieux… et encore moins que le coupable pourrait être un officier de police.

– Qu'est-ce que je dois leur dire exactement ? ai-je demandé.

– Dites-leur que nous avons un suspect que nous sommes en train d'interroger, et que nous ferons une déclaration publique très prochainement.

– Je ne sais pas si cela suffira à les apaiser, monsieur.

– Alors trouvez autre chose. »

Taggart s'est tourné vers Satyen.

« Venez avec moi, sergent. Ne traînons pas. »

Après avoir descendu les quelques marches, ils se sont immobilisés tous deux en plein soleil pendant que j'attendais que Shiva démarre la voiture. Le moteur s'est enfin mis en branle, Shiva a enlevé la manivelle, l'a balancée sur le plancher du véhicule et m'a ouvert la portière. À l'entrée de l'allée, le chauffeur était en train de faire la même chose pour le chef. Mais alors que je descendais les marches, tout est parti en vrille. Comme venu de nulle part, j'ai entendu les crissements de pneus d'un véhicule qui s'arrêtait. J'ai vu la sentinelle au visage de marbre se précipiter, fusil à la main. Mais il était trop lent. Une détonation a retenti et l'homme s'est écroulé comme un manteau vide. Taggart a cherché à s'emparer de son revolver, sans jamais y parvenir. Le monde a semblé ralentir. Quelqu'un a jeté quelque chose depuis le véhicule. Une petite sphère métallique pas plus grande qu'une balle de cricket. Je l'ai regardée décrire un arc de cercle dans l'air et immédiatement compris de quoi il s'agissait : une bombe artisanale. Le genre d'engin qu'apprécient aussi bien les terroristes bengalis qu'irlandais et qui a autant de chances d'exploser dans les mains de celui qui le manipule que d'atteindre sa cible. Mais cette fois, elle a atterri à quelques pieds de Taggart et explosé. Un éclair de lumière blanche, un bruit comme un coup de tonnerre et soudain tout était enfumé. Le souffle de ces bombes est généralement très limité, mais dans la mesure où rien ne séparait celle-ci du chef, je me suis dit que cela suffirait largement pour le tuer. J'ai cherché Satyen à travers la fumée.

D'autres tirs ont retenti. Quatre, très rapidement. L'instinct a pris le dessus. Je me suis baissé et j'ai saisi mon Webley. Accroupi, j'ai inspecté la rue. La fumée se dissipait. Les vitres de l'automobile de Taggart avaient volé en éclats, et des fragments de verre étaient éparpillés sur le béton. Taggart était au sol, et Satyen le traînait pour le mettre un tant soit peu à l'abri de la portière blindée du véhicule. Je me suis levé et j'ai couru vers eux tandis que les projectiles continuaient de fuser, cette fois venant de plusieurs positions de tir, ai-je pensé. Certains des membres de la protection rapprochée de Taggart s'étaient peut-être ressaisis et répliquaient maintenant aux tirs adverses.

À l'ombre de la voiture, Satyen semblait bercer la tête du chef. Puis j'ai vu son uniforme : une horrible tache rouge grandissait sur sa tunique blanche. J'ai plongé pour les rejoindre.

« Comment va-t-il ? »

Satyen a secoué la tête. « Dieu seul le sait. »

Le visage de Taggart était blême et maculé de sang. La chemise de Satyen était déchirée et ensanglantée, mais j'avais du mal à savoir de quel sang il s'agissait.

« Et vous ? ai-je fait.

– Juste une égratignure. »

Nous avons tous deux placé le chef en position assise contre les roues de la voiture. Je me suis dirigé vers la maison et j'ai crié à Villiers qui s'était réfugié derrière un palmier en pot.

« Appelez un médecin, nom de Dieu ! »

Satyen s'est penché vers le corps de Taggart et a tendu la main vers l'arme que le chef portait à la ceinture.

« Qu'est-ce que vous foutez ?

– J'ai besoin d'un revolver », a-t-il répondu.

Il s'est emparé de l'arme de Taggart puis a foncé dans la rue en passant près du corps inerte de la sentinelle qui nous avait fait entrer un peu plus tôt. Des crissements de pneus ont alors retenti puis le vrombissement d'un moteur accélérant. Satyen a tiré une fois, avant de se mettre à courir. Autour de lui, d'autres officiers ont continué de faire feu.

Soudain Villiers a surgi à mes côtés.

« L'ambulance est en route.

– Occupez-vous de lui », ai-je ordonné avant de me lever pour rejoindre Satyen.

Au coin de la rue, la voiture a tourné en trombe, ses pneus gémissant. Satyen, qui courait à plus de deux cents yards derrière, a ralenti avant de s'arrêter pour reprendre son souffle. Par-dessus les cris des agents de police, des sirènes ont retenti. J'ai rattrapé Satyen.

Il respirait bruyamment, le front ruisselant de sueur. Ses mains qui tenaient encore le pistolet de Taggart étaient pleines de poussière et de sang.

« Vous avez vu qui c'était ? » ai-je demandé.

Il a secoué la tête.

« La plaque d'immatriculation ?

– Il n'y en avait pas. Comment va le chef ?

– Villiers est avec lui. L'ambulance est en route. »

Il s'est tourné impuissant dans la direction du véhicule qui venait de prendre la fuite.

« Allez, ai-je fait. On devrait retourner là-bas. »

C'est alors qu'il a braqué le pistolet sur ma poitrine.

11
Satyendra Banerjee

Je n'en avais pas l'intention.

C'était simplement l'une de ces décisions que l'on prend dans *le feu de l'action.* Avec du recul, braquer un revolver sur un officier supérieur n'était sans doute pas la meilleure chose à faire, d'autant plus que j'étais déjà accusé de meurtre. Sans compter que Sam est mon ami le plus proche. J'avais braqué un revolver sur lui et il le prendrait mal, c'était sûr. Cependant, sur le moment, j'ai pensé ne pas avoir le choix.

Lord Taggart, le seul homme en mesure de confirmer que je m'étais rendu à Budge Budge sur ses ordres et non pas parce que j'étais fermement décidé à assassiner un érudit hindou, venait d'être attaqué devant chez lui, et d'après ce que j'avais pu voir, même si je manquais d'expérience en la matière, ses chances de survie étaient minces. Ce qui me mettait – et Sam par extension – dans une situation délicate. J'étais assigné à résidence et, si Lord Taggart ne s'en sortait pas, je n'allais pas tarder à atterrir en prison et de là probablement au bout d'une corde. Mes espoirs de rédemption dépendaient directement de l'arrestation de Gulmohamed, et si Sam était un policier on ne peut plus compétent – le meilleur avec lequel j'ai eu le plaisir de travailler –, il lui était malgré tout plus facile d'avoir affaire à ses semblables plutôt qu'à des Indiens. Les différences entre hindous et musulmans, ou entre Bengalis et Gujaratis, ou entre Arias et Dravidiens lui échappaient complètement et ce n'était pas le moment de parfaire son savoir.

Si mon avenir dépendait du fait de trouver Gulmohamed, alors les chances de lui mettre la main dessus augmenteraient considérablement si je participais aux recherches. Après tout, je savais déjà où il séjournait et qui il avait rencontré jusque-là. Expliquer tout cela à Sam aurait pris du temps et l'aurait mis dans une position délicate. J'étais convaincu qu'il ferait passer l'amitié avant le devoir, mais il aurait été malvenu de le placer dans une situation aussi périlleuse. Par conséquent il m'a paru plus ingénieux et même plus efficace de tout simplement braquer sur lui un revolver et de remettre les explications à plus tard, à un moment plus approprié.

Sam a fixé l'arme, puis m'a dévisagé, l'air à la fois incrédule et las, comme si j'étais un enfant qui piquait une crise.

« Qu'est-ce que vous fabriquez maintenant, bon sang ?

– Il faut que je trouve Gulmohamed », ai-je répliqué. Derrière lui, une ambulance a foncé dans la rue, toutes sirènes hurlantes à l'instar des conques des prêtres à Kalighat, avant de s'arrêter près des portes de la résidence du chef de la police.

« Vous devriez aller voir Taggart, ai-je crié par-dessus le vacarme. S'il meurt, je suis mort aussi. »

Sam a hésité.

« Vous n'allez pas me tirer dessus, Satyen. »

Ça au moins, c'était vrai.

« S'il vous plaît, l'ai-je supplié, ne me suivez pas. »

Il ne l'a pas fait, et c'est tout à son honneur.

J'ai fait volte-face et me suis mis à courir. J'ai d'abord pris la même route que les assaillants de Taggart puis, pour éviter la multitude d'agents et de véhicules de police arrivant de toutes parts, j'ai bifurqué dans les ruelles qu'empruntaient cuisiniers, femmes de ménage et autres domestiques pour se rendre chez leurs employeurs. Pour une fois, j'ai été bien content que tant de résidents britanniques à Calcutta mettent un tel point d'honneur à maintenir leur personnel indien autant que possible à distance.

Le soleil continuait de monter dans le ciel et j'ai couru, la sueur dégoulinant dans mon dos et mon cœur battant la chamade, jusqu'à ce que je n'en puisse plus. Je me suis arrêté et me suis appuyé contre la haute façade d'une villa dans l'espoir de trouver quelques minutes de répit, mais un *durwan** présomptueux s'est approché et m'a lancé : « *Hatao !* » C'est alors que j'ai entendu les cliquetis métalliques, les crépitements des étincelles électriques et le tintement de l'avertisseur en laiton du tram synonyme de mon salut.

Puisant dans mes ultimes réserves, je me suis redressé et j'ai couru une dernière fois. En atteignant la rue principale, j'ai vu le tramway qui, après avoir marqué un arrêt, repartait plein à craquer en direction du nord. J'ai imploré le conducteur d'attendre en hurlant et en gesticulant. Lord Ganesh, celui qui efface les obstacles, a dû me prendre en pitié parce que le tram a ralenti et s'est arrêté. Le conducteur est descendu et m'a fait signe de monter à bord comme un instituteur qui réprimande un élève en retard en l'incitant à se dépêcher de rentrer dans l'école.

« *Tara-tari ! Gari derri hoch-ché !* »

12
Sam Wyndham

Il ne l'aurait pas fait.

Pointer une arme sur moi est une chose. Appuyer sur la gâchette en est une autre. Certes, il avait déjà tiré sur un homme auparavant, mais cet homme l'avait mérité. Quant à moi, je lui avais offert un toit lorsqu'il n'avait nulle part où aller, ce qui à mon avis ne méritait pas une balle dans la poitrine.

Quoi qu'il en soit, avec Lord Taggart gisant en sang à quelques yards de là et ses assaillants en fuite, le moment semblait mal choisi pour débattre rationnellement de ce genre de choses avec le sergent. Et Satyen avait raison. Étant donné la gravité des charges pesant contre lui, l'assignation à résidence pourrait très vite se changer en incarcération à la prison centrale dans l'attente de son procès ; et Taggart hors du coup, il n'y avait plus personne pour corroborer sa version de l'histoire, à savoir qu'il avait reçu l'ordre de se rendre à Budge Budge pour prendre en filature une importante personnalité de Bombay qui avait assassiné Mukherjee, même si c'était bien *lui*, Satyen, qui avait mis le feu à la résidence de la victime. Cela semblait tout bonnement ridicule, et je l'ai donc laissé partir en le regardant s'éloigner en courant.

Des infirmiers habillés en kaki, aussi sinistres que des agents des pompes funèbres, s'occupaient déjà de Taggart. Villiers quant à lui ressemblait à un courtisan aux côtés d'un roi déchu. Des hommes bouclaient le périmètre dans la rue et les vrombissements des camions résonnaient tandis que les forces de l'ordre continuaient d'affluer.

Je me suis hâté de rebrousser chemin, espérant que Taggart soit encore conscient, mais j'ai été arrêté par un officier blond qui portait un manteau blanc par-dessus son uniforme. Je l'aurais probablement poussé pour pouvoir passer mais derrière lui se trouvait une sentinelle avec une baïonnette fixée à son fusil.

« Il faut que je parle au chef de la police. »

L'officier a paru perplexe.

« Et qui êtes-vous exactement ?

– Wyndham, ai-je répondu. Brigade criminelle. »

L'homme m'a toisé avant de décider que je n'étais pas à la hauteur. « Il n'est pas en état de parler à quiconque. »

Je me suis tourné vers Villiers. Le visage livide et ensanglanté, il semblait avoir rapetissé ; on aurait dit qu'il remplissait à peine son uniforme maculé de sang. J'ai pris ma dernière cigarette et la lui ai offerte.

« Comment va-t-il ?

– Pas bien. Les médecins en diront plus quand ils l'auront emmené à l'hôpital. » Il a soupiré profondément, la cigarette le soulageant manifestement.

Les infirmiers étaient en train de hisser Taggart sur un brancard lorsqu'un véhicule de l'état-major a franchi le périmètre de sécurité pour s'arrêter à quelques pieds de l'ambulance. À sa suite se sont immobilisés deux camions militaires desquels a débarqué tout un contingent de soldats. Le chauffeur de la voiture s'est empressé de sortir pour ouvrir la portière arrière. Des bottes marron, impeccablement cirées, ont touché le sol, et un officier en uniforme arborant l'insigne de major a émergé du véhicule. L'homme était bien bâti, avec l'air réfléchi d'un universitaire et le regard froid d'un fanatique. Si nous avions été à une autre époque, il aurait pu être un croisé ou un moine-soldat, mais en l'occurrence son insigne était la preuve qu'il faisait partie des services du renseignement militaire.

« Qui est-ce ? » s'est enquis Villiers.

Je n'ai pas reconnu l'homme mais j'avais eu affaire à l'organisation qu'il représentait et j'ai soudain regretté de ne pas avoir conservé ma dernière cigarette.

« Section H, ai-je répondu. Le renseignement militaire. »

Le major s'est avancé à grands pas avec l'assurance d'un héros tout droit sorti d'un poème de Kipling. Il nous a examinés, Villiers et moi, et n'a pas paru impressionné par ce qu'il voyait.

« Qui est le responsable ici ?

– Je crois que c'est moi, monsieur. Inspecteur Villiers, a balbutié l'ordonnance.

– Eh bien, inspecteur Villiers, a fait le major, l'armée prend le relais à partir de maintenant. Dites à vos hommes de se retirer. »

On aurait dit que Villiers venait tout juste d'échapper à la potence.

« Sur ordre de qui ? » suis-je intervenu.

Ma question n'a pas paru surprendre le major.

« Vous devez être Wyndham, a-t-il déclaré d'un ton neutre. Vous êtes l'autre raison qui m'amène ici. »

Je ne m'attendais pas en revanche à cette remarque.

« Je ne suis pas sûr de vous comprendre, major, ai-je fait. Et vous n'avez pas répondu à ma question. Vous prenez le contrôle des opérations sur ordre de qui ? Nous sommes ici sur une scène de crime. Ce qui relève de la juridiction de la police impériale. »

L'officier m'a examiné de près.

« Je m'appelle Boyle, et je suis ici sur ordre du haut commandement de fort William. Quant à savoir de quelle juridiction relève cette scène de crime, vous voyez ces hommes morts là-bas ? » Il a désigné deux corps recouverts d'un drap qui avaient fait partie de la garde rapprochée de

Taggart. « Ces hommes étaient des militaires. Voilà pourquoi l'affaire qui nous occupe relève de l'armée. »

Il s'est tourné vers Villiers.

« Bien, inspecteur, si vous le voulez bien… »

Villiers n'a pas eu besoin de se le faire dire deux fois. Il a promptement hoché la tête avant de partir en courant vers le cordon de sécurité pour ordonner à ses hommes de plier bagage. Je me suis ainsi retrouvé seul avec le major Boyle.

« Où est Dawson ? ai-je demandé.

– Plaît-il ?

– Le colonel Dawson, ai-je dit. J'aurais pensé qu'une affaire comme celle-ci aurait mérité l'attention d'un colonel plutôt que celle d'un major.

– Ce ne sont pas vos affaires. Vous feriez mieux de me dire plutôt ce que *vous* faites ici.

– J'avais rendez-vous avec le chef de la police. »

Le major m'a lancé un coup d'œil méfiant.

« Chez lui ? Pas au bureau ?

– Il s'agissait d'une urgence.

– C'est-à-dire ? »

Il n'y avait aucune raison de lui mentir. Il lui suffisait d'interroger Villiers pour savoir pourquoi j'étais venu ici avec Satyen. Passer le nom du sergent sous silence ne lui rendrait nullement service et j'avais la nette impression que le major en savait d'ores et déjà plus que ce qu'il laissait entendre. Toutefois, l'on n'avait jamais intérêt à dire à la Section H l'entière vérité, si bien que j'ai tenté de me montrer coopératif sans en dire trop, ou du moins en espérant ne rien révéler d'important.

« J'enquêtais avec un autre officier sur un problème indigène à Budge Budge. »

Le major a répété comme un perroquet mes propos : « *Un problème indigène à Budge Budge*? Cela semble bien banal pour que le chef de la police s'y intéresse, et qui plus est si tôt le matin, non ?

– Je ne me permettrais pas de faire des commentaires sur les priorités du chef de la police.

– Non, effectivement. Et cet autre officier ? De qui s'agit-il ?

– Un sergent, ai-je répondu. Un certain Banerjee. »

Boyle a pincé les lèvres avec aigreur.

« Un sergent Barnerjee a été arrêté hier soir à Budge Budge. Il est suspecté de meurtre. Serait-il possible qu'il s'agisse du même homme ? »

Je n'étais pas étonné que la Section H soit déjà au courant de l'arrestation de Satyen. Ils avaient des informateurs partout, et notamment dans les forces de police. Leur boulot était de maintenir la stabilité du Raj et à ce titre ils s'intéressaient en particulier aux crimes politiques susceptibles d'avoir un impact sur cette stabilité. L'assassinat de Mukherjee, qui pouvait potentiellement mettre le feu aux poudres à travers tout le Bengale, avait sans aucun doute les qualités requises en la matière.

« C'est bien ça, ai-je répliqué. Taggart a ordonné sa libération et m'avait demandé de lui amener ici.

– Vous avez cet ordre par écrit ?

– Plus maintenant. Je l'ai donné aux officiers à Budge Budge.

– Et où est-il maintenant, votre ami Banerjee ? »

C'était une bonne question.

« Il est parti à la poursuite des assaillants. »

Boyle a haussé un sourcil.

« Vous l'avez laissé filer ? Faut-il vous rappeler qu'il était en état d'arrestation ?

– Le sergent faisait son devoir.

– Et à présent il est dans la nature. Commode. Sans arme ?

– Quoi ?

– Le sergent, a précisé Boyle. Je suppose qu'il n'avait pas d'arme. Il était en état d'arrestation après tout.

– Il n'est pas impossible qu'il ait pris un revolver à l'une des sentinelles mortes ou blessées. J'étais trop loin pour voir. »

Le major m'a dévisagé. « Vous n'étiez pas avec lui ?

– J'allais partir quand l'attaque a eu lieu. Taggart m'avait ordonné de retourner à Budge Budge. De son côté, il s'occupait du sergent.

– Vous alliez partir quand l'attaque a eu lieu… et malgré tout vous n'avez rien, même pas une égratignure, semble-t-il…

– Je me trouvais à une certaine distance de l'explosion, ai-je dit. Mon chauffeur s'était garé plus haut dans l'allée, près de l'entrée de la maison. La voiture du chef de la police était plus bas, du côté de la rue.

– Par conséquent si votre voiture n'avait pas été stationnée dans l'allée, celle du chef de la police l'aurait attendu là, trop loin pour qu'une bombe lancée depuis la rue puisse l'atteindre ? »

J'ai commencé à avoir le vertige.

« Je ne vois pas où vous voulez en venir, mais…

– Là où je veux en venir, capitaine, c'est que vous avez amené chez Lord Taggart un homme soupçonné d'avoir assassiné un membre éminent du mouvement hindou et que peu après le chef de police en personne a été la cible d'une attaque *sans précédent.*

– Sans précédent, pas tout à fait, ai-je protesté. Taggart a fait l'objet d'au moins trois tentatives d'assassinat depuis qu'il a été nommé chef de la police. Il conserve même sur son bureau l'un des engins qui n'a pas explosé. Il s'en sert de presse-papiers.

– Quatre tentatives, pour être exact, a fait le major, mais celle-ci semble pour la première fois avoir atteint sa cible. Voilà pourquoi on peut dire qu'il s'agit d'une attaque sans précédent. C'est bizarre que cela se soit produit alors qu'il était en compagnie d'un officier indigène qui venait d'assassiner un radical hindou de tout premier ordre et qui a maintenant disparu.

– Banerjee n'a rien à voir avec cet attentat, ai-je affirmé. Sans le chef, il n'aurait pas fait carrière. Jamais il ne lui ferait de mal. »

Boyle a ricané avec dérision. « Les Indiens ont leurs propres lois. À quel point connaissez-vous votre collègue ? Le fils d'un éminent avocat opposé au gouvernement britannique ; le descendant d'une famille influente et antibritannique. Les chats ne font pas des chiens. Il nourrit peut-être secrètement depuis tout ce temps les mêmes idées et il a décidé que le moment était venu d'agir. Il tente peut-être de provoquer une révolution, qui sait ? Il commet un meurtre susceptible de pousser les hindous à prendre les armes. Quand ils découvriront qu'un policier est responsable, ils descendront dans la rue et brûleront tous les commissariats de Calcutta à Karachi. Y avait-il un meilleur moment selon vous pour tenter de tuer le chef de la police du Bengale ? »

Je ne pouvais croire un traître mot de ce qu'il avançait.

« C'est ridicule. Satyen n'a pas assassiné Mukherjee.

– Ah bon ? C'est lui qui vous l'a dit, c'est ça ? Qui l'a tué alors ? »

Je me suis rendu compte que j'étais sur le point de tout révéler à Boyle. C'était peut-être ce qu'il cherchait depuis le début.

« Nous ne savons pas. Il était déjà mort quand Banerjee a trouvé son corps. »

Boyle a secoué la tête. Il s'est penché vers moi et m'a enfoncé un doigt dans la poitrine.

« Eh bien, je vais vous donner un conseil, Wyndham. Trouvez votre sergent, et vite. Parce que sinon, c'est nous qui mettrons la main dessus. Et s'il est responsable de la mort de ces trois soldats, certains de mes collègues tiendront peut-être à régler leurs comptes. »

13
Satyendra Banerjee

Je suis descendu à la gare d'Alipore. La décision n'a pas été facile. J'avais la gorge sèche, le ventre vide, et chaque fibre de mon corps hurlait d'épuisement et me suppliait de rester là où j'étais, calé dans un coin du tramway, ignoré et anonyme. La fatigue avait émoussé ma capacité à raisonner. Comme le tram cheminait lentement, j'ai pensé sauter en route, me fondre dans la masse, et ensuite trouver le moyen d'aller jusqu'à la gare de Howrah pour prendre un train pour Bombay ou Delhi.

C'était ridicule bien sûr. Je ne serais à l'abri nulle part, ni à Bombay ni à Delhi ni ailleurs. Mon espoir de salut, si j'en avais un, consistait à appréhender Gulmohamed et prouver que c'était lui et non moi qui avait assassiné Mukherjee. Pour avoir la moindre chance de parvenir à mes fins, il me fallait retourner dans la résidence de Metiabruz où il séjournait. Si j'arrivais à l'arrêter là-bas, avant qu'il ne quitte la ville, j'aurais peut-être une chance d'échapper à la potence.

Je suis tant bien que mal descendu du tram et me suis traîné jusqu'à la gare où j'ai acheté un billet pour Kidderpore. Le quai était tranquille, presque agréable. Il n'avait rien à voir avec les quais de gare dans le nord de Calcutta, d'ordinaire bondés de voyageurs, de marchands ambulants, de diseuses de bonne aventure, de cireurs de chaussures et de vagabonds. Effectivement, hormis quelques Anglo-Indiens bien habillés, il n'y avait sur le quai que deux hommes en uniforme de la police des chemins de fer assis sur un banc en train de fumer des bidis, fusils posés à leurs pieds. J'ai senti la sueur me couler dans le dos. Je me suis dit qu'il n'y avait rien à craindre. Si tout le monde à Lal Bazar était désormais au courant de ma fuite, il y avait peu de chance que ces deux messieurs aient eu vent de la nouvelle, et vu leur attitude alanguie, ils n'étaient manifestement pas à la recherche d'un fugitif. Toutefois j'ai décidé de garder mes distances, et de me diriger vers l'autre bout du quai. Là, je me suis assis sur un banc à l'ombre d'un margousier en leur tournant le dos.

Je me suis mis à penser à Sam et j'ai aussitôt senti mes tempes rougir de honte. Je n'aurais pas dû braquer un revolver sur lui. Il n'avait été avec moi que gentillesse et loyauté, et je l'en avais remercié de la pire manière qui soit. Il allait sans aucun doute devoir faire face à des questions délicates au sujet de ma fuite, et je me suis demandé ce qu'il allait dire. Préciserait-il à ses interlocuteurs que je l'avais menacé d'une arme ? Il dissimulerait sans doute ce détail fort malvenu, car cela ne pourrait avoir que des incidences négatives sur nous deux.

En entrant en gare, le train était à moitié vide. En d'autres circonstances j'aurais peut-être remercié les dieux d'une telle aubaine, mais ce jour-là j'aurais de loin préféré pouvoir me camoufler dans une foule, dense de préférence. J'ai néanmoins embarqué dans une voiture déserte et j'ai fait de mon mieux pour disparaître en choisissant un siège à l'ombre où j'ai fait semblant de dormir.

Un chef de train en manteau élimé arborant l'insigne de la Company Eastern Railway a surgi alors que le convoi entrait en gare.

« Ter-mi-nus, Kidderpore. Tout le monde descend. Terminus, Kidderpore ! »

J'ai débarqué en compagnie des quelques rares passagers restants et me suis positionné au milieu du groupe se dirigeant vers l'escalier menant à la passerelle qui reliait le quai à la sortie de la gare. Devant, les gens ont commencé à ralentir, et j'ai remarqué qu'un contrôleur, placé au pied de l'escalier, vérifiait soigneusement les billets. En soi, cela ne posait aucune difficulté. J'avais un billet valable, après tout. Mais le plus troublant, c'était que, debout derrière lui, un autre officier de la police des chemins de fer, fusil en bandoulière, semblait beaucoup plus vigilant que ses deux collègues d'Alipore. Je me suis efforcé de garder mon calme. Le contrôle des billets, surtout dans les quartiers les plus défavorisés de la ville, nécessitait parfois un soutien armé, principalement parce que seule la menace d'une balle entre les deux yeux parvenait à convaincre certains habitants de Calcutta d'acheter un billet. Mais ces contrôles se déroulaient en temps normal aux heures de pointe lorsque le nombre d'amendes à payer et de pots-de-vin à verser pour les éviter était à son comble. Le moment choisi semblait bien curieux.

J'ai maudit ma stupidité. J'aurais tout simplement dû me diriger vers l'autre bout du quai, traverser les voies à pied comme un homme du peuple et disparaître dans Kidderpore. Au lieu de quoi, j'avais instinctivement choisi d'agir selon mon rang. J'étais parti vers la passerelle comme l'imbécile *bhadralok** que j'étais. Si je voulais éviter de me faire arrêter, il allait me falloir oublier mes bonnes manières et me mettre à penser comme un fugitif. Je me suis arrêté et j'ai fait demi-tour, dans l'espoir de rebrousser chemin, mais plusieurs autres agents de police étaient désormais en faction s'attendant selon toute vraisemblance à ce que quelqu'un essaie précisément de faire cela. Tel un chien de garde, l'un d'entre eux a regardé dans ma direction, comme si mon changement de cap avait attiré son attention. Il fallait que je réfléchisse vite.

Je me suis empressé de baisser les yeux comme si j'avais perdu mon billet, et je me suis penché en prétendant le ramasser. Ce faisant, le flot de passagers m'avait laissé derrière lui pour franchir le contrôle. Je les ai rejoints rapidement en espérant me fondre de nouveau dans le groupe misérablement petit.

Le contrôleur ne semblait pas particulièrement intéressé par les billets qu'on lui tendait, mais le regard de l'homme armé à ses côtés, c'était une autre histoire. Aux aguets, il scrutait chaque visage. Était-il possible que mes collègues soient déjà à ma recherche ? J'ai gardé la tête basse, contrôlé ma respiration et continué d'avancer. Le moment fatidique se rapprochait inexorablement, et j'ai fini par arriver au niveau du contrôleur. Je lui ai tendu mon ticket et suis passé devant lui aussi calmement que possible.

« Halte ! » a crié quelqu'un derrière moi. Mes entrailles se sont figées. J'ai plongé la main dans ma poche en quête du revolver et j'ai commencé à me retourner. C'est alors qu'un homme est passé en trombe à côté de moi, manquant de me faire tomber par terre.

« Halte ! » a hurlé encore une fois le contrôleur.

À côté de lui, l'agent de la police ferroviaire a levé son fusil. Mais le contrôleur a posé une main sur son bras. « *Chèrè-dow !* a-t-il crié. Laissez-le partir ! C'est un ivrogne. Ce n'est pas la peine de tirer. »

J'ai préféré ne pas attendre pour voir la réaction du policier. Je suis sorti en toute hâte de la gare et j'ai hélé un tonga pour retourner à la demeure de Metiabruz.

14
Sam Wyndham

J'ai suivi l'ambulance de Taggart jusqu'à l'hôpital. Sur son état, les médecins s'étaient contentés de dire qu'il était encore vivant. Je me suis dit que la meilleure chose à faire était de suivre les ordres que j'avais reçus avant l'attaque, à savoir trouver Gulmohamed et le ramener au commissariat pour l'interroger, et ensuite parler avec la famille de Mukherjee. Mais avant de pouvoir me mettre en marche, un agent est venu me trouver avec un message me sommant de regagner notre quartier général.

J'ai pris le chemin de Lal Bazar, m'arrêtant à un kiosque pour acheter le *Statesman* et un exemplaire d'un nouveau quotidien en langue bengalie, l'*Ananda Bazar Patrika.* Ce dernier venait d'être lancé quelques mois plus tôt, et se faisait déjà le porte-parole des indépendantistes indiens. La traduction de son contenu attendrait mon arrivée à Lal Bazar, mais j'ai parcouru le *Statesman* sur le trottoir. L'attentat contre le chef de la police n'était mentionné nulle part – il s'était produit beaucoup trop tard pour les éditions du matin –, mais ce n'était pas ce que je cherchais. J'ai passé en revue les gros titres et relevé les noms des journalistes qui signaient les articles. Il n'y avait rien en une, ni en page 2, d'ailleurs. Mais, page 4, j'ai trouvé ce que je cherchais.

Un éminent érudit hindou trouve la mort dans un incendie à Budge Budge

Il n'était question ni de meurtre ni d'officier de police arrêté. J'ai soupiré, partiellement soulagé seulement, sachant qu'il s'agissait là d'un compte rendu britannique des événements. C'était le point de vue bengali qui comptait, et en particulier le point de vue hindou que l'on pouvait trouver dans leurs journaux indigènes, et quelque chose me disait qu'ils n'attendraient pas la page 4 pour en parler.

En fin de compte, je n'ai pas eu besoin de la traduction. La situation à Lal Bazar a suffi pour confirmer mes craintes. Les officiers affichaient l'air sombre de ceux qui s'attendent à un bain de sang, et les agents couraient dans toutes les directions comme des guêpes quittant une ruche. L'armurerie ne désemplissait pas. Une file d'attente s'était formée et, tels des fidèles devant un temple attendant d'être bénis, des hommes patientaient pour obtenir des fusils. Un flot continu de camions vert kaki arrivaient lentement dans la cour centrale qui n'était plus que gaz d'échappement et vrombissements sourds de moteurs diesel, et une fois pleins d'hommes, les véhicules repartaient sur les théâtres des opérations aux quatre coins de la ville que l'on appelait, et c'était un euphémisme, les « poudrières ».

Je me suis frayé un chemin jusqu'à la cellule de crise, un grand bureau au premier étage dans lequel une douzaine d'hommes s'affairaient. Les murs et les tables étaient recouverts de cartes de la ville et de ses environs. En cas d'urgence, c'était ici que les rapports arrivaient de partout par radio ou par messager, et au fur et à mesure un tableau de ce qui se passait était établi en temps réel. À en juger par la frénésie ambiante, la situation était instable.

Des flèches sur une grande carte indiquaient les mouvements d'une foule qui s'était rassemblée dans les banlieues nord et se dirigeait vers le sud. Toutes les trois ou quatre minutes, de nouvelles informations nous parvenaient, et la carte était réactualisée. Un raz-de-marée qui avait traversé Cossipore… puis s'était engouffré dans Upper Circular Road… et dans Harrison Road et Bow Bazar… pour se déverser autour de la gare de Sealdah… avant d'être stoppé par la police à Dharmatola et canalisé dans Lower Circular Road… Parallèlement, des flèches venant du sud, de Kidderpore et Kalighat, pointaient vers le nord. Tout semblait converger vers le Maidan.

Il est difficile de décrire une émeute à Calcutta à ceux qui n'en ont jamais vu ou vécu une en direct. J'ai assisté à des émeutes à Londres : des hommes costauds qui saccagent et pillent dans le Mile End comme les derniers Vikings, mais ces gaillards ne valent rien par rapport aux petits habitants de cette ville. Ici tout commence, comme dans la plupart des émeutes, par une manifestation – une marche, un *hartal*, un sit-in –, mais ensuite il y a un déclic. Une force invisible s'empare des manifestants et les choses s'enveniment. Les griefs cèdent la place à une colère pure qui très vite se métamorphose en folie collective à l'instar d'un feu de brousse dégénérant en brasier infernal attisé par des vents invisibles, et l'ombre de la mort s'abat aussi inexorablement que la tombée de la nuit.

Il y a, me semble-t-il, quelque chose dans la psyché bengalie qui prédispose à l'autodestruction. Comment expliquer sinon le comportement d'un peuple capable d'atteindre des sommets en matière d'art, de poésie et de philosophie et pourtant si prompt à tomber dans la barbarie et le massacre des siens au nom de la religion ?

Une convocation m'attendait sur mon bureau. L'adjoint du chef de la police – un certain Halifax – voulait me voir *de toute urgence.*

Aujourd'hui tout semblait se conclure par cette injonction, mais Halifax était le genre d'homme qui trouvait nécessaire de l'utiliser sans quoi il redoutait qu'on ignore sa requête. C'était un bon officier, et un homme bien, d'ailleurs. D'humeur égale et affable, il était un administrateur compétent, cela ne faisait aucun doute ; en revanche comme responsable, il me rappelait un verre de lait : agréable à boire, mais on aurait préféré quelque chose de plus fort.

Son bureau était au même étage que celui de Taggart, mais les similitudes s'arrêtaient là. Le bureau du chef était aussi spacieux qu'une salle de banquet, et meublé dans un style digne de l'aristocratie française. Celui d'Halifax par contre évoquait plutôt le classicisme de Sparte que la France fin de siècle. Il était exigu, à peine plus grand que l'antichambre qu'utilisait le secrétaire de Taggart, et meublé tout simplement d'un bureau, de quelques chaises, d'un meuble de rangement et d'une grande carte de la ville, dont certains quartiers ne tarderaient pas à être réduits en cendres, me suis-je dit.

Ce jour-là on aurait pu lui pardonner de réclamer un peu plus d'espace. J'ai frappé et pénétré dans la pièce bondée d'hommes en uniforme et dans laquelle flottait une écœurante odeur de transpiration et de fumée de tabac. Quatre paires d'yeux se sont tournées vers moi, et un espace s'est ouvert devant le bureau d'Halifax. Assis derrière, l'adjoint du chef avait l'air d'un homme contraint de participer à une partie de roulette russe.

« Wyndham, s'est-il exclamé. Dieu merci. »

Cet accueil, complètement différent de celui que me réservait d'ordinaire Lord Taggart, était bien plus plaisant.

« Messieurs, lança-t-il aux officiers rassemblés devant lui, voici le capitaine Wyndham. Il se trouvait avec le chef quand l'attentat a eu lieu. »

L'un des hommes, un moustachu en uniforme kaki, m'a demandé :

« Comment va-t-il ? »

À la couleur de son uniforme et la quantité de galons sur ses épaulettes il s'agissait d'un officier supérieur d'une juridiction hors de la ville. Les autres, Halifax y compris, me regardaient, pendus à mes lèvres comme si j'étais le prophète Isaïe venu leur faire une révélation.

« Il est vivant, ai-je répondu.

– Est-ce qu'il va s'en sortir ?

– Les médecins n'étaient pas en mesure de le dire. »

Puis soudain un déluge de questions s'est abattu sur moi, toutes plus pertinentes les unes que les autres et auxquelles je n'avais aucune envie de répondre.

Halifax n'avait pas l'air d'en mener large. « Que s'est-il passé exactement ? »

Je lui ai répété ce que j'avais raconté à Boyle de la Section H, à savoir que j'étais trop loin pour voir ce qui s'était produit. Je savais qu'une voiture était arrivée et qu'une bombe avait été lancée. Une fois de plus, j'espérais éviter d'avoir à mentionner le nom de Banerjee, et une fois de plus j'ai été déçu.

« Nous devrions passer au sujet suivant », a déclaré Halifax. Il s'est tourné vers l'un des officiers : « Commissaire Travers ? »

L'homme s'est éclairci la gorge.

« Comme vous le savez, a-t-il commencé, le théologien hindou Prashant Mukherjee a été assassiné hier dans une maison de Budge Budge. Les agents du secteur ont été prévenus de la présence de personnes suspectes à proximité des lieux. En arrivant sur place, mes hommes ont appréhendé un homme en train de provoquer un incendie. Ils ont éteint les flammes et arrêté l'individu. Le feu s'était propagé dans deux pièces du rez-de-chaussée. Dans l'une d'elles se trouvaient les restes calcinés de Mukherjee. Le corps était brûlé mais néanmoins identifiable. L'individu arrêté a été emmené au commissariat de Budge Budge où il a déclaré être le sergent Satyendra Banerjee, du commissariat de Lal Bazar. »

L'adjoint du chef m'a regardé.

« Il parle de votre gars, je crois bien, Sat c'est ça ? »

J'ai opiné du chef.

« Après l'arrestation, a repris Travers, nous avons appris que le suspect avait été relâché et confié au capitaine Wyndham sur ordre de Taggart.

– Et où est-il maintenant ? s'est enquis Halifax.

– Eh bien, monsieur, ai-je répondu, nous l'ignorons pour l'instant. »

L'adjoint de Taggart a cligné des yeux.

« Quoi ?

– La dernière fois que nous l'avons vu, il se lançait à la poursuite des assaillants de Lord Taggart.

– Diable, Wyndham, s'est exclamé Halifax. Vous voulez dire qu'il s'est enfui ? »

Je sentais sur moi les regards insistants des officiers. Mon pouls s'est accéléré et j'ai soudain pris conscience du ronronnement du ventilateur fixé au plafond, dont les pales tournaient à toute allure au-dessus de ma tête. J'avais la gorge sèche.

« C'est plus compliqué que ça.

– Vraiment ? a remarqué Halifax. Eh bien, éclairez-nous.

– Banerjee se trouvait à Budge Budge sur ordre de Lord Taggart. Il a été attaqué à l'extérieur d'un bâtiment, et en revenant à lui, il est rentré tant bien que mal dans la résidence pour chercher de l'aide. Il ne savait pas du tout chez qui il était. En pénétrant à l'intérieur, il a trouvé Mukherjee par terre, déjà mort. Bien sûr, il a tout de suite compris ce que cela signifiait. La nouvelle de l'assassinat de Mukherjee déclencherait des émeutes, et il a décidé, faisant preuve à la fois d'imprudence et d'altruisme mal placé, que la meilleure décision était d'incendier les lieux pour faire croire que Mukherjee s'était endormi en fumant et était mort de manière accidentelle. »

Travers a ricané : « Et il pensait que vous alliez croire ça ?

– Lord Taggart l'a cru, ai-je répliqué. Il m'a chargé d'appréhender le véritable assassin.

– Et de qui s'agit-il ? »

J'avais réussi à ne pas révéler ce détail à l'agent de la Section H. Et je n'avais guère envie de le partager désormais avec ces hommes. Je me suis tourné vers Halifax pour qu'il me vienne en aide. Il a semblé surpris que je fasse appel à lui.

« Pour l'amour du ciel, mon cher, répondez !

– Un certain Farid Gulmohamed, un politicien musulman. »

Halifax m'a fixé, stupéfait. Travers a ri, incrédule.

« Le type de l'Union de l'Islam à Bombay ?

– Absolument, ai-je dit. Lord Taggart avait chargé Banerjee de le surveiller. Il l'a suivi jusqu'à la maison de Budge Budge.

– Il est *vraiment* à Calcutta ? a interrogé Halifax.

– Oui, monsieur, ai-je répondu. Il est arrivé avant-hier soir.

– C'est grotesque, a protesté Halifax. Pourquoi Gulmohamed traverserait-il le pays pour tuer un homme comme Mukherjee ?

– Lord Taggart s'est posé la même question, ai-je remarqué.

– Attendez, est intervenu Travers. Ce n'est peut-être pas aussi tiré par les cheveux que ça en a l'air. Gulmohamed est un homme politique musulman. Mukherjee était proche du Shiva Sabha, le parti hindou. Par conséquent, ils étaient naturellement ennemis. »

L'homme semblait se ranger à mon avis. Il m'a fallu un instant pour surmonter ma surprise.

Halifax a secoué la tête. « Ça ne prouve pas grand-chose. À ce compte-là, chaque leader de l'Union de l'Islam ou chaque politicien à Calcutta aurait pu tuer Mukherjee, ce qui aurait permis à Gulmohamed d'économiser le prix de son billet de train. »

Travers a brandi une main conciliatrice. « Je ne dis pas que je crois à l'histoire de Wyndham ; il me semble seulement que l'idée n'est pas aussi invraisemblable qu'elle en a l'air.

– Ce n'est pas *mon* histoire, me suis-je défendu, mais cela a plus de sens que la version selon laquelle un officier de police, avec cinq années de bons et loyaux services dans nos rangs, serait l'assassin. Réfléchissez : Banerjee est hindou. Pourquoi diable voudrait-il tuer un homme de sa religion qu'il n'a probablement jamais rencontré auparavant ?

– Et l'attentat contre Taggart ? a fait Travers. C'est juste une coïncidence si votre homme a disparu avec les assaillants ?

– Croyez-moi, ai-je rétorqué, le sergent n'avait aucun moyen d'en être informé. Il a passé la nuit dernière à se morfondre dans une cellule. Il ne savait pas du tout que Taggart me demanderait de le ramener chez lui plutôt qu'à Lal Bazar.

– Pour moi, il reste suspect, a décrété Travers. Ses complices vous ont peut-être suivis, vous et lui, de Budge Budge jusqu'à la résidence de Taggart, qui sait ? L'attentat à la bombe n'était peut-être pas une tentative de meurtre contre Taggart ; si ça se trouve, il s'agissait pour eux de libérer Banerjee ? La présence de Taggart a peut-être été un bonus providentiel.

– Si leur but était de libérer Banerjee, ai-je dit, pourquoi est-ce qu'ils ne l'ont pas emmené avec eux ? La vérité, c'est qu'ils sont arrivés en voiture, qu'ils ont lancé leur bombe, tiré des coups de feu et qu'ils sont repartis comme ils étaient arrivés. Banerjee a essayé de les arrêter, il ne s'est pas enfui avec eux. »

Travers a esquissé un sourire. « Et pourtant, capitaine, il est introuvable à l'heure qu'il est.

– Travers a raison, est intervenu Halifax. Nos priorités sont de retrouver Banerjee et d'éviter que les choses s'enveniment avec cette affaire Mukherjee. La famille a demandé à récupérer le corps tout de suite, et j'ai accédé à leur demande. On nous signale déjà des échauffourées à Cossipore. Toute allusion au fait qu'il pourrait s'agir d'un assassinat à caractère religieux doit être tuée dans l'œuf, et il faut le faire maintenant.

– Si je puis me permettre, a dit Travers, la Section H se charge déjà de l'enquête sur l'attaque contre Lord Taggart. Dans la mesure où l'assassinat de Mukherjee et la fuite du sergent Banerjee y semblent liés, ne serait-il pas logique qu'ils prennent aussi le relais là-dessus ? »

J'étais sur le point de protester, mais l'adjoint du chef de la police m'a coupé l'herbe sous le pied.

« Silence, Wyndham. À partir de maintenant, tout ça ne vous concerne plus, de près ou de loin. Vous êtes trop proche de cette maudite pagaille de toute façon. » Il s'est tourné vers Travers. « J'essaierai de confier l'affaire Mukherjee à la Section H. Quant à Banerjee… pour le moment, il vaut mieux que nous nous chargions nous-mêmes de le retrouver. »

15
Satyendra Banerjee

Les rideaux de fer descendaient devant les vitrines des magasins.

Partout dans Metiabruz, la peur imprégnait l'air alors que les troubles menaçaient de gagner le quartier. Dans les principaux centres hindous du nord, des nuages de suie et de cendres s'élevaient déjà, tel un orage sur le point d'éclater.

Lorsque j'y étais passé la veille, la route était foisonnante de couleurs et de sons, avec les rouges et les vert émeraude des étals de légumes, les reflets argentés des poissons et les harangues des vendeurs du marché. Là tout était vide ; les étals, privés de leurs produits et de leurs clients, ressemblaient à des squelettes de bambou et de toile.

Je me suis demandé si les gens savaient ce qui était arrivé. Comment avaient-ils appris qu'il fallait se barricader ? Était-ce leur sixième sens ou la mémoire collective ? La fumée s'élevant au nord laissait-elle forcément présager que la violence se répandrait dans le sud ? Je me demandais combien d'entre eux savaient qui était Mukherjee, et pourquoi sa mort devrait-elle déclencher un cataclysme ? Ou bien considéraient-ils le déferlement de violence comme une volonté divine aussi inexplicable qu'une inondation ou une invasion de sauterelles ?

J'ai ordonné au tonga-wallah de s'arrêter afin que je puisse acheter un quotidien bengali – il n'y avait sur place que de la presse dans cette langue – à un vieillard qui s'empressait de fermer la boîte haute et large de quelques pieds seulement dans laquelle il restait assis en tailleur douze heures par jour. Il a paru médusé que quiconque cherche à acheter un journal quand les nouvelles elles-mêmes n'allaient pas tarder à nous tomber dessus.

La une annonçait la disparition de Mukherjee et jugeait les circonstances « suspectes ». Le ton de l'article était incendiaire – littéralement dans la mesure où il évoquait le feu qui avait pris dans la maison où l'homme avait été trouvé. Il n'était pas question du moindre suspect, mais il était clairement mentionné qu'un incendie volontaire avait été déclenché par des opposants aux opinions politiques de l'homme. Et si l'accusation était suggérée plutôt qu'affirmée, elle ne laissait cependant aux lecteurs aucun doute quant à la responsabilité des musulmans. J'ai été pris d'un haut-le-cœur, comme si j'avais reçu un coup de pied dans le ventre. Non seulement ma tentative désespérée d'éviter un bain de sang en dissimulant l'assassinat avait échoué, mais mon geste était désormais récupéré par la logique de haine que j'avais précisément cherché à déjouer.

J'aurais dû le savoir. Les gens font toujours en sorte de distordre les faits pour servir leurs intérêts. Mes actes n'avaient en rien empêché la violence communautaire ; ils avaient au contraire persuadé l'opinion qu'au lieu d'avoir été étranglée, la victime était morte dans un incendie criminel. Et pour ce faire je m'étais moi-même passé la corde au cou.

Je suis retourné au tonga et j'ai poursuivi derechef mon chemin en passant sous l'arche islamique et devant les demeures au bord du Hooghly où j'avais rencontré la femme au santour et où Gulmohamed était censé séjourner. J'ai à nouveau remonté l'allée de gravillons. Cette fois il n'y avait pas de musique. D'ailleurs il n'y avait absolument aucun son. Même les oiseaux dans les arbres s'étaient tus.

J'ai monté les marches, passé les balustrades richement sculptées de motifs géométriques qui projetaient au sol un entrelacs d'ombres. Avec ses fauteuils en rotin et sa table vide, la véranda semblait abandonnée tel le pont d'un navire fantôme. La massive double porte était soigneusement fermée, barricadée de l'intérieur. J'ai tiré sur le cordon de la sonnette et j'ai attendu.

Il faisait une chaleur étouffante. Plusieurs minutes se sont écoulées, suffisamment pour que j'aie le temps de faire le point sur ma situation déplorable. J'avais tenté de sauver des vies, d'éviter un désastre, et à cause de cela j'étais désormais un fugitif cherchant à échapper aussi bien à ses collègues qu'à la potence. Je me suis souvenu de ce que je m'étais dit en venant ici la première fois. J'étais tombé sous le charme de la nièce de Gulmohamed et m'étais convaincu de ne pas tirer de plans sur la comète. Eh bien, tout cela n'était plus d'actualité et ne le serait plus jamais. Ma vie telle que je l'avais connue était désormais terminée. Ma carrière avait volé en éclats en emportant avec elle tout espoir de mariage ou autres gratifications grandes ou petites qui marquaient le statut et les avancées d'un bhadralok au cours de son existence. J'avais atteint un point de non-retour. Désormais, mon seul salut, s'il en existait un, serait d'aller de l'avant, jusqu'au bout, même si la conclusion devait avoir un goût amer.

Au-dessus de ma tête a retenti le crissement métallique d'une charnière qui manquait d'huile et le bruit sourd d'un volet en bois heurtant le mur.

« *Ké ?* » La voix était féminine.

J'ai reculé de quelques pas afin de me rendre visible. Une bonne épiait entre les barreaux d'une fenêtre au premier étage.

« *Kee chow ?* » a-t-elle demandé, l'air mauvais.

J'ai perçu de la peur dans sa voix ; une agressivité qui masquait de l'appréhension. En tant que policier, mon instinct était de profiter de cette peur en la menaçant des pires conséquences si elle refusait de m'obéir. Mais c'était impossible à présent. Je ne pouvais pas lui dire que j'étais policier. D'ailleurs, je n'étais même pas sûr d'en être encore un, et je redoutais qu'en brandissant la menace, je ne fasse qu'envenimer la situation. Les circonstances exigeaient de la délicatesse.

« *Didi*, ai-je répondu, *ami Gulmohamed sahiber sandhān kōrchee. Bapār-ta khoobi dorkāree.* » Je lui ai dit que je cherchais Gulmohamed, et précisé que c'était urgent.

Elle s'est détournée de la fenêtre et a échangé quelques mots avec une personne dans l'ombre.

« *Darao* », a-t-elle dit en me regardant. *Attendez là.*

J'ai obtempéré, regagné la porte et attendu. De l'intérieur m'est parvenu le son d'une poutre que l'on soulève et d'une chaîne que l'on décroche.

Le battant s'est ouvert et devant moi se tenait non pas la bonne mais la femme qui m'avait précédemment envoûté avec son santour, la nièce de Gulmohamed.

« Ah, a-t-elle fait, monsieur Union de l'Islam. Vous voilà de retour.

– C'est vrai, memsahib.

– Qu'est-il arrivé à votre visage ? »

J'ai instinctivement porté la main sur mes ecchymoses.

« J'ai eu des problèmes avec les dadas d'un certain *pārā**.

– On vous a attaqué ?

– Nous avons eu un différend, ai-je concédé. S'il vous plaît, il est impératif que je parle avec votre oncle. Est-il là ? »

Elle m'a regardé comme une femme examinant un nouveau sari dans une boutique, pour chercher à déterminer si je valais la peine qu'elle me consacre encore du temps et de l'attention. « *Impératif* ? Dans ce cas-là, entrez, je vous en prie. »

J'ai souri, reconnaissant, ôté mon couvre-chef et l'ai suivie à l'intérieur.

La maison était décorée, si ce n'est comme le palace d'un moghol, du moins comme son pavillon de chasse. Aux murs, des portraits de princes couverts de joyaux se disputaient la place avec des photographies sépia de *maharanis* aux visages ronds comme la lune et aux yeux aguicheurs.

Elle m'a mené dans le salon. Sur le manteau de cheminée étaient disposées des miniatures mogholes et au sol une peau de tigre élimée. Au centre trônaient deux sofas tendus de brocarts délavés. J'avais espéré trouver Gulmohamed dans cette pièce, mais elle était vide. La femme m'a indiqué l'un des deux canapés tout en prenant place dans l'autre. J'ai obtempéré en évitant de marcher sur la peau du pauvre tigre, qui avait encore sa tête, mâchoires ouvertes, dans un ultime rugissement silencieux.

Elle a appuyé sur un bouton en laiton fixé au mur derrière elle. La porte s'est ouverte et en me tournant j'ai vu la bonne entrer, tête basse.

« Du thé ? » s'est enquise la femme.

Était-ce normal dans les cercles musulmans d'offrir le thé à un humble messager ?

J'ai décliné. « J'ai seulement besoin de parler avec votre oncle.

– Naturellement », a-t-elle dit en hochant la tête, mais il y avait quelque chose dans son attitude qui m'a dérangé. Elle s'est tournée vers la bonne. « *Jao.* »

Sans un mot la domestique a fait demi-tour et a refermé la porte derrière elle.

« Est-ce que M. Gulmohamed va en avoir pour longtemps ? »

Elle a souri. « Pardonnez-moi, a-t-elle déclaré. Je ne vous ai pas demandé votre nom.

– Mon nom ? » ai-je balbutié. Je n'avais pas pensé à me donner un nom. « Asif », ai-je marmonné. C'était le premier prénom qui me venait à l'esprit. « Asif Khan.

– Vous êtes de Calcutta ?
– Non, memsahib. De Dhaka. »

Elle s'est penchée en avant. « Vraiment ? J'ai de la famille à Dhaka. Peut-être sommes-nous voisins ? »

Une famille de son standing ne vivrait jamais dans le même quartier que celle du pauvre garçon que je prétendais être. Elle se jouait de moi. Mais je ne savais pas pourquoi.

J'ai souri comme un imbécile et secoué la tête. « *Nā*, memsahib. Je ne pense pas.

– Où vit votre famille à Dhaka ?

– Pourquoi ? »

Elle a souri à son tour. « Je veux savoir dans quelle école à Dhaka vous avez appris un mot comme *impératif*. »

J'ai maudit ma stupidité. Le mot *impératif* ne figurerait pas dans le lexique d'un garçon pauvre. D'ailleurs, le mot *lexique* non plus.

« Et si vous me disiez qui vous êtes *véritablement* ? »

J'ai réfléchi un instant avant de décider que je n'avais rien à perdre à lui dire la vérité. Elle ne tarderait pas à l'apprendre de toute façon, puisque j'étais là pour arrêter son oncle.

« Je suis policier », ai-je déclaré.

Elle a écarquillé les yeux. « Un espion ?

– Un enquêteur.

– Vous n'avez pas l'air d'un enquêteur.

– Ces derniers jours ont été éprouvants.

– Ça se voit, a-t-elle répondu en désignant mon œil au beurre noir. Et vous avez une pièce d'identité ? »

J'ai mis la main dans ma poche mais me suis aperçu que mes papiers se trouvaient encore dans le coffre-fort du thana de Budge Budge.

« Pas sur moi, ai-je répondu. Je suis en mission. Il faut que je parle à votre oncle *maintenant*. Ou bien il va y avoir des morts dans cette ville. »

Une ombre a traversé son visage ; nuage égaré s'aventurant devant le soleil.

« Vous essayez de me faire peur ? »

J'ai secoué la tête. « J'aimerais bien que ce soit le cas, mais non. Par conséquent, mademoiselle, si vous n'avez pas envie d'être arrêtée, s'il vous plaît dites-moi ce que j'ai besoin de savoir. Où est votre oncle ?

– Je l'ignore. »

Je ne savais pas si je devais la croire.

« S'il vous plaît, dites-moi la vérité. Le nord de Calcutta est déjà en train de se soulever, et j'ai besoin de trouver votre oncle pour éviter que la situation empire.

– Il n'est pas ici. Il est parti il y a près d'une heure.

– Parti où ? »

Elle a haussé les épaules. « Il est rentré à Bombay. »

Sam m'aurait conseillé de ne pas la croire. Il m'aurait rappelé que j'avais tendance à croire sur parole les femmes sans me poser de question. De plus, il me l'aurait dit avec le plus grand sérieux, oubliant le nombre incalculable de fois où il avait accordé sa confiance à une femme en sentant tout simplement son parfum, sans même attendre qu'elle ouvre la bouche. Mais Sam n'était pas là, et à mon avis cette femme ne mentait pas. J'ai décidé de suivre mon instinct ; de toute façon je n'avais pas vraiment le choix. Quelle était l'alternative ? Allais-je fouiller seul toute la maison ? Il suffirait d'un coup de fil au commissariat pour vérifier mon identité, et je serais cuit. La triste réalité, c'était que les autorités me cherchaient moi et non Gulmohamed, et le temps m'était compté.

« Est-ce qu'il part de la gare de Howrah ? »

Elle m'a regardé comme si j'étais un abruti. « À moins qu'il ait décidé de passer par la route touristique et de prendre un vapeur, comment voulez-vous qu'il y aille ? »

Gulmohamed n'allait certainement pas prendre la route touristique, ai-je songé.

« Et avant que vous ne me posiez la question, a-t-elle poursuivi, le moyen le plus rapide d'aller à Howrah, c'est par la rivière, et non, je ne connais pas les horaires du ferry. Bon, j'imagine que vous n'avez pas d'autres questions ?

– Si, encore quelques-unes. Puis-je vous demander comment vous vous appelez, mademoiselle ?

– Ayisha, a-t-elle répondu avec un sourire.

– Eh bien, mademoiselle Ayisha, pourriez-vous par hasard me prêter vingt roupies ? »

Elle n'a pas pu s'empêcher de rire.

« Se faire passer pour un pauvre présente quelques désavantages, ai-je rajouté. Pour commencer je ne peux pas avoir beaucoup de liquide sur moi. Je n'avais pas prévu de faire deux allers-retours jusqu'à Metiabruz pour retrouver votre oncle. »

C'était un mensonge, bien sûr. J'avais commencé la veille avec un portefeuille plein d'argent. Dont la majeure partie, ainsi que le portefeuille lui-même, se trouvaient désormais dans les poches des agents de Budge Budge qui m'avaient arrêté.

Elle s'est levée, s'est dirigée vers un buffet, en a ouvert un tiroir et est revenue vers moi avec deux billets flambant neufs de dix roupies. Elle me les a tendus, puis s'est ravisée.

« Avant de vous les donner, je mérite de connaître votre véritable nom, n'est-ce pas ? Comment puis-je être certaine de récupérer mon argent sans ça ?

– Croyez-moi, je m'assurerai de vous le rendre, ai-je affirmé. Et je m'appelle Satyendra Banerjee.

– Satyendra Banerjee, a-t-elle répété. Ah, voilà le nom d'un homme susceptible de connaître le mot *impératif*. »

16
Sam Wyndham

Peu importait ce que pensaient Halifax ou les autres haut gradés. Je savais que Satyen était innocent. La question était : comment le prouver ? Halifax m'avait écarté de l'enquête en m'ordonnant de me concentrer sur les autres dossiers qui m'attendaient sur mon bureau : une affaire de faussaire et le meurtre d'un comptable dans le sud de Calcutta, de toute évidence assassiné par son épouse, car, franchement, qui ne finit pas par regretter d'avoir épousé un comptable ?

Même dans des circonstances plus favorables, j'aurais été peu disposé à m'occuper de l'une ou de l'autre. À présent que Satyen risquait la potence, je n'allais pas perdre mon temps à chercher un petit délinquant qui fabriquait de faux billets de cinq roupies dans Howrah ou à emprisonner une catholique de quarante ans qui avait donné les meilleures années de sa vie à un gratte-papier pour finalement décider, ce qui était bien compréhensible, qu'elle en avait assez.

J'ai regagné mon bureau, j'ai pris ma veste, mon revolver et, plus important, mes cigarettes, et je suis ressorti dans la chaleur de l'après-midi. J'ai traversé la cour pour aller chercher une voiture au garage. Dehors devant l'entrée, un mécanicien aux vêtements tachés de graisse fumait assis sur un tabouret. En me voyant approcher, il a secoué la tête.

« J'peux rien pour vous, chef, a-t-il lancé en écrasant son mégot sous sa botte. Toutes les automobiles sont déjà réquisitionnées. Décision d'Halifax.

– Vous n'avez rien ? ai-je fait. Pas même une moto ?

– Vous avez un ordre de service ?

– Comment ça ?

– Vous êtes censé avoir un ordre de service signé pour qu'on vous donne un véhicule. Normalement, on fait sans, mais Halifax veut qu'on respecte les règles. Pas d'ordre de service, pas de moto.

– Faites une exception, l'ai-je supplié. C'est une question de vie ou de mort.

– *De vie ou de mort ?* C'est toujours une question de vie ou de mort avec vous autres, pas vrai ? Bah, aujourd'hui, c'est une question de vie ou de mort dans toute la ville, au cas où vous auriez pas remarqué. »

J'ai fait une dernière tentative.

« Peut-être qu'un de vos hommes pourrait me déposer quelque part. »

Le mécanicien a eu un sourire suffisant, et j'ai vu la satisfaction dans ses yeux : la revanche du laissé-pour-compte sur son supérieur.

« On est pas une compagnie de taxis quand même. »

J'ai capitulé et suis parti dans les rues désertes. Il n'y avait même pas de rickshaw-wallahs qui d'ordinaire sont toujours à l'affût d'une course. Et ce n'était pas à cause de la sieste de l'après-midi durant laquelle les indigènes tout comme les Anglais abandonnaient les rues et le soleil pour se réfugier dans la fraîcheur des intérieurs ventilés. Il s'agissait de quelque chose de différent, quelque chose de dangereux. L'air semblait brûler, comme chargé d'une violence menaçante et électrique.

J'ai pris vers l'est sur Bow Bazar en direction d'une clameur lointaine dont l'écho résonnait tel le ressac se brisant contre une falaise. Selon les rapports, le périmètre de sécurité qui avait été établi pour protéger le centre de la ville n'était qu'à quelques pâtés de maisons de là, pas très loin du Upper Circular Road.

Je suis passé devant des vitrines barricadées et de grands panneaux publicitaires aux visages souriants qui semblaient avoir été parachutés là par hasard. Toutefois, des signes de l'agitation en cours plus loin n'ont pas tardé à apparaître : les protestations de la foule sont devenues plus fortes et une fumée piquante aux relents de pétrole a commencé à flotter dans l'air.

Je suis arrivé à l'angle d'Amherst Street. De l'autre côté du carrefour, un fragile cordon d'uniformes blancs et quelques wagons de tramways en feu bloquaient le passage. Les policiers, armés uniquement ou presque de lathis, observaient avec une certaine inquiétude plusieurs milliers d'hommes qui défilaient devant eux, scandant des slogans, brandissant des armes de fortune et des bannières rudimentaires barbouillées de mots en noir et rouge.

Un agent qui d'après ses galons appartenait à la police de la circulation s'est précipité vers moi, armé d'un simple bouclier en bambou et d'un lathi. Il a semblé soulagé de me voir, comme si j'arrivais avec la cavalerie.

« Qui dirige les opérations ? » ai-je demandé.

Consterné, il a froncé les sourcils.

« Personne, monsieur.

– Quels sont vos ordres ?

– Empêcher les pillages et inciter la foule à rejoindre le Circular Road. »

J'ai jeté un coup d'œil aux tramways en flammes et au détachement hétéroclite d'hommes qui faisaient front. D'ordinaire, ils régulaient la circulation, et là ils se retrouvaient à affronter une foule en colère pour des questions de religion. Ils faisaient de leur mieux pour éviter les regards des manifestants. Si le cortège, qui ressemblait à un énorme serpent s'acheminant vers le sud, avait changé de direction, il aurait balayé ce détachement dérisoire en quelques minutes.

Aux fenêtres et aux balcons, des gens regardaient. Les troubles à caractère religieux n'avaient rien de nouveau. En général, il y en a tous les ans, pour une raison ou pour une autre : des musulmans se soulèvent parce que des hindous ont joué trop fort de la musique à proximité d'une mosquée ; des hindous parce que le bruit court que des musulmans ont abattu une vache quelque part ou organisé une procession dans une partie de la ville où ils ne sont pas censés le faire. Mais les évènements de ce jour-là étaient différents. L'échelle tout autre : la foule semblait plus importante, mieux organisée.

Il a fallu dix bonnes minutes au plus gros du cortège pour passer, après quoi sont arrivés les imbéciles et les fauteurs de troubles, et c'est alors que les problèmes ont commencé.

Une pluie de projectiles s'est abattue sur le cordon de police, et j'ai maudit, une fois encore, la facilité avec laquelle on pouvait trouver des briques par terre dans Calcutta. Quelques-uns des jeunes agents semblaient impatients d'en découdre, mais leurs collègues plus âgés leur répétaient qu'il fallait rester prudents étant donné que les manifestants étaient encore très proches. Il suffirait d'une étincelle : si les policiers rouaient de coups quelque vaurien, la foule tout entière ferait aussitôt demi-tour et fondrait sur nous comme un typhon.

« Monsieur ? » m'a lancé le policier, comme si je savais mieux que lui gérer une foule en colère.

J'ai regardé autour de moi. D'un côté, un certain nombre de charrettes et de chariots de bicyclette – dont on se servait pour le transport de marchandises à travers la ville – gisaient abandonnés devant des vitrines barricadées.

« Tirez ces charrettes par ici, ai-je ordonné. Dites à vos hommes d'établir un second cordon de sécurité. Bloquez le passage et abritez-vous derrière ce que vous pouvez. Si ces vauriens de lanceurs de pierres essaient de passer, vous vous chargerez d'eux individuellement.

– Bien, monsieur», a-t-il répondu. Au même moment à une douzaine de pieds de là, une bouteille en verre est tombée du ciel avant d'exploser par terre et de s'enflammer.

J'ai plongé au sol pour me protéger. «Allez-y!» ai-je hurlé et l'agent s'est précipité vers ses collègues. La pluie de projectiles s'est intensifiée. Je me suis redressé pour m'emparer de mon Webley et j'ai couru vers le milieu de la rue.

Rien de tel qu'un revolver pour rappeler les gens à l'ordre. Le déluge s'est aussitôt apaisé. Les fauteurs de troubles ont reculé de quelques pas; le temps de réfléchir à la marche à suivre. Le répit ne serait que temporaire. Les jeunes goondahs sont comme des loups face à un feu. On peut les effrayer pendant un moment, mais ils finissent toujours par se regrouper et revenir. J'espérais seulement avoir gagné assez de temps pour permettre aux policiers d'installer leur barricade.

Les émeutiers se sont remis à lancer des briques, mais de plus loin, au-delà de l'âcre rideau de fumée noire qui s'élevait des tramways abandonnés. Les agents, qui faisaient preuve d'un courage admirable, ont roulé les chariots pour mettre en place une barricade de fortune et d'un bond je me suis empressé de me réfugier derrière alors qu'une nouvelle volée de cocktails Molotov arrivait dans notre direction.

J'ai jeté un coup d'œil par-dessus notre fortification. Nous voir battre en retraite semblait les avoir enhardis, et les manifestants de l'autre côté se multipliaient. J'espérais que les nouveaux arrivants ne soient que des retardataires cherchant à rejoindre le cortège et non des émeutiers en quête de violence, mais ce genre d'individus ont le don de flairer les problèmes, et cinquante à soixante jeunes armés de lames et d'armes de fortune n'ont pas tardé à s'amasser devant nous.

L'agent qui était devenu de fait mon adjoint m'a regardé nerveusement. Il devait avoir compris que j'incarnais plutôt le général Custer que la cavalerie. Aucun de ces hommes n'était entraîné pour ce type de situation. D'ailleurs, un certain nombre d'entre eux semblaient avoir cessé depuis belle lurette de s'entraîner à quoi que ce soit.

La foule devenait plus audacieuse, les manifestants, prenant conscience de leur force et de notre faiblesse, avançaient pas à pas, toujours plus près de notre retranchement. Le vent a tourné et la fumée qui s'échappait des wagons de tramway en feu a changé de cap : au lieu de se diriger vers nos assaillants, elle a commencé à se répandre vers la route.

Il m'a fallu réfléchir vite. Notre pauvre groupe risquait de se faire déborder, et je n'avais pas l'intention de mourir là. Je me suis tourné vers l'agent.

« À mon commandement, vous direz à vos hommes de reculer. »

Le soulagement a éclairé son visage. Il a hoché la tête et s'est empressé de transmettre l'information.

« Maintenant ! » ai-je hurlé. J'ai sorti mon pistolet, grimpé sur l'un des chariots et j'ai tiré en m'assurant de viser au-dessus des têtes.

Ceux qui étaient en première ligne se sont baissés ou jetés à terre. Les autres ont reculé pour se réfugier sous les porches. J'ai tiré de nouveau puis regardé autour de moi. Dans mon dos, les agents de la circulation avaient tout bonnement disparu. Apparemment, en entendant que j'ordonnais de se replier, ils en avaient profité pour carrément abandonner le champ de bataille et sauver leur peau. Je ne pouvais pas leur en vouloir. Il était grand temps que je me sorte de là aussi, et comme pour le souligner, une brique sortie de nulle part m'a percuté l'épaule. J'ai perdu l'équilibre et me suis écroulé sur le chariot. Un rugissement s'est élevé dans la foule et plusieurs jeunes se sont précipités vers moi.

Je me suis relevé, mais il était trop tard. Des hommes grimpaient par-dessus la barricade. Il était encore possible de battre en retraite, mais seulement si je tirais sur quelqu'un, et je ne voulais pas le faire. Mais je n'ai plus eu le choix. Un émeutier en chemise noire avec un mouchoir plaqué sur la bouche a sauté sur moi avec une machette de fortune : une large lame incurvée de *boti*, le couteau qu'utilisent les Bengalis pour vider les poissons, fixée à un manche en bois. Il a tenté de me taillader, mais j'ai esquivé le coup. J'ai choisi de me baisser et de lui donner un coup de pied dans le genou. L'homme a crié, je l'ai poussé et il est tombé de la barricade. Je n'avais plus le temps de jouer les héros. J'ai sauté à terre dans l'espoir de faire comme mes anciennes troupes, et en priant que les jeunes préfèrent piller les magasins de la rue principale plutôt que de me poursuivre je me suis mis courir pour me mettre à l'abri dans une gullee de Bow Bazar.

J'ai foncé jusqu'au coin de la rue et me suis engouffré dans une voie sombre, m'éclaboussant au passage d'eaux usées et de boue. Ce n'est qu'en arrivant à Harrison Road que j'ai vu le carnage. Des immeubles incendiés et des corps découpés en morceaux, abandonnés en pleine rue à la merci des corneilles. Il n'y avait rien à faire. Personne à secourir. Les morts étaient morts, et la vie s'était enfuie, laissant la rue aux chiens.

J'ai proféré une kyrielle d'injures : contre les Indiens, hindous et musulmans, contre les miens qui attisaient les passions entre les deux camps et contre Calcutta, juste parce qu'elle existe. En cet instant, j'ai détesté cette misérable ville et ses habitants plus que je n'avais jamais détesté les boches pendant la guerre. J'ai détesté ce qu'elle était et ce que ses habitants s'infligeaient les uns aux autres. Et, si j'ai détesté tout cela c'est que cette ville maudite était devenue la mienne. Halifax m'avait ordonné de me tenir à l'écart de l'affaire Mukherjee, et je n'en avais pas du tout l'intention. Pas alors que le destin de Satyen était en jeu, et encore moins alors que la ville entière semblait avoir l'intention de se déchirer.

Dans un état second, j'ai pris la direction de notre appartement. Il y avait une chance, certes infime, que Satyen s'y soit rendu. Avec la police à ses trousses, c'était peut-être une chose inconsidérée à faire, mais entre sa fuite de chez Taggart et le moment où les autorités s'étaient mises en ordre de marche, il y avait eu une fenêtre de quelques heures qui lui avait peut-être permis de se rendre à l'appartement et de laisser un message pour me dire ce qu'il devenait.

Premchand Boral Street avait heureusement été épargnée par la violence, probablement parce que ce n'était pas une cible de premier choix. C'était une rue pleine de marginaux, de pensions de famille bon marché, de bordels et de logements étudiants. C'était sans doute ça aussi qui l'avait sauvée. Même les étudiants de Calcutta rechignent à mettre le feu à leur propre quartier.

Le jour, les trottoirs sont peuplés d'universitaires désœuvrés, et le soir d'hommes solitaires d'un certain âge. D'une manière générale, ça peut sembler bizarre de choisir d'habiter là, surtout si vous aimez dormir, mais c'est aussi le genre d'endroit où personne ne s'occupe de vos affaires, et à mes yeux cela compte plus que des nuits tranquilles et des murs blanchis à la chaux.

J'ai monté les marches du pas lourd de l'homme las. J'aurais tellement aimé me retirer dans ma chambre, m'effondrer dans mon lit et dormir dix heures d'affilée. Et en me réveillant, tout ce cauchemar aurait peut-être pris fin. Mais je savais que les choses ne se passeraient pas ainsi. La seule façon de sortir de cette situation était de trouver Satyen et d'arrêter l'homme qui avait tué Mukherjee.

En arrivant au premier étage je me suis figé. La porte était entrouverte. En silence j'ai saisi mon Webley, me suis avancé à pas de loup et j'ai franchi le seuil. Le couloir était sombre, les lieux silencieux comme une tombe, mais j'ai pressenti le danger. De la lumière filtrait du salon, et lentement je me suis dirigé dans cette direction. On aurait dit qu'un typhon avait frappé la pièce. Livres et chaises cassées gisaient un peu partout. Il n'y avait aucune trace de Satyen ni de notre domestique, Sandesh. Je me suis dépêché d'aller vérifier le reste de l'appartement. Dans chaque pièce le spectacle était similaire, meubles renversés, affaires éparpillées.

Je me trouvais dans la chambre de Satyen lorsque j'ai entendu une porte grincer derrière moi. J'ai fait volte-face et braqué mon revolver. C'était Sandesh. Il avait une lèvre fendue et le début d'un œil au beurre noir.

Soulagé, j'ai soufflé et baissé mon arme.

« Sam *babu*, vous êtes vivant ! »

Je ne m'attendais pas à autant d'ardeur. Peut-être était-il commotionné.

« Ça va ? »

Il a hoché légèrement la tête. « *Hā*, sahib.

– Qui a fait ça ? ai-je demandé. La police ? »

La question a paru le choquer. Ce qui était compréhensible. Il savait que Satyen et moi étions policiers. Pourquoi la police le passerait-elle à tabac pour fouiller notre appartement ?

« Non, sahib. Des goondahs. Ils sont venus chercher Satyen babu. Je leur ai dit qu'il rentrait pas hier. Eux pas croire. »

J'ai juré à mi-voix. Il s'agissait probablement des hommes d'Uddam Singh. Avec tout ce qui s'était passé, le gangster m'était sorti de la tête. Et pourtant, étant donné que les troubles se multipliaient et que la ville était à feu et à sang, il n'y avait aucun doute : les hommes de Singh y étaient pour quelque chose, ou du moins en avaient-ils profité.

« Sahib, a ajouté Sandesh. Satyen babu va bien ?

– Je l'espère », ai-je répondu.

Je suis retourné au salon avec Sandesh sur les talons, et j'ai constaté les dégâts. À y regarder de plus près, j'ai pensé qu'ils avaient voulu transmettre un message. Je me suis passé la main dans les cheveux. Il fallait que je m'occupe de cette histoire, avant que quelqu'un, probablement moi, finisse mort.

« Sahib. »

En me tournant, j'ai vu que Sandesh brandissait une bouteille.

« J'ai sauvé le whisky. »

J'ai quitté Sandesh et suis ressorti dans la rue. J'avais fort à faire : parler à la veuve de Mukherjee et mettre la main sur Satyen. J'ai ajouté à cette liste Uddam Singh et un autre homme, un jeune politicien que j'avais rencontré plusieurs années auparavant et que j'avais menacé de mettre sous les verrous. J'espérais à présent qu'il pourrait me rendre service.

Mais pour ce faire, j'avais besoin d'un moyen de transport. Je ne pouvais obtenir de véhicule de police sans un ordre de mission signé par Halifax, et parmi mes rares amis, seuls quelques-uns possédaient une automobile. Leur expliquer que je voulais la leur emprunter pour faire un tour en ville au beau milieu d'une émeute pourrait s'avérer délicat. Heureusement, il y avait une personne qui à mon sens pourrait me prêter une voiture. Certes il faudrait la convaincre, et un bouquet de fleurs m'y aiderait peut-être.

17
Sam Wyndham

C'est un pâté de maisons chic. Comme ceux que l'on trouve à St John's Wood ou à Knightbridge. Ici, les habitants ne disent pas qu'ils vivent dans des immeubles mais dans des résidences. La rue plantée d'arbres est à deux pas de Park Street, et les façades brillent tant dans le soleil de l'après-midi qu'on les dirait fraîchement repeintes. J'ai grimpé les marches de l'élégant porche à colonnes et me suis présenté à un concierge qui était peut-être l'Indien le plus élégamment vêtu de la ville. Seul un mahajarah en visite aurait pu faire mieux.

« Capitaine Wyndham. Je viens voir Mlle Grant. »

Assis derrière un grand bureau, l'homme a levé les yeux, et à travers ses lunettes épaisses m'a adressé un regard méfiant.

Je ne lui en ai pas tenu rigueur. J'étais debout depuis plus de trente-six heures, et je ne m'étais pas rasé ni n'avais changé de vêtements. J'avais toutefois un bouquet de fleurs. Les malfrats n'ont pas pour habitude de débarquer avec un bouquet de fleurs lorsqu'ils viennent en repérage avant de commettre leur larcin.

« Memsahib vous attend ? » s'est-il enquis.

Je lui ai souri.

« Absolument. »

Il a saisi le combiné du téléphone sur le bureau devant lui et a composé un numéro. « Un instant, monsieur. »

J'ai patienté en pianotant du bout des doigts sur son bureau pendant qu'il attendait d'être mis en relation avec l'appartement d'Annie. Un déclic a résonné dans le combiné et le concierge s'est redressé. À son soudain changement de posture j'ai deviné qu'Annie elle-même avait décroché.

« Un certain capitaine Wyndham voudrait vous voir, mademoiselle Grant. »

J'ai retenu mon souffle.

Le concierge a reposé le combiné et m'a regardé.

« Suivez-moi je vous prie. »

Il n'y avait qu'un étage à monter mais le concierge a insisté pour que nous prenions l'ascenseur, et qui étais-je pour discuter avec un homme arborant autant de galons dorés sur son uniforme ?

Il a ouvert la grille et je l'ai suivi dans la cabine lambrissée de bois de noyer. Après avoir refermé les portes, il a appuyé sur un bouton en laiton lustré et l'engin s'est ébranlé. Annie ne vivait pas là depuis longtemps. Ayant trouvé la banlieue trop ennuyeuse, elle était revenue en ville six mois plus tôt et je ne lui avais rendu visite dans cet appartement qu'une fois auparavant, enfin *rendu visite* n'était probablement pas la locution idoine. Elle m'avait invité à venir pour me remonter les bretelles. Un certain Hobbs, un type avec lequel elle sortait, avait été arrêté par un flic devant le Great Eastern, pour tapage et ivresse sur la voie publique. Il avait essayé de régler l'affaire à l'ancienne en proposant à l'agent une petite *donation* afin que ce dernier le laisse partir, mais il s'était fait arrêter sur-le-champ pour avoir tenté de soudoyer un représentant de la couronne et jeter dans une cellule où il avait passé vingt-quatre heures. D'une façon ou d'une autre, Annie s'était mis dans la tête que j'étais responsable de toute cette histoire. Certes, j'avais payé à l'homme en question plusieurs verres plus tôt dans la soirée, mais c'était un hasard défiant toutes les probabilités que Satyen ait été l'agent qui passait par là lorsque l'homme enivré était sorti en titubant de l'hôtel. Certes, en tant que sergent de police, il n'était pas censé interpeller les ivrognes sur la voie publique – mais comme je l'avais expliqué à Mlle Grant, Satyen était un agent dévoué, prêt à appliquer la loi à tout moment et en toute circonstance, et nous accuser, moi ou lui, d'une sorte de vendetta était aussi absurde qu'insultant.

Annie attendait à la porte de son appartement. Elle n'avait pas l'air particulièrement contente de me voir, mais elle avait dit au concierge de me faire monter ; elle ne pouvait donc pas être si furieuse que ça.

« Sam Wyndham, en chair et en os. Qu'est-ce qui me vaut ce plaisir ? »

J'ai brandi les fleurs, et elle les a regardées comme si je lui avais tendu mon sac de linge sale. Je me suis souvenu d'un autre homme – un prince – qui jadis lui offrait des fleurs. Deux bouquets par jour. Il s'était fait tuer quelque temps après. Il y avait sans doute là-dedans une leçon à tirer.

« Des fleurs ? a-t-elle dit avec méfiance. Que voulez-vous ? »

J'ai pensé une seconde à lui raconter des salades, à faire amende honorable, à m'excuser pour mes péchés passés, mais elle méritait mieux que ça.

« J'ai besoin d'emprunter votre voiture.

– Ah bon ? Vous débarquez ici pour la première fois depuis des mois et même pas pour vous excuser de ce que vous avez fait à ce pauvre Reggie Hobbs mais pour me demander ma voiture ? C'est culotté, même venant de vous.

– Vous avez raison, ai-je admis en levant les mains paumes ouvertes comme pour me rendre, et je préférerais de loin avoir un autre genre de conversation avec vous, mais je n'ai pas le temps de tout expliquer. Vous savez ce qui se passe en ville en ce moment. En plus, Satyen a disparu et il est mêlé à tout ça. »

Annie a soupiré. « Les choses ne sont jamais simples avec vous, n'est-ce pas, Sam ? »

Elle avait raison.

J'ai gonflé les joues. « C'est plus marrant quand c'est compliqué, non ? »

Elle s'est éclipsée en me laissant dans le vestibule avant de revenir avec un trousseau de clés.

« Voilà », a-t-elle fait en me le lançant. J'ai rattrapé les clés au vol et failli dire quelque chose avant de me raviser. Mais Annie en voyant mon visage a ajouté :

« Ne me dites pas que vous voulez aussi mon chauffeur.

– Ça vous embête ? »

Elle a secoué la tête puis a saisi le téléphone sur le buffet. J'ai attendu pendant qu'elle appelait le concierge.

« Ram, dites à mon chauffeur de se tenir prêt. Le capitaine Wyndham a besoin de lui et de ma voiture. »

Elle a raccroché. « Autre chose ? »

J'ai trouvé son ton inutilement sarcastique.

« Oui, une dernière. Vous avez quelqu'un en ce moment ? »

Elle m'a dévisagé. « Pourquoi ? Vous voulez savoir qui vous pourriez mettre en prison ?

– Je me disais juste que je vous inviterais bien à dîner un de ces quatre. »

Elle a secoué la tête, exaspérée, comme elle savait le faire.

« Sortez d'ici, Sam. Allez faire ce que vous avez à faire. Et quand vous aurez trouvé Satyen, dites-lui que j'ai deux mots à lui dire. »

18
Satyendra Banerjee

Les ferrys étaient en retard, très probablement à cause de ce qui se passait en amont du fleuve. Le temps d'arriver, le ciel déjà ocre annonçait le début du crépuscule. Alors que le bateau avançait vers le nord, les quelques passagers à bord se sont soudain tus en voyant le sombre voile de fumée suspendu au-dessus des banlieues nord se rapprocher peu à peu.

« *Gālo*, a désapprouvé un homme non loin de moi. *Purō shohōr ta gālō.* » Et à ce moment-là, il m'a paru difficile de ne pas être d'accord avec lui : la ville entière était anéantie.

Sur la rive gauche, les lumières de Howrah ont émergé, scintillant solennellement. La fumée était plus épaisse ici, et une odeur de brûlé flottait dans l'air. Puis, alors que le bateau s'engageait dans un méandre du fleuve, la gare massive a surgi à travers les fumées, solide comme un roc au milieu d'une mer de phares de camions. C'est alors que j'ai commencé à comprendre la véritable horreur de ce qui se passait.

Si notre ferry était quasiment vide, ceux arrivant de l'amont du fleuve s'enfonçaient dans l'eau, alourdis par le poids de leurs cargaisons de corps et de marchandises. Le long du ghat, les ferrys faisaient la queue, en attendant de débarquer leurs passagers. Derrière eux, sur la rive est, Calcutta brûlait.

Je me suis d'abord inquiété pour ma famille à Shyambazar avant de me rassurer en songeant qu'à l'instar de la plupart des formes de violence, la violence sectaire tendait à toucher les pauvres, tandis que les mieux nantis traversaient généralement ce genre d'épisode plus ou moins sains et saufs.

Le ferry a fini par accoster, s'amarrant au flanc d'un autre bateau déjà à quai, et nous autres passagers avons dû sauter d'un pont à l'autre afin d'accéder aux passerelles posées sur la boue noire et glissante de la berge.

Personne n'a vérifié les billets à l'arrivée. Les quelques hommes de la compagnie de ferry étaient débordés par les innombrables voyageurs qui, emportant avec eux couvertures, bétail ou toutes sortes d'autres choses, jouaient des coudes pour atteindre la gare. Il n'y avait donc pas de personnel dans les cahutes, et les tourniquets tournaient dans le vide. Je me suis mêlé à la foule de démunis et j'ai franchi les portails de sortie avant de prendre la direction de la gare.

Les abords de celle-ci étaient aussi un capharnaüm, les masses de corps se pressaient par vagues contre un cordon de cipayes pour tenter de pénétrer à l'intérieur, pendant que d'autres détachements attendaient que les camions militaires les emportent vers leurs prochaines affectations. À certains endroits, le cordon s'étoffait. Ce n'était plus une simple rangée de soldats barrant le passage, mais des groupes entiers qui vérifiaient les papiers de ceux cherchant à entrer. Au niveau de ces points de contrôle, des files d'attente rudimentaires s'étaient formées avec un semblant d'ordre.

J'ai observé la situation de là où j'étais en me demandant quels seraient les critères pour pouvoir entrer. Peut-être laissaient-ils passer ceux qui avaient déjà un billet. Ou peut-être cela dépendait-il de la destination et n'autorisaient-ils l'accès qu'aux trains partant dans l'heure. Quoi qu'il en soit, j'ai vite compris qu'un politicien connu dans tout le pays comme Gulmohamed n'aurait probablement aucun mal à entrer, alors que moi, qui fuyais mes propres collègues, j'allais sans aucun doute rencontrer plus de difficulté. D'ailleurs, Gulmohamed était peut-être déjà arrivé et avait réussi à franchir le cordon de sécurité pour rallier la gare. Malgré tout, je me devais d'essayer de le trouver avant qu'il n'embarque à bord d'un train pour Bombay.

Je me suis engagé dans la file d'attente, apparemment la plus courte, qui serpentait jusqu'à la berge. Devant moi, quelque deux cents personnes patientaient, avançant de temps à autre de quelques pas incertains avant de s'immobiliser de nouveau en titubant à la manière d'un poulain nouveau-né. Je n'avais plus vraiment l'habitude de faire la queue en compagnie de mes compatriotes. Dans les quartiers indigènes de Calcutta, un policier est généralement dispensé de le faire. La veille encore, je serais allé directement à l'entrée, j'aurais montré mes papiers, inventé une histoire quelconque et serais passé machinalement. Mais, ça, c'était avant, et j'ai été stupéfait de me rendre compte à quel point ma chute avait été vertigineuse.

Il fallait pourtant que je fasse quelque chose. Au rythme où on progressait, Gulmohamed serait à Bombay avant même que j'aie atteint l'entrée de la gare. Si je voulais y arriver, une méthode plus expéditive s'imposait. C'est alors que j'ai eu une inspiration.

J'ai quitté ma place dans la file pour rejoindre le parvis de la gare. C'était là que stationnaient d'ordinaire les taxis, mais l'armée venait de réquisitionner l'endroit pour en faire une zone de chargement où les soldats arrivant en train embarquaient dans les camions afin d'être envoyés aux quatre coins de la ville. Le cordon de sécurité était moins important, irrégulier et poreux, car derrière stationnaient des bataillons entiers. Aucun civil sans autorisation ne pouvait raisonnablement espérer pénétrer dans la gare en passant par là. Mais *certains* civils pourraient être autorisés à le faire.

Les hommes que je cherchais, maigres et vêtus de chemises rouges, étaient rassemblés en petits groupes. La mine sombre, ils fumaient leurs bidis et observaient la scène d'un œil désapprobateur.

D'emblée, l'exode de la ville avait dû leur paraître une bénédiction. Avec autant de gens cherchant à atteindre la gare, dont certains avec tous leurs biens sur le dos, ces hommes, les porteurs de la gare de Howrah, auraient dû en profiter. Ils auraient pu demander deux, trois, voire dix fois plus que d'habitude pour transporter les bagages jusque dans la gare, et ils auraient trouvé preneur. Mais l'armée était arrivée et avait restreint l'accès. À présent ils fumaient, désœuvrés, alors qu'ils auraient dû être en train de se faire une petite fortune.

Je me suis approché d'un pas tranquille, sous le regard méfiant de plusieurs d'entre eux. Les hommes sont de bien curieuses créatures. Certains demeurent insondables, tandis que l'être profond des autres se lit sur leurs visages. J'ai choisi celui qui avait l'air le plus gentil – un ancien avec un turban rouge crasseux et des poils drus et grisonnants sur le menton.

« *Dada*, ai-je dit en bengali, j'ai besoin d'aide. »

J'ai expliqué que ma femme et mon enfant étaient arrivés peu avant que l'armée ne boucle la gare et qu'ils m'attendaient maintenant à l'intérieur. J'avais dû m'occuper de ma mère souffrante, j'étais arrivé en retard et j'étais désormais bloqué du mauvais côté du cordon de sécurité. J'ai sorti de ma poche un des deux billets de dix roupies qu'Ayisha, la nièce de Gulmohamed, m'avait prêtés et le lui ai tendu en lui demandant d'échanger nos vêtements.

Cinq minutes plus tard, j'arborais une chemise rouge et rêche, un turban, et les yeux baissés j'ai pris la direction d'une ouverture dans le cordon de sécurité.

19
Sam Wyndham

Il fallait bien le reconnaître : Annie avait un goût plus sûr en matière de voitures qu'en matière d'hommes. Celle dans laquelle je me trouvais était une Lancia rouge dont les amortisseurs vous donnaient l'impression de glisser sur la route comme si vous étiez confortablement installé dans un lit de plumes.

Je me suis d'abord arrêté à Lal Bazar pour obtenir des adresses. La première était celle de Prashant Mukherjee où j'espérais pouvoir trouver sa veuve. Je l'ai facilement dénichée. C'était une adresse dans Ballygunge et non dans Budge Budge, et elle était enregistrée dans le premier rapport à charge qui avait été fait contre Satyen au moment de son arrestation.

La seconde était celle de Subhash Bose. J'avais initialement rencontré le jeune homme, un acolyte du chef du Congrès, C. R. Das, durant la visite du prince de Galles à Calcutta pendant l'hiver 1921, alors que Satyen et moi cherchions à coincer un tueur en série. Comme Satyen, Bose était diplômé de Cambridge, et de l'avis général, aussi prétentieux que lui. En effet, le gouvernement avait espéré qu'il rejoigne la fonction publique et qu'il travaille pour nous, au lieu de quoi il avait passé les concours, obtenu les meilleurs résultats, et aussitôt démissionné afin de rallier le mouvement indépendantiste. C'était un homme intelligent et compétent, ce qui en faisait une cible rêvée pour l'ire des journalistes et des lecteurs du *Statesman* et du *Englishman,* héros pour les Indiens, épine dans le pied pour la police.

Il habitait, comme je me le suis rappelé, quelque part dans Elgin Road, et trouver son adresse était chose aisée. Il avait été plusieurs fois placé sous surveillance policière ces dernières années, et sa maison était même indiquée sur les cartes dans certains bureaux du commissariat.

J'ai décidé d'aller en premier chez Bose. Elgin Road se situait dans le sud de Calcutta, sur le chemin de Ballygunge; il était donc plus logique de passer d'abord par là. De plus, et avec tout le respect dû à la veuve Mukherjee, je me disais que Bose serait plus utile pour endiguer la violence qui, comme j'avais pu m'en rendre compte, menaçait de s'exacerber.

J'ai ordonné au chauffeur d'Annie de prendre vers le sud, et nous avons laissé derrière nous les troupes déployées autour du centre-ville et des quartiers blancs afin d'en limiter l'accès. L'espoir était de contenir la violence au nord, le fleuve faisant office de brise-lames naturel à l'ouest, les lacs salés jouant le même rôle à l'est. C'était très bien en théorie, mais les émeutes à caractère religieux n'évoluent pas comme les courants que digues et barrages peuvent juguler. Elles s'apparentent plus aux feux de brousse qui se déclarent dans plusieurs endroits à la fois sans crier gare. Limiter les émeutes au nord de Calcutta ne garantissait pas que le calme continuerait de régner plus au sud ou de l'autre côté du fleuve, à Howrah. Les autorités le savaient, mais le nombre d'hommes disponibles pour assurer la sécurité sur le terrain n'était pas infini, et lorsque les moyens étaient restreints, les premières priorités étaient toujours les quartiers blancs de la ville.

La maison de Bose était étonnante. Pas particulièrement grandiose depuis la route, du moins pas selon les standards de rigueur dans le sud de Calcutta, puisqu'à première vue c'était une bâtisse sur trois niveaux se dressant le long du trottoir, avec un portail qui s'ouvrait sur une allée longeant la façade latérale. Ce n'est qu'au détour du virage dans cette allée qu'on se rendait compte que la demeure était en réalité presque aussi vaste qu'un pâté de maisons, avec une véranda à colonnades et des étages supérieurs ornés de balcons verts aux balustrades finement ouvragées.

Le chauffeur s'est arrêté sous le porche et j'ai monté les marches jusqu'à la porte d'entrée. La véranda était en effervescence : des hommes en chemises blanches et dhotis allaient et venaient dans tous les sens. L'air sérieux, animés d'une énergie née de l'adversité, ils transportaient, je le supposais, des rapports en provenance des quatre coins de la ville au sujet des événements en cours, tout comme nos officiers de police transmettaient au fur et à mesure de leur arrivée les informations mises à jour aux gradés de notre commissariat.

Devant la porte se tenait un jeune homme aux joues lisses et poupines qui avait un air blasé d'étudiant.

« Puis-je vous aider ? m'a-t-il demandé.

– Je cherche Subhash Bose, ai-je répondu. Je m'appelle Wyndham, je suis policier. »

Le jeune homme a pris un air renfrogné.

« Ne vous inquiétez pas, ai-je ajouté. Je ne suis pas là pour l'arrêter. Je suis venu parce que j'ai besoin de son aide. »

Il a souri, surpris. « La police requiert l'aide de Subhash-da ? Ça va beaucoup l'amuser. Venez. » Il a tourné les talons et m'a fait signe de le suivre.

Le vestibule était transformé en salle d'attente, avec une rangée de chaises contre chaque mur, sur la plupart desquelles de jeunes hommes étaient occupés à discuter passionnément avec leur voisin ou à lire des journaux ou des pamphlets, voire tout simplement à fumer.

Mon guide s'est approché d'un type assis derrière un bureau à l'extrémité de la pièce et lui a dit quelque chose en bengali avec un débit de mitraillette, en guise de présentations, j'imagine. L'autre m'a dévisagé, comme pour évaluer mes références, et j'ai soutenu son regard. Était-ce un secrétaire ? Il en avait tout l'air : petit, lunetteux, il ressemblait à un intellectuel et nourrissait sans doute un complexe de Napoléon.

Il a regardé le garçon qui m'avait fait entrer. Il y a eu un autre bref échange en bengali, puis le secrétaire a désigné d'un hochement de tête les chaises.

Manifestement gêné, le jeune homme s'est tourné vers moi. « Il dit que vous n'avez qu'à vous asseoir avec les autres. »

Je manquais de temps pour cela. Et si, en vingt ans de carrière dans la police, j'avais peaufiné quelque chose, c'était une technique solide et bien huilée d'intimidation.

Écartant mon guide, je me suis planté de toute ma hauteur devant le petit secrétaire avant de me pencher en avant et de poser les mains sur son bureau.

« Si vous n'allez pas me chercher Bose immédiatement, je vous arrête pour obstruction. »

Imperturbable, l'homme m'a dévisagé.

« Vous pensez que la prison me fait peur ? » Il a brandi ses poignets, m'invitant à lui passer les menottes. « J'y ai déjà fait trois séjours. »

Avant que je puisse répondre, la porte derrière lui s'est ouverte et Bose est apparu.

« *Arré*, Raja. Cessez de fanfaronner. Si cet aimable officier vous embarque, cela va semer la pagaille dans mon emploi du temps, et je ne peux pas me permettre de vous perdre, aujourd'hui en particulier. »

Il s'est tourné vers moi en m'adressant un sourire plein de curiosité. « Nous nous sommes déjà rencontrés, non ? N'ai-je pas déjà eu par hasard le plaisir d'être arrêté par vous ?

– Malheureusement non, je le crains, ai-je répliqué. Et tout le plaisir eût été pour moi. Mais vous avez raison, nous nous sommes déjà rencontrés il y a quelques années, au moment de la visite du prince de Galles. Vous aidiez C. R. Das à paralyser la ville. »

Son visage s'est éclairé. « Bien sûr ! Vous êtes l'ami de Satyen babu. Wyndham, c'est ça ?

– Tout à fait.

– Et comment va ce vieux Satyen ? Je ne l'ai pas vu depuis des lustres.

– Bien, ai-je répondu.

– Il n'est pas avec vous ?

– Il avait d'autres engagements. »

Bose m'a tapoté le bras comme si nous étions deux vieilles connaissances. « Vous autres méchants Britanniques, vous le faites trop travailler. »

J'ai toujours eu du mal à savoir sur quel pied danser avec ces wallahs indépendantistes qui s'inspirent de Gandhi. En public ils proclament que les Britanniques ne sont que des vampires suçant le sang de l'Inde, et nous réagissons en les arrêtant en masse et en défonçant au passage un crâne ou deux. Mais loin des feux de la rampe, ils sont bien souvent des individus fort agréables qui vous invitent à prendre le thé avant que vous ne les arrêtiez et qui, s'ils n'avaient pas la peau foncée et n'étaient pas radicalement opposés à la manière dont nous dirigeons leur pays, auraient tout à fait leur place dans votre club de golf. Pour des gens d'un pays avec autant d'analphabètes, ils ont une façon fort civilisée d'orchestrer les insurrections.

« Je vous en prie, a-t-il ajouté, allons dans mon bureau. »

Je lui ai emboîté le pas et nous avons pénétré dans une pièce spartiate aux murs vert pâle, modestement meublée d'une petite table de travail, de quelques chaises, et d'un vieux canapé dont le rembourrage était visible par endroits. Il s'est assis sur l'une des chaises en bois en me désignant le canapé.

« Bien, comment puis-je vous aider, capitaine ?

– Les émeutes, ai-je répondu. La situation empire. On m'a dit que vous seriez peut-être en mesure d'y mettre un terme. »

Bose a secoué la tête.

« Et qui a bien pu vous dire ça ?

– Disons que j'ai entendu des gens affirmer que vous étiez l'avenir de ce pays. »

Il a paru apprécier le compliment.

« Très flatteur, a-t-il remarqué, mais l'avenir de ce pays, c'est la liberté. »

J'avais déjà entendu ce discours et n'avais nullement envie de l'entendre de nouveau.

« Et comment allez-vous obtenir la liberté avec les hindous et les musulmans qui s'entredéchirent ? »

D'un hochement de tête, Bose a admis le bien-fondé de ma remarque.

« C'est une bonne question. Si nous voulons la liberté, il nous faut l'unité de tous les Indiens, quelle que soit leur caste ou leur religion. Pour moi, ceux qui utilisent la religion à des fins politiques ou qui dressent certains croyants contre d'autres, commettent le pire des sacrilèges. Jamais je ne ferai partie de ceux-là.

– Vous allez donc appeler à la fin des violences ? »

Bose a serré les doigts d'une de ses mains dans la paume de l'autre et a soupiré.

« Que voulez-vous que je fasse ? Que j'écrive un éditorial dans le journal ? Les émeutes sont en cours en ce moment même. Les gens brûlent les journaux, ils ne les lisent pas. Je peux appeler au calme, mais pour cela il faudrait que je puisse organiser des rassemblements. Est-ce que vos supérieurs le permettront ? »

Telle était la question. Dans des circonstances ordinaires, il y avait peu voire aucune chance qu'un homme comme Bose obtienne l'autorisation d'organiser un rassemblement de masse, et certes les circonstances étaient en l'occurrence tout sauf normales, mais les violences se cantonnaient encore aux quartiers indigènes. À moins que le sang et les flammes n'arrivent aux portes de White

Town, je voyais mal les autorités changer de politique. De plus, avec Taggart victime de terroristes antibritanniques, personne dans l'armée ne permettrait à un séparatiste comme Bose de tenir un meeting sur le Maidan. Il a perçu mon hésitation.

« Non, c'est bien ce que je pensais. Malheureusement, vos supérieurs ne voient dans tout cela qu'une question d'ordre public. Me permettre d'organiser un rassemblement pour appeler à la fin de la violence pourrait laisser croire au monde qu'ils ont perdu le contrôle de la situation. Il va sans dire que je saisirai chaque occasion qui se présente à moi pour appeler à la fin de ces troubles catastrophiques, mais sans vouloir faire de l'ironie, je prêcherai surtout les convertis. Ceux qui sont susceptibles d'assister à un rassemblement du parti du Congrès sont en majeure partie déjà convaincus que l'unité entre les religions est nécessaire. Si vous voulez que cesse cette folie, c'est à ceux qui ont le plus à gagner dans cette violence qu'il faut vous adresser.

– J'ai prévu de me rendre à Ballygunge pour parler à la veuve Mukherjee. »

Bose a secoué la tête.

« Vous n'obtiendrez pas grand-chose de ce côté-là, je le crains. Ça m'étonnerait même qu'elle vous parle. Elle est en deuil, et si elle a les mêmes dispositions d'esprit que feu son mari, il y a de fortes chances que ce soit une Brahmane très orthodoxe. Et même si ce n'est pas le cas, tout porte à croire que son entourage, les gars du Shiva Sabha, feront en sorte qu'elle ne fasse pas de vagues.

– Je dois essayer quand même. »

Il a médité un instant.

« Le corps de Mukherjee… a-t-il été rendu à sa famille ? »

J'ai acquiescé. « L'autopsie a été rondement menée, et ils l'ont rendu ce matin. La famille menaçait de faire un scandale si on les faisait encore attendre.

– Dans ce cas-là, laissez tomber. Il commence à faire nuit, a-t-il dit. Mme Mukherjee ne sera pas à Ballygunge. À mon avis elle est déjà à Kalighat, pour la crémation. »

Je me sentais en quittant Bose encore moins bien qu'en arrivant. Si la violence qui déchirait la ville le dégoûtait, il ne pouvait rien y faire. De plus, il avait probablement raison à propos de la veuve Mukherjee.

Cependant, j'ai suivi son conseil et pris la direction de Kalighat, un quartier indigène au sud. Même si la route était droite, il m'a fallu un certain temps pour y arriver, principalement parce qu'une centaine d'hommes se dirigeaient dans l'autre sens, en direction du Maidan et du centre de Calcutta. Ici du moins il ne semblait pas y avoir eu de problèmes, sans doute parce que l'armée avait été déployée en force. À chaque coin de rue étaient postés des hommes en uniforme kaki coiffés de casques en fer-blanc et fusils à la main.

Une fois sur les rives du canal de Tolly, j'ai été surpris par le temple en l'honneur de la déesse Kali et les bûchers funéraires. À chaque fois que j'avais entendu parler du temple de Kali, je m'étais figuré l'énorme site de Dakhineshwar sur les berges du fleuve au nord de la ville. Là-bas, nuit et jour des milliers de personnes pleurent leurs morts en priant et en présentant leurs offrandes à la déesse dans un vacarme de sons de cloches et un brouillard de fumée d'encens. Ici, en revanche, tout était plus modeste et plus calme, du moins selon les standards hindous. Les cloches résonnaient et l'encens brûlait, certes, mais l'atmosphère était solennelle, comme il convient à un endroit où les morts arrivent pour que leurs âmes éternelles se libèrent et retournent au royaume spirituel où elles se prépareront à être réincarnées sous une nouvelle forme.

L'entrée se trouvait au bout d'un étroit passage encombré d'hommes vêtus de blanc comme le voulait la coutume pour les crémations, mais l'un d'entre eux portait un blanc d'une nuance différente, celle des forces de l'ordre de Calcutta. Je me suis frayé un chemin vers lui.

Il a dû penser que je m'étais trompé de direction car il m'a demandé s'il pouvait m'aider.

Je lui ai mis ma carte de police sous le nez.

«Je cherche la veuve de Prashant Mukherjee, Mme Kamala Mukherjee.

– Elle est aux bûchers sur le ghat, monsieur. Elle prie.»

À son ton, il semblait sous-entendre que je n'y aurais pas ma place, mais même si je respectais le deuil de la veuve, l'affaire qui m'amenait passait d'abord.

« Accompagnez-moi là-bas », ai-je ordonné.

L'agent m'a guidé sur un chemin recouvert de cendres éparpillées, éclairé ici et là par des halots de lampes tempête, et nous sommes arrivés au bord du canal où, dans la pénombre, des âmes endeuillées étaient rassemblées en cercle autour des braises presque éteintes d'un bûcher funéraire. Au centre, une femme aux cheveux gris revêtue d'un sari blanc tenait ses deux mains jointes en pranam tandis qu'un prêtre récitait une ultime prière en l'honneur du défunt.

J'ai attendu, sans prêter attention aux regards qui se posaient sur moi, jusqu'à la fin du dernier mantra. Lorsque l'assistance a commencé à se disperser, la femme, qu'un homme beaucoup plus jeune tenait par le bras, s'est mise à marcher lentement dans ma direction. Elle portait un plat en terre cuite contenant ce qui ressemblait à de la boue.

« Madame Mukherjee », ai-je lancé.

Elle a levé les yeux. Malgré ses cheveux gris, elle n'avait pas de rides. Ses yeux ne paraissaient nullement marqués par les larmes.

« Puis-je vous parler ? »

Le jeune homme à ses côtés a rétorqué : « Qui êtes-vous ? »

Cela aurait dû être évident étant donné la présence de l'agent derrière moi, mais je lui ai montré ma carte.

«Je m'appelle Wyndham. Je suis officier de police au commissariat de Lal Bazar.»

Ce qui a paru le laisser de marbre.

«Et vous croyez que c'est le moment d'interroger une femme, juste après la crémation de son mari?

– Vous êtes? ai-je fait.

– Priyo Mukherjee. Son fils.

– Je sais que le moment est mal choisi, ai-je admis, mais vous n'êtes pas sans savoir que la situation ne fait qu'empirer. Il n'y aura peut-être *pas* de meilleur moment. Si je peux échanger quelques mots avec votre mère, nous sauverons peut-être quelques vies.»

Le jeune homme était sur le point de continuer de faire front mais sa mère est intervenue.

«Monsieur Wyndham, a-t-elle dit, je vous en prie, si vous pensez que cela peut aider, posez vos questions.»

Je l'ai remerciée d'un hochement de tête. «J'aimerais savoir ce que votre mari faisait à Budge Budge.»

La femme a lancé un coup d'œil à son fils.

«J'ai bien peur de ne pas le savoir, a-t-elle répondu. Il n'avait pas pour habitude de me dire ce qu'il faisait, mais je crois qu'il s'agissait d'une réunion, quelque chose comme ça. Il n'y était plus allé depuis longtemps. Depuis qu'il avait cessé de faire des conférences. Mais il paraissait avoir hâte d'y être. Je ne lui avais plus vu autant d'entrain depuis des mois.

– Et vous, Priyo? ai-je demandé. Savez-vous ce que votre père faisait là-bas?»

Le jeune homme m'a dévisagé. «C'est vous qui devriez répondre aux questions, monsieur l'enquêteur, non? D'abord, vos collègues nous ont dit que mon père était mort dans un incendie, et ensuite quand nous avons récupéré son corps, il avait la nuque brisée.»

Il a sorti de sa poche une simple feuille de papier et me l'a tendue brusquement. Il s'agissait d'une sorte de prospectus avec de grandes lettres en bengali imprimées en noir et blanc.

« Est-ce que le Shiva Sabha dit vrai ? A-t-il été assassiné par les musulmans ?

– Honnêtement, ai-je reconnu, j'ignore ce qui est arrivé à votre père et je m'efforce de le découvrir. Mais les émeutes nous compliquent la tâche. Jusqu'à ce qu'elles cessent, notre enquête sera à l'arrêt. »

Le fils a secoué la tête avec l'impatience de la jeunesse.

« Donc vous ne faites rien ?

– Ce n'est pas ce que je dis, me suis-je défendu.

– Que dites-vous exactement, monsieur Wyndham ? s'est enquise Mme Mukherjee.

– J'espérais que vous, ou votre fils pourriez appeler au calme. »

La femme a esquissé un sourire.

« Tout ce que nous pourrions dire n'aiderait guère, je le crains. Seul le chef de Shiva Sabha serait capable de se faire entendre, et il est peu probable que le Dr Nagpaul veuille s'exprimer publiquement. »

Elle a lancé un regard oblique vers un homme non loin de là, entouré de toute une clique. J'ai cru déceler quelque chose dans sa voix.

« Vous n'approuvez pas l'homme ?

– Je n'approuve pas la manière dont il a traité mon mari, ou la manière dont il a déformé ses propos.

– *Maa*, s'il te plaît, est intervenu le fils en lui prenant le bras pour tenter de couper court à notre entretien.

– *Chhaaro !* » s'est-elle exclamée en dégageant son bras. Elle s'est tournée vers moi. « Mon mari n'était pas l'homme qu'ils dépeignaient. Ce n'était pas un politicien, ni un héros de l'Hindutva. C'était un érudit, tout simplement. Un homme qui aimait sa religion et l'étudiait en profondeur. Ce sont les autres qui ont détourné ses travaux. Et maintenant il est mort, à cause d'eux, et ils l'idolâtrent. »

L'homme auquel elle avait auparavant jeté un coup d'œil regardait vers nous, comme s'il avait entendu les propos de la veuve. Je me suis rendu compte que je l'avais déjà vu quelque part, dans les journaux probablement. Kamala Mukherjee a ajusté l'anchal de son sari, qui lui couvrait le sommet de la tête. « Je ne peux rien vous dire d'autre, monsieur Wyndham, a-t-elle soufflé, pas maintenant et certainement pas ici. Mais vous devriez parler au Dr Nagpaul qui est là-bas. Il s'est servi des travaux de mon mari pour se faire une réputation. Et comment est-ce qu'il l'en a remercié ? Quand mon mari a émis des doutes sur ses opinions, il a rompu avec lui.

– Rompu ?

– Il l'a ostracisé. Il l'a empêché de continuer d'enseigner, annulé le traitement qu'il touchait du Sabha. Et maintenant il a l'audace de venir ici jouer les éplorés à ses funérailles.

– *Maa* », a répété le jeune homme. Cette fois il semblait presque nerveux. « *Maa*, on devrait y aller. Maintenant. »

J'ai décidé de suivre le conseil de Kamala Mukherjee.

Tandis que son fils l'entraînait vers la sortie, je me suis dirigé vers l'homme qu'elle m'avait désigné, le Dr Nagpaul, chef du Shiva Sabha, le parti nationaliste hindou. Il était en compagnie de quatre autres hommes et regardait s'éloigner la veuve Mukherjee et son fils.

« Docteur Nagpaul », ai-je lancé.

Il s'est tourné vers moi comme s'il s'attendait à ce que je lui adresse la parole.

Il avait une quarantaine d'années, et comme les autres était vêtu de blanc de la tête aux pieds : dhoti, kurta et, drapé sur une épaule, un châle brodé couleur crème. Un Brahmane bengali, autrement dit un membre de la classe dominante. Avec sa moustache et ses lunettes, il avait un visage doux – tout le contraire de ce à quoi on aurait pu s'attendre chez un homme connu pour ses discours qui cherchaient à attiser les plus bas instincts de ses adeptes. Cependant, il n'était pas la première personne, avec les mains propres et un doctorat, à faire carrière en exhortant les autres à la violence.

« Docteur Nagpaul, ai-je répété tandis que le cercle d'hommes autour de lui s'écartait, puis-je vous parler un instant ? »

L'homme s'est incliné poliment.

« Et vous êtes ?

– Le capitaine Wyndham, brigade criminelle de Lal Bazar. »

Il a souri à contrecœur. « Je regrette, je suis pris par le temps, capitaine. Je dois faire un discours sur le Maidan dans quarante minutes et ma voiture m'attend. »

La rapidité des événements m'a émerveillé. Les Bengalis ne sont pas connus pour leur efficacité en matière d'organisation, mais ils peuvent agir promptement quand ils le veulent. Mukherjee n'était pas mort depuis plus de vingt-quatre heures, et Nagpaul était prêt à inciter le peuple dans le centre-ville à se soulever.

« Je n'en ai que pour quelques minutes, ai-je insisté. Vous n'êtes pas sans savoir que nous sommes en situation d'urgence, j'en suis sûr. Je peux vous parler pendant que vous rejoignez votre voiture. »

Il lui était difficile de refuser ; aussi lui ai-je emboîté le pas, son entourage fermant la marche.

« À propos de votre discours sur le Maidan. Puis-je vous demander de quoi vous allez parler ? » me suis-je enquis.

Il m'a lancé un regard oblique. « Mon cher capitaine, vous n'avez quand même pas l'intention de me censurer ? »

La vérité, c'était que j'en avais le pouvoir ; et même celui de l'arrêter si je le jugeais nécessaire. Du moins en théorie. En réalité, la décision d'arrêter un Indien à cause du contenu de son discours revient à des officiers plus gradés que moi, portant l'uniforme kaki de l'armée voire le costume à rayures du Bureau de l'Inde.

« Pas du tout, ai-je répliqué. Mais vous êtes néanmoins conscient de la nature volatile de la rue en ce moment. Vous ne souhaiteriez pas que vos propos mettent le feu aux poudres, n'est-ce pas ?

– Soyez rassuré, capitaine, j'ai seulement l'intention de rendre hommage à Prashant Mukherjee, martyr de notre cause et véritable patriote indien.

– Martyr ? me suis-je étonné.

– Mais naturellement. » Il a souri. « Comment le décririez-vous sinon ?

– Je ne sais pas, ai-je répondu. Je ne l'ai jamais rencontré. Mais son épouse ne semblait pas penser qu'il méritait ce qualificatif. »

Nagpaul a ignoré mon allusion à la veuve. « Il est mort pour sa religion, des mains des musulmans.

– D'après ce que je sais, il n'y a aucune preuve qu'il a été tué par des musulmans. »

Nagpaul s'est esclaffé. « Qui d'autre l'aurait tué ?

– C'est précisément ce que j'essaie de découvrir, ai-je répondu, mais entre-temps, il serait irresponsable de véhiculer des rumeurs non fondées.

– Et si elles étaient fondées, capitaine ? Votre fameux chef de la police nous le dirait-il ? »

À mon tour d'ignorer son commentaire.

« Je vais dire la vérité, capitaine Wyndham : Mukherjee était un grand homme et sa mort constitue une profonde perte pour notre cause.

– Vous le connaissiez bien, alors ?

– Il a été mon mentor pendant des années.

– Et quand l'avez-vous vu pour la dernière fois ?

– Je ne sais pas exactement.

– Était-ce il y a quelques jours ? Quelques semaines ? Ou plus longtemps ?

– Je ne saisis pas tout à fait la pertinence de votre question.

– Je cherche à comprendre dans quel état d'esprit il se trouvait dernièrement. Sa veuve m'a fait savoir qu'il était plutôt déprimé et je me demandais si vous pouviez me le confirmer. »

Nagpaul a haussé les épaules. « C'était il y a un moment, et je ne pense pas être bien placé pour exprimer une opinion quant à son état d'esprit.

– La veuve a déclaré que vous n'aviez pas vu son mari depuis plusieurs mois.

– J'ai été très occupé, avec les élections…

– Selon Mme Mukherjee, vous avez eu un contentieux.

– Un simple désaccord entre camarades, a-t-il rectifié. Rien de sérieux.

– Savez-vous ce que Mukherjee faisait à Budge Budge hier ?

– Pourquoi le saurais-je ? N'avons-nous pas établi que je ne l'avais pas vu depuis un moment. »

Nous avions atteint l'entrée du site de crémation. Le chauffeur de Nagpaul lui ouvrait déjà la portière arrière de son automobile.

« Je regrette de devoir mettre un terme à notre conversation, a déclaré Nagpaul. J'espère que vous arrêterez au plus vite le responsable, quel qu'il soit. Les hindous de ce pays n'en attendent pas moins de vous.

– Et moi j'espère, ai-je répliqué, que vous suivrez mon conseil sur le contenu de votre discours. À la moindre rumeur infondée, à la moindre fausse accusation, je vais vous tomber dessus comme un sac de briques. Parce que votre serviteur n'en attend pas moins de vous. »

20
Satyendra Banerjee

Les soldats m'ont à peine remarqué. C'est étrange comment une chemise rouge et un turban peuvent vous rendre invisible. Pour la plupart des gens à Calcutta, les porteurs à la gare, tout comme les rickshaw-wallahs, sont quasiment sans consistance ; ce ne sont pas de véritables personnes mais des créatures auxquelles l'on fait appel lorsqu'on a besoin d'un dos solide et que l'on congédie aussitôt la tâche accomplie.

Ainsi, j'ai franchi sans même un regard un cordon de soldats armés déterminés à interroger quiconque voudrait pénétrer dans la gare.

En rejoignant les quelques individus qui avaient eu l'autorisation de passer, j'ai gravi les marches du portique.

« Hé ! s'est exclamée une voix dans mon dos. Hé, vous ! Attendez ! »

J'ai poursuivi mon chemin.

« Hé, vous ! Porteur-wallah ! Je vous parle. »

Je me suis arrêté et j'ai lentement fait demi-tour. Un Anglais en costume de flanelle et au visage rouge se dirigeait vers moi à grands pas en traînant une valise fatiguée et pleine à craquer.

« Vous êtes sourd ou quoi ?

– Non, sahib, ai-je répondu.

– Ça fait cinq minutes que je vous appelle ! »

Cinq minutes plus tôt j'étais encore derrière un muret à changer de vêtements et à nouer un turban, mais les

Anglais ont tendance à exagérer, du moins en présence des Indiens. L'homme s'est planté devant moi, à quelques pouces de mon visage, suant et s'efforçant de reprendre son souffle. J'ai feint d'ignorer ce qu'il venait de dire.

« Cinq minutes », a-t-il répété en tapotant du bout de l'index la montre à son poignet. La montre n'était pas très chic. L'homme non plus. Un représentant de commerce, me suis-je dit, vu l'état de son bagage.

« Prenez ça, m'a-t-il ordonné en désignant sa valise, et portez-la au quai numéro 3. *Trois*, a-t-il articulé, cette fois en brandissant trois doigts et en me criant le mot comme si je me trouvais à une dizaine de yards de lui. *Theen*, a-t-il ajouté en bengali. *Theen*. Trois. Compris ? »

De toute évidence, il était érudit.

« *Ak tākā* », ai-je fait. Puis, pour lui montrer que moi aussi je pratiquais d'autres langues, j'ai ajouté : « Une roupie.

– Une roupie ? C'est cinq annas au pire. »

C'était peut-être vrai. Je n'ai jamais eu à payer plus de trois annas, mais j'avais besoin d'argent, surtout si je voulais rembourser Mlle Ayisha.

J'ai secoué la tête. « Non, sahib. Le pire est arrivé. C'est une roupie. »

Il a protesté, puis menacé de me signaler d'abord aux autorités ferroviaires, ensuite à la police, et enfin à l'armée.

« Une roupie », ai-je répété avant qu'il brandisse la menace d'en appeler au vice-roi. Il a regardé autour de lui en quête d'un autre porteur avant d'accepter mon prix.

« *Chalo*, a-t-il dit d'un ton bourru.

– L'argent d'abord, ai-je déclaré en tendant la main.

– C'est du vol », a-t-il marmonné en me brandissant un billet, que j'ai pris ainsi que sa valise avant de me diriger vers le hall de la gare. En chemin, je me suis dit que chaque fois qu'un Indien demande un prix trop élevé à un Anglais c'est du vol, tandis que l'inverse, c'est du capitalisme.

Malgré le cordon de sécurité dehors, le hall était aussi animé que d'habitude, civils, soldats et bagages disputant l'espace aux biens recouverts de toile de jute et aux produits que les fermiers apportaient dans la ville quotidiennement. Le bruit était assourdissant, avec les cris des militaires s'ajoutant à la cacophonie ordinaire des machines à vapeur, des voyageurs désorientés et des annonces diffusées par les haut-parleurs tout autant incompréhensibles en anglais qu'en bengali. Trouver quelqu'un dans cette pagaille sans trébucher sur les uns et les autres paraissait mission impossible ; cependant, je me devais d'essayer.

J'espérais que le quai numéro 3 vers lequel mon nouvel ami représentant de commerce m'avait ordonné d'aller était celui du train pour Bombay. Cependant, cela aurait supposé un degré significatif d'assistance divine, et d'après les deux jours qui venaient de s'écouler, il était évident que les dieux se contrefichaient éperdument de ma filature de Gulmohamed. Le convoi était en réalité à destination de Patna et le représentant de commerce, une fois son billet contrôlé à l'entrée du quai, a continué d'avancer vers la tête du train pour rejoindre un compartiment de seconde classe qui semblait à un demi-mile de là.

Mes jambes ont commencé à céder sous le poids de la valise et je me suis demandé ce que l'homme vendait.

Des briques peut-être.

J'ai décidé de renoncer à la mission qu'il m'avait confiée, et me suis immobilisé sur le quai.

« Qu'est-ce qui vous prend ? s'est-il exclamé.

– Nous sommes sur le quai numéro 3, ai-je affirmé. Voilà votre valise. »

J'ai placé la valise devant lui, enfin je l'ai lâchée, et j'ai tourné les talons avant que le type se répande en invectives ou exige de se faire rembourser. J'ai longuement regardé le grand tableau affichant les départs. En admettant que les horaires soient respectés, l'express pour Bombay devait partir à huit heures du quai numéro 1.

J'ai eu le réflexe de consulter ma montre avant de me souvenir qu'elle était, tout comme mon argent, quelque part dans Budge Budge. Et là, je l'ai vu : cheveux argentés étincelants et costume gris de Savile Row, il se frayait un chemin dans la mêlée du hall, les voyageurs s'écartant sur son passage comme s'il était Moïse et eux la mer Rouge. Aussi rapidement qu'il était apparu, il a de nouveau disparu dans la foule ; seule sa valise, posée sur le turban d'un porteur marchant docilement dans son sillage, restait visible.

Je me suis élancé pour tenter moi aussi de me faufiler dans la masse, afin de l'intercepter. Ce n'était pas facile. Il fallait que je l'arrête avant qu'il n'atteigne le contrôleur à l'entrée du quai, et à en juger par la rapidité avec laquelle sa valise avançait, il avait déjà parcouru la moitié du chemin. Moi, en revanche, je devais me battre à chaque pas, zigzaguant à travers une multitude de passagers qui soudain avaient tous pris la direction du quai numéro 2 d'où partait le tortillard à destination de Bandel. Mais je ne me suis pas découragé, et j'ai trouvé le moyen d'avancer.

J'ai atteint mon objectif quelques instants seulement avant que la valise n'arrive au niveau du quai, et je l'ai vu de nouveau, cette fois complètement. Cette fois, je me suis arrêté net : il était flanqué de part et d'autre d'un officier de police, un Britannique et un Indien. D'emblée, j'ai cru qu'il avait peut-être déjà été arrêté, mais ça ne semblait pas logique. Il n'était pas menotté, et c'était vers son train qu'on l'escortait, non pas pour l'emmener dans une cellule à Lal Bazar.

J'ai senti la sueur perler dans mon dos. Gulmohamed se trouvait maintenant à quelques pouces de moi et marchait dans ma direction. J'ai vite analysé la situation et me suis aperçu que je n'avais pas de solution. Je ne pouvais pas l'arrêter, pas avec les hommes qui l'accompagnaient.

Gulmohamed est passé près de moi, l'un de ses gros bras, l'Indien, tentant carrément de m'écraser.

« *Hatao !* » a-t-il rugi en forçant le passage, geste qui m'aurait valu de m'étaler par terre s'il n'y avait pas eu autant de monde autour de moi pour me retenir.

J'ai vu Gulmohamed agiter son billet sous le nez du contrôleur à l'entrée du quai et poursuivre son chemin en compagnie de son escorte et de son porteur. Il est passé devant les troisièmes et les secondes classes avant de s'arrêter devant un compartiment couchette de première et de se tourner vers ses accompagnateurs. Le coolie a hissé la valise juste au-dessus du marchepied, à l'entrée du wagon, tandis que Gulmohamed fourrait la main dans sa poche pour en sortir une pièce qu'il a lancée à l'homme.

Mon seul espoir reposait désormais sur les deux officiers de police. Dans la mesure où leur mission était accomplie, je priais pour qu'ils rebroussent chemin, ce qui me donnerait peut-être l'occasion d'esquiver le contrôle et de m'embarquer dans le train. Malheureusement, ni l'un ni l'autre de ces messieurs ne semblait pressé de partir.

J'ai levé les yeux vers l'horloge de la gare. Il ne restait que quelques minutes avant le départ du train. Après ce qui m'a paru une éternité, les deux officiers sont finalement repartis vers le hall. C'était le moment ou jamais. J'ai rapidement regardé autour de moi et j'ai trouvé ce dont j'avais besoin : une valise, pas exactement abandonnée, mais l'homme à laquelle elle appartenait, tout occupé qu'il était à discuter avec une jeune femme, lui tournait le dos. Le cœur battant, je me suis approché et me suis emparé de la valise aussi naturellement que possible avant de poursuivre ma route. Je me tenais prêt à tout, mais ni l'homme ni la jeune femme à ses côtés ne se sont rendu compte de rien.

En remerciant intérieurement Maa Kali, j'ai continué de marcher vers le quai numéro 1, valise sur la tête. Les deux officiers qui escortaient Gulmohamed se trouvaient désormais dans le hall, mais au lieu de poursuivre leur chemin, je me suis aperçu avec horreur qu'ils s'étaient arrêtés et retournés. Ils avaient peut-être ordre de rester dans la gare jusqu'au départ du train. Apparemment, je n'avais pas d'autre choix. Ma vie étant en jeu, autant aller au bout de mon idée.

Je les ai dépassés en prenant soin de garder un peu de distance, et me suis dépêché d'aller me présenter devant le contrôleur de billets, qui m'a regardé avec le genre de mépris que l'on accorde à un chien galeux.

« *Shaheb aashché* », ai-je dit en faisant un geste vague pour indiquer que mon sahib arrivait derrière moi.

« *Jao* », a-t-il répondu en me laissant passer.

Ainsi, je me suis retrouvé sur le quai. Souriant de soulagement, je me suis précipité vers la voiture de Gulmohamed ; j'avais retrouvé mon optimisme. Du moins jusqu'à ce que retentisse un sifflement. L'espace d'un instant, j'ai cru qu'il s'agissait du départ du train, mais le son s'est poursuivi, long et strident. Suivi de cris.

« Arrêtez ! Au voleur ! »

Me retournant, j'ai vu l'Anglais dont je m'étais approprié la valise foncer sur le quai. Le contrôleur courait aussi, soufflant incessamment dans son maudit sifflet. Pire, les deux officiers, alertés par le bruit, commençaient aussi à venir dans ma direction. J'ai lâché la valise et me suis mis à courir, ce qui n'était pas chose facile avec un turban et une paire de vieilles sandales. J'avais de l'avance, mais ils gagnaient du terrain. J'ai de nouveau regardé derrière moi. L'Anglais s'était immobilisé près de sa valise. Le contrôleur avait lui aussi abandonné la course-poursuite, mais les deux officiers, c'était une autre affaire. Ils couraient sur le quai comme des chiens aux trousses d'un lièvre. Quelqu'un dans un compartiment de troisième classe m'a crié : « Voleur ! »

Un autre sifflement a retenti; cette fois, c'était la locomotive. Le train s'est ébranlé. J'ai continué de courir, dépassé les secondes classes et la voiture-restaurant.

Le convoi a accéléré, les wagons roulant à un rythme aussi rapide que le mien. Mes poursuivants ne tarderaient pas à me mettre la main dessus. Il n'y avait rien à faire. J'ai attendu que l'entrée d'une voiture arrive à ma hauteur, j'ai tendu la main vers la rampe et j'ai bondi à l'intérieur. Dans mon élan, j'ai perdu une de mes sandales, qui est tombée entre le wagon et le quai et a été écrasée sous les roues du train.

J'ai repris mon souffle, le cœur battant à tout rompre, et je me suis retourné. Les deux officiers étaient en train de m'imiter et sautaient à bord, deux voitures plus loin.

Je n'avais pas de temps à perdre. Je me suis débarrassé de ma sandale restante, j'ai poussé la porte battante du wagon et suis rentré à l'intérieur. Il s'agissait d'une voiture couchette de seconde classe, avec les compartiments d'un côté et un couloir encombré de voyageurs en train de ranger leurs bagages de l'autre. J'ai continué d'avancer, sachant que si un garde arrivait dans la direction opposée, je serais pris au piège.

J'ai tant bien que mal poursuivi mon chemin en bousculant des passagers mécontents. Par la fenêtre, le quai s'éloignait. Alors que j'atteignais l'autre extrémité du wagon, mes poursuivants sont entrés dans la voiture. L'officier anglais m'a vu, a crié quelque chose et saisi son revolver. Sans attendre qu'il le braque sur moi, j'ai poussé la porte et plongé dans l'interstice entre les voitures. De part et d'autre, l'acier des voies ferrées luisait dans la clarté de la lune tandis que le train allait de plus en plus vite. La voiture suivante était le restaurant de première classe, et je me suis précipité à l'intérieur en envoyant valser de la vaisselle qui, au milieu des cris de plusieurs dames anglaises installées pour dîner, s'est brisée au sol.

Je suis arrivé dans le premier wagon couchette. Là, au bout du couloir se tenait Gulmohamed en train de fumer une cigarette. Si je venais d'éprouver un certain soulagement, il s'est volatilisé, car avant même de pouvoir faire un pas vers lui, le préposé aux compartiments de première classe, un homme de la taille d'un petit bungalow, a pénétré dans la voiture, m'a dévisagé et a décidé que les dieux avaient choisi ce jour pour l'autoriser à se servir de ses poings au nom de la Eastern Railway Company. Il avançait d'un pas décidé, prêt à me casser la figure. Gulmohamed s'est écarté pour le laisser passer, avant de s'éclipser dans sa cabine avec l'alacrité d'un lapin dans son terrier.

Je n'avais nulle part où aller. Je n'avais plus de temps ni d'autre choix, malheureusement. Je me suis emparé du revolver que j'avais récupéré devant la résidence de Lord Taggart et qui se trouvait dans la poche de mon pantalon, et je l'ai braqué vers mon assaillant. Il s'est figé et a levé les mains en l'air. Je lui ai ordonné de se coucher par terre dans le couloir, puis je l'ai enjambé tandis que derrière moi les deux officiers pénétraient dans la voiture.

« Vous ! a crié l'Anglais. Arrêtez ! »

Gulmohamed n'était qu'à quelques pas de moi. Il était si proche. J'ai tenté d'ouvrir la porte de son compartiment, mais il l'avait verrouillée. J'ai songé à tirer dans la serrure pour m'engouffrer à l'intérieur, mais c'était trop tard.

L'Anglais a pointé son revolver sur moi et a tiré. La balle m'a raté de quelques pouces pour aller se loger dans la paroi du wagon. J'ai pris mes jambes à mon cou et franchi la porte au bout du couloir pour me réfugier dans l'espace entre les voitures. Le train roulait maintenant à plein régime. J'ai entendu la porte s'ouvrir violemment. C'était inconsidéré, mais je n'avais plus le choix.

J'ai sauté.

21
Sam Wyndham

J'ai ordonné au chauffeur d'Annie de rouler vers le nord en direction de Cossipore. Il était tard, mais l'éclat des feux à l'horizon illuminait çà et là le voile sombre qui d'ordinaire enveloppe la ville. L'homme ne semblait pas particulièrement enclin à m'emmener aussi loin, craignant pour sa propre sécurité voire celle de l'automobile. Je lui ai promis que rien n'arriverait, mais j'ai senti qu'il avait du mal à me croire. Cependant, il n'est pas si facile de trouver un emploi rémunéré en Inde, et l'homme s'est exécuté. Il est parfois plus aisé de risquer sa vie plutôt que son gagne-pain.

Une fois de plus, je me rendais à Gola-katta Gullee, au beau milieu du territoire que contrôlait Uddam Singh. J'ai dit au chauffeur de me laisser à l'angle de la rue, de revenir dans une heure et de m'attendre au maximum trente minutes. S'il ne me voyait pas arriver, il devait se rendre au thana le plus proche et signaler ma disparition en précisant que j'étais peut-être détenu par Uddam Singh.

Singh dirigeait ses opérations dans l'arrière-salle d'un débit de boissons clandestin un peu plus loin dans la ruelle. Si l'endroit était délabré, même pour Cossipore, construit avec des planches miteuses, des plaques métalliques et du grillage rouillé, les clients qui le fréquentaient n'y venaient pas pour le décor.

Le voyou à l'entrée a paru surpris de me voir, ce qui était curieux étant donné que ma dernière visite remontait à vingt-quatre heures à peine.

«J'ai besoin de voir votre patron», ai-je proclamé.

L'homme a croisé les bras.

«Vous avez rendez-vous?

– Absolument», ai-je rétorqué en braquant sur lui mon Webley.

Je lui ai ordonné de faire demi-tour et je lui ai enfoncé le canon de mon arme dans le dos. «Et si nous allions maintenant voir M. Singh?»

L'homme s'est avancé en poussant d'un coup d'épaule une porte qui a crissé sur ses gonds. Une demi-douzaine de lampes tempête éclairaient l'intérieur de l'établissement, qui puait le pétrole.

Quelques-uns des hommes de Singh se sont tournés vers nous. Plusieurs se sont même levés, mais je leur ai fait signe avec mon Webley de s'asseoir. L'homme m'a mené jusqu'à la porte au fond de la salle. Je l'ai remercié, j'ai rangé mon revolver puis j'ai frappé et suis entré.

J'ai immédiatement senti deux poignes d'acier me saisir les bras et me les tordre dans le dos. On m'a poussé en avant et l'instant d'après mon souffle se coupait alors que l'on me plaquait le visage sur une table en bois.

J'ai entendu Singh ordonner: «*Chéré-dao*» et les mains m'ont relâché. Avec quelque difficulté je me suis redressé avant de rajuster ma chemise.

«Capitaine Wyndham, a lancé Singh, on m'a dit que vous étiez mort.» À voir son air, il ne paraissait pas particulièrement heureux d'avoir sous les yeux la preuve du contraire. Je me suis demandé pourquoi il avait pensé cela. Puis j'ai compris. Singh était peut-être derrière l'attentat à la résidence de Taggart. Lorsque Satyen et moi n'avions pas honoré le rendez-vous promis, il l'avait pris personnellement et ordonné qu'on nous abatte tous les deux. Il avait probablement des informateurs à Budge Budge qui nous avaient suivis jusque chez Taggart. Avaient-ils eu l'intention de nous tuer, Satyen et mo,i et avaient-ils touché le chef de la police par accident ? Si les attentats contre Taggart avaient échoué pendant des années, avait-il fini par tomber au cours d'une tentative d'assassinat à mon encontre ? En d'autres circonstances, j'en aurais peut-être ri. Mais en l'occurrence, le moment était mal choisi.

« Je ne sais pas quoi vous répondre, ai-je déclaré.

– Qu'est-ce qui vous amène ? a-t-il demandé. Ai-je tort d'espérer que vous m'apportez la tête de votre collègue, Banerjee ?

– Malheureusement, oui. Mais j'ai une offre à vous faire. »

Singh a haussé un sourcil. « Je vous écoute.

– Je veux que vous cessiez d'ordonner à vos hommes de s'en prendre aux musulmans. En retour, je ferai sortir votre fils de prison. »

Singh a ricané. « Vous croyez peut-être que je vais vous faire confiance ?

– Vous avez ma parole, ai-je répliqué, et un Anglais n'a qu'une parole. » Ce qui est absurde, naturellement, mais une certaine magie noire coloniale nous a permis de convaincre les indigènes que cela est vrai. « Il me faudra peut-être quelques jours, mais je le ferai sortir. Et entre-temps, vu ce qui se passe dans la ville en ce moment, il est probablement plus en sécurité dans une cellule à Lal Bazar. »

Le gangster a réfléchi un instant.

« Cette violence dans les rues, a-t-il dit, vous pensez qu'elle est de mon fait ?

– Ce n'est pas le cas ?

– Les gens en ont marre des musulmans. Ils prennent les choses en main.

– Les attaques doivent cesser. Sinon, pas d'accord entre nous. »

Singh a gratté sa barbe naissante. « Je ne peux rien vous garantir ; toutefois, si vous me promettez de libérer Vinay, je dirai à mes hommes d'arrêter. Mais il y a autre chose…

– Dites-moi.

– Je veux que vous trouviez l'homme qui a tué Abhay, mon aîné. Je veux que vous me donniez votre parole que vous mettrez la main sur lui et que vous m'apporterez sa tête. »

Je ne pouvais acquiescer ni à l'un ni à l'autre, du moins pas en conscience. J'ignorais qui avait tué son fils, et même si j'en avais eu la moindre idée, j'aurais arrêté le coupable et fait en sorte qu'il soit traduit devant un tribunal. Cependant, il me fallait mettre un terme à la violence. Combien de vies allaient sinon être perdues ?

« Vous avez ma parole », ai-je conclu.

22
Satyendra Banerjee

On a vite fait, comme je l'ai appris, de mal évaluer la rapidité avec laquelle les choses bougent dans le noir. Le train ne me semblait pas avancer très vite, mais en heurtant le sol j'ai tout de suite compris que je me trompais. Après m'être mal réceptionné, j'ai perdu l'équilibre à cause de la vitesse et suis tombé tête la première dans les cailloux avant qu'un figuier des pagodes fort heureusement planté là ne m'arrête dans ma chute.

Une douleur comme j'en avais rarement éprouvée, même aux mains des agents de Budge Budge, m'a traversé. Instinctivement, j'ai eu envie de rester allongé là, mais si les deux officiers avaient fait comme moi, je risquais de mourir dans cette position. Il fallait que je reparte. Alors que je me redressais, une décharge électrique m'a parcouru les bras. Je me suis tourné vers la rive et j'ai scruté les ténèbres. Durant un long moment, je n'ai rien vu. Puis, alors que mes yeux s'ajustaient enfin, la silhouette massive de l'express pour Bombay, avec ses compartiments éclairés, s'est dessinée plus clairement, au loin, à une centaine de yards sur les voies. J'ai soupiré de soulagement avant de comprendre aussitôt avec horreur que le satané engin ne bougeait pas. Mon estomac s'est retourné. Les passagers de troisième classe commençaient à s'agiter, se demandant ce qui se passait. Plusieurs silhouettes se découpaient dans la lumière des fenêtres à barreaux.

Des voix étouffées me sont parvenues. Des cris. J'ai mis la main à la poche pour saisir mon revolver mais me suis rendu compte avec effroi qu'il n'y était plus. Je l'avais perdu entre le moment où j'avais sauté du train et où je m'étais arrêté au pied de l'arbre. Je n'avais pas le temps de le chercher. Il fallait que je bouge, que je déguerpisse aussi vite que possible. Je n'avais pas de chaussures ; j'ignorais complètement où je me trouvais, et je ne savais pas dans quelle direction courir, mais j'ai décidé que peu importait tant que je m'éloignais de mes poursuivants.

Boitant, je me suis faufilé silencieusement à travers les arbres, loin des voies et des faibles lueurs de ce que j'imaginais être les faubourgs de Howrah.

Derrière moi, mes poursuivants se déployaient. J'ai remercié la déesse. Dans la nuit, je n'étais qu'une aiguille dans une botte de foin, et plus je m'éloignais du convoi, plus leur zone de recherche s'agrandissait. J'ai continué de courir jusqu'à ce que j'aie les pieds en sang et que je sois hors d'haleine. Je me suis alors effondré dans les feuillages. Durant une minute entière, je n'ai rien entendu d'autre que mon propre souffle et mes battements de cœur. Puis, alors que le calme me revenait et que je retrouvais mes esprits, j'ai tendu l'oreille. J'ai attendu en suppliant Maa Durga et Maa Kali avec une ferveur que je ne mets pas souvent dans mes prières. Les voix ont commencé à se faire plus faibles, et quelques minutes plus tard, le sifflement du train a retenti. Soulagé, j'ai posé la tête par terre et suis resté ainsi un petit moment. En me disant que demeurer allongé était sans aucun doute la position la plus sûre. Ce n'était pas parce que le train repartait que mes poursuivants étaient montés à bord. Ils étaient peut-être encore là, à m'attendre. Mais surtout, je n'avais tout simplement plus l'énergie de bouger.

J'ignore combien de temps je suis resté ainsi, mais un croissant de lune brillait au-dessus de ma tête lorsque j'ai rouvert les yeux. Il m'a fallu un moment pour me rappeler où j'étais et ce qui s'était passé, après quoi je me suis dit que j'aurais mieux fait de rester inconscient. Je me suis levé tant bien que mal et j'ai tenté de me repérer. Les muscles de mes jambes étaient raides, mes plantes de pieds lacérées. Au loin, quelques lueurs vacillaient, et je me suis dirigé vers elles, en me disant que là où il y avait de la lumière il y avait des maisons et là où il y avait des maisons il y avait généralement des routes.

Et effectivement, la lumière provenait de quelques lampes tempête suspendues à l'entrée des abris de fortune qui entouraient un pūkūr recouvert de lotus au bord d'un chemin de terre. Ma question n'était pas de savoir dans quelle direction se trouvait Calcutta – au vu des flammes à l'horizon, la réponse était évidente. Ce que je me demandais était plus fondamental : *Qu'allais-je faire à présent ?* Gulmohamed était parti, et j'étais un fugitif. Si je rentrais à Calcutta je prenais le risque d'être capturé par mes collègues, de me retrouver devant un tribunal et éventuellement au bout d'une corde. Mais où aller ? Si j'avais la moindre chance de m'en sortir, il me fallait prouver que c'était Gulmohamed et non moi qui avait tué Mukherjee, et pour ce faire, j'avais besoin de Sam. Ainsi, résigné, j'ai commencé à marcher vers l'est, en direction de la ville – ma ville ; la ville qui m'avait vu naître, la ville de mon enfance, la ville où je vivais ; la ville qui était maintenant à feu et à sang ; et dont chacun des quartiers en flammes était comme une blessure à mon âme.

23
Sam Wyndham

Au nord, l'horizon rougeoyait. Une fausse aurore à mettre sur le compte des braises de la violence. Il était tard lorsque j'ai regagné Premchand Boral Street et libéré le chauffeur. La rue était plus tranquille que d'habitude ; les affaires que les hommes mènent rondement d'ordinaire et qui animent les bordels étaient réduites à peau de chagrin et les filles, drapées dans des saris diaphanes, paressaient sur les vérandas et aux balcons tandis que leurs rabatteurs s'efforçaient d'alpaguer les rares passants. Ils savaient qu'il valait mieux ne rien me proposer, s'ils tenaient à leur liberté. Mais par une nuit aussi improductive que celle-ci, j'ai eu l'impression qu'un ou deux, en désespoir de cause, étaient tentés de m'aborder.

J'ai monté les étages par l'escalier qui n'en finissait pas, en espérant malgré tout trouver Satyen dans l'appartement à m'attendre. Mais les lieux étaient plongés dans l'obscurité. J'ai refermé la porte, allumé la lumière et appelé mon domestique, Sandesh, trois fois. Celui-ci a fini par apparaître, hirsute et l'air endormi.

« Est-ce que Satyen est rentré ? » ai-je demandé.

Il a regardé autour de lui comme si la réponse se trouvait dans le vestibule. « Non, sahib », a-t-il finalement proclamé avec une remarquable conviction pour un homme ayant probablement dormi sous la table de la salle à manger durant les quelques heures qui venaient de passer. Sandesh avait son propre lit dans sa propre chambre mais préférait néanmoins dormir sous la table. Il s'agissait là d'une manie que Satyen et moi avions choisi d'ignorer, principalement parce qu'il tenait notre logis à peu près propre et faisait toujours en sorte qu'il y ait quelque chose à boire dans le bar. Ce genre d'hommes n'était pas facile à trouver, en particulier à un prix hebdomadaire raisonnable.

« Un whisky, sahib ? »

C'était une manière calculée de faire diversion mais je n'allais pas la refuser.

« Il en reste encore dans la bouteille ? »

Il a souri. « Assez pour un doigt. »

Il avait appris l'expression par cœur, comme tout ce qui était idiomatique et ne pouvait pas être pris au sens littéral.

Je me suis dirigé vers le salon et suis sorti sur le balcon. Appuyé contre la balustrade, j'ai allumé une cigarette et j'ai contemplé la nuit. Satyen était dehors, quelque part. J'espérais seulement que quels que soient les ennuis dans lesquels il se trouvait, j'allais pouvoir l'en sortir.

Dans mon dos, Sandesh a toussé poliment.

« Un doigt, sahib, a-t-il déclaré en me tendant un whisky. Il y a aussi un chitee qui est arrivé pour vous. »

Il a brandi une enveloppe blanche. J'ai vidé le whisky, lui ai rendu le verre pour prendre l'enveloppe et je l'ai ouverte. Elle ne contenait qu'une seule feuille de papier.

Chez Chang, Tiretta Bazaar. Vous connaissez l'endroit. Minuit ce soir. Assurez-vous de ne pas être suivi.

J'ai vacillé et me suis pratiquement effondré dans l'un des fauteuils en osier. Était-ce une blague ? Si tel était le cas, ce n'était pas drôle. J'ai examiné le dos de la feuille ainsi que l'enveloppe pour essayer de savoir qui avait bien pu me faire cet envoi, mais rien ne figurait ni sur l'un ni sur l'autre.

« Qui a apporté ça ? »

Sandesh a pris un air penaud. « Je sais pas, sahib. Quelqu'un l'a laissé sous la porte. Je viens juste de le trouver. »

J'ai relu le message. *Vous connaissez l'endroit.*

Je connaissais effectivement l'endroit, mais je doutais que ce fût le cas de beaucoup d'autres, certainement pas de Satyen qui aurait pu être, comme je l'avais espéré, l'expéditeur de la missive. C'était la première fumerie d'opium dans laquelle j'étais entré. J'étais tombé dessus deux semaines après mon arrivée dans la ville, près de cinq ans plus tôt, et je n'y avais pour ainsi dire pas remis les pieds depuis. Je me suis surpris à soudain transpirer.

« Sandesh, ai-je lancé, ouvrez une autre bouteille. Et servez-moi un double. »

24
Satyendra Banerjee

Howrah n'est pas une localité particulièrement plaisante. Pas durant la journée, et certainement pas la nuit. Composée d'usines, de tanneries, d'entrepôts, de quelques habitations ici et là, elle est en partie peuplée du genre d'égorgeurs qui à une autre époque auraient fait de parfaits pirates. S'il existait un aspect positif à ma situation, c'était que, étant donné l'état de ma tenue vestimentaire, aucun brigand un tant soit peu digne de ce nom ne songerait une seconde à me détrousser. Et à cet égard, Howrah était sans doute plus sûr pour moi que n'importe quel quartier de Calcutta.

Il fallait toutefois que je poursuive mon chemin. Il fallait que je contacte Sam. Gulmohamed parti, je n'avais plus nulle part où me tourner. La question était : comment faire ? Notre appartement dans Premchand Boral Street serait surveillé, et la résidence de mes parents à Shyambazar aussi sans aucun doute. Mais le premier point qu'il me fallait résoudre était de savoir comment retraverser le Hooghly pour regagner la ville.

Le moyen le plus simple était de passer par le pont près de la gare. Cela présentait aussi l'avantage d'être gratuit, ce qui dans l'état actuel de ma situation était tout sauf négligeable. Mais ce n'était pas sans risques. Le pont était l'un des points les plus stratégiques de la ville. Avec le chaos qui régnait dans le nord de Calcutta, les militaires y seraient certainement postés en nombre pour en restreindre l'accès et contrôler les papiers de tous ceux qui se présentaient pour le traverser. Même s'ils ne s'apercevaient pas tout de suite que j'étais un fugitif, il y avait fort peu de chances qu'ils laissent passer un vagabond sans chaussures, ce à quoi je ressemblais globalement. Quant aux ferries, ils auraient cessé de naviguer le temps que j'arrive aux embarcadères.

Il me restait donc les petits bateaux, les *naukas*[*], pilotés par des hommes qui mangeaient et dormaient à bord de leurs embarcations en bois. N'étant soumis à aucun horaire établi, ils étaient à même de naviguer à toute heure du jour et de la nuit, moyennant finance évidemment, et ils avaient l'avantage de pouvoir accoster quasiment n'importe où sur l'autre berge, même si cela impliquait parfois pour débarquer d'avoir de la boue jusqu'aux genoux. En temps normal, jamais je n'aurais songé à prendre l'un de ces rafiots, mais ce soir-là, j'étais prêt à tout afin de me mettre à l'abri, y compris marcher dans la vase pour atteindre l'autre rive.

Je suis parti vers le sud. En m'éloignant du pont, en direction d'un coin plus tranquille, plus isolé, où ce type de bateaux était amarré et gîtait doucement au bout d'une jetée. J'ai fourré la main dans ma poche pour en sortir le billet d'une roupie que l'homme à la gare m'avait donné en échange de mon aide. C'était beaucoup pour traverser le fleuve, mais j'espérais qu'une roupie non seulement payerait mon passage mais m'épargnerait aussi toute question.

J'ai choisi le nauka le plus éloigné du centre et me suis frayé un chemin avec précaution dans la boue et les détritus jonchant la berge traîtresse. Un rai de lumière filtrait à travers un trou dans la toile qui faisait à la fois office de porte et d'écran de protection, et qui recouvrait le minuscule compartiment à l'arrière du bateau.

Je me suis approché et j'ai crié : « *Oh dada ! Jaben ?* »

À l'intérieur ont retenti des cliquetis métalliques. Une main a soulevé la toile et un visage émacié et barbu a surgi.

« *Kothai ?* a dit l'homme. Où ? »

Le ghat arménien semblait l'endroit le plus proche pour accoster de l'autre côté, mais cela me paraissait un peu trop près du pont. Le mieux aurait été de débarquer près du ghat d'Outram, mais c'était loin et je ne voulais pas tenter le diable. Entre le ghat arménien et le ghat d'Outram se trouvait celui de Fairlie Place. Il allait falloir m'en contenter.

« *Oi-tho,* ai-je dit. *Fairlie ghat.* »

Il a pris un instant pour considérer la chose. « *Fairlie ? Athho ratheer-é ?* » Comme choqué que quiconque puisse vouloir se rendre là-bas à cette heure de la nuit.

J'ai senti que pointait le début d'une négociation, à laquelle j'ai aussitôt mis un terme en brandissant le billet d'une roupie. « *Ak tākā.* »

Et l'affaire était conclue.

« *Cholō* », a-t-il déclaré en opinant du chef, puis il est monté sur le pont et m'a tendu la main pour m'aider à embarquer.

L'homme a regagné la poupe et, en s'appuyant de tout le poids de son maigre corps sur l'énorme rame fixée à l'arrière, a éloigné le bateau de la berge. Le trajet durerait une demi-heure à travers les eaux du fleuve d'un noir d'encre. Jamais je ne l'avais traversé si tard, ni dans un bateau s'enfonçant aussi profondément dans l'eau, et il est bien vite devenu évident que traverser le Hooghly dans une telle embarcation était bien plus dangereux que de prendre un ferry, surtout au beau milieu de la nuit. Le rebord de la coque était à quelques pouces de la surface, que j'aurais pu aisément toucher si j'en avais eu l'envie. De plus, nous n'avions aucun feu de navigation, nous étions pratiquement invisibles avec l'unique lampe tempête à la proue indiquant notre présence, et tout cela sur l'une des voies maritimes les plus fréquentées du monde. Une seule erreur à la rame ou un mauvais calcul du courant, et un cargo briserait notre coque tel un œuf, en poursuivant sa route sans rien remarquer.

Mais l'homme connaissait les eaux et s'est faufilé d'une main experte entre les sillages des imposantes coques d'acier qui nous dominaient de toute leur hauteur, et pour finir la jetée en béton du ghat de Fairlie s'est dessinée dans la pénombre. J'ai balayé des yeux la rive en quête du moindre signe d'activité, de présence policière ou militaire, mais elle semblait magnifiquement déserte.

Manœuvrant son nauka, le bateau-wallah a accosté avec la légèreté d'une plume. Je l'ai remercié, je lui ai donné sa roupie et j'ai sauté à terre.

L'air nocturne était presque immobile ; seul un vague relent de brûlé flottait dans la brise qui soufflait le long du fleuve. D'ici, il était difficile d'imaginer que la ville était plongée dans le chaos et qu'à quelques miles de là les magasins, les maisons et les gens étaient en flammes.

Maintenant la question était de savoir où aller. Il fallait que je parle à Sam, mais il était hors de question que je retourne dans notre appartement. Il n'y avait qu'une façon de lui mettre la main dessus. Le seul endroit où je pourrais le retrouver sans que la police secrète ou autre ne l'apprenne. Il fallait tout simplement que je puisse m'y rendre sans me faire arrêter.

J'ai baissé la tête et mis le cap sur Rawdon Street.

25
Sam Wyndham

J'ai surpris les filles du bordel en bas.

« C'est une descente, capitaine sahib ? » La jeune femme qui avait ouvert la porte a souri. « Ou êtes-vous là pour le plaisir ? »

Elle se fait appeler Pia, mais ce n'est pas son véritable prénom. Jolie, elle n'a sans doute pas plus de dix-sept ans, même si, vu l'aplomb avec lequel elle s'adresse à vous, c'est difficile à dire. Elle est originaire des montagnes près du Népal. Je sais tout cela parce que nous avons eu l'occasion de fumer sur la véranda devant notre bâtiment au cours d'une de ses pauses, si je puis m'exprimer ainsi.

« Tu sais bien que je ne suis pas là pour ça, Pia, ai-je répondu.

– Alors pourquoi ? Vous voulez parler à Tante-Singh ? »

Le lieu est tenu par une femme affable que son mari, M. Singh, a ramenée de son lointain village natal près d'Amritsar dans le Punjab jusqu'à Calcutta après l'avoir épousée. Après deux mois de mariage, il a promptement quitté la ville, ou s'est enfui, cela dépend de qui rapportait la chose : ses créanciers, la police, ou sa toute nouvelle épouse. Une femme plus faible serait peut-être rentrée dans son village, mais cela lui aurait valu une honte que Mme Singh n'avait nullement l'intention de supporter. Les faits demeurent incertains, mais la dame en question a conservé le nom de son mari tout en vendant les possessions de ce dernier, ainsi que son propre honneur, pour survivre. Avec le temps, elle est passée de fille de joie à tenancière de bordel, devenant ce faisant une femme d'affaires prospère, mais en son for intérieur elle considère qu'elle protège les jeunes filles livrées à elles-mêmes après avoir été vendues par des familles qui, on ne peut que le supposer, sont criblées de dettes.

« Non, ai-je fait. J'ai juste besoin d'utiliser la porte qui mène dans l'arrière-cour. »

La fille m'a dévisagé. « Pourquoi voulez-vous aller dans la cour si tard ?

– Je cherche Satyen babu, ai-je répondu. Il n'est pas rentré à la maison.

– Vous pensez qu'il est dans la cour ? »

Je n'ai pas répondu.

Elle a secoué la tête. « Pour deux hommes adultes, vous vous comportez toujours comme des enfants. *Chalo* », a-t-elle conclu avant de me mener là où je voulais aller.

Le trajet jusqu'à Tiretta Bazaar a duré environ quarante-cinq minutes : plus longtemps que cela n'aurait dû, mais j'ai pris les chemins de traverse par les ruelles, en évitant les patrouilles et en revenant sur mes pas pour m'assurer de ne pas être suivi. Et ce faisant je me suis remémoré les fois où j'avais fait ce même parcours en pleine nuit. Des souvenirs désagréables et obsédants : d'hallucinations dans des brouillards d'opium et de cauchemars éveillés. Mais c'était le passé. J'étais sevré depuis un an maintenant, et si les choses n'avaient pas été faciles, je savais que si j'avais continué cela aurait été bien pire.

L'endroit que je cherchais était une fumerie d'opium située dans le sous-sol d'une banale habitation. Le lieu n'a rien de secret. L'opium n'est pas illégal au sens strict – du moins pas pour la population chinoise de Calcutta – mais mieux vaut rester discret lorsque l'on s'y rend. La police fait encore ostensiblement des descentes dans les fumeries, pour chercher des fugitifs ou faire main basse sur de la contrebande ou sur quoi que ce soit d'autre d'interdit, mais en vérité pour rappeler à nos amis de l'est qu'ils se trouvent en territoire britannique et qu'ils feraient bien de ne pas trop prendre leurs aises.

J'ai frappé un coup sec à la porte d'acier et attendu que s'ouvre le judas, sentant une nervosité que je n'avais plus éprouvée depuis des années. À ma grande surprise, au lieu de voir coulisser la porte, j'ai entendu le crissement métallique d'un verrou que l'on ouvrait, et l'instant d'après je me suis retrouvé face à un Chinois menu vêtu de noir qui n'a posé aucune des questions habituelles.

Au lieu de quoi, il m'a invité à entrer comme si j'étais, sinon un ami, du moins quelqu'un qu'il connaissait et dont il tolérait la présence depuis un certain temps déjà. J'ai descendu à sa suite un escalier et nous sommes arrivés dans une pièce qui semblait plus exiguë et moins accueillante qu'à l'époque où j'y avais mes habitudes de drogué. L'odeur terreuse et douceâtre de la fumée d'opium flottait dans l'air et j'ai senti la sueur perler dans ma nuque.

À la lueur de quelques bougies j'ai distingué le tableau habituel d'hommes somnolant sur des matelas à même le sol, chacun voguant dans son nirvana personnel. L'homme m'a fait passer devant eux jusqu'à une porte à l'autre extrémité de la pièce.

« Laissez-moi deviner, ai-je fait. La salle VIP ? »

Ignorant mon commentaire, il a toqué. Quelque chose dans l'air avait changé, et j'avais du mal à savoir quoi. Il s'agissait de l'odeur. Le parfum de la fumée d'opium était moins fort ici, et il se mélangeait à autre chose. Était-ce du tabac ? Non pas du tabac à cigarette mais autre chose, un mélange plutôt inhabituel, que seule une personne de ma connaissance fumait.

Des pas se sont approchés et la poignée a tourné, mais avant que le battant s'ouvre je savais qui se trouvait derrière.

26
Satyendra Banerjee

Je savais où habitait Mlle Grant, non pas parce que j'ai eu la curiosité de me renseigner à ce sujet, mais parce que Sam m'a montré l'endroit à plus d'une reprise. Cependant, savoir où se trouve un immeuble et parvenir à y entrer sont deux choses très différentes.

Je n'aime pas ce quartier de la ville. L'architecture, élégante au demeurant, n'y est pour rien, ni la localisation à proprement parler, tous les habitants du centre de Calcutta la trouvant commode, mais à cause du genre de personnes qui y résident et aussi du genre de personnes qu'ils emploient.

Si les Anglais mariés gravitent dans les quartiers sud et les banlieues comme Alipore et Tollygunge, la zone autour de Park Street est le repaire des célibataires britanniques fortunés, dont la richesse les protège des quelques épreuves que les Britanniques moins bien nantis connaissent ici et amplifie leur sentiment de supériorité vis-à-vis des Indiens. Curieusement, cette arrogance s'insinue chez les Indiens qui travaillent pour eux, pourtant cibles directes de leur mépris. Cela va des secrétaires personnels aux chauffeurs en passant, malheureusement pour moi, par les concierges assis dans les halls de leurs vastes bâtiments cossus.

En d'autres circonstances, l'accès aurait pu s'avérer délicat mais pas impossible. Après avoir enduré le regard perçant du gardien de l'immeuble, j'aurais tout simplement expliqué qui j'étais, pour qui je travaillais et qui je venais voir. Ce soir-là, ce genre de choses était plus compliqué. J'étais pieds nus, couvert de poussière et vêtu d'une chemise rouge de coolie de gare en piteux état. J'aurais beau affirmer être enquêteur de police, cela tomberait dans l'oreille d'un sourd.

Pour voir Mlle Grant, j'allais devoir adopter une approche plus circonspecte. À cette heure tardive, le concierge habituel serait certainement couché dans son lit, ses tâches confiées au durwan, le gardien de nuit. Même dans cette partie la plus prospère de la ville, ils sont payés une misère et la fonction n'a pas tendance à attirer les êtres les plus vigilants ni les plus dynamiques. Ce qui constituait un point en ma faveur. Par ailleurs, un bon durwan passe la majeure partie de son temps à patrouiller autour de l'immeuble dont il a la charge. En effet, les nuits de Calcutta sont ponctuées par les bruits que font trente mille de ces hommes durant leurs rondes, tapant leurs lathis en bambou pour informer les potentiels vauriens qu'ils seraient mieux avisés de ne pas s'aventurer du côté de leur bâtiment.

J'ai attendu dans l'ombre, dans l'espoir que l'homme apparaisse et commence sa ronde, mais ce durwan-là ne semblait pas vouloir quitter son bureau. J'ai dû prendre les choses en main. J'ai parcouru la ruelle derrière la résidence jusqu'à ce que je trouve ce que je cherchais : un grand tas de sable et des briques. C'est une des particularités de Calcutta : notre climat, un mélange nauséabond de mousson et de chaleur torride, tend à dissoudre les bâtiments plus vite qu'une cuillerée de sucre dans une tasse de thé chaud. En conséquence, il y a toujours une pile de matériel de construction à portée de main : briques et sable, et dans les quartiers plus pauvres, bois, toile et tôle ondulée. Je me suis emparé d'une brique et j'ai regagné la rue de Mlle Grant. Une fois devant l'immeuble, désireux d'éviter si possible tout vacarme inutile, j'ai laissé quelques minutes supplémentaires au durwan pour sortir faire sa ronde. Ne le voyant pas apparaître, je me suis faufilé sur le côté du bâtiment et j'ai lancé mon missile vers une fenêtre du rez-de-chaussée. Le verre s'est brisé avec un craquement satisfaisant que j'ai espéré suffisamment sonore pour que le durwan l'entende. J'ai regagné en courant mon poste d'observation, je me suis caché et j'ai attendu. Dans les étages, des lampes se sont allumées et des fenêtres éclairées. Puis, finalement, le durwan a surgi à la porte, lathi à la main et sifflet suspendu à son cou sur une chaîne rebondissant à tout va.

Une fois qu'il a eu contourné le bâtiment, j'ai foncé vers les marches et pénétré dans le hall. Là, j'ai rapidement repéré le nom de Mlle Grant gravé sur le disque en laiton de la boîte aux lettres correspondant à l'appartement 21. Avant que je puisse faire quoi que ce soit, une voix a retenti.

« Qui diantre êtes-vous ? »

Me retournant, je me suis retrouvé nez à nez avec un Anglais en peignoir de soie bordeaux qui me dévisageait depuis l'autre côté du hall.

« Où est Dennis ? » a-t-il ajouté.

J'ai supposé qu'il parlait du durwan, même si je doutais fort que l'homme s'appelle véritablement Dennis.

« Dehors, sahib », ai-je répondu avec ce ton mielleux que les Britanniques préfèrent que nous employions lorsqu'on s'adresse à eux. Cela a paru l'amadouer quelque peu.

« Et que faites-vous ici, coolie ? »

J'ai réfléchi en une seconde. « Je viens prendre des bagages pour les emporter à la gare de Howrah, sahib. »

Le gentleman a eu l'air d'approuver ma réponse.

« Je ne savais pas que vous autres proposiez ce genre de service. »

Je lui ai souri en pressant mes paumes l'une contre l'autre. « Pardonnez-moi s'il vous plaît, sahib. Je dois aller chercher les bagages. »

Là-dessus, j'ai pris congé et j'ai gagné presque en courant l'escalier secondaire à l'usage des domestiques et des ouvriers.

J'étais à bout de souffle le temps de localiser la porte de Mlle Grant au troisième étage. Transpirant à grosses gouttes, j'ai frappé énergiquement et de manière continue jusqu'à ce que l'on m'ouvre enfin.

Devant moi se tenait la femme de chambre de Mlle Grant, que j'avais rencontrée une fois ou deux dans l'appartement qu'habitait précédemment sa maîtresse. Manifestement, je venais de la tirer du sommeil, mais en me voyant elle s'est réveillée tout à fait. Elle a tenté de me fermer la porte au nez, mais j'ai réussi à glisser mon pied dans l'interstice.

« S'il vous plaît, Anju, ai-je chuchoté alors que la douleur me traversait la jambe. C'est moi, Satyen babu, l'ami du capitaine Wyndham. Il faut que je parle à Mlle Grant, c'est urgent. »

27
Sam Wyndham

« Wyndham, a-t-il dit. Merci d'être venu. »

Devant moi se tenait le colonel Dawson, chef de la Section H, les services secrets de l'armée.

« Il était difficile de résister à une invitation aussi mystérieuse, ai-je répliqué. Intéressant comme choix de lieu de rencontre. »

Dawson a souri. « Je me suis dit que vous apprécieriez. J'imagine que cet endroit vous rappelle de bons souvenirs. »

Il s'est tourné, et avec l'aide de sa canne a gagné en claudiquant une table entourée de chaises au centre de la petite pièce. « Je vous en prie, a-t-il fait en désignant l'une des chaises.

– De quoi s'agit-il ? » ai-je demandé.

Il a attendu que je m'installe avant de répondre.

« Votre camarade, Banerjee. J'ai appris qu'il s'était mis dans de beaux draps. »

Que Dawson soit au courant des ennuis de Satyen n'avait rien de surprenant. L'homme avait des informateurs partout, y compris quelques-uns au quartier général de la police.

« Vous savez où il se trouve ?

– Pas vraiment, a répliqué Dawson, mais je pense qu'il est mêlé à quelque chose de plus important que ce qu'on croit. Quelque chose qui implique la sécurité impériale. »

En entendant cette dernière phrase, je me suis redressé. « Comment ça ? »

Il a sorti sa blague à tabac et a commencé à se bourrer une pipe.

«Je ne saurais le dire.

– Pourtant, c'est votre boulot de le savoir, non?»

Il m'a fixé du regard.

«C'est la raison pour laquelle nous sommes ici. Nous avons intercepté certaines… communications, à propos de la venue en ville de ce type de l'Union de l'Islam, Gulmohamed.

– Satyen avait pris Gulmohamed en filature sur les ordres de Taggart, ai-je dit. Selon lui, Gulmohamed est mêlé au meurtre de Mukherjee. Si vous l'empêchez de quitter la ville et le convoquez au commissariat pour qu'on l'interroge, nous pourrons tirer ça au clair.»

Le chef du renseignement s'est réinstallé sur sa chaise.

«Cela ne va pas être possible, je le crains.

– Pourquoi?

– Il est trop en vue et la situation trop instable, surtout si proche des élections. Si on l'arrête maintenant, les musulmans vont se soulever et nous n'aurons pas le temps de voir clair. Et s'il est effectivement impliqué dans l'assassinat de Mukherjee, l'arrêter maintenant sans en savoir plus pourrait pousser ses complices à se cacher. Il faut prendre du recul.

– Vous prêchez un convaincu, ai-je rétorqué, mais pas quand la vie de mon collègue est en jeu.»

Dawson a tiré sur sa pipe.

«Il y a d'autres facteurs en jeu ici, Wyndham. Gulmohamed a certains amis stratégiquement placés à Bombay.

– *Stratégiquement* placés? Par opposition à haut placés?»

Dawson a souri poliment.

Haut placés aurait signifié des amis dans la hiérarchie politique. *Stratégiquement* placés suggérait quelque chose de légèrement différent. Les militaires? Mais les gros bonnets étaient en poste à Delhi et non à Bombay. Pourquoi Dawson aurait-il hésité à arrêter l'ami de quelques généraux basés à Bombay ? C'est alors que j'ai compris.

« Êtes-vous en train de me dire que Gulmohamed est un agent de la Section ? »

Dawson a ôté sa pipe de sa bouche et a fait la moue. « J'ai toujours dit que vous étiez perspicace. Mais non, ce n'est pas un agent de nos services. Du moins pas à ma connaissance. En revanche, je peux vous certifier que mes collègues à Bombay s'intéressent de près à l'homme. Il est possible qu'ils aient eu vent d'un complot dans lequel il est impliqué. »

J'avais la sensation qu'il ne me disait pas tout.

« Pourquoi n'y ont-ils pas mis un terme, alors ? Et pourquoi ne vous en ont-ils pas parlé ? »

Le chef des services s'est penché en avant.

« Les sphères d'influence, Wyndham. Je suis à la tête de la Section ici à Calcultta. Cela vous a peut-être échappé, mais les grandes décisions dans ce pays ne sont plus prises ici.

– C'est une question de simple courtoisie de vous en informer, me semble-t-il, non ? » ai-je répliqué.

Dawson a toussé. « Le bureau de Bombay est tenu ces derniers temps par quelques Jeunes-Turcs et ils ne sont pas particulièrement enclins à faire part à Calcutta des dossiers sur lesquels ils travaillent. »

Il se montrait remarquablement ouvert avec moi. J'aurais accueilli cette disposition avec enthousiasme si je n'avais pas subodoré qu'il avait une autre idée derrière la tête.

« Pourquoi me racontez-vous tout cela ? »

Son expression s'est durcie. « Parce qu'il serait plus que bienvenu pour moi de savoir ce que fabriquent mes collègues à Bombay. Je n'aime pas particulièrement être tenu à l'écart, surtout quand il est question d'attaques dans mon secteur. Les canaux habituels me semblent inaccessibles, et je me suis dit que vous et moi, nous avions un intérêt commun. Si vous voulez éviter la potence à Banerjee, il va vous falloir apprendre ce que fomente Gulmohamed. C'est la seule façon pour vous de le tirer de là. »

Ainsi nous y étions. Telle était la raison de ce rendez-vous secret. Les collègues de Dawson en dehors de la ville étaient impliqués dans quelque chose au Bengale et l'avaient mis hors jeu. C'était un homme fier et c'était sans aucun doute pour lui une insulte. Il voulait savoir ce qui se tramait et je serais son instrument. Mais m'impliquer n'était pas sans danger. Il devait savoir que dès l'instant où j'apprendrais ce qui se passait, j'aurais bien du mal à le garder pour moi. Effectivement, si cela était nécessaire pour sauver Satyen, je ferais tout mon possible pour contrecarrer les plans que la Section avait mis en place. C'est alors que j'ai compris autre chose : Dawson ne voulait pas seulement savoir ce qui se passait ; il voulait que j'arrête tout le processus. Il voulait que je dynamite l'ensemble, dans le simple but de remettre à leur place ses collègues de Bombay. Rien n'est pire que le courroux d'un chef du renseignement délaissé.

« Qu'attendez-vous de moi ? ai-je demandé. Je ne sais même pas où se trouve Satyen. »

Dawson a souri. « D'après mes informations, le sergent Banerjee a sauté de l'express pour Bombay peu après son départ de Howrah. Apparemment, il était aux trousses de Gulmohamed, mais avant qu'il puisse lui mettre la main dessus, deux policiers l'ont repéré. Il a évité de se faire arrêter en sautant du train. Il a de la ressource, le petit bougre on dirait, non ? »

J'ai acquiescé. « Et c'est un sacré casse-pieds.

– À mon avis, a déclaré Dawson, il va revenir à Calcutta et essayer d'entrer en contact avec vous. Quand il l'aura fait, appelez-moi à ce numéro. » Il m'a tendu un bout de papier avec des chiffres correspondant à un numéro de téléphone dans le sud de Calcutta. » Apprenez-le par cœur, et détruisez ce papier. Des questions ?

– Juste une, ai-je répondu. De toutes les fumeries d'opium de la ville, pourquoi avoir choisi celle-ci ?

– C'était votre première, n'est-ce pas ?

– En effet, ai-je dit, mais vous ne saviez même pas que j'existais à l'époque.

– Je savais tout sur vous avant même que vous débarquiez du bateau à Kidderpore. C'était mon boulot. J'étais au courant de votre petit problème depuis le tout début. J'avais sans doute compris que vous deviendriez dépendant à l'opium avant que vous en ayez pris conscience vous-même. »

J'ai essayé en vain de maîtriser mon expression.

« Ne prenez pas un air si choqué, Wyndham. Au fond de vous, vous le saviez sans doute.

– Si vous aviez connaissance de mon problème, pourquoi ne jamais en avoir parlé à Taggart ? Vous auriez pu mettre un terme à ma carrière à tout moment. »

Dawson a soupiré. « Certes, vous êtes énervant parfois, Wyndham, et suffisant à en avoir la nausée. Mais vous êtes sacrément tenace, et vous savez vous y prendre pour aller au fond des choses. N'avez-vous jamais pensé que je puisse avoir *précisément* besoin de cela ici à Calcutta ?

– Donc, si je vous comprends bien, je suis utile ? »

Le chef du renseignement a ri amèrement. « Espérons simplement que vous puissiez démêler cette affaire et sauver la peau de votre ami Banerjee. Il a fait des merveilles pour votre carrière. »

28
Satyendra Banerjee

« Que diable vous est-il arrivé ? »

Mlle Grant me fixait comme si j'étais une apparition.

« On dirait que vous êtes passé sous un bus. »

Un tel sort aurait peut-être été préférable à ce que j'avais en réalité traversé.

Je suis resté sur le seuil de sa porte, attendant qu'elle m'invite à pénétrer à l'intérieur.

« Vous savez, je suppose, que Sam vous cherche ?

– Puis-je entrer ? » ai-je demandé.

Mlle Grant a semblé se remettre de son choc initial.

« Naturellement. Où avais-je la tête ? Entrez, mon pauvre. »

Elle m'a emmené au salon où elle m'a fait asseoir dans un canapé avant de se retourner vers sa femme de chambre.

« Anju. Apportez le cognac. »

J'ai fait mine de refuser, mais elle a balayé mes objections d'un revers de main.

« C'est thérapeutique. Croyez-moi, un verre d'alcool fort vous fera le plus grand bien. À moi aussi, d'ailleurs. »

Anju est revenue avec la bouteille et les verres sur un plateau. Je les ai remerciées toutes deux et j'ai bu une gorgée, après quoi j'ai vidé le verre. Le liquide m'a brûlé la gorge. Sensation satisfaisante.

Mlle Grant a bu elle aussi une gorgée. « J'imagine que tout cela est de la faute de Sam ? »

J'ai secoué la tête. « Sam n'y est pour rien. »

Elle a paru sceptique.

« Mais il faut que je lui parle, ai-je poursuivi.

– Le moment venu. D'abord, racontez-moi ce qui vous est arrivé.

– C'est une histoire compliquée. »

Mlle Grant a réfléchi un instant. « Dans ce cas, allez vous laver. Anju va vous montrer la salle de bains. Je vais téléphoner à Sam pour lui dire que vous êtes ici.

– Non ! me suis-je exclamé. Je vous en prie, ne mentionnez pas mon nom au téléphone. La ligne est peut-être sur écoute. »

Mlle Grant a haussé un sourcil. « Doux Jésus, Satyen. Dans quoi vous êtes-vous fourré ? Très bien, je vais faire venir Sam ici sous un autre prétexte, et pendant que nous l'attendrons, vous pourrez me raconter votre histoire compliquée. »

Vingt minutes plus tard, une serviette autour de la taille, mes pieds égratignés mais propres, et affublé d'une des robes de chambre de Mlle Grant, j'ai regagné penaud le salon. J'ai surpris mon reflet dans un miroir au-dessus du manteau de cheminée : mon visage défait, contusionné et marbré ; les entailles sur ma poitrine et mes épaules provoquées par la chute du train ; et maintenant, ça. Comment avais-je fait pour me retrouver dans une telle impasse ? Mon visage s'est empourpré. Malgré tout ce qui m'était arrivé ces dernières quarante-huit heures, entrer dans le salon d'une dame vêtu seulement d'une serviette et de l'une de ses robes de chambre me paraissait la chose la plus honteuse qui soit. Mlle Grant, il faut le reconnaître, n'a fait aucun commentaire sur mon accoutrement improvisé, même si j'ai perçu son amusement.

« Sam n'était pas chez lui, a-t-elle déclaré. Il est probablement à votre recherche. J'ai laissé un message à votre domestique en demandant à Sam de me rappeler dès qu'il rentrerait. En attendant, asseyez-vous et racontez-moi ce qui vous arrive. »

29
Sam Wyndham

Il n'y a pas de repos pour les braves. Le temps que je revienne à Premchand Boral Street, il était presque deux heures du matin. De nouveau un message m'attendait, et j'ai espéré encore une fois qu'il s'agisse de Satyen.

Curieusement, c'était Annie. Elle avait téléphoné une heure plus tôt et voulait que je la rappelle, même si l'heure était tardive. Je me suis demandé ce qui pouvait être assez urgent pour déranger madame à une heure pareille. Son chauffeur avait peut-être été retardé et il n'était pas rentré après m'avoir déposé. Rien n'était arrivé à l'homme, j'en étais convaincu. Avec tout ce qui se passait en ville, il était sans doute tout simplement allé prendre des nouvelles de ses proches.

Quoi qu'il en soit, je me suis emparé du combiné, j'ai donné le numéro à la téléphoniste et demandé à ce qu'elle me mette en relation.

Mlle Grant a répondu dès la première sonnerie.

« Annie, ai-je dit, las, j'imagine que c'est à propos de votre chauffeur…

– Taisez-vous et écoutez, Sam, a-t-elle coupé d'un ton qui semblait bien sévère pour deux heures du matin. J'aimerais que vous veniez chez moi. Il y a eu des problèmes ici.

– Quel genre de problèmes ?

– Jusqu'ici rien de trop grave. Quelques carreaux cassés, mais je ne suis pas rassurée. Vous savez, ce genre de choses est déjà arrivé. J'aimerais vraiment que vous passiez, juste pour jeter un coup d'œil. »

J'ai soupiré en silence. Je n'avais pas dormi depuis Dieu savait quand, j'ignorais toujours où se trouvait ce fichu imbécile de Satyen, et désormais Annie voulait que je la rassure à cause d'un carreau cassé. Il fut un temps où un seul mot de sa part m'aurait fait accourir, mais cette époque était révolue. J'étais plus vieux, plus désabusé, et fatigué. Cependant, je comprenais son inquiétude, et elle m'avait prêté son auto.

« Annie, me suis-je entendu répondre, j'arrive dès que possible.

– Merveilleux, a-t-elle dit. Je vous envoie mon chauffeur. »

C'était moins merveilleux que ce qu'elle imaginait. Je n'avais pas l'énergie de lui expliquer que je pensais que les services surveillaient sans doute nos allées et venues.

« Dites-lui de m'attendre devant le temple de Shiva dans College Street au bout de la rue. J'y serai dans un quart d'heure. »

J'ai raccroché et sorti de ma poche le bout de papier sur lequel était noté le numéro de Dawson. Je l'ai appris par cœur puis j'ai déchiré le papier en petits morceaux et j'en ai jeté la moitié à la poubelle. Je suis sorti sur le balcon avec le reste des bouts épars que j'ai lâchés par-dessus le garde-corps avant de les regarder se disperser dans le vide.

C'est alors que du coin de l'œil, j'ai aperçu quelque chose. Un mouvement dans l'ombre de la rue mal éclairée par la lueur orange des lampadaires disposés de manière hasardeuse sur le trottoir. J'ai scruté une zone en face de mon balcon. J'avais du mal à voir, et si je ne pouvais pas en être sûr, j'avais l'intime conviction que quelqu'un, posté là, m'observait.

J'ai regagné ma chambre, où j'ai pris soin d'allumer la lumière avant de l'éteindre cinq minutes plus tard et de fermer les volets. Si quelqu'un me surveillait effectivement, cette personne penserait que je me couchais finalement pour la nuit. J'ai attendu cinq minutes supplémentaires, puis j'ai pris mon revolver, retraversé l'appartement plongé dans le noir, et je suis sorti.

Si les filles du bordel ont été surprises de me revoir passer en catimini dans leur cour, elles n'en ont rien laissé paraître, drapées qu'elles étaient dans un voile d'ennui.

« Vous avez fort à faire ce soir, capitaine sahib, a déclaré Pia. Ou bien est-ce que vous avez enfin trouvé le courage de venir nous rendre visite comme il se doit ?

– Si tu continues de parler comme ça, ai-je répondu, je te ferai arrêter par mes collègues de la police des mœurs. »

Pia a papillonné des paupières. « Oh, voyons, capitaine sahib. Vous savez bien que Tante-Singh verse à la police plus en un mois que ce que vous gagnez en un an. Vous ne ferez que vous humilier. »

La fille avait probablement raison, mais je n'étais pas près de l'admettre.

« Nous finirons cette conversation plus tard, Pia, ai-je dit. Dans l'immédiat je vais rendre visite à une dame d'un autre genre. »

La Lancia tournait au ralenti à l'angle de College Street, près du petit sanctuaire au dôme conique à la gloire du dieu Shiva. Il a fallu que j'ouvre la portière pour m'apercevoir que ce n'était pas le chauffeur qui se trouvait derrière le volant mais Annie elle-même.

« Quoi ? a-t-elle fait en remarquant ma surprise. C'est le beau milieu de la nuit, Sam. Vous croyez que mon chauffeur travaille vingt-quatre heures sur vingt-quatre ? Et inutile de monter à bord. Il faut que vous retourniez chez vous. »

Ses exigences devenaient de plus en plus étranges, mais j'ai décidé de ne pas me formaliser.

« Puis-je vous demander pourquoi exactement ?

– Parce qu'il faut que vous preniez des vêtements pour votre ami, Satyen. »

Entendre le nom de cet idiot m'a fait l'effet d'un électrochoc.

« Vous savez où il est ? »

Elle m'a regardé avant de lever les yeux au ciel.

« Il est chez moi, évidemment. C'est quoi votre métier déjà ?

– Il est tard, me suis-je justifié. Et pourquoi a-t-il besoin de changer de vêtements ?

– Il a échangé les siens contre ceux d'un coolie à la gare. »

30
Sam Wyndham

En termes de retrouvailles, celles-ci promettaient de ne pas être simples. Je serais bien sûr soulagé de le voir, mais cela n'excuserait pas le fait qu'il ait quelques heures plus tôt braqué sur moi un revolver.

Toutefois, tout ressentiment que je pouvais nourrir a cédé aussitôt la place à l'hilarité lorsque je l'ai vu assis là dans ce qui semblait être une des robes de chambre d'Annie.

« Impressionnant déguisement, ai-je déclaré, même si ce serait encore mieux avec du rouge à lèvres et des talons. »

Il n'a pas paru trouver cela amusant.

Je lui ai tendu le sac de vêtements. « Vous les voulez, ou êtes-vous satisfait de votre tenue ?

– Vous pourriez vous montrer un peu plus chaleureux, Sam, est intervenue Annie. Le pauvre garçon a été mis à rude épreuve.

– Il vous a raconté, c'est ça ? ai-je répliqué. Est-ce qu'il vous a aussi précisé qu'il a menacé de me tirer dessus ce matin ?

– Oh, arrêtez avec vos enfantillages, Sam, a-t-elle rétorqué. Ça m'étonnerait qu'il soit le seul dans cette ville à avoir menacé de vous tirer dessus à un moment ou à un autre. Je suis tout simplement surprise que Satyen ait mis si longtemps à en arriver là. J'ai moi-même été à plusieurs reprises tentée de le faire. »

Satyen a pris la parole : « Si ça peut vous consoler, sachez que je n'aurais jamais tiré.

– Heureux de l'apprendre, ai-je fait.

– Si vous étiez mort, je ne pourrais pas payer le loyer tout seul. »

Avant que je puisse riposter, la femme de chambre d'Annie, Anju, est entrée dans la pièce avec une cafetière pleine. J'avais demandé quelque chose de plus fort, mais Annie avait jugé *inconvenant* ce genre de stimulant à trois heures du matin.

Satyen a pris le sac et m'a remercié pour les vêtements.

« Ça va ? lui ai-je demandé.

– Je suis, comme vous le dites souvent, encore vivant.

– Vous allez m'expliquer ce que vous avez fait de votre journée ?

– J'ai traqué Gulmohamed, a-t-il répondu, jusqu'à Howrah, mais il était en compagnie de deux officiers. Je n'ai pas pu l'appréhender.

– Il paraît que vous avez sauté de son train », ai-je répondu, laconique.

Il m'a dévisagé.

« Mlle Grant vous l'a dit ?

– Non. C'est le colonel Dawson. »

Le visage de Satyen s'est décomposé. « Donc la Section H est effectivement à ma recherche. J'avais l'impression que c'étaient les hommes de Dawson dans le train. »

J'ai avalé une gorgée de café noir.

« Vous avez raison, les hommes dans le train étaient de la Section H, mais ils n'obéissaient pas aux ordres de Dawson, et ce n'était pas vous qu'ils cherchaient. Notre ami Dawson semble être en bisbille avec certains de ses collègues de la Section.

– Et c'est bien, ça ?

– C'est bien pour *vous*, ai-je répondu. On dirait qu'il tient à prouver votre innocence.

– Pourquoi ?
– Disons pour des histoires de rivalité de bureau. »
Satyen s'est gratté un lobe d'oreille.
« Je ne vois pas comment il peut m'aider maintenant que Gulmohamed est en route pour Bombay.
– Eh bien, essayons de le découvrir, ai-je dit. Il m'a demandé de l'appeler quand vous referiez surface.
– Et vous avez confiance en lui ? »
J'ai repensé à ma conversation avec le chef du renseignement militaire. Il aurait pu choisir n'importe quel endroit pour notre rendez-vous, mais il avait opté pour un lieu qui, il le savait, susciterait en moi des questionnements, auxquels il avait en retour répondu. Je me rendais compte à présent qu'il avait sciemment révélé certains de ses secrets afin de gagner ma confiance. Il essayait peut-être de me rouler, mais j'en doutais. Les autorités auraient fini tôt ou tard par mettre la main sur Satyen avec ou sans mon aide, et Dawson semblait véritablement avoir un problème avec ses collègues. Mon instinct était de le croire sur parole, tandis que ma raison m'incitait à la prudence.
« On verra le moment venu. »

Satyen est parti mettre quelque chose de moins confortable, et j'ai appelé le numéro que Dawson m'avait donné.
« C'est moi, ai-je fait. Je l'ai trouvé. »
Au bout du fil il y a eu un instant de silence avant que le colonel ne réagisse.
« Quelle est sa version des événements ?
– Il en reste à sa première déclaration. Selon lui, c'est notre homme de Bombay qui est responsable de ce qui s'est passé à Budge Budge. Mais étant donné que l'oiseau s'est envolé, il ne voit pas très bien ce qu'il peut faire maintenant.
– J'aurais tendance à penser, a suggéré le chef du renseignement, que logiquement, l'étape suivante serait

d'aller à Bombay. Le gentleman en question ne devrait pas être trop difficile à localiser une fois là-bas. »

Dawson avait raison. Aller dénicher Gulmohamed était la ligne de conduite la plus évidente, mais le plus évident n'était pas toujours le plus intelligent. Pour commencer, il y avait l'aspect logistique de la chose. Il faudrait encore dix-huit heures avant que ne parte le prochain train pour Bombay, et le trajet lui-même durerait trente-six heures de plus. Même si la police n'arrêtait pas Satyen à Howrah, le voyage serait semé d'embûches. Et si nous parvenions à rallier Bombay, la ville était à un millier de miles de là, Gulmohamed y était un homme puissant, et nous y serions sans le moindre appui ni le moindre allié.

« C'est risqué, ai-je répliqué, de mettre mon ami dans un train pendant un jour et demi. Si Halifax l'apprend, il sera une cible parfaite. »

Au bout du fil, le silence s'est installé. Dawson ruminait.

« Voyons voir, a-t-il dit. Vous connaissez l'usine d'armements à Dum Dum ? »

Je me demandais où il voulait en venir. « Vous avez l'intention de nous transformer en boulet de canon pour nous y expédier ?

– Soyez à l'usine à cinq heures. Je vous retrouve là-bas.

– Dawson, ai-je glissé, si c'est une ruse pour capturer mon collègue…

– Ne soyez pas obtus, a-t-il coupé. Cela va bien au-delà de la simple arrestation de votre subalterne. Soyez à Dum Dum à cinq heures, c'est tout. Plus vous tarderez, plus ce sera difficile pour lui de quitter la ville. »

31
Satyendra Banerjee

Je me suis demandé si Sam avait perdu l'esprit. Faire confiance au colonel Dawson semblait aussi sensé que tenter d'apprivoiser un tigre. Mais « l'instinct » de Sam lui avait dit le contraire, et je n'avais pas protesté.

Mlle Grant a offert de nous accompagner en voiture à Dum Dum, ce qui était très élégant de sa part. Parfois, je me demandais ce qu'elle pensait réellement du capitaine Wyndham et de moi. Étant donné la propension que Sam avait à se mêler de ses affaires personnelles, souvent à l'insu de mon plein gré, on aurait pu lui pardonner de nous vouer aux gémonies. Au lieu de quoi, elle m'avait accueilli chez elle alors que j'étais dans le besoin, et nous véhiculait désormais dans le nord de Calcutta alors que les environs étaient à feu et à sang. Sam avait tenté de la convaincre de nous laisser prendre la voiture, mais elle avait refusé, plutôt catégoriquement à dire la vérité, en avançant que la Lancia lui avait coûté une coquette somme et qu'elle était quasiment sûre de ne jamais la revoir si elle nous laissait l'utiliser. Elle n'avait pas tout à fait tort.

Il y aurait sur la route des postes de contrôle ; ainsi, j'ai été obligé de m'allonger sur le plancher à l'arrière du véhicule, dissimulé sous des couvertures et un panier de pique-nique tandis que Sam était assis à l'avant aux côtés de Mlle Grant. Si l'on nous arrêtait, ils affirmeraient être en partance pour aller visiter les temples de Jessore, à quelque soixante-dix miles de là, ce qui expliquerait le départ matinal. Ajoutée à la carte de police de Sam, cette mise en scène nous permettrait, nous l'espérions, de parer à tout autre question.

Dum Dum est composé d'un cantonnement militaire, d'un raccordement ferroviaire ainsi que d'une usine d'armement célèbre pour une chose : la terrible balle Dum Dum, capable de fracasser le crâne d'un homme comme une pastèque, et qui laisse en charpie les chairs humaines.

Mlle Grant était ce que Sam appelait une « conductrice enthousiaste », et enthousiaste elle l'était alors qu'elle fonçait sur les nids-de-poule à une vitesse endiablée et suicidaire pour nous amener plus vite à bon port. Au bout de vingt minutes d'un trajet éprouvant, j'ai senti la voiture ralentir avant de s'arrêter.

Puis j'ai entendu une voix étouffée : un soldat, me suis-je dit, en charge d'un poste de contrôle. J'ai entendu Sam lui répondre. Le ton de sa voix était nonchalant, comme si rouler dans Calcutta à quatre heures du matin était parfaitement naturel. Cela a dû fonctionner, car la voiture n'a pas tardé à se remettre en branle, et j'ai repris mes corps-à-corps avec les nids-de-poule.

Le ciel était encore sombre lorsque l'auto s'est de nouveau arrêtée, et Sam a soulevé les couvertures me recouvrant la tête.

« Il est l'heure de se lever, a-t-il dit. Nous avons du pain sur la planche. »

En me redressant je me suis aperçu que nous nous étions arrêtés dans une ruelle bordée de cabanes de fortune.

« Ce n'est pas l'usine d'armements, ai-je remarqué.

– Bien vu, a-t-il répliqué. L'usine est à cinq minutes de marche. J'ai pensé que nous ferions mieux d'explorer les lieux, histoire de s'assurer que Dawson n'a pas l'intention de nous doubler. Et ça ne vous fera sans doute pas de mal de vous dégourdir les jambes.

– Vous pensez à tout», ai-je dit.

Sam s'est tourné vers Mlle Grant. «Vous feriez mieux de rentrer chez vous. Soit Dawson va nous expédier à Bombay d'un coup de canon, soit il va nous arrêter pour meurtre et obstruction. Dans un cas comme dans l'autre, il vaut mieux que vous restiez en dehors de tout ça.

– Entendu, a-t-elle admis, mais appelez-moi une fois que vous aurez retrouvé Dawson… juste pour me confirmer que tout va bien.

– Votre sollicitude est des plus touchantes, mademoiselle Grant, a-t-il dit. Nous vous appellerons sans faute, à condition que Dawson ne nous ait pas abattus.»

Il s'est éloigné dans la ruelle et j'allais lui emboîter le pas, mais je me suis retourné une dernière fois.

«Mademoiselle Grant, ai-je murmuré. Merci.»

Elle m'a regardé avec ce qui m'a paru être une affection sincère. «Prenez soin de vous, Satyen, et de Sam aussi. Je vous reverrai à Calcutta.»

J'ai tourné les talons.

«Et Satyen, a-t-elle ajouté dans mon dos. À l'avenir, j'espère que vous y réfléchirez à deux fois avant d'arrêter mes amis juste parce que Sam vous dit de le faire.»

Il était à peine cinq heures du matin, et pourtant un certain nombre d'âmes parcouraient déjà les rues. Calcutta est une ville qui se lève tôt afin de tirer le meilleur parti des heures les moins chaudes de la journée. Les passants ne nous ont pas remarqués, la fraîcheur matinale leur rappelant à chaque instant qu'ils avaient mieux à faire que de regarder bêtement des inconnus.

Un cordon de soldats armés encerclait l'usine d'armements. Il n'y avait là rien de surprenant étant donné les événements des dernières vingt-quatre heures. Lorsque des émeutes éclatent, il est logique de protéger un entrepôt plein d'armes et de munitions. Sam est parti devant à la rencontre de Dawson, et je suis resté à rôder dans l'ombre.

Plusieurs minutes plus tard, il est revenu sur la banquette arrière d'un véhicule d'état-major conduit par un chauffeur indien.

« Dawson a envoyé sa voiture, a dit Sam. Montez. »

Cette fois, je n'avais aucune raison de me cacher sur le plancher. Un véhicule militaire avait peu de chances d'être arrêté. Je me suis donc installé à l'arrière à côté de Sam.

« Où va-t-on ?

– Attendez, vous allez voir, a-t-il répondu. Je crois savoir ce que Dawson a derrière la tête. Et à mon avis, vous allez détester. »

L'auto a pris de la vitesse à travers les rues de Dum Dum qui se réveillaient, pour ensuite s'enfoncer dans la campagne couverte d'une épaisse brume. Nous sommes passés devant un panneau indiquant le terrain d'aviation militaire, et j'ai compris ce qui se passait. Mon estomac s'est retourné.

« C'est pas vrai.

– Si, a-t-il répliqué. Je crois bien que si.

– Et vous êtes certain que ce n'est pas un piège ?

– Oh, certain, oui.

– C'est dommage », ai-je conclu.

Dawson attendait dans une cahute près de plusieurs engins volants qui attendaient au sol tels des vautours.

« Wyndham, a-t-il lancé en guise d'accueil. Et vous avez amené votre ami, je vois. Bien joué. Maintenant, écoutez-moi attentivement. Durant la durée de votre voyage et de votre séjour à Bombay, vous serez tous les deux des employés des services postaux. »

Sam et moi avons échangé un regard. Sortant des documents de sa poche, Dawson s'est tourné vers moi.

« Sergent. Vous vous appelez M. Nihar Dey. Vous travaillez pour les services de la poste de Calcutta, et vous vous rendez à Bombay pour raison professionnelle. Vous serez logé au Far Bengal Guest House, près de la gare Victoria. Le propriétaire est bengali, et c'est le genre d'endroit où descendent les babus en voyages d'affaires qui se retrouvent à Bombay. C'est clair ? »

Il m'a tendu les papiers que j'ai examinés comme le ferait un enfant avec un nouveau livre de contes. En plus des lettres de recommandation se trouvait un petit livret à la couverture bleu roi, floqué d'un blason à tête de lion et de licorne avec au-dessus les mots PASSEPORT INDIEN BRITANNIQUE et en dessous EMPIRE BRITANNIQUE. Dans une fenêtre en bas du document était écrit à l'encre noire le nom M. N. DEY.

« Un passeport ? me suis-je étonné. Il faut un passeport pour aller à Bombay ?

– Non, a-t-il répondu, mais c'était le document le plus facile à obtenir en un temps aussi court.

– Et je me rends à Bombay pour quel genre d'affaires postales ? »

Exaspéré, le colonel a soupiré. « Peu importe. Personne ne va vous le demander, et si c'est le cas, inventez quelque chose. »

Il s'est tourné vers Sam.

« Wyndham, vous séjournerez au Watson's Hotel. Si vous ne savez pas où c'est, demandez à un chauffeur de taxi de vous y emmener.

– Pas de fausse identité pour moi ?

– À ce que je sache, a rétorqué Dawson, vous n'êtes pas un fugitif. Vous pouvez voyager sous votre véritable nom. Personne ne va vous poser de question. Mais si on vous en pose, souvenez-vous : vous travaillez pour les services postaux. Maintenant, faites attention à ce que je vais vous dire. Un appareil part dans une demi-heure. Il va faire escale à Cuttack, Nagpore et ailleurs, mais vous serez à Bombay avant le train de Gulmohamed. Efforcez-vous de ne parler à personne pendant le vol, et soyez sûrs de ne pas quitter l'appareil avant son arrivée à sa destination finale, même pour vous dégourdir les jambes. Je ne peux pas savoir combien de temps va durer votre couverture. Quand vous aurez quelque chose à me dire, appelez le numéro que je vous ai donné. Vous vous en souvenez, n'est-ce pas ?

– Oui, a répondu Sam avant de marquer une pause. Mais cela ne ferait pas de mal si vous pouviez le réécrire. »

32
Sam Wyndham

Le chef du renseignement s'en est allé, et j'ai regardé Satyen. Il avait encore une vilaine ecchymose à l'œil, une entaille à la joue. Pour un employé des services postaux, il menait sans aucun doute une vie pleine de dangers. Néanmoins, on aurait pu croire à son expression que toutes les épreuves qu'il avait traversées depuis quarante-huit heures n'étaient rien comparées à ce dans quoi il s'embarquait à présent. J'aurais peut-être dû avoir quelques mots réconfortants à son égard, mais je ne suis pas du genre sentimental, et par ailleurs j'avais un coup de fil à passer.

« Attendez-moi. Je reviens dans une minute.

– Où allez-vous ?

– Laisser un message à Annie, ai-je répondu. Qu'elle sache que nous sommes encore en vie. »

Je me suis dirigé vers une cabane Nissen non loin de là. À l'intérieur, un soldat de l'armée de l'air en combinaison bleue somnolant derrière un comptoir a sursauté lorsque je suis entré et que j'ai claqué la porte derrière moi.

« Je peux vous aider ?

– J'ai besoin d'utiliser votre téléphone », ai-je répliqué de ce ton que l'on enseigne aux officiers dès l'académie royale et que les personnes de basse extraction apprennent à ne jamais remettre en question. « Une affaire officielle, ai-je ajouté.

– Bien sûr, monsieur », a répondu le soldat même si j'étais en civil et que je ne lui avais rien présenté prouvant mon identité. La déférence dont les honnêtes travailleurs anglais font preuve envers ceux de leurs concitoyens parlant un anglais impeccable est aussi prévisible que la marée. Non pas que je m'en plaigne. Ayant fait ma scolarité dans l'établissement privé le plus modeste parmi les modestes, une élocution parfaite m'a ouvert plus d'une porte et m'a permis en l'occurrence d'avoir accès à un téléphone militaire.

J'ai contacté une téléphoniste et j'ai demandé à être mis en relation avec Chowringhee 2657.

La femme de chambre d'Annie a répondu après ce qui m'a semblé être un nombre excessif de sonneries.

« Memsahib est partie se coucher. Elle vient juste de rentrer à la maison, a-t-elle protesté.

– Allez la chercher, ai-je dit. C'est important. »

Trente secondes plus tard, Annie était au bout du fil.

« Sam ? Est-ce que tout va bien ?

– Pour l'instant. Dawson nous a trouvé un vol. On devrait être à Bombay avant ce soir.

– Tant mieux pour vous.

– Je n'irais pas jusque-là, ai-je modéré. Satyen est toujours un fugitif, et je dois faire semblant de travailler pour la poste.

– Pour la poste ? Pas pour la police ?

– Non.

– Est-ce que ça signifie que vous ne pourrez pas arrêter Gulmohamed ?

– Il semblerait que oui.

– Vous savez ce que vous allez faire ?

– Je trouverai quelque chose, ai-je répondu. Je le renverrai peut-être à Calcutta par la poste. En courrier standard.

– J'ai des amis à Bombay, a-t-elle dit. Des gens influents. Vous pourriez les contacter de ma part. »

Une pointe de jalousie m'a étreint la poitrine. Évidemment qu'elle avait des amis. Il y avait sans aucun doute à Bombay des hommes qui l'idolâtraient autant qu'à Calcutta.

« Je suis sûr que Satyen et moi pourrons nous débrouiller sans leur aide », ai-je décrété.

C'était une chose idiote à dire. On a toujours tort de cracher dans la soupe, même si la soupe est servie par un admirateur d'Annie.

« Je n'en doute pas, a-t-elle conclu, sa voix prenant ce ton exaspéré dont j'étais devenu beaucoup trop familier. Tout comme vous vous êtes formidablement débrouillés jusqu'ici. Mais je ne vais pas ergoter avec vous, Sam. Faites-moi signe quand vous serez à Bombay. »

L'avion était l'un de ces énormes et lourds bombardiers Vickers avec son fuselage bulbeux pourvu de deux ailes portantes superposées et de moteurs gros comme de petites automobilcs. J'ai toujours aimé les avions, même durant les années de guerre, quand j'étais coincé dans une tranchée pendant que les pilotes du Royal Flying Corps volaient à tout-va dans leurs coucous au-dessus de nos têtes.

J'ai salué le capitaine et l'équipage, mais je ne pourrais pas en dire autant de Satyen, qui semblait pétrifié. D'ailleurs, le faire monter à bord de l'appareil s'est révélé aussi difficile que persuader un chien de sauter dans une baignoire.

« Je n'ai jamais pris d'aéroplane, a-t-il avoué.

– Je le vois bien.

– Ce n'est pas dangereux ?

– Pas du tout, ai-je répondu. Sauf si on s'écrase. Mais c'est plutôt rare de nos jours. Sinon, j'imagine que ces excellents pilotes dans le cockpit feraient un autre métier.

– Vous avez déjà pris l'avion ?

– À quelques reprises, pendant la guerre. En mission de reconnaissance au-dessus des positions allemandes. En comparaison, ce vol ce sera du gâteau. Pour commencer, je pense que personne ne nous tirera dessus. Du moins, pas avant que nous ayons atterri. »

L'intérieur n'était qu'un cylindre creux avec une rangée de sièges semblables à des étagères qui bordaient les deux côtés, équipés de harnais pour empêcher les passagers de valdinguer à travers la cabine en cas de turbulence. Hormis un sac de courrier militaire, nous étions apparemment les seuls passagers. Les moteurs ont démarré dans un rugissement et le Vickers Vernon s'est ébranlé sur la piste. Satyen, les mains crispées, a enfoncé ses doigts dans le rembourrage qui faisait office de siège, a résolument fermé les yeux et a murmuré une prière à l'attention, je l'imaginais, du dieu hindou des aéroplanes.

Lorsque le monstre a décollé, mon estomac s'est soulevé. Satyen avait toujours les yeux clos, mais il ne semblait plus terrorisé : on aurait dit qu'il s'évertuait seulement à ne pas rendre son petit déjeuner. Ce n'est que lorsque l'appareil a pris sa vitesse de croisière qu'il a eu le courage de les ouvrir.

« On est dans les airs ? » a-t-il demandé en criant pour se faire entendre par-dessus le brouhaha des moteurs.

J'ai acquiescé et désigné un hublot.

En l'encourageant un peu, je l'ai persuadé de déverrouiller son harnais pour regarder à travers. Il a jeté un coup d'œil puis s'est retourné, rayonnant comme un gosse.

« Tout est tellement petit. Tellement beau ! »

Il avait raison. De là-haut, le pays avait l'air ordonné et charmant, une contrée de champs verdoyants et de villages pittoresques. Il fallait redescendre sur terre pour que la vérité vous frappe de plein fouet.

À partir de là, il n'a pour ainsi dire plus quitté le hublot jusqu'à l'arrivée à Cuttack, venant rattacher son harnais à la dernière minute et fermant les yeux avant d'atterrir.

Tandis que l'avion attendait sur le tarmac, une voiture d'état-major a surgi. J'ai retenu mon souffle en voyant un officier en descendre en compagnie d'un adjudant qui portait une mallette. Ils se sont serré la main et l'adjudant lui a tendu la mallette. L'officier s'est dirigé vers l'appareil. La peau de son visage ressemblait à la cire fondue à la base d'une bougie.

La porte s'est ouverte et l'homme, un major à en juger par les galons sur ses épaules, s'est courbé pour ne pas se cogner dans le plafond bas.

Il s'est montré surpris de voir deux hommes en civil assis là, d'autant plus que l'un d'eux était un Indien au visage gonflé comme une aubergine. Cependant, poli, il n'a fait aucune remarque et s'est contenté de se présenter : Major Parker, des Rajputana Rifles. Je connaissais mal ce régiment, mais j'en savais plus toutefois à ce sujet que sur les services postaux indiens que Satyen et moi étions censés représenter.

Fort heureusement, le major n'était pas du genre bavard. Il a préféré aller s'asseoir à l'autre extrémité de la cabine, et tandis que l'aéroplane redécollait, il s'est plongé dans une pile de documents qu'il avait sortis de sa mallette.

Quant à Satyen, sa peur et l'excitation face à la nouveauté ayant commencé à s'estomper, le garçon a fini par s'endormir, et j'ai dû sombrer moi aussi à un certain moment, parce qu'ensuite je me suis rendu compte que l'avion avait entamé sa descente et j'ai vu par le hublot les eaux turquoise de la mer d'Arabie.

Je lui ai donné un petit coup de coude et il s'est réveillé en sursautant.

« Regardez », ai-je soufflé en désignant l'étendue azur à travers le hublot.

Il a réprimé un bâillement. « On est où ?

– Juste au-dessus de Bombay. »

33
Satyendra Banerjee

J'en suis arrivé à la conclusion que je n'aime pas les atterrissages. Les décollages ne m'enchantent pas non plus, mais je trouve qu'atterrir est particulièrement problématique.

Notre atterrissage à Bombay a été le pire de tous ceux que nous avions connus ce jour-là, l'avion s'inclinant dangereusement et heurtant le sol comme un éléphant de mer se posant lourdement sur le pont d'un bateau. Sam a mis cela sur le compte des vents de travers qui soufflaient de la mer d'Arabie, mais il n'est pas pilote et je ne vois pas comment il en est arrivé avec autant de certitude à cette conclusion. Toutefois, je n'ai pas mis en doute ses paroles, car comme je l'ai appris, il est plus facile de manière générale d'acquiescer aux commentaires du capitaine comme s'il détenait la vérité absolue plutôt que d'exprimer des doutes ou la moindre réserve.

Et je n'étais pas vraiment en position de pinailler. Sam m'avait évité la prison, du moins pour le moment, et si nous avions maintenant la possibilité de mettre la main sur Gulmohamed et de faire toute la lumière sur cette affaire, c'était grâce à lui.

L'avion s'est immobilisé près d'une rangée de cahutes en bois. Les moteurs n'ont pas tardé à s'éteindre, et il a fallu plusieurs minutes pour que mes oreilles s'habituent au silence relatif.

L'officier de Cuttack a salué Sam. Certains Anglais, en particulier les militaires, se comportent bizarrement avec les Indiens ; ainsi, pour ne pas le mettre mal à l'aise, je me suis levé pour regarder par le hublot.

Un camion de carburant et un véhicule de l'armée se sont approchés, ce dernier sans doute pour le major. Sinon, à mon grand soulagement, personne ne semblait s'intéresser à notre avion, ce que j'ai fait remarquer à Sam.

« Vous vous attendiez à quoi ? a-t-il demandé. Une fanfare ? Cela dit, a-t-il poursuivi, une voiture et un chauffeur auraient été les bienvenus. On ne sait même pas à quelle distance nous sommes du centre-ville. Et au fait : vous avez combien sur vous ? »

La question m'a décontenancé.

« Je n'ai rien », ai-je répondu.

Sam a gonflé ses joues d'air. « C'est bien dommage. Je n'ai que trente roupies dans mon portefeuille.

– Vous au moins vous avez un portefeuille, ai-je remarqué. Le mien est sans doute au fond de la poche d'un agent de Budge Budge.

– Ce n'est pas la question. Combien de temps va-t-on survivre à Bombay avec trente roupies ?

– Vous n'avez pas pris votre chéquier ? »

Il m'a dévisagé comme si ma question était ridicule.

« Puis-je vous rappeler, Satyen, qu'en quittant notre appartement hier soir pour que vous puissiez porter autre chose que la robe de chambre de Mlle Grant, je ne me suis pas dit, *Je serai à Bombay dans quelques heures. Je ferais mieux de prendre mon chéquier.*

– Alors, qu'est-ce qu'on fait ?

– On s'inquiétera de ça plus tard. Dans l'immédiat, allons-y. »

Bombay est une ville curieuse. Contrairement à Delhi ou Londres voire même Calcutta, où le centre se situe, comme on pourrait s'y attendre, dans le centre, avec des banlieues qui rayonnent dans toutes les directions, Bombay est bâti sur une succession d'îles, un triangle inversé, avec le « centre » de la métropole planté à l'extrême sud. L'aérodrome, comme nous l'avons appris, était situé dans Juhu, une localité à une quinzaine de miles au nord. Demander aux militaires qu'on nous dépose dans le centre eût été inconsidéré, nous étions tous deux d'accord là-dessus. Tôt ou tard, la police impériale voire les collègues de Dawson en auraient déduit que Sam et moi avions quitté Calcutta et compris où nous nous trouvions. Au point où nous en étions, se faire déposer devant nos hôtels respectifs par l'armée nous aurait mis en danger. Ainsi, mieux valait que nous trouvions un taxi ou que nous marchions.

Pour finir, nous avons négocié avec un taxi-wallah un tarif acceptable et sommes montés dans sa voiture. Exténués comme nous l'étions, nous n'avions pour ainsi dire pas élaboré de stratégie pour mettre la main sur Gulmohamed. Nous avons attendu que la voiture s'ébranle pour nous pencher sur la question.

« Le train de Gulmohamed n'arrivera pas avant les petites heures du jour, a déclaré Sam. Ça nous laisse le temps de trouver une solution. Je crois que vous devriez aller dans votre pension vous reposer. C'est sûrement mieux pour vous de rester discret. Retrouvons-nous à vingt heures ce soir. Ça nous laisse cinq heures.

– Où ? ai-je demandé. Ça peut éveiller les soupçons, si je viens à votre hôtel. Et encore plus si c'est vous qui venez me chercher.

– On peut se retrouver à la gare, a-t-il suggéré, mais il y aura peut-être beaucoup de policiers et de militaires là-bas, et qui sait combien de temps il nous restera avant que nos amis chez nous s'aperçoivent que vous vous êtes fait la malle.

– Ailleurs, alors », ai-je fait.

Sam a souri. « Pourquoi pas à l'arche qu'ils sont en train de construire ? Celle dont on parle constamment dans les journaux, et qui met hors d'eux les colonels à la retraite. Selon eux, c'est un colossal gaspillage. L'Arche de l'Inde ou quelque chose comme ça.

– La Porte de l'Inde.

– C'est ça. On ne devrait pas avoir trop de mal à la trouver.

– Très bien, ai-je dit. Rendez-vous là-bas. »

Le taxi-wallah s'est arrêté devant une porte noire. Au-dessus, sur le mur délabré, une enseigne en parfait état annonçait *Far Bengal Guest House.*

Je me suis tourné vers Sam. J'avais du mal à croire que seulement quinze heures plus tôt, je traversais le Hooghly au beau milieu de la nuit habillé en coolie. À présent je me trouvais à un millier de miles de là, dans le centre de Bombay. Sans lui, je serais peut-être en train de croupir dans une cellule en attendant d'être jugé pour le meurtre de Mukherjee. Je n'étais pas encore sorti d'affaire, loin de là, mais je n'en étais pas moins reconnaissant.

« Merci, Sam », ai-je soufflé.

Il m'a regardé, sincèrement surpris. « Pourquoi ?

– Pour… tout. »

Il n'est pas du genre à montrer ses émotions, quelles qu'elles soient ; et à voir son air, il n'allait pas déroger à cette règle.

« Descendez, m'a-t-il lancé, et allez vous reposer. »

34
Sam Wyndham

Le Watson's Hotel était à cinq minutes en voiture de la pension de Satyen. C'était un élégant édifice de cinq étages blanchi à la chaux, avec des colonnes au rez-de-chaussée et des balcons aux étages supérieurs.

Je suis entré et j'ai traversé une longue étendue de sol carrelé jusqu'au comptoir en acajou ; là, j'ai donné mon nom au préposé élégamment vêtu. J'ai signé le registre des arrivées et un groom tiré à quatre épingles m'a accompagné jusqu'au troisième étage, et même s'il n'avait aucun bagage à transporter, il semblait s'attendre à un pourboire. J'étais sur le point de le renvoyer sans cérémonie, avant de me raviser. J'ai ouvert mon portefeuille et plongé dans mes maigres ressources. Puis, étant données les circonstances, j'ai récompensé plutôt généreusement le jeune homme. Ravi, il a souri de toutes ses dents extrêmement blanches en désignant un bouton inséré dans une plaque de laiton fixée au mur. « Si vous avez besoin de quoi que ce soit, sahib, sonnez et demandez Lawrence. Je serai là, de jour comme de nuit, en moins de deux. »

Je me suis demandé comment un groom de Bombay pouvait se retrouver avec un prénom comme Lawrence, et avoir appris l'expression *en moins de deux.* L'hôtel l'avait probablement affublé de ce prénom ; quant à *en moins de deux,* il avait peut-être entendu un client l'employer, gouverneur-général de passage ou vice-roi en transit.

« Je m'en souviendrai, ai-je répondu. Peut-être pourriez-vous commencer par me dire où je peux trouver un téléphone.

– En bas, sahib. Au fond du hall. Il y a plusieurs cabines. »

Il a pris congé et j'ai entrebâillé la porte-fenêtre donnant sur le balcon et les bruits de la ville en contrebas. La chambre était aussi cossue que l'on pouvait s'y attendre étant donné que c'était l'armée qui payait. Un lit simple, un bureau, une armoire contre le mur et même un lavabo dans un coin.

J'ai ouvert le robinet et me suis lavé le visage, puis je suis ressorti avant de prendre la direction du hall. J'ai localisé les cabines téléphoniques et demandé à la téléphoniste de me mettre en relation avec un numéro à Calcutta.

Dawson a décroché plus vite que je ne l'aurais cru.

« Allô ?

– C'est votre ami des services postaux, ai-je fait. Nous sommes arrivés.

– Votre absence a été remarquée, a-t-il grommelé. Vos collègues se sont rendus dans votre appartement ce matin. Ils cherchaient votre copain. » J'entendais ses dents heurter la pipe qu'il avait dans la bouche.

« Savent-ils où…

– Non, a-t-il coupé. Pour l'instant ils n'ont aucune idée de l'endroit où vous vous trouvez. Mais ça pourrait changer. Il vous faut agir vite. »

C'était facile à dire pour lui. Gulmohamed était un puissant politicien. Il était chez lui à Bombay. Pour ma part, je n'avais aucune autorité ici et Satyen était un homme recherché. Nous n'avions même pas l'ombre d'un plan pour l'appréhender.

« Vous pensez pouvoir nous aider ? ai-je demandé.

– Pas dans l'immédiat. Quoi que je fasse, je pourrais éveiller les soupçons.

– Il y a un problème, ai-je dit. Nous n'avons pas beaucoup de fonds.

– Comment ça, pas beaucoup ?

– Environ trente-cinq roupies à nous deux. »

Dawson a soupiré ; j'arrivais presque à imaginer son visage. « Diantre. Vous n'avez pas pensé à prendre plus ?

– Vous ne m'en voudrez pas si je n'ai pas eu l'occasion de passer par la banque avant notre départ, ai-je dit, entre ce que j'avais à faire et la situation calamiteuse de la ville.

– Je ne peux pas vous aider, a-t-il répliqué, et nous ne devrions pas nous éterniser. Autre chose ?

– Comment va Taggart ?

– Encore parmi nous. Selon les médecins, son état est stable, même s'il n'est pas encore tiré d'affaire, loin de là. Maintenant, si c'est tout, recontactez-moi quand vous aurez du neuf. »

Sur ce, il a raccroché, et l'espace d'un instant j'ai cru entendre quelqu'un respirer au bout du fil. Il s'agissait peut-être de la téléphoniste ou d'un individu malveillant. Je me suis efforcé de chasser cette idée de mon esprit. Si Dawson m'avait donné ce numéro, c'était parce qu'il savait la ligne sécurisée, du moins je le supposais. Il ne pouvait pas s'être trompé.

J'ai inséré une autre pièce et demandé à la demoiselle du téléphone de me mettre en relation avec Chowringhee 2657. La réponse s'est fait attendre cette fois, mais quelqu'un a fini par décrocher.

« Résidence de Mlle Grant.

– Anju, ai-je fait. Est-ce que Mlle Grant est là ?

– Memsahib est dans sa chambre. » Son ton semblait toujours se durcir lorsqu'elle se rendait compte que c'était moi qui appelais.

« Demandez-lui de venir au téléphone, je vous prie, Anju.

– Mais memsahib dort peut-être.

– Dans ce cas, réveillez-la… s'il vous plaît. »

Le silence s'est installé tandis que la femme de chambre gardienne du temple autoproclamée allait chercher sa maîtresse.

Annie a fini par arriver au bout du fil.

« Sam ?

– Nous sommes à Bombay.

– Et Satyen va bien ?

– Pour l'instant, oui.

– Tant mieux, a-t-elle fait. Je suis heureuse de l'entendre. Prenez soin de lui… et de vous. »

J'ai pris mon courage à deux mains puis j'ai abordé la véritable raison de mon appel.

« Écoutez, Annie. J'ai besoin d'un autre service.

– Évidemment, Sam. » Je n'arrivais pas à décider si elle était juste contrariée ou tout bonnement exaspérée.

« Je ne vous demanderais pas si ce n'était pas important. C'est pour Satyen, si ça peut faire une différence.

– Ça ne fait aucune différence. » Maintenant j'étais certain qu'elle était juste contrariée. « Dites-moi ce qu'il vous faut.

– De l'argent, ai-je répliqué. J'ai environ trente-cinq roupies sur moi, Satyen n'a pas un sou et on ne peut quand même pas aller dans une banque pour demander un virement.

– Que voulez-vous que je fasse alors ? »

J'ai inspiré et ravalé ma fierté. Annie était une femme riche, qui selon toute vraisemblance avait au moins un ami riche dans chaque port ; quelque gentleman qui acquiescerait sur-le-champ à la moindre de ses demandes. Je n'aime pas particulièrement ces hommes, mais il faut ce qu'il faut.

« Vous m'avez parlé de vos amis à Bombay. Croyez-vous que l'un d'entre eux serait en mesure de m'avancer une petite somme de votre part ? Vous pourriez leur dire que je suis un de vos amis de Calcutta en visite à Bombay et qu'on m'a détroussé en chemin. Je vous rembourserai dès que nous serons de retour… à condition bien sûr qu'on ne se fasse pas arrêter, Satyen et moi… auquel cas, ça prendrait un peu plus de temps, mais je…

– Sam, a-t-elle coupé, taisez-vous. Rappelez-moi demain matin à huit heures. Je vais voir ce que je peux faire. »

35
Satyendra Banerjee

La pension était effectivement comme le colonel Dawson l'avait décrite : un petit coin de Calcutta au cœur de Bombay, où tout homme d'affaires ou fonctionnaire bengali pouvait trouver refuge, troquer son costume contre un dhoti, et s'installer pour dîner devant un *bhāt mach** dans la salle à manger.

J'ai donné mon nouveau nom en tendant le passeport de M. Nihar Dey à une dame plutôt indifférente se tenant derrière le comptoir ; elle y a jeté un coup d'œil désinvolte avant de me le rendre et de se replonger dans son exemplaire de *Prabasi*.

« Premier étage, a-t-elle dit avec un accent bengali à couper au couteau et en désignant l'escalier d'un signe de tête. Petit déjeuner à sept heures, a-t-elle ajouté, *aar dinner saarvice chotta thekkéaat-ta*.

– Merci, *mashi* », ai-je dit en me dirigeant sagement vers l'escalier.

La chambre était plus grande que je m'y attendais, et équipée d'un lit double, d'une *almirah** métallique ainsi que d'une fenêtre donnant sur la rue animée. J'ai ôté ma chemise, l'ai posée sur le dossier de l'unique chaise, et j'ai décidé de suivre le conseil de Sam et de me reposer.

Cependant, j'ai eu du mal à m'endormir. Quarante-huit heures plus tôt, j'étais un sergent respecté de la police impériale. Maintenant, j'étais recherché pour meurtre et aussi, selon Sam du moins, pour activité terroriste et tentative d'assassinat contre Lord Taggart. Si tels étaient les éléments de la colonne des points négatifs, je peinais à en trouver pour la colonne des points positifs. Certes, j'étais encore libre, et j'allais peut-être pouvoir coffrer Gulmohamed, même si j'avais gâché une occasion en or de le faire en sautant du train aux abords de Howrah.

J'ai dû sombrer dans le sommeil à un moment ou à un autre, car en me réveillant le ciel était sombre et par la fenêtre se dessinait un Bombay totalement différent.

36
Sam Wyndham

Les policiers ne devraient jamais faire de sieste. J'aurais dû le savoir. Après tout, lorsque la phrase « un flic surpris en train de faire la sieste » figure dans un rapport remis à vos supérieurs ou, que Dieu m'en préserve, en gros titre dans un journal, elle ne peut être qu'annonciatrice de désastre ou d'opprobre. En l'occurrence, la situation était encore pire, car j'avais vraiment dormi.

Après avoir appelé Annie, j'avais regagné ma chambre, et faute d'avoir mieux à faire, je m'étais allongé dans le lit pour fermer les yeux quelques minutes, un petit somme qui s'est transformé en quelque chose de plus conséquent. En me réveillant, la corne de brume d'un navire dans la baie retentissait sans relâche, et j'avais mal à la tête.

Je me suis redressé trop vite, grimaçant sous le coup de la douleur et fermant les yeux pour tenter d'atténuer l'impression qu'un joueur de *dhol** complètement fou se déchaînait sur mes tempes. J'avais dans la bouche un goût de colle. Lentement, je me suis levé et approché du lavabo. Après avoir ouvert le robinet, j'ai bu quelques gorgées d'eau au goût métallique, me suis essuyé les mains sur mon pantalon et suis sorti sur le balcon. Les bruits de pneus crissant sur la chaussée d'une voiture qui s'arrêtait me sont parvenus de la rue en contrebas. Il n'y avait là rien de particulièrement inhabituel. Si les conditions de circulation à Bombay ressemblaient un tant soit peu à celles de Calcutta, les conducteurs étaient obligés d'appuyer sur la pédale de frein avec autant de fermeté qu'ils le faisaient sur la pédale d'accélérateur ne serait-ce que pour éviter les charrettes à bœufs ou les bicyclettes qui à chaque instant se mettaient en travers de leur chemin. Mais j'ai entendu soudain des portières claquer et des ordres lancés sur un ton militaire et tranchant. Je me suis collé contre le mur sur le balcon pour rester caché dans l'ombre tout en continuant de regarder ce qui se tramait en bas.

Dans la rue, deux voitures noires s'étaient immobilisées devant l'entrée, et une demi-douzaine d'hommes en sont sortis. Aucun d'entre eux ne portait d'uniforme, mais ils n'en avaient pas besoin. J'avais en mon temps vu suffisamment de malabars en costards et chapeaux de feutre pour repérer sans l'ombre d'un doute un policier en civil. J'en ai vu plusieurs se diriger vers l'arrière du bâtiment tandis que trois autres pénétraient dans le hall. Certes, ils n'étaient peut-être pas là pour Satyen et moi, mais il y avait plus de chance qu'il neige dans les rues de Calcutta qu'il n'y en avait pour que je parie là-dessus.

J'ai consulté ma montre. À peine dix-huit heures. Il me restait deux heures avant mon rendez-vous avec Satyen. J'ai mis mes chaussures, enfilé ma veste et ouvert la porte. Le champ était libre dans le couloir, mais il était hors de question que je prenne l'ascenseur ou que je passe par l'escalier principal. J'ai donc filé en direction de l'escalier de service, celui qu'utilisaient les femmes de chambre et que j'ai trouvé tout au bout du couloir. J'ai ouvert la porte et commencé à dévaler les marches avant de m'arrêter net un demi-étage plus bas. J'ai entendu une porte s'ouvrir brusquement et heurter le mur dans les niveaux inférieurs, puis des bruits de bottes sur les marches en pierre. Je n'allais pas pouvoir sortir par là. J'ai rebroussé chemin et suis remonté en silence au troisième étage avant de regagner ma chambre. Une fois à l'intérieur, je me suis enfermé à clé. Fallait-il que je prenne mes jambes à mon cou ? La pire chose que l'on pouvait me reprocher serait d'avoir aidé un fugitif, et même une telle charge pourrait s'avérer difficile à prouver. Mais ils me placeraient en garde à vue et m'interrogeraient au moins pour le restant de la soirée avant de me réexpédier à Calcutta par le premier moyen de transport venu. Ce qui signifierait que Satyen se retrouverait livré à lui-même à Bombay sans aucune possibilité de se disculper. Tôt ou tard la Section H l'appréhenderait et le livrerait à la police, après quoi il finirait au bout d'une corde. Eh bien, j'avais la réponse à ma question. Il fallait que je décampe.

J'ai gagné le balcon à l'instant où quelqu'un frappait lourdement à ma porte. Après avoir fermé doucement derrière moi la porte-fenêtre, j'ai enjambé la balustrade séparant mon petit bout de terrasse de celle de la chambre adjacente et j'ai continué ainsi, enjambant les rambardes les unes après les autres jusqu'à ce que j'arrive à un escalier métallique. Le choix était simple : monter sur le toit ou descendre dans la rue. La vue d'une tête recouverte d'un chapeau de feutre en contrebas dans la ruelle a rendu la décision facile. Je tenterais ma chance sur le toit, et quelques secondes plus tard je grimpais les marches quatre à quatre.

Une fois arrivé en haut, j'ai marqué une pause pour reprendre mon souffle. Comment diable m'avaient-ils retrouvé aussi vite ? Dawson nous avait-il tendu un piège ? Mais dans ce cas, pourquoi nous envoyer jusqu'à Bombay ? Il aurait pu nous arrêter tous deux à l'aérodrome de Dum Dum. S'était-il lui-même fait doubler ? J'ai repensé au curieux bruit au bout du fil lorsque je l'avais appelé… ou… je me suis figé. Il existait une possibilité encore plus sinistre. La Section H ne voulait pas seulement arrêter Satyen, elle voulait l'éliminer. Le faire disparaître serait plus aisé à Bombay, à un millier de miles de Calcutta où il avait des amis.

Des cris en contrebas m'ont rappelé à l'ordre. J'ai examiné ce qui m'entourait pour voir par où je pourrais m'échapper. À ma gauche, le vide de la rue cinq étages plus bas. À ma droite, seul un fou ou un perchiste tenterait de sauter par-dessus l'espace me séparant du bâtiment voisin. En face, en revanche, la distance me semblait raisonnable, ou du moins pas suicidaire.

Je me suis précipité dans cette direction, ma chemise collée à mon dos par la sueur, non seulement à cause de la chaleur et de la fatigue mais aussi parce que j'étais en train de me rendre compte que j'avais mal calculé les hauteurs respectives des deux bâtiments. Le toit de l'édifice voisin était au moins à dix pieds en dessous de celui sur lequel j'étais en train de courir. Même si j'arrivais à sauter, l'atterrissage me vaudrait très probablement une fracture ou deux. Prudence est mère de membres intacts, comme on dit. Je me suis arrêté au bord du toit. Rebrousser chemin était hors de question. Mes poursuivants avaient sans aucun doute réussi à pénétrer dans ma chambre maintenant. Il ne leur faudrait pas longtemps pour inspecter le balcon, ce qui les mènerait sur le toit. Je le savais parce que c'était ce que j'aurais fait à leur place. Dans la ruelle en contrebas, j'ai aperçu la silhouette d'un autre officier en civil. Sauter sur le bâtiment voisin restait malgré tout ma seule option, peu importait la rudesse de l'atterrissage.

J'ai balayé du regard le toit d'en face. D'un côté, à deux pas du bord, se trouvait un réservoir d'eau en béton. Si j'arrivais à sauter assez loin, atterrir dessus sans me blesser me semblait faisable.

Par-dessus le vacarme de la circulation dans la rue, j'ai cru entendre des bruits de bottes sur le métal. Le temps m'était compté. Prenant mon courage à deux mains, je me suis élancé, j'ai sauté et atterri au bord du réservoir d'eau avant de perdre l'équilibre. Emporté par mon élan, je suis tombé face la première sur le béton. Le souffle coupé, je suis resté allongé là, et j'ai repris mes esprits tout en maudissant Satyen de m'avoir mis dans un tel pétrin.

Des hommes se trouvaient désormais sur le toit de l'hôtel derrière moi. Je les entendais. Dans la position où je me trouvais, étalé sur le réservoir d'eau, ils ne pouvaient pas encore me voir, car ils étaient à l'autre bout. Quand ils s'approcheraient, ils ne manqueraient pas de me repérer. Je me suis ressaisi et j'ai rampé lentement jusqu'au bord du réservoir avant de me laisser tomber derrière. Tant que mes poursuivants resteraient sur le toit de l'hôtel, la masse du réservoir d'eau me maintiendrait à l'abri de leurs regards. Mais, s'ils tentaient de sauter comme je venais de le faire, il allait falloir rebattre les cartes.

Je suis resté allongé là, à attendre, à l'affût du moindre son, de la moindre vibration dans l'air qui m'aiderait à comprendre si les hommes sur le toit du Watson's Hotel s'apprêtaient ou non à sauter. Ils sont restés tout au bord durant un laps de temps extraordinairement long, mais à chaque seconde qui passait, j'ai repris espoir. Les voix ont fini par s'éloigner, cédant la place aux bruits de la circulation et au croassement des corneilles au-dessus de ma tête.

J'ai décidé d'attendre encore vingt bonnes minutes avant de bouger. Je n'avais pas rendez-vous avec Satyen avant vingt heures, à condition bien sûr que personne ne soit déjà allé le débusquer et l'appréhender dans sa pension; je n'avais donc pas besoin de quitter mon refuge tant que les hommes à ma poursuite étaient encore sur le qui-vive. De plus, j'avais mal partout.

Lorsque je me suis finalement redressé, le soleil avait plongé sous l'horizon, laissant seulement un halo pourpre suspendu au-dessus de la mer d'Arabie. J'ai traversé discrètement le toit, puis sauté sur celui d'un autre bâtiment avant de trouver un escalier et redescendre dans la rue.

Mes vêtements étaient maculés de poussière de ciment mais dans la pénombre, je me suis dit que personne ne le remarquerait à moins d'y regarder de plus près, et je n'avais pas l'intention de rester immobile suffisamment longtemps pour que quiconque ait le loisir de le faire.

C'était peut-être l'air marin, mais les petites rues du centre de Bombay semblaient sentir moins mauvais que celles de Calcutta, qui à cette époque de l'année s'apparentent à une étuve. J'ai pris mon temps, flâné pendant une demi-heure dans les rues et longé tranquillement les quais entre l'hôtel et la nouvelle arche de Wellington Pier où j'avais rendez-vous avec Satyen. Malgré tout, j'y suis arrivé vingt minutes à l'avance et je n'ai pas tardé à me rendre compte que choisir cet endroit pour se retrouver discrètement n'était pas la meilleure des idées. Le site était face à la mer et si la grande arche n'était pas encore totalement construite, les lieux étaient déjà très touristiques. À cette heure, la promenade menant à l'édifice était bondée de couples prenant l'air du soir et de marchands tentant de leur vendre toutes sortes de camelote. Il n'a pas fallu longtemps pour que je me fasse accoster, non par un policier, mais par un indigène à la fine moustache qui, avec ses deux stylos glissés dans sa poche de chemise, se donnait un air sérieux. Il a affirmé être guide et, pour une somme plus que raisonnable, être prêt à me montrer de nuit tous les principaux sites touristiques de Bombay que se devait de visiter un gentleman en voyage.

« Tout, a-t-il proclamé sourire aux lèvres, des jardins suspendus aux célèbres danseuses de notre ville. »

Je lui ai répondu que je n'étais pas intéressé, mais cela n'a fait que le motiver davantage.

« Vous êtes au Taj Hotel, sahib ? Un merveilleux établissement. Le meilleur du monde », s'est-il exclamé avec une fierté laissant entendre qu'il avait participé d'une manière ou d'une autre à sa construction. J'ai dû lui montrer ma carte de police pour lui faire comprendre que je ne voulais ni visiter les principaux monuments de la ville ni goûter aux plaisirs charnels qu'elle proposait, mais que je désirais tout bonnement qu'il me fiche la paix. Toutefois, avant de s'éloigner, il a ajouté : « N'oubliez pas, sahib, si vous changez d'avis, je serai par là. Je m'appelle Mahesh. Demandez après moi, personnellement. Y a des casse-pieds ici qui sont des fripouilles. Ils vous demandent la lune et ensuite ils vous montrent les endroits les moins bien. Mais avec Mahesh, le service est parfait, vous pouvez en être sûr ! »

37
Satyendra Banerjee

Il m'a fallu plusieurs minutes sur le front de mer pour repérer Sam dans la foule, mais finalement je l'ai trouvé près de l'arche, à rôder, regardant autour de lui à la dérobée, comme un voyageur de commerce ayant égaré sa marchandise.

« Je suis content de vous voir, a-t-il déclaré avec un degré de sincérité qui m'a franchement troublé.

– Je n'ai que quelques minutes de retard, ai-je dit. C'est plus loin de la pension que ce que je croyais.

– Vous êtes venu directement de là-bas ?

– Oui, ai-je répondu, sans trop comprendre pourquoi il me posait cette question.

– Et vous êtes resté là-bas tout le temps depuis que le taxi vous y a déposé ?

– Oui. Pourquoi ? »

Il a lâché un soupir avant de fouiller ses poches en quête de ses cigarettes. Il m'en a tendu une, en a glissé une autre entre ses lèvres, puis les a allumées toutes deux.

« Disons simplement que j'ai eu la visite de types en civil plutôt baraqués. Certains des anciens collègues de Dawson, ou peut-être des gars de la police criminelle de Bombay. »

Je n'ai pu m'empêcher de le dévisager. « Ils n'ont pas…

– Non, m'a-t-il coupé. Je les ai semés. » Il a tiré sur sa cigarette avant d'exhaler un filet de fumée bleue. « Je suis sorti juste avant qu'ils n'entrent dans ma chambre. Il a fallu que je saute sur deux toits. J'ai bien failli me rompre le cou.

– Comment ont-ils su où vous trouver ?

– C'est bien la question que je me pose, a-t-il répondu. J'ai d'abord cru que Dawson nous avait tendu un piège, en nous incitant à quitter Calcutta avant de nous faire arrêter, voire assassiner. Mais le fait que personne ne soit venu vous chercher laisse penser qu'il n'y est probablement pour rien, sinon ils nous auraient cueillis en même temps.

– Alors comment ? ai-je insisté.

– Le numéro que Dawson m'a donné, celui qu'il m'a demandé d'apprendre par cœur, eh bien, je crois que la ligne n'est pas aussi sécurisée qu'il le pense.

– Ils l'ont mise sur écoute ?

– C'est la seule explication. Je l'ai appelé de l'hôtel, et une heure plus tard, deux véhicules pleins d'hommes à ma recherche ont déboulé.

– Et maintenant, on fait quoi ?

– Bah, pour commencer il faut que je me trouve un autre endroit pour dormir. Et plus important, s'ils savent que nous sommes à Bombay, ils savent peut-être aussi ce qui nous y amène. Si c'est le cas, ils vont surveiller Gulmohamed. Je commence à me dire que l'aborder à sa descente du train ce soir serait suicidaire. »

Mon estomac s'est retourné alors que mes espoirs s'envolaient. Il avait raison bien sûr. Il n'y aurait aucun moyen d'approcher Gulmohamed ce soir. Et si les autorités savaient que nous étions à Bombay, ce n'était qu'une question de temps pour qu'elles nous trouvent.

« C'est foutu, alors, ai-je lâché. Je suis bel et bien cuit. »

Sam a secoué la tête. « Mais pas du tout. » Il m'a tapé dans le dos. « Vous n'êtes pas cuit, loin de là, et souvenez-vous, on a toujours plusieurs cartes dans son jeu. »

38
Sam Wyndham

Le train de Gulmohamed était en retard. Nous le savions parce que nous avions promis deux annas à un gamin de la gare pour qu'il vienne nous prévenir une demi-heure avant de son arrivée, dans le petit restaurant ouvert toute la nuit où nous avions trouvé refuge. Le garçon était l'un des innombrables orphelins vivant au bord des voies, et il connaissait les allées et venues des convois aussi bien qu'un chef de gare ; nous étions entre de bonnes mains.

Le délai n'avait rien de surprenant. Si nous autres, les Britanniques, avons donné à l'Inde son chemin de fer, quelqu'un aurait dû ajouter des horaires pour aller avec. De trop nombreux trains dans le pays semblent partir avec seulement une très vague notion de l'heure à laquelle ils sont censés arriver à destination. En effet, la chose essentielle pour voyager en train ici, ce n'est pas un billet mais un bon livre pour vous aider à traverser les interminables retards.

Si attendre ne nous arrangeait guère, et ce d'autant qu'il y avait une limite au nombre de tasses de thé que Satyen et moi pouvions consommer, cela nous donnait néanmoins le temps si ce n'est de peaufiner notre plan du moins d'en colmater les trous les plus béants.

« Et il ne va pas vous reconnaître ? » ai-je demandé.

Satyen a haussé les épaules. « J'espère que non. La dernière fois qu'il m'a vu je portais un turban et j'étais habillé comme un coolie. Ça n'a duré qu'une trentaine de secondes et je pense qu'il a plus fait attention à l'arme dans ma main qu'à mon visage. Peu importe de toute façon. Ça ne va jamais marcher. »

Il avait sûrement raison, mais je n'allais pas capituler. Même dans ses heures les plus sombres, un homme a besoin d'espoir, sinon de foi.

« Croyez-moi, ça va marcher. »

Satyen a haussé un sourcil. Derrière lui, la porte s'est ouverte et le gamin de la gare s'est précipité à l'intérieur, un grand sourire aux lèvres.

« *Sahib, train lagabhag aa chukee hai.*

– Combien de temps ?

– Vingt-cinq minutes. »

J'ai tendu au gamin ses deux annas et consulté la pendule murale. Trois heures et quelques du matin. Le train de Gulmohamed arriverait vers la demie. Je me suis tourné vers Satyen. « Allons-y. »

J'avais repéré la voiture au préalable dans une rue adjacente. Une Crossley noire, stationnée dans un box pas particulièrement bien fermé. Il aurait dû y avoir un durwan posté quelque part pour la surveiller, mais ce dernier devait sans doute faire la sieste dans un des garages voisins. Avec l'aide d'une pierre, Satyen et moi avons cassé le bois vermoulu autour des gonds de l'une des portes du box, de sorte que nous n'avons pas eu besoin de nous préoccuper de la lourde chaîne et du cadenas qui la solidarisaient à sa partenaire.

Une bonne couche de poussière recouvrait l'habitacle de la voiture, ce qui en Angleterre aurait laissé penser qu'elle n'avait pas roulé depuis un mois mais qui en Inde signifiait qu'elle se trouvait là depuis tout au plus quarante-huit heures. Grâce à des chiffons que nous avons trouvés sur le plancher, nous avons essuyé la carrosserie, puis avons poussé la voiture jusqu'à un coin de rue menant à une route plus passante.

Là, Satyen s'est installé derrière le volant et je me suis planté devant pour actionner la manivelle qu'il m'a fallu tourner plusieurs fois, au prix de douloureux efforts, avant que le satané moteur ne finisse par démarrer.

« J'ai toujours du mal à y croire, a-t-il dit alors que je me glissais sur le siège à côté de lui.

– Il faut que vous le fassiez, ai-je répliqué. Ça paraîtra bizarre si c'est moi qui conduis. Il suffit que vous parcouriez une centaine de yards, jusqu'à ce qu'on s'éloigne de la gare. Ensuite, je prendrai le relais. »

Je lui avais expliqué les rudiments de la conduite plus tôt, en sirotant des tasses de thé au restaurant. Il était temps de mettre en pratique la théorie.

« Maintenant, ai-je fait, c'est juste comme on a répété, vous enfoncez le pied… enclenchez le levier de vitesse… et vous libérez doucement l'embrayage tout en appuyant sur l'accélérateur… »

L'automobile a brusquement avancé avant de piler net.

« OK, ai-je dit. Essayons encore. »

Au bout de dix minutes d'entraînement – il nous en restait cinq avant l'arrivée en gare du train de Gulmohamed –, Satyen maîtrisait assez la première vitesse pour pouvoir, avec l'aide des dieux, rouler un certain temps sans caler.

« Ça ira, ai-je déclaré. Allons-y. »

Je me suis assis à l'arrière pendant qu'il manœuvrait la voiture pour aller l'arrêter tant bien que mal dans la file de taxis devant la gare. Deux autres véhicules attendaient déjà – de véritables taxis vraisemblablement –, leurs chauffeurs somnolant derrière le volant.

De là, nous pouvions voir l'entrée principale de la gare. Naturellement il existait d'autres issues, mais d'après ce que j'avais lu dans la presse, je ne pensais pas que Farid Gulmohamed soit le genre d'individu à passer par les sorties latérales. Avec un peu de chance, il quitterait la gare par la grande porte, accompagné ou non d'un homme armé, et il monterait à bord d'une voiture que nous pourrions suivre jusque chez lui. Et si son escorte devait rester avec lui pour la nuit, il nous serait beaucoup plus facile, une fois son domicile repéré, de l'approcher ultérieurement.

J'ai parcouru du regard les marches et la zone autour de l'entrée. Hormis deux ou trois femmes de ménage en sari avec leurs balais en joncs séchés et un cheminot en train de fumer, les lieux étaient déserts. S'il y avait des membres de la Section H ou des forces de police quelque part, soit ils se trouvaient dans la gare soit ils étaient remarquablement bien cachés.

Alors que nous étions assis là, un type rondelet en chemise blanche avec une casquette arborant le symbole du Congrès est sorti d'une petite cahute en bois au début de la file.

« C'est le chef des taxis », a lancé Satyen.

L'homme s'est dirigé vers la voiture de tête, s'est penché pour échanger quelques mots avec le chauffeur, puis se redressant, s'est tourné vers notre petite Crossley. Il s'est dirigé vers nous, manifestement au courant que nous n'étions pas l'un de ses taxis habituels ; et à voir son air, se garer dans un emplacement réservé constituait un péché capital.

D'un pas décidé, il s'est approché de la vitre de Satyen et lui a demandé son justificatif : « Licence, *dikhao* ! »

Tandis que Satyen s'efforçait de calmer l'homme dans un hindoustani qui, je m'en rendais compte moi-même, était confus, j'ai vu Gulmohamed sortir de la gare. D'après les photos de lui parues dans la presse, je l'imaginais plus grand. À ses côtés marchait à grands pas un policier. Non pas un inspecteur ni même un sergent, mais un agent ordinaire.

« Satyen », ai-je lancé en lui tapotant l'épaule, mais il était trop occupé à palabrer avec le chef des taxis pour faire attention à moi. Nous n'avions pas le temps pour ce genre de choses ; je me suis donc penché vers l'avant, et le petit homme à casquette a reculé d'un pas, choqué.

La vue d'un visage blanc faisait toujours le même effet à un certain type d'Indien. L'homme a semblé soudain ne plus savoir quoi dire, comme s'il s'était dégonflé telle une voile affalée, et lorsqu'il a retrouvé sa langue, il s'est exprimé avec plus de mesure.

« Dites-lui qu'on ne va pas rester là longtemps, ai-je glissé à Satyen. Une ou deux minutes tout au plus.

– Quoi ? »

J'ai désigné la vitre d'un signe de tête. « Voilà notre homme. »

Gulmohamed avait laissé l'agent de police sur les marches du perron de la gare et cheminait désormais seul en direction de la file de taxis.

Le chef des taxis remarquant lui aussi l'arrivée de Gulmohamed s'est redressé.

« Interceptez-le », ai-je lancé à Satyen.

Il s'est tourné sur son siège. « Le chef des taxis ?

– Vite, ai-je dit. J'ai une idée.

– *Bhai saahb !* a crié Satyen. *Ek* minute. »

J'ai sorti ma carte de police et l'ai tendue au sergent.

« Montrez-lui ça. Dites-lui que c'est la police qui vous envoie et que c'est vous qui allez le véhiculer. »

Satyen s'est exécuté, et l'espace d'un instant on aurait pu croire que le replet responsable des taxis allait protester. Mais à peine suis-je sorti de voiture revolver à la main, toute velléité de cet ordre s'est évanouie. Comprenant le message, l'homme s'est empressé d'aller dire au chauffeur de tête qu'il allait devoir attendre encore un peu pour prendre en charge un client.

Je me suis tourné vers Satyen. « Occupez-vous de Gulmohamed. Demandez-lui où il veut aller et tournez au coin de la rue. Je vous attendrai là.

– Quoi ? a-t-il répliqué, abasourdi.

– Allez-y. »

Faisant hurler l'embrayage, Satyen s'est avancé vers le responsable en tête de file qui lui faisait signe de s'approcher comme s'il aidait un avion à atterrir. Sur ces entrefaites, Gulmohamed est arrivé et s'est mis à discuter avec l'homme, sans doute pour négocier le prix de la course. L'absence de présence policière m'interloquait. Si les forces de l'ordre le laissaient rentrer chez lui sans escorte, cela tendait à confirmer que les hommes qui avaient débarqué plus tôt à mon hôtel n'étaient pas chargés de sa sécurité, ou du moins qu'ils ne savaient pas que nous étions à Bombay pour appréhender Gulmohamed. Ainsi, j'avais eu raison de penser que Dawson ne nous avait pas trahis, mais qu'il avait plutôt été placé sur écoute.

Et ceux qui l'avaient fait étaient ses collègues de la Section H, dans la mesure où il était peu probable que la police ait pu prendre cette initiative sans qu'il en ait eu vent. En effet, Lal Bazar fuyait comme une passoire, et Dawson était probablement aussi bien informé de ce qui se passait dans ce bâtiment que le chef de la police lui-même. Cependant, c'était la police qui devait se charger de la sécurité de Gulmohamed. Alarmées par les affrontements entre hindous et musulmans, les autorités de Calcutta s'étaient assurées qu'un leader politique aussi en vue quitte la ville sous bonne escorte. Une fois en dehors du Bengale, il n'était plus leur problème, et à Bombay, fort heureusement encore épargné par les violences, les autorités locales avaient dû considérer qu'un simple agent suffirait pour l'accueillir à la gare. Il y avait naturellement une autre possibilité : des agents de la Section H surveillaient peut-être ses faits et gestes, et c'était moi qui n'avais pas réussi à les repérer. Si tel était le cas, Satyen et moi allions droit dans un piège. Avec une crainte soudaine, j'ai regardé Gulmohamed s'engouffrer à l'arrière du taxi de Satyen. S'il s'agissait d'un piège, nous n'allions pas tarder à le savoir.

39
Satyendra Banerjee

La portière arrière s'est ouverte et Gulmohamed est monté à bord.

« Kemp's Corner », a déclaré l'homme à cause duquel j'étais condamné à mort.

Je l'avais suivi jusqu'à la résidence de Budge Budge et j'avais braqué sur lui un revolver dans le train à Howrah, mais il n'a fort heureusement pas semblé me reconnaître.

« *Jee, saahb* », ai-je articulé en faisant brusquement avancer la voiture. Lentement, j'ai tourné au coin de la rue avant de m'arrêter là où Sam m'avait ordonné de le faire. La rue semblait déserte.

Gulmohamed a levé les yeux.

« Pourquoi vous arrêtez-vous ? a-t-il demandé, et pour toute réponse une portière s'est ouverte et il s'est retrouvé avec un revolver braqué sur le visage.

– Bonsoir, monsieur Gulmohamed, a déclaré Sam. Nous allons devoir faire un petit détour, je regrette. »

Sam et moi avons changé de place. Il s'est installé derrière le volant et j'ai récupéré son revolver avant de prendre place sur la banquette arrière près de Gulmohamed.

L'homme politique a paru plus surpris qu'apeuré, peut-être parce que celui qui avait d'emblée pointé sur lui une arme était un Anglais, et les Anglais, d'ordinaire, ne détroussent pas les Indiens, si ce n'est à l'échelle nationale.

« Bon sang, qu'est-ce qui se passe ?

– Taisez-vous, s'il vous plaît, ai-je répliqué. Vous aurez bientôt l'occasion de vous exprimer. »

Il m'a soudain replacé.

« Je vous connais ! Vous êtes le fou qui est monté dans le train ! Mais vous… vous avez sauté !

– Je vous ai dit de vous taire. »

C'était un ordre on ne pouvait plus simple, et cela aurait dû suffire étant donné que je tenais un revolver, mais l'homme ne l'entendait manifestement pas de cette oreille.

« Où m'emmenez-vous ? »

C'était une bonne question. À laquelle je n'avais pas de réponse, et à mon avis, Sam non plus. Quelle qu'ait été notre destination, nous nous y rendions à toute allure.

« Taisez-vous », ai-je répété, cette fois plus agressif. L'instant d'après j'ai été projeté sur notre otage alors que dans un crissement de pneus Sam virait à droite. Gulmohamed a tenté, un poil trop lentement, de s'emparer de mon revolver avant de finalement décider de se tenir tranquille en sentant le canon de mon arme s'enfoncer dans ses côtes. Après quoi, il n'a plus posé de problème.

À droite défilaient des bâtiments Art Déco, et à gauche le front de mer de Bombay, illuminé par un chapelet de réverbères, dessinait un arc de cercle. La voiture a filé sur la chaussée avant de s'engager sur une côte sinueuse.

Sam s'est arrêté sur une voie sans éclairage bordée d'un côté de somptueuses demeures endormies, et de l'autre d'une grille de clôture derrière laquelle poussait une végétation luxuriante.

« On descend », a-t-il dit et j'ai incité notre prisonnier à sortir. Gulmohamed a paru reconnaître l'endroit.

« Les jardins suspendus ? a-t-il demandé.

– Presque, a répondu Sam. Ça sonne bien. » Sa voix se faisait menaçante. « Espérons que l'adjectif ne s'appliquera pas à votre personne. Maintenant on va faire une petite promenade. »

La route était déserte; il n'y avait même pas de chiens errants, et Sam nous a emmenés vers un terrain accidenté. Le portail était verrouillé, ce qui ne nous a guère arrêtés dans la mesure où la clôture elle-même ne mesurait que trois pieds de haut. Sam a sauté par-dessus, et avec le revolver en guise d'encouragement, j'ai fait signe à Gulmohamed d'en faire autant. Il nous a suffi de quelques minutes pour traverser le terrain et nous mettre à l'abri des regards derrière un rideau d'arbres. J'ai senti la brise sur mon visage, mâtinée d'une odeur d'iode.

Sam a continué de marcher, pour finir par s'immobiliser au bord d'un précipice. L'éclat de la lune qui s'était jusqu'alors reflété sur l'herbe a cédé la place aux ténèbres, avec au-delà le vide ondoyant de la mer d'Arabie.

« On s'arrête là », a-t-il décrété.

La vue de l'abîme a paru fortement perturber Gulmohamed.

« Qu'est-ce que vous me voulez ? » a-t-il murmuré.

Sam m'a adressé un hochement de tête.

« Prashant Mukherjee, ai-je répliqué. Quelles relations aviez-vous avec lui ? »

Gulmohamed m'a dévisagé, le regard vide.

« Qui ? »

J'ai regardé Sam, qui s'est contenté de hausser les épaules.

« S'il vous plaît, n'essayez pas de jouer les innocents avec nous, ai-je rétorqué. Vous êtes allé le voir dans sa maison à Calcutta, et nous savons que vous l'avez tué. »

Gulmohamed a secoué la tête. « Je ne vois pas de quoi vous parlez. Je n'ai rencontré personne de ce nom, et je n'ai certainement pas tué qui que ce soit. Et pour commencer, qui êtes-vous ?

– Prashant Mukherjee, ai-je dit. Le théologien du Shiva Sabha. L'homme dont la mort a déclenché la vague de violence à Calcutta.

– Je ne sais absolument rien de... »

Sam en a eu assez.

« Écoutez », a-t-il décrété en s'approchant de Gulmohamed pour empoigner sa cravate. Il a tiré le politicien au bord de la falaise, puis lui a fait une balayette. En tombant, Gulmohamed s'est retrouvé la tête et les épaules suspendues au-dessus du précipice, Sam le tenant toujours par la cravate. « Bon, maintenant vous dites à mon ami ce qu'il veut savoir ou vous n'allez pas tarder à voir de plus près les rochers en bas. »

La sueur sur le visage de Gulmohamed luisait dans le clair de lune. « Je vous dis que je n'ai jamais rencontré quelqu'un qui s'appelle Mukherjee !

– La maison, suis-je intervenu. L'endroit dans Budge Budge où vous vous êtes rendu il y a trois jours. Vous vous souvenez de cet endroit ? »

Gulmohamed a gardé le silence.

Sam l'a remis sur pied et, la main toujours agrippée à sa cravate, l'a poussé tout au bord du vide. Cette fois, la mémoire de Gulmohamed a semblé lui revenir.

« D'accord ! a-t-il crié. Je m'en souviens ! Et alors ?

– Mukherjee a été retrouvé mort dans cette maison, ai-je répondu. Je vous ai suivi jusque là-bas. Votre complice m'a assommé pendant que vous assassiniez Mukherjee.

– Mon complice ? Qu'est-ce que vous racontez ? Je n'ai tué personne. Ce n'est pas ce que… »

Sam l'a poussé un peu plus.

« Attendez ! a fait Gulmohamed, haletant désormais. Vous n'avez rien compris ! »

Sam l'a écarté du bord et l'a incité de manière plutôt musclée à s'asseoir sur un rocher voisin.

« Alors, qu'est-ce qui s'est passé ? »

Gulmohamed a repris son souffle et a dégluti.

« J'étais à Calcutta à la demande d'une connaissance. Un homme que j'ai rencontré ici, à Bombay. Il m'a dit qu'un gentleman de Calcutta, un certain Yusuf qui pouvait être un donateur potentiel, voulait me rencontrer. Il a affirmé que l'homme en question désirait donner une somme substantielle au parti. » Gulmohamed a inspiré. « J'ai suggéré qu'il s'entretienne avec nos responsables à Calcutta, mais il m'a répondu que le gentleman ne voulait pas que quiconque à Calcutta soit au courant de sa donation. C'était à moi et à moi seul qu'il désirait parler. Si bien que j'ai accepté d'aller là-bas le rencontrer.

– Et ?

– Ma connaissance était supposée m'accompagner pour rencontrer ce Yusuf mais elle m'a fait faux bond à la dernière minute, en prétendant que Yusuf tenait à me voir seul. Je n'étais pas très content mais j'y suis allé malgré tout. Même si quelque chose clochait, je le sentais. Quand on dédie sa vie à la politique, on apprend à avoir du flair. La banlieue où ce Yusuf était censé résider semblait plutôt ordinaire. Pas le type d'endroit où habiterait un homme fortuné. Mais les gens sont excentriques parfois, j'ai donc poursuivi mon chemin. Mes soupçons n'ont fait que grandir quand je me suis rendu compte que le quartier n'était pas vraiment musulman. J'avais l'impression qu'il y avait des bannières safran à chaque coin de rue. J'ai quand même continué, jusqu'au portail de cet homme. Mais une fois arrivé là, je me suis arrêté. Par terre, sous mes pieds, il y avait un *rangoli** délavé. Comme ceux que les femmes hindoues dessinent au moment de *puja**. Ça ne pouvait pas être la demeure d'un musulman, encore moins celle d'un homme prêt à soutenir financièrement notre cause. J'ai vérifié l'adresse mais j'étais devant la bonne maison. On m'avait envoyé dans un traquenard.

– Qu'avez-vous fait après ? a demandé Sam.

– J'ai fait demi-tour. Je suis retourné à Metiabruz. J'ai essayé de joindre mon contact à son hôtel mais on m'a répondu qu'il avait quitté l'établissement. Et ensuite, le lendemain, tout est parti en vrille et j'ai pris le premier train pour Bombay. »

Gulmohamed s'est pris la tête dans les mains. « Maintenant vous cherchez à me coller sur le dos le meurtre d'un fauteur de troubles hindou. »

Sam a braqué son arme vers lui.

« Arrêtez de nous mentir. Mon collègue ici présent vous a vu entrer dans cette maison. Nous savons que vous l'avez assassiné. »

Gulmohamed a secoué la tête. « J'ignore qui vous êtes mais je vous dis la vérité. Pourquoi diable irais-je jusqu'à Calcutta pour tuer un homme que je n'ai jamais vu ? Et si j'avais voulu me débarrasser de lui, croyez-vous que je sois assez fou pour le faire moi-même ? »

Sam s'est tourné vers moi, et à voir son expression, le fond de sa pensée était évident. Gulmohamed avait raison. En vérité, dans la mesure où je m'étais fait assommer dans la rue, je n'avais pas réellement vu Gulmohamed pénétrer dans la maison.

« Cette connaissance, ai-je déclaré, cet homme qui selon vous a organisé cette rencontre… Comment s'appelle-t-il ?

– Je préférerais ne pas vous le dire. C'est un homme qui tient à sa vie privée. »

Une fois de plus, Sam l'a saisi par le col et l'a tiré vers le vide.

« On ne plaisante pas là, a-t-il rugi en prenant de l'élan et en le poussant si près du bord que les chaussures de Gulmohamed ont presque glissé dans le vide. Comment s'appelle-t-il ?

– Irani ! a lâché Gulmohamed. Cyrus Irani.

– Mais encore.

– Je ne sais pas grand-chose. C'est un homme d'affaires parsi originaire de Rangoon. Il est arrivé à Bombay il y a quelques mois.

– Décrivez-le, ai-je dit.

– C'est un grand type. Le crâne rasé. Il ne passe pas inaperçu. »

Sa description m'a rappelé l'homme avec lequel je l'avais vu au Lotus Hotel le jour où Mukherjee avait été assassiné.

« Vous lui avez parlé depuis ?

– Non, je vous l'ai dit, il n'était pas à son hôtel quand j'ai appelé. »

Sam l'a fait revenir jusqu'au rocher et l'a obligé à s'asseoir.

« Attendez là », a-t-il fait avant de me prendre à part. Tout en continuant de braquer son arme sur Gulmohamed, il m'a demandé : « Qu'en pensez-vous ?

– Il ment, c'est sûr », ai-je répondu.

Sam a gardé le silence un instant, l'air impassible, comme s'il méditait la chose. « Je n'en suis pas si certain.

– Dawson a peut-être tort, ai-je protesté, Gulmohamed travaille peut-être effectivement pour la Section H.

– J'en doute, a rétorqué Sam. La Section H sait que nous sommes ici. S'il était l'un de leurs agents, ils auraient envoyé quelqu'un pour l'accueillir à la gare. On ne l'aurait même pas aperçu.

– Alors qu'est-ce qu'on fait maintenant ?

– Je ne sais vraiment pas, a-t-il répondu. Ce n'est pas comme si on pouvait l'arrêter. Il a le bras plus long que nous ici. »

Je ne voulais pas y croire. « Alors on le laisse partir comme ça ? »

Sam est retourné vers Gulmohamed.

« Où est-ce qu'on peut le trouver, cet Irani ? » a-t-il demandé.

Gulmohamed a paru surpris par la question. « Vous m'avez trouvé, non ? Vous n'avez qu'à le trouver, lui aussi.

– Donnez-nous quelque chose.

– Essayez le Taj Hotel. Il a une suite là-bas. »

Sam a opiné du chef. « Très bien. Vous devez être fatigué après votre long voyage. On va vous ramener chez vous. »

40
Sam Wyndham

Nous avons déposé Gulmohamed à Kemp's Corner. S'il était inhabituel d'interroger un homme pour ensuite le raccompagner chez lui, c'était également un peu embarrassant d'avoir, dans la mesure où nous ne connaissions pas la ville, à compter sur lui pour nous indiquer la direction à prendre. Cependant, il pouvait toujours se consoler de ne pas avoir à payer la course bien que l'argent nous eût rendu service.

Nous l'avons laissé près de sa porte d'entrée avec un sourire assorti d'un avertissement : s'il parlait à quiconque des événements de la soirée, nous lui rendrions une autre visite qui ne s'achèverait pas de manière aussi amicale.

De retour dans la voiture, Satyen et moi avons repris le chemin du box près de la gare pour ramener notre véhicule emprunté. Le sergent était taciturne. Cela faisait quasiment trois jours qu'il était aux trousses de Gulmohamed, et maintenant que nous avions mis la main dessus, nous étions contraints de le laisser partir. Mais ce n'était pas le moment de se mettre martel en tête.

« Allez, crachez le morceau », ai-je dit tandis que nous roulions dans les rues désertes éclairées par les réverbères.

Satyen a pris le temps de peser ses mots comme si chacun était un fardeau.

« Depuis tout ce temps, je me suis accroché à l'espoir que dès l'instant où on intercepterait Gulmohamed, je serais en mesure de prouver mon innocence. Quelle naïveté de ma part.

– Foutaises, ai-je répliqué. Demain on va se mettre en quête de cet Irani. »

Satyen a regardé droit devant lui. « À mon avis, ça ne changera rien. Si on ne peut pas relier Gulmohamed à cette histoire, comment voulez-vous qu'on y arrive avec un homme d'affaires parsi ? Il est sans doute complètement étranger à tout ça. Il n'y a pas dans tout l'empire plus respectueux de la loi que les Parsis. Ils ne sont même pas du genre à jeter des ordures sur la voie publique, alors commettre un meurtre ! »

Je n'ai pas pu m'empêcher de rire.

« Combien de fois vous ai-je dit que personne n'est jamais totalement innocent, ni les Parsis ni même votre vénérable Mahatma Gandhi dans sa prison. Nous irons au bout de ce dossier.

– Même si ça doit me tuer ?

– Espérons qu'on n'en arrive pas là.

– Très bien, a-t-il concédé en retrouvant un peu d'optimisme. Comme vous le dites, on commence dès demain à se mettre en quête de Cyrus Irani.

– Non, avant ça, ai-je rectifié, je dois téléphoner à Mlle Grant. »

Il m'a regardé, étonné. « Il faut que vous lui donniez des nouvelles tous les matins ? Elle doit *vraiment* s'inquiéter pour vous.

– Je lui ai demandé de nous trouver du liquide.

– Vous avez demandé de l'argent à une dame ? Mais ça ne se fait pas. »

Il avait raison évidemment, mais nous n'avions guère le choix.

« Comme vous l'avez peut-être remarqué, ai-je déclaré, je ne peux pas retourner à mon hôtel et nous n'avons quasiment plus un sou. Donc à moins que vous ayez une meilleure idée, il va falloir que nous comptions sur la charité de Mlle Grant.

– Où allez-vous dormir ce soir ? »

C'était une bonne question. Passer la nuit par terre dans la chambre de Satyen au Far Bengal Guest House était aussi insensé que regagner le Watson's. Un sahib dormant dans un établissement fréquenté par des Indiens était le genre de chose qui attirait l'attention, et c'était précisément ce que nous souhaitions éviter.

« Je trouverai un endroit. »

Nous avons remis la voiture dans le box, sous le regard médusé d'un durwan qui, s'il avait remarqué que le véhicule avait disparu, n'en a rien laissé paraître.

L'homme a eu l'air de ne pas trop savoir comment réagir. Son travail consistait à éviter que des voleurs dérobent ce qu'il était censé surveiller. Personne ne lui avait dit comment réagir si d'aventure un bien volé était restitué. Crier au voleur maintenant reviendrait à fermer la porte de l'écurie alors que le cheval a eu le temps d'en sortir, d'aller faire un tour, de gagner le Grand National et de rentrer sain et sauf au bercail. Pour finir, il a choisi de ne rien faire.

Satyen et moi nous sommes séparés quelques minutes plus tard, lui prenant la direction du Far Bengal Guest House et moi… eh bien, il me restait à savoir où dormir.

« Vous êtes sûr que ça va aller ? » a-t-il demandé inquiet comme une mère poule.

J'ai fait la guerre dans les tranchées du front occidental, sans compter que j'ai été fumeur d'opium, et il m'est arrivé de passer la nuit dans des coins autrement cauchemardesques que le sud de Bombay en réussissant de surcroît à y dormir convenablement. « On se retrouve demain matin à la Porte de l'Inde. Neuf heures précises. »

Je l'ai regardé partir vers le nord et j'ai pris la direction du chantier naval.

Dans une petite rue pavée à l'écart des quais, mais néanmoins suffisamment proche pour qu'une odeur de poisson pourri et de relents de gazole flotte dans l'air, j'ai déniché ce que je cherchais : une rangée de bâtiments délabrés dont les façades en briques étaient fatiguées et fissurées et les entrées surmontées d'une enseigne peinte à la main en bleu et blanc.

L'enseigne au-dessus du plus petit logis, qui était aussi le plus proche de moi, annonçait *Punjabi Seamen's Lodging House.* Celui d'à côté, un peu plus grand mais tout aussi vétuste, avait une enseigne similaire, celle-ci s'adressant aux marins Kharwa. Et ainsi de suite : toutes les communautés de marins des Indes étaient énumérées, les Konkanis, les Goanais ; il y avait un bâtiment séparé pour les musulmans toutes origines confondues ; pour les matelots bengalis et les Tamoules.

À l'extérieur, des marins en groupes fumaient, jouaient au poker et au *thanee**, et buvaient de la gnôle dans des tasses en étain. Tous semblaient ne pas être habitués à avoir du temps libre et de l'argent en poche.

Enfin, et légèrement à l'écart des autres, se trouvait la *European Seamen's Lodging House.* Là, en toute discrétion et contre une somme modique, un homme pouvait se procurer un matelas pour la nuit et un café pour le lendemain matin. Certes, ce n'était pas le Ritz, mais ce n'était pas non plus une tranchée détrempée dans la Marne ; je n'allais donc pas me plaindre.

J'ai pénétré dans une réception mal éclairée où un homme avec une barbe rousse et le physique d'un ours ronflait dans un fauteuil derrière un comptoir. Je me suis penché pour le réveiller aussi doucement que possible en tapotant l'un de ses bras imposants.

Il a émis un grognement et ouvert lentement les yeux comme si cela lui coûtait un effort quasi herculéen, avant de lâcher un gaz bruyant.

« Ouais ?

– Je voudrais un lit », ai-je dit.

L'homme m'a examiné avec l'énergie d'un paresseux.

« Je t'ai jamais vu dans le coin. T'es nouveau ?

– J'arrive juste, ai-je répondu. C'est la première fois que je viens ici. »

Apparemment, il n'avait pas besoin d'en savoir plus, et les présentations terminées, il a poussé vers moi sur le comptoir un registre ouvert et un stylo attaché à une ficelle grasse.

« Remplis-moi ça, a-t-il fait. Ce sera une demi-roupie la nuit. »

J'ai inventé un nom et celui d'un navire à bord duquel j'étais censé être arrivé, après quoi j'ai griffonné une signature indéchiffrable et payé pour deux nuits.

L'ours a repris le registre sans même y jeter un coup d'œil et placé l'argent dans une caisse enregistreuse cabossée.

« Tu trouveras une couchette dans la chambre n° 3 au deuxième étage. »

41
Satyendra Banerjee

Pour un Bengali, Bombay est à bien des égards plus étrange que l'Angleterre. Nous avons passé cent cinquante ans avec les Anglais. Assez longtemps pour s'habituer à leurs excentricités, à leurs cols amidonnés et au fait qu'ils préfèrent aux humains les chiens de chasse et les chevaux. Mais pour nos frères et sœurs Gujarati et Maratha, qui représentent la majeure partie de la population de cette bonne ville de Bombay, le problème est entièrement différent. En vérité, bien qu'il pratique la même religion et entretienne avec eux un lointain lien de parenté, un Bengali ne fera jamais entièrement confiance à un Indien préférant le rôti au riz, et les légumes au poisson. Cela dit, il est difficile de reprocher leurs choix à ces non-Bengalis étant donnée la piètre qualité de la pêche en mer d'Arabie comparée à l'abondance poissonneuse de notre golfe du Bengale. Prenez par exemple le poisson local le plus apprécié à Bombay : le bombil. Il est plat, laid, et ne peut être comparé à notre magnifique hilsa ou notre noble ruhi. De plus, passionné de cricket comme je le suis, j'éprouve une certaine satisfaction dans le fait que le terme anglais désignant le bombil fait référence à un score nul à la batte.

Ainsi, je me suis senti soulagé en regagnant enfin le Far Bengal Guest House et en m'apercevant que la cuisine était encore ouverte, avec aux fourneaux un type irascible aux airs de goondah vêtu d'un lungi et d'un maillot de corps qui s'appelait Bhontu-dā. Bête et baraqué, c'était le genre d'homme que je me serais bien gardé d'approcher à Calcutta – un Bengali qui n'avait pas grand-chose de bengali. Cependant, ici, loin de chez nous, le simple fait d'avoir l'occasion d'échanger quelques mots dans la langue maternelle que nous partagions m'a réconforté.

« Alors, dada, a-t-il lancé en me servant une généreuse portion de *machher-jhōl*, tu rentres tard. Tu as profité de la ville ? »

Le parfum familier m'a remémoré la cuisine de ma mère, à laquelle je n'avais plus goûté depuis trop longtemps.

« Je travaillais, ai-je répondu.

– Tu travaillais ? À cette heure ? Tu fais quoi comme travail ? »

Et j'ai aussitôt regretté d'avoir eu besoin par nostalgie de parler bengali.

« Tu fais quoi, a-t-il répété, pour rentrer si tard ? »

J'étais coincé. En temps normal, j'aurais sans doute inventé quelque chose de convaincant, mais là, dans la mesure où l'on m'avait ordonné d'adopter une fausse identité, je me suis senti obligé de m'y tenir. L'absurdité de la situation – que la vérité puisse être remplacée par un mensonge, mais qu'un mensonge ne puisse pas l'être par un autre – m'a émerveillé.

« Je travaille pour les services postaux.

– Hmmm. » Il a sagement hoché la tête. « Mon cousin Bala à Konnagar est facteur aussi. Comme toi, il distribue ses lettres très tôt. Mais ensuite il dort toute la journée. »

Je l'ai salué, j'ai emporté mon assiette jusqu'à une table dans un coin et me suis installé.

Après avoir ôté un piment vert qui trônait sur le poisson, j'ai détaché un morceau de chair moutarde auquel j'ai ajouté du riz et j'ai commencé à manger.

Même si Sam m'avait promis le contraire, il me semblait peu probable que nous puissions ne serait-ce qu'approcher

Irani, sans parler de trouver le moyen de l'interroger pour savoir s'il avait effectivement envoyé Gulmohamed à la maison de Budge Budge et si oui, pourquoi ? Rien de tout cela ne me semblait logique, et si je ne parvenais pas à m'expliquer pourquoi, comment espérer qu'un juge puisse faire mieux quand je l'exposerai pour ma défense dans un procès pour meurtre ? Assis là dans le réfectoire d'une pension de Bombay, à savourer lentement un plat de ma terre natale, la vérité s'est abattue sur moi à l'instar d'une fièvre hivernale. Je ne pourrais pas prouver mon innocence. Il y aurait un procès, je serais reconnu coupable, après quoi je serais pendu.

Je n'avais pas, me suis-je dit, peur de la mort. Mais c'était une chose de mourir dans l'exercice de ses fonctions, ou au service d'une cause plus grande ; et c'en était une tout autre de mourir pendu pour un crime, d'autant plus qu'il s'agissait d'un crime que je n'avais pas commis. Ce serait là une mort tant indigne qu'inutile.

Sous le choc de cette prise de conscience, j'ai repoussé mon assiette. J'avais l'impression qu'un poids énorme m'était tombé sur l'estomac. Mes idées s'embrouillaient au fur et à mesure que toutes mes certitudes sur l'existence se volatilisaient. Alors que je m'apitoyais sur mon sort, des larmes me sont montées aux yeux et j'en ai senti une, traîtresse, me couler sur la joue. Je ne pouvais pas me mettre dans cet état. Qu'aurait dit mon père s'il m'avait vu me laisser aller à un désespoir aussi honteux ? J'ai essuyé avec colère la larme et me suis repris. Si tel devait être mon destin, il en serait ainsi. J'y ferais face. Il y avait des choses pires dans le monde.

42
Sam Wyndham

J'ai remonté la mince couverture sur mon cou dans l'espoir de cesser de frissonner. Un an plus tôt, le manque d'opium aurait pu me faire trembler ainsi, mais ce matin-là, c'était parce qu'il y avait tout bonnement une certaine fraîcheur dans l'air. Il ne faisait pas froid à Bombay, mais ce n'était pas non plus Calcutta, où il faisait tellement chaud parfois qu'un bain de vapeur semblait glacé, et l'aube ici était ponctuée d'une brise marine qui me bouchait les sinus et me donnait mal à la tête.

Je me suis levé au son des mainates dehors et des ronflements des marins à l'intérieur. La chambre empestait le tabac froid et la vieille transpiration, et partout l'apathique mélancolie qui hante les marins de la marine marchande en escale était palpable. Ils étaient là sans routine ni repères, à la dérive dans un pays étranger avec trop de temps pour méditer sur le caractère fugace et fragmenté de l'existence, sur les amours perdus, les opportunités sacrifiées. D'une certaine manière, ils n'étaient pas si différents des policiers.

Dans un réfectoire miteux j'ai pris mon petit déjeuner, à savoir une tasse de café et un biscuit de mer qui aurait été d'une plus grande utilité pour renforcer la coque du *Titanic.* Néanmoins, le café était fort et, plus important, chaud, ce qui m'a grandement réconforté après avoir passé trente secondes sous le déluge glacial d'une douche à seau. Le grand type à la barbe rousse se trouvait toujours derrière le comptoir lorsque j'ai quitté les lieux pour me diriger vers la route principale.

Les premières heures de la matinée sont les meilleurs moments dans n'importe quelle ville sous les tropiques. L'air n'est pas encore brûlant, les citoyens sont encore trop somnolents pour créer des problèmes, et la lumière a une certaine qualité translucide qui imprègne tout d'une fraîcheur chargée d'espoir qui dure généralement jusqu'à votre première interaction avec un autre être humain. En l'occurrence, ma première interaction a été avec la femme de chambre d'Annie, que j'ai eue au bout du fil alors que j'appelais d'un bureau de poste dans Cuffe Parade.

« Madame dort.

– Il est huit heures du matin, Anju, ai-rétorqué. Pouvez-vous la réveiller ? Elle m'a dit de l'appeler à cette heure-ci.

– Elle ne m'a pas dit de la réveiller si elle avait un appel.

– C'est plutôt urgent.

– Madame vous a laissé un message, a-t-elle dit à l'instar d'un juge offrant à un condamné une lueur d'espoir.

– Vous auriez pu commencer par là.

– *Kee ?*

– Donnez-moi donc le message.

– Madame vous dit de contacter quelqu'un qui s'appelle Ooravis Colah. » Elle m'a lu une adresse dans Malabar Hill. « Madame a tout organisé comme vous l'avez demandé. Vous pouvez vous présenter à n'importe quelle heure avant midi. »

Je lui ai demandé de m'épeler précisément l'adresse, puis n'ayant pas de papier, j'ai écrit le nom et les coordonnées dans la paume de ma main, après quoi j'ai soupiré, soulagé.

« Vous voulez autre chose ? a demandé Anju abruptement.

– Oui, en fait, ai-je répliqué. Malheureusement, j'ai vraiment besoin de parler à memsahib. »

Anju a fini par céder, et elle est allée réveiller sa maîtresse. Il y a eu un cliquetis sur la ligne, et j'ai enfin entendu la voix d'Annie.

« Sam ?

– Pardonnez-moi de vous réveiller.

– Anju ne vous a-t-elle pas donné toutes les coordonnées ?

– Si, ai-je répondu en m'efforçant de prendre un ton apaisant, et je vous en remercie. Il y a une autre petite chose… »

L'espace d'un instant, le silence s'est installé à l'autre bout du fil.

« Vous savez que je ne vous le demanderais pas si ce n'était pas important. »

Lorsqu'elle a pris la parole, sa voix était dénuée de l'irritation à laquelle je m'attendais.

« Je viens de regarder le journal. Le nom de Satyen est en une. Ils disent qu'il est recherché pour tentative d'assassinat d'un haut gradé de la police. »

Stupéfait, j'ai lâché :

« Quoi ?

– Satyendra Banerjee, sergent de la police impériale en poste à Lal Bazar, recherché pour avoir participé à un attentat dans Alipore. Sam, ce n'est pas…

– Non, ce n'est pas vrai. Il n'y est pour rien, mais si on veut le prouver, je vais devoir vous demander un autre service. Je voudrais que vous contactiez un homme qui s'appelle Dawson. Appelez sa secrétaire à fort William. Dites-lui qui vous êtes, que vous avez un message d'un ami commun et qu'il faut que vous le voyiez dès que possible, personnellement. Il devrait pouvoir trouver comment faire. Quand vous le verrez, dites-lui que je pense que sa ligne sécurisée a été mise sur écoute. Demandez-lui si je peux l'appeler à un autre numéro et à quelle heure. Vous avez compris ?

– Oui », a-t-elle répondu avant de répéter ce que je venais de lui dire.

Je lui ai donné le numéro de téléphone du chef du renseignement à fort William.

« Et Annie, ai-je ajouté. Merci. »

Satyen m'attendait à la Porte de l'Inde, adressant à un vendeur de cacahuètes une grimace bien rodée pour le maintenir à distance.

« Vous êtes en avance », ai-je dit.

Satyen s'est frotté le menton. « Je n'arrivais pas à dormir.

– Vous n'avez pas eu de problèmes ? Aucune visite des autorités en pleine nuit ?

– Heureusement, non. »

J'ai songé un instant à lui donner le journal que j'avais acheté en route, mais je me suis ravisé. Cela pouvait attendre. C'était l'édition de Bombay du *Times of India*, et pourtant l'événement était à la une :

ATTENTAT À LA BOMBE À CALCUTTA, OFFICIER SUPÉRIEUR DE LA POLICE BLESSÉ

Le fugitif, qui se trouve probablement à Bombay, est activement recherché

Son nom était là. Sergent Satyendra Banerjee. Et orthographié correctement en plus. Détail qu'en d'autres circonstances, il aurait apprécié. Il ne manquait qu'un portrait-robot. C'était un petit point positif, mais c'était mieux que rien. Cela signifiait que nous pouvions encore nous déplacer librement. Cependant, il serait dangereux pour lui de retourner à la pension.

« Si la police sait que vous êtes à Bombay, ai-je déclaré, ils ne vont pas tarder à vous trouver. Je suis prêt à parier qu'une pension bengalie figurerait tout en haut de la liste des endroits où chercher un fugitif bengali. Vous feriez peut-être mieux de partir.

– Pour aller où ?

– On trouvera une solution, ai-je répondu. Vous avez pris votre petit déjeuner ? »

Il a secoué la tête. « C'était au-delà de mes forces.

– Il faut que vous mangiez quelque chose quand même, ai-je dit. On a une journée chargée devant nous, et je préfère que vous ne soyez pas grincheux. »

Il a ricané. « Je suis étonné qu'on puisse se payer un petit déjeuner. »

Vingt minutes plus tard, nous étions assis dans le recoin ombragé d'un café tranquille près du front de mer.

« J'ai quelque chose à vous montrer », ai-je déclaré tandis que Satyen malmenait sans la manger une omelette grasse dans son assiette. Il a levé les yeux, et à voir mon expression, il a dit, inquiet :

« De quoi s'agit-il ? »

Je lui ai tendu le journal.

« La bonne nouvelle, ai-je précisé pendant qu'il lisait, c'est que Taggart est encore en vie. Du moins il l'était quand ils ont imprimé cette édition. D'autre part, vous voyagez sous une fausse identité, et il n'y a pas de photographie de vous. Si on joue bien nos cartes, on va pouvoir les éviter. »

Il a posé le journal sur la table. « Pendant combien de temps ? On n'a pas d'argent, nulle part où aller et aucune piste à suivre.

– Ce n'est pas entièrement vrai, ai-je répliqué. On a une piste : Irani. Quant à l'argent, Annie nous a trouvé une solution. Elle a parlé à un de ses amis, un certain… » J'ai lu le nom que j'avais écrit à l'encre dans ma paume. « Ooravis Colah ou quelque chose comme ça. Il est d'accord pour nous prêter de l'argent. Annie est vraiment une femme exceptionnelle, mais si j'étais joueur, je parierais que ce Colah est probablement un type dont il faut se méfier. Qui sait ce qu'il va lui demander en retour ? »

Satyen m'a regardé. « Vous êtes en Inde depuis combien de temps, déjà ? »

Je n'ai pas compris pourquoi il me posait cette question. J'ai néanmoins pensé qu'il était préférable de lui répondre sans discuter.

« Cinq ans, plus ou moins.

– Cinq ans ?

– Exactement, ai-je approuvé. Si vous pensez à m'organiser une petite fête, je ne…

– Ce à quoi je *pense*, m'a-t-il coupé, c'est qu'en cinq ans vous n'avez toujours pas appris à prononcer correctement les noms indiens, ni même à savoir s'ils sont masculins ou féminins. Ce type dont vous parlez, Ooravis Colah, c'est une femme. »

Je me suis appuyé contre le dossier de ma chaise. « Vous êtes un peu dur, ai-je déclaré. En cinq ans je n'ai jamais rencontré quiconque avec un nom qui ressemble de près ou de loin à celui-là.

– C'est un nom peu courant, a-t-il concédé, mais de toute évidence, parsi. Tout comme Irani. »

Voilà qui était intéressant.

« Coïncidence ? »

Satyen a haussé les épaules. « Il n'y a pas tant de Parsis sur cette terre, mais la plupart d'entre eux se trouvent probablement à Bombay. Que savez-vous sur eux ?

– Plus que l'Anglais moyen, j'imagine. Mais ça s'arrête là. »

J'ai cru l'entendre soupirer. « Jamais je ne comprendrai les Britanniques, a-t-il proclamé. On dirait qu'ignorer les autres est pour vous une preuve de distinction.

– Eh bien, c'est important d'avoir un domaine dans lequel on excelle, ai-je répliqué.

– Les Parsis, a dit Satyen comme s'il se lançait dans une leçon d'histoire, sont arrivés en Inde il y a plusieurs siècles en provenance de Perse parce qu'ils fuyaient les musulmans qui avaient conquis leur terre et les persécutaient. Ils sont des adeptes du prophète Zoroastre, que vous les Britanniques appelez Zarathoustra. Selon la légende, ils ont été accueillis par un roi du Gujarat, et ils ont prospéré depuis, en termes de richesse si ce n'est en nombre. Ils ont tendance à rester entre eux, mais ceux que j'ai rencontrés se sont montrés d'une gentillesse exceptionnelle.

– Épatant, me suis-je exclamé. Autre chose que je devrais savoir ?

– Leur cuisine n'est pas mal non plus.

– Bref, ai-je dit, Mlle ou Mme Colah nous attend chez elle jusqu'à midi.

– C'est quoi, l'adresse ? »

J'ai regardé dans ma main. « Quelque part dans Malabar Hill. Je crois que c'est près de l'endroit où on a emmené Gulmohamed faire une petite promenade hier soir.

– Elle est riche alors. Malabar Hill, c'est sélect. Seulement des Britanniques de haute volée et des Indiens millionnaires y habitent.

– Elle me plaît de plus en plus, ai-je remarqué en faisant signe au serveur qu'il nous rapporte du thé. On devrait peut-être lui demander plus d'argent, alors ? »

43
Satyendra Banerjee

Près de Queen's Road, nous avons trouvé un taxi, un vrai cette fois, conduit par un authentique cabbie auquel Sam a indiqué l'adresse de Mlle Colah.

«J'ai réfléchi, a déclaré Sam pendant que la voiture filait le long du front de mer. Cette Mlle Colah, on devrait lui demander si elle connaît Cyrus Irani. Ça tombe sous le sens, non ? Il est parsi, elle est parsie ; et comme vous l'avez dit, ils ont tendance à rester entre eux.

– C'est possible, ai-je fait, mais comment lui poser ce genre de question à votre avis ? On ne peut pas débarquer comme ça chez elle, lui demander de l'argent et commencer à l'interroger. Et il va nous falloir une couverture pour expliquer qui nous sommes et pourquoi nous avons échoué à Bombay sans un sou ni même une tenue de rechange.

– J'ai demandé à Annie de dire que j'étais un ami de Calcutta qui s'était fait détrousser.

– Et moi ? Vous lui avez demandé de dire quoi sur moi ? »

Sam s'est gratté le lobe de l'oreille. «Je n'ai pas parlé de vous.

– Vous n'avez pas parlé de moi ?

– Vous êtes un fugitif, vous vous souvenez ? J'ai pensé qu'il était préférable de vous laisser en dehors de tout ça.

– Comment on va faire alors ? Je vais rester dehors caché dans les buissons, c'est ça ?

– Non… Il va falloir trouver une autre histoire. »

*

La maison se dressait au bout d'une allée sinueuse et bordée d'une végétation dense à travers laquelle filtrait le soleil ; on se serait presque cru au beau milieu de la jungle. Le pavillon lui-même, magnifiquement isolé, dans un état impeccable et fraîchement blanchi à la chaux, trônait langoureusement sur des pelouses verdoyantes tel un satrape sur des coussins de soie.

Sam a payé le cabbie et lui a demandé de nous attendre dans l'allée.

En traversant l'étendue de graviers, nous nous sommes dirigés vers une double porte aussi sombre et large qu'une table de salle à manger. Au-dessus était suspendu un *faravahar* doré, symbole de Ahura Mazda, le dieu barbu des Parsis, avec son disque solaire et ses ailes déployées. Je l'ai désigné à Sam alors qu'il appuyait sur la sonnette en laiton.

« Et ce nouveau plan, vous en savez un peu plus ? ai-je demandé.

– On peut toujours tenter de dire la vérité, a-t-il répondu.

– Ce n'est pas risqué ?

– Si, probablement. »

La porte s'est ouverte et un domestique en frac aux cheveux grisonnants est apparu. Rien n'est plus incongru, rien n'évoque plus notre subjugation morale qu'un Indien en tenue de soirée. Il n'y a aucune raison qu'il s'accoutre ainsi, sinon pour flatter les sensibilités de nos maîtres.

« Capitaine Wyndham pour Mme Colah, et voici mon associé, M. Drey », a déclaré Sam.

Le majordome est resté impassible. « Avez-vous une carte de visite, monsieur ?

– Voyez-vous, je crois que je les ai laissées à mon hôtel. Mais nous sommes attendus. Nous sommes des amis de Mlle Grant à Calcutta. »

L'homme a paru se radoucir, bien malgré lui. Je pouvais comprendre son embarras. Moi, au moins, j'étais rasé. Mais Sam, lui, ressemblait à un docker.

« Par ici, je vous en prie, *gentlemen* », a-t-il articulé, ajoutant le dernier mot après coup.

Nous l'avons suivi dans un couloir blanc et frais qui semblait taillé dans le même marbre que le Taj Mahal, puis nous sommes arrivés dans un salon où deux somptueux canapés Chesterfield étaient disposés autour d'un tapis persan en soie.

Le domestique a eu l'air soulagé de nous avoir conduits jusque dans cette luxueuse antichambre sans que nous n'ayons rien endommagé ni volé.

« Si vous voulez bien attendre ici, je vais informer Mlle Colah de votre arrivée », a-t-il glissé avant de s'éclipser en fermant la porte derrière lui.

Sam s'est aussitôt dirigé vers le canapé et je me suis approché des fenêtres donnant sur les pelouses et les arbres au-delà.

« Bel endroit, a remarqué Sam. Et vous avez entendu le majordome ? Il a dit *mademoiselle* Colah. Une millionnaire, c'est un bon parti, Satyen. Il y a pire.

– Absolument, ai-je répliqué. Et si vous parvenez à convaincre Mlle Grant de vous épouser, nous pourrions célébrer nos noces en même temps. »

Nous avons écourté notre conversation en entendant des pas dans le couloir. La porte s'est ouverte et, précédée d'un effluve de parfum, est entrée une femme plutôt remarquable.

Je n'aurais su dire son âge, car je n'arrive guère à estimer ce genre de choses, mais sa peau, blanche comme celle d'une Européenne, avait la grâce de la jeunesse. Cependant, ses yeux en amande couleur fauve étaient indiens, et ses cheveux coupés courts, dans un certain style cosmopolite, auraient suscité des haussements de sourcils à Calcutta.

Sam m'accuse souvent de perdre l'esprit quand je vois une femme attirante, mais c'est lui en l'occurrence qui a semblé fasciné. Cela avait peut-être quelque chose à voir avec le pantalon qu'elle portait. Jusque-là je n'avais jamais rencontré d'Indiennes en pantalon et je pense que Sam non plus. Même les dames britanniques à Calcutta n'en portaient que pour monter leurs gros chevaux sur le Maidan.

Elle n'a pas paru me remarquer, pas d'emblée en tout cas, et elle s'est directement dirigée vers le canapé dans lequel Sam était assis.

« Capitaine Wyndham ? a-t-elle fait en souriant. Annie m'a tellement parlé de vous. »

Sam a eu l'air aussi décontenancé que moi. Si Mlle Colah savait déjà qui nous étions, cela mettait à mal la plausibilité de nos supposées fonctions au sein des services postaux.

« Vraiment ? s'est étonné Sam. En bien, j'espère ? »

Mlle Colah a élégamment éludé la question. « Vous n'êtes pas comme je m'y attendais. » Elle s'est tournée vers moi alors que je prenais place près de Sam. « Et vous devez être le sergent Satyendra Banerjee. »

Aucune personne à la peau aussi claire n'avait jamais prononcé correctement mon nom auparavant, encore moins une femme en pantalon. Je m'apprêtais à répondre quand j'ai remarqué le journal sur la table près d'elle. S'agissait-il du *Times* ? Si tel était le cas, l'avait-elle lu ? Avait-elle vu l'article avec mon nom écrit en lettres capitales, un fugitif en cavale ? Trop abasourdi, je n'ai pu que lui marmonner que c'était bien moi.

« Annie m'a dit que vous n'étiez pas bavard. Puis-je vous offrir à tous les deux un rafraîchissement ? Du thé ou un *nimbu pani** peut-être ? Hélas, il est un peu tôt pour un verre à proprement parler. »

Peut-être n'avait-elle pas lu l'article ? La plupart des femmes n'avaient pas pour habitude d'inviter des hommes chez elles et de leur offrir des rafraîchissements si elles savaient que l'un d'eux était un fugitif. Mais la plupart des femmes ne portaient pas de pantalon comme Ooravis Colah.

Sans attendre de réponse, elle a saisi une clochette en verre sur une petite table, l'a fait doucement tinter et s'est tournée vers Sam.

« Annie m'a dit que vous aviez besoin de fonds. Vous vous seriez fait détrousser dans le train. Cela paraît un peu tiré par les cheveux.

– Vraiment ? »

Elle lui a lancé un regard oblique. « Voyons, capitaine. Deux policiers bien charpentés, qui se font délester de toutes leurs possessions dans un train. C'est risible.

– La vérité est relativement plus complexe », a admis Sam.

La porte derrière elle s'est entrouverte et dans un souffle est entrée une servante aussi silencieusement que si elle avait été faite d'une matière évanescente. Tout comme le majordome, elle était indienne mais portait un uniforme à l'européenne : une robe en coton noir gansée de blanc, des bas et des chaussures noirs.

« Thé ? » s'est enquise Mlle Colah.

Sam a décliné le thé mais a choisi un jus de citron vert et j'ai bredouillé que je prendrai la même chose. La servante a acquiescé et s'est éclipsée de la pièce aussi discrètement qu'un murmure.

« Vous disiez, a repris Mlle Colah, que la vérité était plus complexe ?

– C'est une longue histoire », a soufflé Sam.

Elle lui a souri. Et en voyant ce sourire, je me suis demandé pourquoi nous passions tant de temps à interroger des suspects quand le sourire d'une femme comme elle pouvait suffire à délier les langues les plus tenaces.

« Vous m'en direz tant. » Elle s'est penchée et s'est emparée du journal sur la petite table pour s'éventer. « Je n'ai pas d'affaires urgentes, capitaine. Et j'aime bien les bonnes histoires. Si cela peut vous rassurer, considérons qu'il s'agit là des intérêts sur le prêt qu'Annie m'a demandé de vous faire. »

Sam s'est tourné vers moi, les yeux écarquillés, comme si j'allais savoir quoi dire. Mais je me suis contenté de hausser les épaules. Il a esquissé un rictus, puis s'est retourné vers Mlle Colah.

« Satyen devrait plutôt vous expliquer. C'est plus *son* affaire que la mienne après tout. »

Je n'avais pas particulièrement envie de tout raconter dans les moindres détails à Mlle Colah, mais dans la mesure où je n'avais pas l'air d'avoir beaucoup le choix, je me devais de lui livrer au moins une version de la vérité.

« Vous avez lu l'article dans le journal, je présume », ai-je déclaré.

Elle a souri. « Je ne l'avais pas lu jusqu'à ce qu'Annie m'en parle au téléphone. Elle m'a dit que vous étiez innocent et que je m'en rendrais compte dès l'instant où je poserais les yeux sur vous. »

Je n'étais pas certain de savoir comment prendre cette remarque.

« C'est la vérité, ai-je dit. Je n'ai rien à voir avec l'attentat.

– Et le reste de l'histoire ? »

J'ai opté pour un résumé, avec suffisamment de détails pertinents mais en omettant de préciser que je m'étais fait arrêter et que j'étais par conséquent en fuite.

« Il y a quelques jours, un homme a été assassiné à Calcutta, ai-je dit. Un personnage plutôt important, et ce meurtre a suscité une vague de violence dans la ville. Nos investigations nous ont amenés à conclure que le coupable s'était peut-être réfugié à Bombay ; nous sommes donc venus ici à bord d'un avion militaire.

– Et dans la précipitation, vous avez oublié de prendre de l'argent ? »

J'ai senti mes joues s'embraser.

« On oublie parfois certaines choses dans le feu de l'action, est intervenu Sam. Et comme nous sommes ici incognito, nous ne pouvons tout simplement pas entrer dans une banque pour retirer de l'argent. »

Elle a nonchalamment levé une main, posé le bout de deux de ses doigts manucurés sur les lèvres et souri. « C'est fascinant ! Qui est cet assassin que vous recherchez ? »

Quelqu'un a frappé à la porte presque imperceptiblement et la servante est de nouveau entrée, cette fois avec trois grands verres sur un plateau argenté qu'elle a posé sur la table à côté de sa maîtresse. Mlle Colah a saisi un verre tapissé de gouttelettes de condensation qui se sont mises à ruisseler dès qu'elle a porté la boisson à sa bouche.

La servante a tendu un verre à Sam avant de finalement m'en offrir un aussi. J'ai bu avec gratitude une gorgée du nimbu pani sucré, me rendant compte que j'avais en vérité très soif.

Mlle Colah a attendu que la servante reparte avant de réitérer sa question.

« Eh bien, gentlemen ? Aux trousses de qui êtes-vous ? »

Sam a toussé. « Vous comprendrez, mademoiselle Colah…

– Je vous en prie, appelez-moi Ooravis.

– Vous comprendrez, Ooravis, que nous ne sommes pas autorisés à divulguer ce genre d'information. »

Mlle Colah a fait une moue que seule une enfant ou une femme très riche pouvait se permettre.

« Mais vous pourrez peut-être nous aider sur un point, a poursuivi Sam.

– Vraiment ? s'est-elle exclamée, l'air enjoué.

– Vous êtes parsie, n'est-ce pas ? »

Cela a fait sourire Mlle Colah. « C'est une déduction astucieuse, capitaine. Rares sont les Anglais en dehors de Bombay à savoir quoi que ce soit sur les Parsis.

– Ce n'est pas *si* astucieux, a-t-il répliqué d'un ton détaché. Votre nom est peut-être inhabituel, mais il est de toute évidence parsi. Et ensuite il y a le faravahar suspendu au-dessus de votre porte d'entrée. »

D'aucuns prétendent qu'un peu de savoir peut s'avérer dangereux, mais quand il s'agit de Sam, j'aurais plutôt tendance à affirmer le contraire. Cet homme a le don de faire d'une bribe d'information une mine d'or. Effectivement, j'ai bien cru que Mlle Colah allait applaudir de joie tant elle semblait ravie que Sam connaisse son peuple : un savoir qu'il avait acquis moins d'une demi-heure plus tôt et qui s'arrêtait là.

« En quoi puis-je vous être utile ? a-t-elle demandé, rayonnante.

– Il y a un homme dont le nom est venu dans la conversation, non pas un suspect, mais simplement quelqu'un susceptible de nous aider dans notre enquête, a-t-il clarifié. Un homme qui, d'après ce que nous savons, s'est récemment installé ici, en provenance de Birmanie, et qui est parsi, comme vous.

– Naturellement, a-t-elle fait. Comment s'appelle-t-il ?

– Cyrus Irani, a répondu Sam. Il séjourne au Taj Hotel. Vous le connaissez ? »

Mlle Colah a pris son verre et bu une gorgée.

« J'en ai entendu parler. C'est un homme d'affaires, apparemment. Dans le transport ou le négoce maritime ou quelque chose comme ça. Il est arrivé ici il y a quelques mois. Mais je ne l'ai jamais rencontré, ce qui est plutôt étrange. La première chose qu'un Parsi qui s'installe à Bombay fait d'ordinaire, c'est de rencontrer les anciens au Panchayat, et se montrer au temple du feu, mais pour autant que je sache, Irani n'a fait ni l'un ni l'autre.

– Il a peut-être perdu la foi », ai-je suggéré.

Mlle Colah a mollement opiné du chef. « C'est fort possible. En tout cas, il passe surtout son temps depuis qu'il est ici à courtiser les gros bonnets, boire du vin et dîner avec des hommes d'affaires et des politiciens.

– Dans quel but à votre avis ?

– Comme d'habitude. Graisser des pattes, obtenir des permis. Si vous voulez que quelque chose se fasse à Bombay, il faut avoir le bon fonctionnaire ou le bon politicien dans sa poche.

– Je crois, a déclaré Sam, que nous devrions rendre une petite visite à M. Irani.

– Pour faire quoi ? ai-je demandé. Ne va-t-il pas se méfier de voir arriver chez lui deux préposés des services postaux ?

– C'est vrai, mais je pourrais me faire passer pour un homme d'affaires du coin. Prétendre qu'un courtier en bourse m'a donné son nom, et ensuite lui poser quelques questions. Sonder ses opinions politiques. Me faire peut-être une idée de l'homme. »

Ooravis Colah a ri. « Habillés comme vous l'êtes ? Si vous voulez bien me pardonner, capitaine, dans l'état où vous vous trouvez tous les deux, je doute fort qu'on vous laisse entrer dans le Taj. Ils appelleront plutôt la police, et étant donné la délicate situation actuelle du sergent Banerjee, je vous déconseillerais même d'y penser. »

Sam a gratté sa barbe naissante. « Et son bureau ?

– Vous rencontrerez le même problème. » Elle a bu une autre gorgée avant de reposer son verre sur la table. « Je ne vois qu'une solution. Nous allons devoir faire quelques emplettes, vous trouver à tous les deux des tenues dignes de ce nom et, étant donné votre état, un endroit où séjourner, j'imagine. »

Sam allait protester mais Mlle Colah a coupé court.

« Inutile de discuter, capitaine. Votre situation me semble désespérée. Vous ne pouvez pas vous permettre de commettre d'autres erreurs. »

44
Sam Wyndham

Selon le concierge du Taj Hotel, le bureau d'Irani se trouvait dans un bâtiment de Backbay, à un quart d'heure à pied de là. Mais il était presque treize heures quand nous y sommes arrivés, le temps que je me douche et me rase sur l'insistance de Mlle Colah et qu'elle nous accompagne Satyen et moi dans une discrète boutique sur Breech Candy pour nous acheter des tenues adéquates afin d'éviter de se faire mettre à la porte des grands hôtels voire arrêter pour vagabondage. Satyen n'a pas manqué de relever l'absurdité de la situation : une femme lui achetant des vêtements alors qu'il était en cavale. Néanmoins, si cela lui permettait d'avoir une longueur d'avance sur la potence, il s'en accommodait bien volontiers.

L'irrésistible Mlle Colah a ensuite insisté, avec une détermination digne d'une bernique ou d'une quelconque force de la nature, tout dépendait de votre point de vue, pour nous accompagner au bureau d'Irani, prétextant qu'il fallait une Parsie pour connaître un Parsi et que de toute façon c'était son automobile que nous utilisions et – dans la mesure où elle les avait achetés – ses vêtements que nous portions.

Ce n'était plus le moment de discuter, alors j'ai décidé de la laisser faire à sa guise. Après tout, celui qui se bat et s'enfuit remet au lendemain la défaite.

Toutefois, alors que la voiture de Mlle Colah s'arrêtait à l'ombre d'un banian dont les racines et les troncs entremêlés éventraient le béton du trottoir, je lui ai ordonné ainsi qu'à Satyen de rester avec le chauffeur pendant que je montais interroger Irani. Satyen a écouté, contrairement à Mlle Colah.

Le bureau, situé au deuxième étage d'un immeuble qui en comptait cinq, était tout au bout d'un couloir, et l'on y accédait grâce à un ascenseur à l'air décrépit ou par un escalier sentant le renfermé et l'urine.

Mlle Colah et moi avons pris l'escalier. Ce n'était pas tant l'état de l'ascenseur qui me préoccupait que la santé du liftier-wallah toussant tel un tuberculeux dans un mouchoir jauni. J'avais par ailleurs besoin d'exercice.

La porte du bureau d'Irani était constituée d'une mince plaque de bois et d'un panneau de verre qui aurait aussi bien pu être couvert de givre que de crasse. J'ai frappé, ce qui a fait trembler l'ensemble du battant, et j'ai tourné la poignée. Si la porte était fragile, la femme qui se trouvait de l'autre côté ne l'était nullement. Petite, elle avait la peau sombre, portait un chemisier à motif fleuri et semblait aussi solide que le bureau derrière lequel elle était assise. Autour de son cou pendait, au bout d'une fine chaîne en or, un mince crucifix doré.

Elle nous a adressé un regard plus surpris qu'accueillant, comme si l'Irani Trading Company Ltd ne recevait pas beaucoup de visiteurs.

« Je peux vous aider ? a-t-elle lancé.

– Nous cherchons M. Irani, ai-je répondu.

– Malheureusement il n'est pas là aujourd'hui. »

C'était dommage, mais pas totalement inattendu. Gulmohamed n'était rentré de Calcutta qu'aux petites heures du jour. Même si Irani avait pris un train plus tôt, cela ne faisait pas longtemps qu'il était de retour.

« Nous avions rendez-vous, a déclaré Ooravis Colah en faisant la moue. Il nous a dit de le retrouver ici à treize heures. Savez-vous à quelle heure il est censé arriver ? »

La secrétaire a mis un point d'honneur à consulter un agenda surdimensionné dans lequel aucun rendez-vous ne semblait noté, puis elle s'est gratté un lobe d'oreille. «Je crois qu'il ne va pas du tout venir aujourd'hui. Vous êtes sûre que vous aviez rendez-vous cet après-midi ?

– Absolument, a répliqué Mlle Colah, feignant la contrariété.

– Et demain ? ai-je suggéré. Sera-t-il de retour ? »

Elle a tourné la page de l'agenda, plus pour l'effet que pour obtenir effectivement une réponse à ma question, puis elle a relevé les yeux, penaude, comme si l'absence de l'insaisissable M. Irani était en quelque sorte de sa faute. «Je ne saurais vous le dire dans l'immédiat, je le crains. Si vous me laissez votre carte de visite, j'essaierai de lui transmettre un message. »

Je l'ai remerciée et nous nous sommes apprêtés à partir, Mlle Colah feignant une fois de plus la contrariété mais assurant dans le même temps à la secrétaire qu'elle n'y était vraiment pour rien.

« Vous êtes sûrs que vous ne voulez pas me laisser votre carte ? a-t-elle demandé.

– Ça va aller, ai-je conclu en secouant la tête. Je m'adresserai à quelqu'un d'autre. »

Adossé au banian, Satyen fumait une cigarette. En nous voyant revenir, il a écrasé le mégot et il est venu vers nous. Pour la première fois en une semaine, il affichait cet air d'optimisme infondé dont il est si friand et qui me rappelle celui d'un chiot devant encore se familiariser avec les bottes des hommes et le caractère traditionnellement capricieux du monde. Dieu seul savait pourquoi. Il était toujours recherché, et hormis des vêtements neufs et la perspective d'avoir un nouveau lit, nos efforts ne nous avaient pas permis d'obtenir grand-chose. Pourtant, ses réserves d'espoir semblaient inépuisables.

Il nous a tendu un paquet de cigarettes ouvert. « Alors ?

– Il n'est pas là, ai-je répondu en en prenant une. C'était loin d'être gagné de toute façon. Mais on a parlé à sa secrétaire. »

Mlle Colah a sorti son briquet et allumé sa cigarette.

« Est-ce qu'elle a dit quand il serait de retour ? a demandé Satyen.

– Elle ne le sait pas. » J'ai tiré une bouffée. « Il faut qu'on essaie au Taj.

– Pour dire quoi ? Un homme en affaires avec Irani ne viendrait jamais le chercher à son hôtel. »

À côté de lui, Ooravis a soufflé dans l'air un rond de fumée bleue. « Il y a peut-être une autre façon. »

Nous avons quitté en voiture l'agitation de Backbay et pris de nouveau la direction de l'intimité verdoyante de la villa de Mlle Colah à Malabar Hill. Elle nous a accompagnés jusque dans le salon, puis a pris congé.

« Il faut que je passe un coup de fil. »

Durant le trajet, elle nous avait expliqué l'idée qu'elle avait derrière la tête. Un de ses amis, un certain Jehangir Panthaki, homme d'affaires de son état, organisait, a-t-elle précisé, une de ses habituelles sauteries ce soir-là. Il s'agissait d'ordinaire d'un petit rassemblement cosmopolite, juste quelques centaines de personnes de la haute société de Bombay, et elle se faisait fort de le persuader d'inviter Irani. À l'en croire, pour un homme désireux de faire affaire à Bombay, une invitation à une soirée de Panthaki était incontournable.

« Il ne pourra pas dire non, a-t-elle affirmé. Tout le monde sera là, du gouverneur aux politiciens en passant par les hommes d'affaires ; il y aura même deux ou trois maharajahs et quelques écrivains pour faire bonne mesure. Les grands de ce monde aiment avoir autour d'eux quelques personnes cultivées. Ça leur donne l'impression de soutenir les arts.

– Et les écrivains ? ai-je demandé. Qu'ont-ils à y gagner ?

– Oh, c'est simple, a-t-elle répliqué. Ils viennent pour boire à l'œil. »

Elle est revenue de son coup de téléphone tout sourire, un verre de gin tonic à la main.

« J'ai parlé à Jehangir, a-t-elle proclamé. Il va envoyer un domestique au Taj porter une invitation pour ce soir à Irani. Je lui ai dit qu'il était très important qu'Irani vienne, donc son boy va attendre la réponse. Je *vous* ai obtenu une invitation aussi.

– Que lui avez-vous dit exactement ? »

Ooravis a éclaté de rire. « Ne vous inquiétez pas. Je ne lui ai pas dit que vous travailliez dans la police, juste que vous étiez l'ami d'un ami en visite à Bombay et que vous souhaitiez ardemment rencontrer M. Irani pour évoquer avec lui un contrat de transport maritime.

– Il semble très arrangeant, ce M. Panthaki.

– C'est un amour, s'est-elle exclamée, ravie. Jehangir est un être rarissime : un homme intelligent, aimable, et richissime. Je risque de devoir l'épouser un jour. »

Elle s'est tournée vers Satyen.

« Malheureusement, je n'ai pas obtenu d'invitation pour vous. Vous ne m'en voudrez pas, j'espère. »

Satyen a pris la chose de bonne grâce. « Je vous en prie, ne vous tracassez pas pour moi. En tant que fugitif, j'ai tout intérêt à ne pas me montrer dans le monde en ce moment.

– Vous savez, Satyen, suis-je intervenu, vous pourriez en profiter pour faire autre chose. »

Il m'a lancé un des regards dont il a le secret, celui indiquant qu'il redoute de devoir se charger d'une partie du sale boulot à ma place.

« Comment ça, autre chose ?

– Si vous ne venez pas au bal, Cendrillon, eh bien, rien ne vous empêche de rendre une petite visite clandestine au bureau d'Irani. »

Satyen a semblé perplexe. « Vous voulez ajouter une effraction aux charges qui pèsent déjà contre moi ?

– Ça changerait vraiment quelque chose dans votre situation actuelle ?

– Pas vraiment, c'est vrai, a-t-il admis. Après tout, ils ne pourront me pendre qu'une fois.

– Et si vous trouvez quelque chose qui relie Irani à la mort de Mukherjee, ils ne vous pendront peut-être pas du tout.

– Alors, c'est entendu, est intervenue Ooravis. Capitaine, vous m'accompagnerez ce soir au Turf Club, après quoi, Satyen, je vous renverrai la voiture. Vous pourrez dire au chauffeur de vous attendre pendant que vous inspecterez le bureau d'Irani.

– Pourquoi faites-vous cela ? lui ai-je demandé.

– Faire quoi ?

– Tout ça. Nous aider, nous donner de l'argent, nous loger au lieu de nous flanquer dehors ? »

Ooravis Colah a souri. « Il faut bien que femme s'occupe, capitaine. Et cela fait longtemps que je n'ai pas croisé des vagabonds aussi inhabituels que vous et le sergent Banerjee. »

J'ai laissé Satyen entre les bonnes mains de Mlle Colah et suis sorti dans le vestibule téléphoner à Annie. Pour une fois, c'est elle et non Anju qui a décroché.

« Annie, ai-je dit. C'est moi.

– La police est venue me voir, Sam. Ils cherchaient Satyen. »

Je me suis demandé comment la police en était venue à penser qu'Annie pouvait savoir où se trouvait Satyen. Quelqu'un avait peut-être vu son automobile attendre devant Premchand Boral Street le soir où nous avions quitté Calcutta.

« Qu'est-ce que vous leur avez dit ?

– Que je ne l'avais pas vu, et que de toute façon d'après les journaux il se trouvait à Bombay. Ils m'ont interrogée à votre sujet aussi, en affirmant que vous n'étiez pas venu travailler hier, et que vous étiez peut-être en train de prêter main-forte à un fugitif. J'ai répondu que vous étiez sans doute quelque part en train de cuver.

– Vous avez bien fait, ai-je approuvé. Avez-vous réussi à contacter Dawson ?

– Oui, j'ai fini par y arriver. Sa secrétaire, Mlle Braithwaite, n'est vraiment pas commode, mais une fois qu'elle a compris que je parlais de vous, elle n'a pas traîné pour trouver la solution.

– Vous avez donc vu Dawson ?

– Non. J'ai vu Mlle Braithwaite. Votre ami Dawson a estimé que deux femmes déjeunant ensemble dans Park Street passeraient plus inaperçues.

– Et ?

– Et elle m'a donné un nouveau numéro pour vous. Fort William 437. »

Une fois de plus j'ai écrit les informations dans ma main.

« Merci, Annie, ai-je dit, et merci de m'avoir présenté Mlle Colah. Elle est plus que généreuse avec nous.

– Votre charme a donc suffi pour lui soutirer de l'argent ?

– Le charme n'a rien à voir là-dedans, je le crains. Elle a simplement l'air d'être heureuse de nous aider. D'où tient-elle tout cet argent, au fait ?

– Son père est dans les diamants, et elle est sa seule héritière. J'ai pensé que c'était la personne à laquelle il fallait s'adresser, a répondu Annie. C'est une femme bien.

– Comme vous, ai-je soufflé. Si vous n'aviez pas été là, Satyen serait probablement en ce moment même en train de croupir dans une cellule de prison, en attendant de se retrouver sur la potence. Quand tout ça sera terminé, je vous promets de…

– Ne faites pas de promesses, Sam. Surtout pas sous la contrainte. Faites ce que vous avez à faire et revenez ici sains et saufs Satyen et vous. »

J'ai raccroché et attendu quelques instants avant de demander à l'opératrice de me mettre en relation avec le numéro qu'Annie m'avait donné.

Dawson a répondu dès la première sonnerie.

« Wyndham ?

– Oui.

– Dites-moi ce qui s'est passé.

– Quelques heures après vous avoir téléphoné du Watson's, vos amis de Bombay ont débarqué à deux voitures à mon hôtel. J'ai à peine eu le temps de m'éclipser.

– Vous pensez que ma ligne a été mise sur écoute ?

– Je ne vois pas sinon comment ils ont pu savoir que j'étais là-bas. Ils ont peut-être mis les lignes du Watson's sur écoute, mais ça m'étonnerait. Ils auraient été obligés de surveiller un nombre incalculable d'appels en espérant tomber sur quelque chose d'utile. Il est plus vraisemblable que ce soit vous qu'ils aient mis sur écoute.

– Où vous trouvez-vous actuellement ?

– C'est sans importance, ai-je répliqué.

– Et Banerjee ?

– En sécurité, pour le moment.

– Vous avez pu mettre la main sur Gulmohamed ?

– Oui. Les résultats ont été… disons peu probants. »

Il a marqué une pause. « Que suggérez-vous maintenant ?

– J'aimerais que vous fassiez une petite recherche, ai-je répondu. Gulmohamed a parlé d'un certain Cyrus Irani.

Originaire de Rangoon. Dans le négoce maritime. Satyen croit l'avoir vu avec Gulmohamed le jour où Mukherjee a été assassiné. Ce nom vous dit quelque chose ?

– Irani… a répété Dawson en réfléchissant. Non, je ne crois pas.

– Vous pouvez essayer d'en savoir un peu plus ? Peut-être voir avec vos contacts à Rangoon. Satyen pense, d'après son gabarit, que c'est peut-être un ancien militaire.

– Je vais voir ce que je peux faire.

– Il vous faudra combien de temps ?

– Techniquement, la Birmanie est un pays étranger, a-t-il répondu. Ça risque de me prendre la journée.

– Je vous rappelle ce soir. »

45
Sam Wyndham

Bombay et Calcutta ont un point commun. Les soirées commencent tard.

Il était presque vingt-deux heures lorsque nous sommes partis pour l'hippodrome. Ooravis Colah semblait tout droit sortie d'un plateau de cinéma avec son sari de soie rose brodée d'argent, ses bijoux assortis et ses talons sur lesquels une femme moins flamboyante n'aurait jamais pu se percher.

Quant à moi, j'avais l'impression d'être son singe de compagnie avec le nouveau costume qu'elle avait tenu à m'acheter. J'avais protesté en affirmant que le veston avec lequel je m'étais enfui du Watson's Hotel assorti au pantalon que j'avais acheté un peu plus tôt était tout à fait acceptable. Elle s'était contentée de me lancer un regard glacial qui avait aussitôt mis un terme à toute discussion.

Le Western India Turf Club était à une bonne vingtaine de minutes en voiture de Malabar Hill, et lorsque le chauffeur s'est engagé dans la file d'attente des limousines patientant devant l'entrée, une fraîcheur certaine flottait dans l'air, non pas que Mlle Colah semblât le remarquer.

« Allons-y, a-t-elle lancé en ouvrant la portière. Renvoyons la voiture à Satyen. Nous pouvons finir à pied. »

D'un pas décidé elle s'est mise en marche, franchissant les grilles et les portails en direction des sons d'un quatuor à cordes émanant de la tribune principale. Soudain, elle s'est immobilisée, ses talons hauts en difficulté sur les récifs et les hauts fonds des traîtres gravillons de l'allée.

« Capitaine Wyndham, a-t-elle dit, auriez-vous la gentillesse. »

Je lui ai pris le bras et elle m'a gratifié d'un affable hochement de tête. Une fragrance de frangipanier a envahi l'air tandis qu'autour de nous les membres de l'élite de Bombay se dirigeaient en rangs serrés vers le club-house.

La soirée de Panthaki ne se déroulait pas en réalité dans la tribune mais en plein air, sur la pelouse qui s'étendait devant l'édifice jusqu'à la rambarde de sécurité du champ de courses, peut-être pour profiter de l'air frais de la nuit, mais plus probablement parce qu'il y avait tout simplement trop d'invités pour les recevoir confortablement à l'intérieur. Il devait y avoir quelques centaines de personnes présentes, des hommes et des femmes, des Britanniques et des Indiens, tous élégamment vêtus quoique avec décontraction – du moins selon les standards de Calcutta. Parmi cette foule s'activait un petit escadron de serveurs armés de plateaux de petits fours et de coupes de champagne. D'un côté, sur une rangée de tables recouvertes de nappes en lin, un buffet de chauffe-plats argentés avait été disposé et une multitude de domestiques en livrée blanche s'occupaient du service. De l'autre côté et attirant beaucoup plus l'attention, se trouvait un bar bien garni où ceux désireux de boire quelque chose de plus fort que du Bollinger pouvaient étancher leur soif.

Un serveur tiré à quatre épingles s'est approché, et en guise de bienvenue nous a tendu un plateau de champagne. J'ai pris deux coupes et en ai offert une à Mlle Colah. Elle a bu une gorgée, après quoi elle a balayé du regard l'assistance tel un général scrutant un champ de bataille avant le début des hostilités. Elle a désigné un petit groupe de personnes, principalement des femmes, de toute évidence ensorcelées par les paroles d'un homme distingué en costume bleu marine portant le bouc. Il captivait tant leur attention que j'aurais pu le prendre, si son costume n'avait pas été si onéreux, pour un intellectuel ou du moins un écrivain.

« Voilà Jehangir, a-t-elle déclaré en observant avec dédain la mêlée qui l'entourait. Venez, allons le sortir de là. »

Elle s'est frayé avec grâce un chemin dans la foule, laissant dans son sillage une kyrielle de memsahibs en robe d'été et de femmes indigènes en sari, et je lui ai emboîté le pas.

« Jay », s'est-elle exclamée en déposant sans le toucher un baiser de chaque côté de son visage, geste qui n'était ni indien ni britannique mais qui se faisait peut-être quelque part sur le Continent. « Laissez-moi vous présenter mon cher ami de Calcutta, le capitaine Wyndham. »

Le terme cher était sans doute exagéré, étant donné que nous nous étions rencontrés le matin même, mais en Inde où tant de portes ne s'ouvraient que si vous connaissiez la bonne personne, être considéré comme un proche de Mlle Colah ne pouvait pas faire de mal.

Tout sourire, Panthaki a tendu la main. « Ravi de vous rencontrer.

– Le plaisir est pour moi, ai-je répliqué. Merci pour l'invitation, surtout à la dernière minute.

– Vous plaisantez, a-t-il rétorqué avec cette noblesse caractéristique des millionnaires. Que ne ferais-je pour un ami d'Ooravis ?

– Je chantais justement vos louanges au capitaine, s'est extasiée Mlle Colah. Je lui ai dit que vos soirées sont sans égal à Bombay. »

Panthaki a secoué la tête devant tant d'éloges. « Eh bien, qu'est-ce qui vous amène à Bombay ?

– Les affaires, ai-je répondu. Je travaille aux services postaux. Et je vous en prie, appelez-moi Sam.

– Eh bien, Sam, j'espère que vous aurez l'occasion de profiter de la ville pendant votre séjour. Je gage que vous la trouverez agréable. Notre climat n'est pas aussi opprimant que le vôtre à Calcutta. »

Cela semblait vrai, au-delà du simple sens météorologique du terme. Il y avait quelque chose de différent à Bombay, quelque chose de plus frais. C'était moins guindé qu'à Calcutta. Les gens ici semblaient se mêler plus librement. Peut-être parce que la ville n'avait jamais été le siège de l'Empire, les idées reçues étaient moins ancrées. Ou peut-être que les règles habituelles ne s'appliquaient pas aux millionnaires. Après tout, l'argent comme on dit est roi.

« J'aimerais bien, mais je n'en aurai sans doute pas le temps. »

Panthaki a posé une main affable sur mon épaule. « Prenez donc le temps qu'il faut. Personne ne connaît Bombay mieux qu'Ooravis. »

Mlle Colah a levé son verre. « Absolument ! a-t-elle approuvé. Nous devrions faire une petite escapade à Alibah de l'autre côté de la baie. Jay possède une maison là-bas. Vous viendrez, Jay, n'est-ce pas ?

– Si vous vous chargez de l'organisation. »

Selon toute vraisemblance j'assistais à une sorte de parade sociale – sinon nuptiale – de mise chez les nantis, et si la chose était indubitablement fascinante pour l'adepte de psychologie humaine que j'étais, j'avais d'autres chats à fouetter.

Je me suis tourné vers Mlle Colah. « Je crois que je vais aller faire un tour au bar voir si je peux trouver M. Irani. » J'ai levé mon verre et salué notre hôte.

« Irani est là-bas, près du buffet, a indiqué Panthanki, en train de parler avec un des directeurs de la banque Grindlays. »

J'ai observé un homme au crâne rasé d'environ six pieds trois pouces doté d'une poitrine qui semblait capable d'arrêter un obus de mortier. Satyen avait dit qu'il était baraqué, mais c'était un euphémisme. Cyrus Irani ressemblait à un gorille en costume.

Ooravis l'a jaugé. « C'est donc lui, l'homme que vous cherchez ? Il ne ressemble pas particulièrement à un Parsi. Je m'attendais à quelqu'un de moins patibulaire. »

J'avais espéré la même chose. Interroger Irani comme nous l'avions fait avec Gulmohamed était hors de question. Même avec Satyen, nous n'allions pas être capables d'intimider une brute aussi imposante. De plus, il affichait l'expression dure et impassible d'un soldat – un professionnel, pas un conscrit ; et un tueur de surcroît.

Je me suis dirigé vers le bar. Si je devais plaquer un homme de la taille d'Irani, il allait me falloir au préalable boire quelque chose de fort. Jouant des coudes, j'ai fait signe au barman et me suis commandé un whisky que j'ai avalé avant d'en commander un autre.

Le premier a commencé à faire effet, sa chaleur réchauffant mes entrailles et renforçant ma détermination, et je me suis tourné en attaquant le second, pour me diriger vers Irani.

46
Satyendra Banerjee

Il était vingt-deux heures passées lorsque j'ai entendu le grondement du moteur. Je suis sorti de la villa de Mlle Colah, et habillé non pas comme un cambrioleur mais comme un homme d'affaires, je me suis dirigé en toute hâte vers sa voiture. J'avais sciemment emprunté cette tenue. En Inde, comme cela devait être le cas dans le reste du monde, le meilleur moyen de parer aux questions d'un durwan zélé était d'afficher une assurance née du privilège. La fortune est un vaccin qui protège de bien des maladies.

J'ignore ce que le chauffeur pensait quant au fait de me véhiculer dans le cadre d'une mission clandestine comme celle-ci, mais si l'homme est resté d'un professionnalisme à toute épreuve, se contentant de me répondre par de brefs « oui, monsieur », tout portait à croire, à voir son expression dans le rétroviseur, qu'il ne me voyait pas d'un très bon œil.

Nous nous sommes engagés dans les rues sinueuses et arborées de Malabar Hill, et une fois au pied de la colline, avons filé sur l'élégante Queen's Road, le front de mer éclairé de lampadaires que les habitants de la ville appelaient Marine Drive. Au-dessus de nos têtes, le ciel nocturne était illuminé d'un millier d'étoiles, toutes plus lumineuses qu'à Calcutta, où les cieux étaient éternellement voilés d'un nuage de fumée industrielle.

L'avenue était déserte, hormis les travailleurs municipaux en lungi qui débarrassaient de leurs détritus les caniveaux et vidaient les poubelles, afin que la plus élégante des promenades soit de nouveau immaculée lorsque les résidents britanniques du quartier feraient leurs sorties matinales.

Plutôt que de s'arrêter à un ou deux pâtés de maisons du bureau d'Irani, j'ai ordonné au chauffeur de me déposer dans l'allée et de se garer ensuite devant l'entrée.

La voiture tout comme mon costume collait à mon rôle, et aux yeux de quiconque me remarquerait, j'avais tout l'air d'un homme d'affaires revenant à son bureau pour quelque urgence tardive. J'ai monté les marches menant à la porte vitrée et j'ai sonné. Dans le vestibule, le veilleur de nuit s'est levé de sa chaise derrière le bureau d'accueil et s'est précipité.

« *Hā saahb ?* »

Sans ménagement, j'ai signifié à l'homme d'ouvrir la porte avec un mélange de mots anglais et de rudiments d'hindu bien choisis. Ce genre de comportement, j'ai honte de l'admettre, me venait naturellement. Ayant grandi dans une maisonnée qui ne manquait pas de domestiques, dont bon nombre ne parlaient pas bengali, je connaissais bien la façon grossière dont les classes bhadralok traitaient les petites gens. J'aimerais pouvoir affirmer que nous avons appris ces choses de nos maîtres britanniques, mais même si cela était vrai, il n'en demeure pas moins que, dans ce domaine en tout cas, nous nous sommes révélés des élèves modèles.

Le pauvre homme, intimidé comme il se devait, en a oublié de me demander mon nom alors que je passais devant lui et me dépêchais de monter l'escalier. Au premier étage, je me suis arrêté et j'ai attendu. Sam m'avait prévenu : le bureau d'Irani était au deuxième, mais pour l'instant il fallait que je m'arrête là. J'avais donné des instructions claires au chauffeur de Mlle Colah. Il s'agissait maintenant pour moi d'attendre quelques minutes qu'il les mette à exécution en espérant que le veilleur de nuit joue le jeu. Je me suis rendu compte que je tremblais, d'une part parce que je venais d'avoir affaire à lui mais aussi parce que j'étais anxieux de savoir ce qui m'attendait. Je me suis repris en me concentrant sur ma respiration et en me répétant que j'avais traversé bien pire, ce qui, même si cela était vrai, n'apaisait en rien mon rythme cardiaque.

Les secondes se sont égrenées, chacune ponctuée par les martèlements du sang qui résonnaient dans mes oreilles. Cinq, quatre, trois, deux, un…

Dehors, un coup de klaxon a retenti, puis un autre, et pour finir un long et constant signal sonore. Prenant mon courage à deux mains, j'ai redescendu lentement l'escalier. À l'accueil, le veilleur de nuit s'était levé de sa chaise. J'ai prié qu'il quitte son poste pour aller voir ce qui se passait, mais il n'a pas bougé. J'ai compris que j'avais fait un mauvais calcul. La plupart des hommes comme lui considéraient qu'une automobile était un engin fantastique, mécanique certes, mais aussi magique. Pour lui, le son d'un klaxon s'apparentait au grondement d'un dragon – cela attirait l'attention, mais ce n'était pas quelque chose dont on avait envie de s'approcher.

Une minute s'est écoulée. La plainte s'est poursuivie et j'étais sur le point de perdre espoir lorsqu'il s'est finalement emparé d'une lampe torche sous son bureau et s'est éloigné pour mener son enquête. J'ai attendu qu'il soit dehors avant de me glisser discrètement dans l'espace derrière sa chaise. Là, fixée au mur se trouvait une petite armoire en bois dans laquelle étaient suspendus les doubles de clés de chaque bureau du bâtiment. Chaque rangée était organisée en fonction de l'étage et de la situation du bureau en question. J'ai identifié trois clés comme pouvant être celle d'Irani. J'entendais le veilleur de nuit dehors en train d'admonester le chauffeur. Il me restait trente secondes tout au plus avant que ce dernier trouve miraculeusement comment réparer son klaxon. Dans la mesure où je n'avais aucun moyen de savoir quelle était la bonne clé, je me suis emparé des trois. Après quoi j'ai refermé l'armoire et filé dans l'escalier alors que le son du klaxon commençait à s'amenuiser.

Pendant que je montais les marches quatre à quatre, le vacarme a continué de résonner en moi, et ce n'est qu'en essayant toutes les clés, une fois devant la porte d'Irani, que le calme est revenu dans mes oreilles. Comme toujours, c'était la dernière qui était la bonne. J'ai entendu un clic et je l'ai sentie tourner dans la serrure. En une fraction de seconde je suis entré et j'ai refermé la porte derrière moi.

J'ai sorti la lampe torche de ma poche et j'ai balayé l'espace devant moi avec son étroit rayon doré : un bureau est apparu. Sam avait évoqué le vestibule où se tenait la secrétaire d'Irani, le canapé à l'intention des visiteurs et la rangée de classeurs verticaux gris acier se profilant dans la pénombre tels des navires de guerre.

J'ai commencé par les tiroirs du bureau, sans rien trouver d'intéressant, tout juste un bloc-notes à en-tête et le genre de roman que l'on peut acheter pour deux annas aux coins des rues ou sur les quais de gare.

Les classeurs verticaux n'étaient pas fermés à clé, et pour cause. Deux étaient vides et le troisième contenait une demi-douzaine de minces enveloppes en papier kraft. Dans chacune se trouvait la plus sommaire des paperasses ayant trait aux navires marchands empruntant les routes commerciales de l'océan Indien.

Je suis passé à la pièce suivante, qui devait être le bureau d'Irani, me suis-je dit, et qui sans surprise contenait un mobilier moins rudimentaire : un bureau avec dessus en cuir, un fauteuil à roulettes qui grinçait plus qu'il ne tournait sur lui-même, ainsi que plusieurs meubles de rangement qui là non plus n'étaient pas fermés à clé. Je les ai parcourus avec la diligence d'un inspecteur des impôts qui aurait travaillé de manière illicite et à la lueur d'une torche électrique. Une fois encore, je n'ai rien trouvé de probant. Juste quelques enveloppes en papier kraft supplémentaires et des chemises à motif marbré ne contenant rien de plus intéressant ou incriminant que quelques factures insignifiantes d'électricité et les pages en papier ministre d'un contrat de location pour un montant faramineux étant donné la superficie exiguë des deux pièces. Naturellement il y avait d'autres dossiers : des papiers concernant des navires, des vaisseaux, des coordonnées d'assurance, d'immatriculation, de tonnage ainsi que d'autres éléments aussi insignifiants que tous les grains de sable réunis du désert de Thar. Mais tandis que je les parcourais, j'ai peu à peu pris conscience que ce qui était intéressant était précisément ce qui ne se trouvait *pas* là. Il n'y avait ni contrats de vente, ni bordereaux de chargement, ni factures, ni correspondance avec clients ou fournisseurs. Pour un homme à la tête d'un négoce de transport maritime, Irani ne semblait pas faire commerce de grand-chose. C'était là une omission des plus curieuses. Comme Sherlock Holmes aurait pu le dire, *c'était le chien qui n'aboyait pas*, et ce silence m'a interpellé.

Comment un homme sans revenus pouvait-il avoir un bureau dans le sud de Bombay et une suite au Taj ? Ses affaires à Rangoon étaient peut-être si florissantes qu'il pouvait se le permettre, mais l'on ne pouvait que s'interroger : si les choses se passaient si bien pour lui en Birmanie, pourquoi n'arrivait-il toujours pas à s'implanter ne serait-ce qu'un peu ici à Bombay ?

Quelque chose ne tournait pas rond, et d'après ce que j'avais sous les yeux, ce n'était pas dans ce bureau de pacotille que j'allais trouver les réponses.

Je me suis dirigé vers la porte. Après l'avoir refermée à clé derrière moi, j'ai pris la direction de l'escalier en me demandant comment j'allais remettre les clés à leur place sans éveiller l'attention du veilleur de nuit. J'avais vidé mon réservoir d'idées en trouvant la meilleure manière de les dérober, mais j'avais négligé le fait que j'allais devoir également les remettre là où je les avais prises. J'ai finalement décidé que la meilleure chose serait d'engager tout simplement la conversation avec l'homme et d'en profiter pour glisser discrètement les clés sur un coin de son bureau. Ce n'était pas brillant comme plan, mais après tout je n'étais pas non plus le plus brillant des criminels. Fort heureusement, comme j'ai pu m'en rendre compte, il n'était pas non plus le plus brillant des veilleurs de nuit. Avachi sur sa chaise, il ronflait les bras croisés sur sa poitrine.

J'ai réévalué mes options. Laisser les clés sur le bureau demeurait la chose la plus sûre. C'était même la plus raisonnable. Mais le placard fermé sur le mur derrière lui était très tentant. Si je pouvais y remettre les clés, ma mission serait parfaitement accomplie. Retenant mon souffle, j'ai avancé vers lui et me suis faufilé en silence dans l'espace entre sa chaise et le mur. J'ai tendu la main et tiré doucement sur la porte du placard. Elle a cédé avec un grincement qui aurait dû être assez fort pour réveiller un mort. Lentement, j'ai sorti les clés de ma poche. À côté de moi, les ronflements du durwan se sont brusquement interrompus. Je me suis figé. L'homme a grommelé à la manière d'un ours que son dresseur tire par l'anneau accroché à son museau. Je me suis tourné, m'attendant à le voir se lever, furieux. Mais il a porté une main à son visage pour se gratter le menton avant de se remettre à ronfler.

Sans perdre plus de temps, j'ai ouvert le placard et raccroché les trois clés à leurs crochets respectifs. Une minute plus tard, j'étais dehors et tout en remerciant Maa Kali j'ai hélé le chauffeur.

« La résidence de Mlle Colah, sahib ? m'a-t-il demandé une fois que j'étais installé confortablement sur la banquette arrière.

– Oui », ai-je répondu, comme l'automobile se mettait en marche.

Prudemment il est sorti de l'allée et a pris la direction de Malabar Hill.

« Un instant », ai-je lancé.

J'ai consulté ma montre. Il était presque vingt-trois heures.

« Réflexion faite, il y a un endroit où j'aimerais d'abord aller. »

47
Sam Wyndham

Les lois de la perspective paraissaient s'appliquer différemment pour Irani. C'était un homme imposant, cela ne faisait aucun doute, même de loin, mais à l'instar d'une montagne, plus l'on s'approchait, plus sa silhouette semblait plus large qu'on l'avait cru au premier coup d'œil.

Il parlait à un groupe d'Anglais, chacun armé d'un cigare et d'un verre, le bouclier et l'épée de ces croisés modernes en terres étrangères. J'ai trouvé curieux qu'avec ma ville à feu et à sang et le reste du pays sur le point de se soulever, ces braves sujets de sa Majesté buveurs de gin Bombay se comportent comme si de rien n'était. Je ne savais pas si je devais applaudir ce stoïcisme à toute épreuve ou me lamenter de cette stupide politique de l'autruche. Mais dans l'immédiat, la question n'était pas là. Ma priorité était de me fondre dans leur groupe.

Je me suis approché de leur cercle et j'ai saisi quelques bribes d'une conversation sur les chevaux de course.

« Les haras, a affirmé un type avec un foulard. Ils vont entièrement transformer le secteur, c'est moi qui vous le dis. Ceux de Poona sont aussi bons que tout ce qu'on peut trouver à l'est. »

Je ne savais pas grand-chose sur les chevaux, mais le manque de connaissance ne m'avait jamais empêché de formuler une opinion sur tel ou tel sujet. De plus, n'importe quel idiot savait qu'en Inde les meilleurs chevaux, et par extension les meilleures courses, se trouvaient à Calcutta, ce que je me suis empressé de dire.

L'homme au foulard m'a toisé. « Et vous êtes ? »

J'aurais pu m'inventer un nom ou une fonction quelconque au sein du Bengal Turf Club ou autre baliverne. C'eût été la chose logique à faire, mais en vérité, j'en avais assez. J'ai eu le sentiment qu'il était temps de lâcher le tigre dans la bergerie.

« Wyndham, ai-je dit. Je suis enquêteur de police à Calcutta. »

Les mots ont produit leur effet, et j'ai eu la réaction attendue. Les gens font attention lorsque vous leur dites que vous êtes de la police. Ils vous reconsidèrent, ils se redressent légèrement, comme si vous étiez soudain digne de leur respect. Irani, pour sa part, n'a pas sourcillé. Il s'est contenté de lever son verre à ma santé.

« Et qu'est-ce qui vous amène à Bombay, monsieur Wyndham ?

– Une affaire.

– Et de quelle sorte d'affaire s'agit-il ?

– D'un meurtre, ai-je répondu. C'est tout ce qui m'intéresse. »

J'ai senti qu'Irani resserrait les doigts autour de son verre. Dans sa main, on aurait dit un jouet d'enfant.

« Un meurtre ? s'est exclamé un monsieur plus âgé avec une cravate à rayures obliques.

– Absolument, ai-je fait. Une sale affaire. Un homme étranglé chez lui. »

Notre conversation commençait à attirer l'attention. D'autres se sont approchés pour écouter comme si je prononçais le sermon sur la montagne.

« Et vous pensez que l'assassin se trouve ici ? s'est enquis Irani.

– À qui ai-je l'honneur ?

– Irani, a-t-il répondu. Cyrus Irani.

– Vous êtes d'ici ?

– Non, de Rangoon.

– Eh bien, monsieur Irani, pour répondre à votre question, je pense que l'assassin se trouve effectivement à Bombay. Je n'ai aucun doute là-dessus. Qui sait, il est peut-être même sur ce champ de courses. »

Quelques rires hésitants et des exclamations de surprise ont parcouru l'assistance, mais le visage d'Irani est resté impassible. Il me fallait bien l'admettre, il savait garder son sang-froid. Mais ce faisant, il manquait d'intelligence. Il n'avait pas compris que pour faire croire à sa couverture, il fallait non seulement être calme, mais savoir aussi se comporter avec naturel. Alors que tout le monde autour de lui s'étonnait voire s'émoustillait de la nouvelle, son manque de réaction se détachait telle la lumière d'un fanal dans la nuit. Ce qui ne voulait pas nécessairement dire qu'il était coupable du meurtre de Mukherjee, naturellement, mais cela suggérait qu'il était coupable de quelque chose.

J'ai souri avec retenue. « Je plaisante, bien sûr. Certes, je suis ici pour une affaire, mais ce soir je suis de relâche. Je doute sérieusement, comme le dirait Sherlock Holmes, que le tueur soit parmi nous. »

Irani a bruyamment manifesté sa déception. « Vous ne pouvez rien nous raconter de plus ?

– Malheureusement non, ai-je répliqué. Je suis tenu au silence, vous comprenez, pour des raisons de confidentialité. Mais vous pouvez être sûr que je vais arrêter cette canaille bientôt, et quand ça sera fait, il sera condamné à la potence. » J'ai vidé mon whisky. « Je vous prie de m'excuser, messieurs, je crois qu'il me faut un autre verre. »

J'ai pris un whisky avant de localiser Ooravis Colah, qui discutait avec plusieurs hommes, tout en surveillant du coin de l'œil Jehangir Panthaki, qui se trouvait de nouveau au beau milieu d'un cercle très largement féminin.

Surprenant mon regard, elle a pris congé de ses interlocuteurs pour se diriger d'un pas tranquille vers moi, telle une reine avec un verre à cocktail en guise de sceptre.

« La soirée se passe bien ? »

J'ai avalé une gorgée de whisky. « Merveilleusement bien. Et vous ?

– J'en ai connu de plus réussies. Alors, Irani ? C'est l'homme que vous cherchez à votre avis ? »

J'ai laissé échapper un soupir. « Qui sait ? J'ai secoué le prunier. On verra bien ce qui en tombera. »

Elle ne m'écoutait que d'une oreille, car elle regardait encore à la dérobée Panthaki.

« Puis-je vous donner un conseil ? ai-je dit. Ignorez-le pendant une heure. Parlez à d'autres hommes ; peu importe lesquels. Les messieurs comme votre ami M. Panthaki ont l'habitude que les femmes se pâment devant eux. C'est très ennuyeux. Ce qui les intéresse, c'est le frisson de la chasse. Croyez-moi, battez-lui froid pendant un moment et il reviendra vers vous en courant bien assez tôt. »

Elle m'a dévisagé avant de réprimer un rire. « Le rendre jaloux ? Vous êtes vraiment d'une autre époque, capitaine, c'est charmant. »

J'ai secoué la tête. « Il n'est pas question de le rendre jaloux. Il s'agit de vous démarquer des autres. D'être différente ; intéressante. D'après ce que j'ai pu remarquer, les hommes nés avec trop d'argent souffrent d'une maladie à laquelle ne peut qu'aspirer le commun des mortels.

– Laquelle ?

– L'ennui, ai-je répliqué. On leur donne tout trop tôt et trop facilement. De l'argent, des femmes, des biens matériels. Quand la vie vous a déjà tout donné avant que vous n'ayez vingt ans, où est le défi ? Où est l'intérêt ? L'ennui les hante, voyez-vous. Devenez le défi. »

Songeuse, Mlle Colah s'est mordillé la lèvre. « Parler à d'autres hommes, dites-vous ?

– Absolument.

– Eh bien, commençons par votre nouvel ami, Cyrus Irani.

– Ce n'est pas ce que je voulais dire », ai-je balbutié, mais avant que je puisse l'arrêter, elle se dirigeait déjà vers lui d'un pas nonchalant.

J'ai siroté mon whisky en m'efforçant de ne pas la regarder alors qu'elle se joignait au groupe d'invités qui entourait Irani. Il y avait quelque chose chez cet homme, quelque chose de froid, une cruauté dans ses yeux qui m'inquiétait, et je n'ai soudain pas pu m'empêcher de songer que Mlle Colah courait droit au danger.

« Quelle magnifique soirée », a soufflé une voix dans mon dos. Je me suis retourné. Devant moi se trouvait une jolie Anglaise en robe verte. Elle a glissé derrière son oreille une mèche de cheveux auburn que la brise avait soulevée. « Le temps est doux pour cette époque de l'année, n'est-ce pas ? »

Que feraient les Anglais sans la météo, ce pilier de tout échange informel depuis au moins cent ans. Sur notre île royalement détrempée, elle sauve la mise à tout un chacun, maintenant à flot les conversations, et en l'occurrence elle s'exporte sous les climats étrangers, où elle fait admirablement son travail.

J'ai souri. « Un peu frais à mon goût, ai-je répondu. Je suis de Calcutta. »

Il était curieux de constater que j'avais pris l'habitude de dire que je venais de cette satanée ville.

« Je me disais bien que je ne vous avais jamais vu par ici », a-t-elle déclaré en me tendant une main ; un parfum de fleurs et de gin m'est monté aux narines. « Cecily Parsons.

– Ravi de vous rencontrer, mademoiselle Parsons, ai-je répliqué. Sam Wyndham.

– *Madame*, a-t-elle rectifié. Enfin, techniquement, du moins. Je suis veuve.

– Toutes mes condoléances.

– Cela fait longtemps maintenant. C'était pendant la guerre.

– J'ai perdu ma femme à peu près à la même époque », ai-je remarqué.

J'ai sorti un paquet de cigarettes, lui en ai offert une, qu'elle a acceptée de bonne grâce.

« Vous ne vous êtes pas remarié ? » a-t-elle demandé.

J'ai secoué la tête.

« Ça ne s'arrange pas avec le temps, n'est-ce pas ? Cette absence qui nous tenaille. Si le temps arrondit les angles, le vide demeure. »

Elle était peut-être un peu pompette, mais je ne pouvais la contredire. *In vino veritas,* comme on dit.

« Et il n'y a rien de pire que ce genre d'événement. » Verre à la main, elle a balayé d'un geste l'assistance. « Tout le monde vous prend en pitié ou pense que vous êtes en quête d'un nouvel homme.

– Dans ce cas, qu'est-ce qui vous amène ici ?

– Le travail, a-t-elle soupiré. Je m'occupe d'une œuvre caritative, les Sisters of Hope. Nous essayons d'aider les filles qui sont vendues et deviennent des prostituées. Nous dépendons des dons, et c'est dans des endroits comme ici que l'argent se trouve. Et vous, monsieur Wyndham ? Pourquoi êtes-vous là ce soir ? »

J'aurais dû rester sur mes gardes, ne rien lui dire, mais j'ai un faible pour l'alcool et les femmes aux histoires tristes. Il doit y avoir quelque explication psychologique à cet état de fait, et je ne saurai probablement jamais laquelle.

« La même chose, ai-je répondu. Le travail. Je suis enqu…

– Oui, je sais, enquêteur de police. Je n'ai pas pu m'empêcher de tendre l'oreille tout à l'heure. Ça doit être passionnant. »

Les gens en étaient toujours convaincus. Pourtant, généralement le boulot d'un flic oscille entre le banal et le sordide, et les seuls moments qui pourraient passer pour passionnants se résument trop souvent à la montée d'adrénaline aussi frénétique que fugace que l'on éprouve lorsqu'il s'agit de sauver une vie, et la plupart du temps, malheureusement, la sienne.

« Parfois », ai-je dit. Près de la rambarde du champ de courses, Ooravis Colah souriait, béate, tandis que Cyrus Irani et son petit groupe lui parlaient et que de loin Jehangir Panthaki l'observait furtivement. J'ai levé mon verre à l'amour naissant avant d'avaler une gorgée. Ce faisant, j'ai remarqué un homme au sommet de l'escalier du club-house et j'ai failli m'étouffer avec mon whisky.

« Tout va bien, monsieur Wyndham ? » s'est enquise Cecily Parsons.

Toussant encore, j'ai levé les yeux. Farid Gulmohamed descendait les marches, sa silhouette facilement reconnaissable. L'espace d'un instant, je suis resté stupéfait. Comment faisait-on lorsqu'on rencontrait à une garden party un homme que, la veille, on avait menacé de jeter du haut d'une falaise ?

« Madame Parsons, je vais devoir vous quitter, je regrette. Ne me prenez pas pour un rustre, je vous prie. La vérité, c'est que m'entretenir avec vous a été le meilleur moment de la soirée, mais il faut que je m'éclipse. »

De toute évidence, ce n'était pas la première fois que quelqu'un sortait cette réplique – ou du moins une variation sur le même thème – à Cecily Parsons, ce qui était dommage parce que cette fois c'était vrai. Elle ne m'en a pas moins adressé un sourire en me saluant avec son gin tonic.

J'ai lancé un coup d'œil à Ooravis Colah. Elle parlait toujours, mais Irani avait soudain disparu du groupe. Scrutant rapidement l'assistance, j'ai repéré ses larges épaules s'éloignant en direction de l'extrémité opposée du club-house. Je me suis précipité vers Mlle Colah.

« Je dois partir », ai-je dit en l'entraînant loin de ces messieurs.

« Est-ce que tout va bien ? Si vous cherchez Irani, il a décampé comme un chat échaudé.

– J'ai vu. Restez ici. Je vais me débrouiller pour rentrer à Malabar Hill.

– Une chose avant que vous ne partiez, m'a-t-elle glissé. Irani.

– Eh bien, quoi ?

– S'il est parsi, alors je suis Cléopâtre. Ce qu'il sait sur nous et nos coutumes tient sur le verso d'un timbre-poste. »

48
Satyendra Banerjee

La Porte de l'Inde se dressait telle une pierre tombale avec en arrière-plan la baie ondulée sous le clair de lune. Le chauffeur de Mlle Colah est passé devant l'édifice, et quelques yards plus loin il a tourné pour s'engager dans l'entrée du Taj Hotel, l'automobile se fondant parmi les Rolls et les Bentley stationnées alentour.

Un portier barbu au turban soigné et à l'uniforme d'un blanc immaculé s'est promptement avancé sur le tapis rouge et a ouvert ma portière. Je lui ai adressé un hochement de tête avant de pénétrer dans l'hôtel comme si j'étais chez moi.

Le hall était d'un tout autre acabit que celui du Far Bengal. J'ai quasiment glissé sur le marbre pour atteindre la réception, où j'ai abordé un concierge tiré à quatre épingles qui m'a gratifié de l'accueil chaleureux auquel on pouvait s'attendre lorsqu'on arborait un costume comme le mien. L'une des pendules derrière lui, celle qui était à l'heure de Bombay, indiquait vingt-trois heures trente. Mlle Colah avait laissé entendre que la soirée au champ de courses ne commencerait véritablement qu'à partir de vingt-deux heures trente. Je pensais qu'Irani resterait une bonne heure et demie, plus probablement deux, et qu'il lui faudrait encore une demi-heure pour regagner l'hôtel. D'après mes calculs, il me restait près d'une heure, peut-être plus, avant qu'il ne revienne.

« Vous avez un client du nom d'Irani ici, ai-je déclaré. Il me faudrait le numéro de sa chambre, s'il vous plaît. »

Tout heureux d'obtempérer, l'homme m'a indiqué le numéro d'une suite au deuxième étage. Je l'ai remercié avant de retraverser l'atrium en direction de l'escalier majestueux qui menait au premier étage avant de se scinder en deux pour partir à la fois vers la gauche et la droite.

J'ai monté les marches d'un bon pas jusqu'au premier niveau, après quoi, au lieu de poursuivre jusqu'au deuxième, j'ai pris à gauche le long de la coursive de l'aile ouest pour enfin arriver à une porte s'ouvrant sur un escalier plus petit, lequel était réservé au personnel de l'hôtel. Ôtant veste et cravate, j'ai dévalé les marches et suis redescendu au premier étage avant de me retrouver au sous-sol. Là, je suis passé devant la blanchisserie, où les draps de plusieurs centaines de chambres, me suis-je dit, étaient collectés ; j'ai filé devant un réfectoire désert et fini par trouver ce que je cherchais.

Si les étages supérieurs de l'hôtel étaient un palace, les vestiaires du personnel relevaient plus du baraquement militaire, avec, contre les murs des casiers métalliques cabossés au lieu des peintures à l'huile, et au plafond des ampoules nues à la lumière douteuse au lieu des lustres. Le parfum des fleurs fraîches avait également disparu, cédant la place à l'odeur âcre de la transpiration masculine. Cependant, la pièce était fort heureusement vide, ce qui n'était guère surprenant étant donné l'heure tardive, mais c'était un soulagement.

Il n'y avait pas de temps à perdre. J'ai parcouru une rangée de casiers jusqu'à ce que j'en trouve un contenant la veste blanche d'un bagagiste que j'ai remplacée par ma propre veste et ma cravate avant de l'enfiler. J'ai ensuite repris l'escalier afin de gagner le deuxième étage et de trouver le placard où étaient rangés le linge propre, les produits d'entretien et, plus important, les passe-partout qui permettaient aux femmes de chambre d'avoir accès à toutes les chambres de l'étage.

Je me suis emparé de l'un de ces passe-partout avant de m'élancer dans le couloir en quête de la chambre 214, la suite d'Irani.

Une fois devant la porte, le cœur battant la chamade, j'ai frappé doucement.

« Monsieur Irani ? »

À l'intérieur, le silence régnait.

J'ai frappé derechef, par mesure de sécurité, puis glissé la clé dans la serrure et déverrouillé la porte.

La lueur gris pâle de la lune éclairait faiblement la pièce à travers un voile de mousseline suspendu à la fenêtre donnant sur le balcon. Après avoir doucement fermé la porte derrière moi, j'ai appuyé sur l'interrupteur, et un salon au sol en marbre s'est illuminé, révélant un mobilier massif qui soit avait été façonné sur place, soit avait brisé les dos d'une douzaine d'hommes ayant eu à le transporter jusque-là.

La pièce était impeccable, le sol lustré au point d'y voir son reflet ou presque, sans le moindre grain de poussière sur la table basse ni sur le bureau en teck dans le coin. La chambre à coucher était tout aussi immaculée, les draps du lit à baldaquin faits au carré avec une précision militaire, et dans la salle de bains attenante, le miroir en mosaïque et la robinetterie dorée scintillaient telle une offrande votive sur l'autel de Varuna, la déesse des océans.

De retour dans le salon, j'ai commencé à me mettre en quête – parcourant les tiroirs, soulevant les coussins du canapé, vérifiant sous les meubles – de quelque chose, n'importe quoi qui puisse m'indiquer en quoi consistaient réellement les affaires d'Irani. Mais je n'ai rien trouvé hormis une couche de poussière sous le canapé qui m'a redonné foi en la nature humaine. Apparemment, les femmes de chambre du Taj y allaient à l'économie quand elles le pouvaient, tout comme notre domestique, Sandesh, chez nous.

Le processus a pris plus de temps que ce que je croyais, dans la mesure où il fallait remettre chaque coussin du canapé, et chaque feuille de papier sur le bureau à sa place. Là aussi, je suis resté bredouille. Ce n'est qu'après avoir compris qu'il n'y avait rien de dissimulé dans le salon que je me suis rendu compte que j'aurais d'abord dû fouiller la chambre. S'il y avait quelque chose à dénicher, ce serait sûrement là, parmi les affaires personnelles d'Irani. Dans un premier temps, j'ai examiné les penderies, qui allaient du sol au plafond, pas les petites armoires individuelles que l'on trouvait dans la plupart des hôtels et des maisons. En ouvrant la première, je suis resté interdit. Hormis deux chemises suspendues à des cintres ainsi qu'une mallette et une valise posées dans un coin, elle était vide. Gulmohamed avait dit qu'Irani résidait au Taj depuis plusieurs mois, et pourtant on aurait dit qu'il avait à peine pris le temps de défaire ses bagages. Je me suis demandé si bêtement je ne m'étais pas trompé de chambre, mais j'avais vérifié le numéro sur la porte, et le concierge n'avait pas pu se tromper en m'indiquant la suite d'un autre client. Il s'agissait forcément des appartements d'Irani. Je m'étais trop investi pour que ce ne soit pas le cas.

J'ai sorti la mallette, en cuir marron en parfait état, ce que les Britanniques appelaient une sacoche Gladstone, et j'ai essayé de l'ouvrir mais le fermoir était verrouillé. J'ai songé un instant à le crocheter, mais l'heure tournait, et mon but était d'inspecter les lieux et de repartir sans qu'Irani ne se rende compte de rien. Je suis donc passé à la valise, que j'ai posée à plat sur le sol en marbre avant de presser le bouton pour l'ouvrir et défaire les boucles. En l'ouvrant, l'odeur d'antimites m'a saisi les narines. Glissant les mains à l'intérieur, j'ai cherché à tâtons quelque chose d'autre que des vêtements et pour finir je n'ai trouvé rien de plus compromettant qu'une boîte de talc et un petit sac contenant un nécessaire de rasage. J'ai refermé la valise et l'ai replacée dans sa niche dans la penderie, après quoi je me suis intéressé aux tables de chevet. Là aussi, elles étaient vides hormis un réveil sur lequel j'ai pu me rendre compte qu'il était tout juste minuit.

Je me suis dirigé vers le lit et j'ai commencé à me débattre avec le matelas. J'en ai soulevé un coin avant de crouler sous son poids. Pouce par pouce j'ai glissé mes mains dessous afin de voir si rien n'y était caché, en vain.

J'ai relâché le matelas et me suis effondré par terre près du lit, haletant et me demandant ce que j'avais espéré trouver. La chambre d'Irani était propre, presque de manière chirurgicale. À l'exception des chemises dans la penderie et de la poussière sous les meubles du salon, la pièce semblait avoir été hermétiquement scellée. Instinctivement, j'ai passé les mains sur le sol sous le sommier du lit derrière moi avant de me redresser. Cependant, avant de me lever complètement, j'ai remarqué quelque chose d'étrange. Les doigts d'une de mes mains étaient ressortis couverts de poussière grise, alors que les autres étaient restés propres. J'ai approché les deux mains de mon visage pour les voir de plus près, puis je me suis de nouveau laissé choir. Sortant en toute hâte de ma poche ma lampe torche, je l'ai allumée et braquée sous le lit. Et là, je me suis aperçu qu'une bande de marbre propre allant du bord du lit jusqu'à son centre traversait la mince couche de poussière.

Il s'agissait peut-être d'une coïncidence, d'un simple coup de serpillière passé à la va-vite, mais cela semblait improbable car le ruban de marbre propre allait loin sous le lit. Il n'y avait qu'un seul moyen d'en avoir le cœur net. Je me suis glissé sous le lit et j'ai éclairé l'espace étroit. Là, scotchée au sommier, j'ai vu ce qui ressemblait à une chemise cartonnée. Avançant un peu plus, j'ai tendu la main pour la détacher. Elle est tombée en claquant par terre ; le cœur battant, je m'en suis saisi, l'ai sortie de là et l'ai posée sur le matelas.

C'était un dossier en carton manille en tous points semblable à ceux que j'avais trouvés dans le bureau d'Irani, et en l'ouvrant j'ai découvert à l'intérieur quarante à cinquante feuilles de papier. Sur les premières figuraient des relevés inscrits à l'encre bleue qui ressemblaient à des données comptables codées. Les autres étaient des pamphlets, de simples prospectus que l'on trouvait placardés sur les murs et les poteaux des lampadaires des quartiers pauvres des villes. Ils étaient imprimés dans toutes sortes de langues : en hindou, cela ne faisait aucun doute, peut-être en marathi et en punjabi et en plusieurs autres écritures du sud de l'Inde. Je les ai rapidement parcourus en remerciant le sort lorsque, vers la fin du paquet j'en ai trouvé un en bengali. C'était le même que celui qui avait été placardé dans tous les quartiers musulmans de la ville dès le lendemain du meurtre de Mukherjee, lorsque les hindous avaient commencé à se déchaîner.

Je suis revenu aux feuilles manuscrites dans l'espoir de les décoder lorsque j'ai entendu un bruit provenant du salon. Je me suis figé. Mon oreille m'avait-elle joué des tours ? Mais une seconde plus tard je l'ai de nouveau entendu, et cette fois, il n'y avait plus de doute. Une clé tournait dans la serrure.

49
Sam Wyndham

Irani avait disparu. Je l'avais perdu de vue, et le temps que je sorte devant le club-house, il n'était plus là. Ce n'est qu'après m'être accoutumé à la relative obscurité que j'ai aperçu ce que j'ai cru être son dos massif s'éloignant dans la pénombre en direction de la route principale.

Visiblement, il n'avait pas plus envie que moi de tomber sur Gulmohamed, ce qui semblait confirmer ce que le politicien avait affirmé, à savoir que c'était Irani qui l'avait envoyé chez Mukherjee sous un prétexte fallacieux. D'un autre côté, il était toujours possible que les deux hommes soient de mèche dans cette histoire et qu'Irani, sachant maintenant que je l'avais dans mon viseur, ne voulait tout simplement pas être vu en public avec Gulmohamed. J'espérais que Satyen avait été capable de trouver quelque chose de tangible au bureau d'Irani – quelque chose qui puisse nous aider à comprendre qui était responsable du meurtre de Mukherjee et de l'attentat contre Taggart et pourquoi.

Il fallait le reconnaître, pour un homme de sa carrure il se déplaçait très vite. Mais je n'étais pas en reste, et je me suis élancé à sa poursuite. Il a pris le premier taxi qui patientait dans la file au coin de la rue, et je me suis engouffré environ trente secondes plus tard dans le suivant.

Je savais à peu près où il allait, mais je l'ai néanmoins suivi, au cas où il déciderait de se rendre à son bureau.

La dernière chose que je voulais, c'était qu'il tombe sur Satyen en train de farfouiller dans ses papiers.

Je l'ai suivi vers le sud à travers un dédale de rues sombres dans lesquelles je n'apercevais que les visages souriants des panneaux publicitaires et de temps à autre un chien errant somnolant à côté d'un arbre sur le bas-côté. Nous avons fini par arriver dans Colaba et j'ai soupiré, soulagé lorsque le taxi s'est arrêté devant le Taj.

Irani est descendu de voiture, s'est dirigé vers l'entrée et j'étais sur le point d'ordonner à mon chauffeur de taxi de poursuivre sa route lorsque quelque chose a attiré mon regard. À quelques pieds de là était stationnée la Mercedes d'Ooravis Colah. Certes, il devait y avoir plus d'une automobile de ce modèle et de cette marque en particulier à Bombay, mais celle-ci était de toute évidence celle de Mlle Colah. J'avais roulé dedans quelques heures plus tôt seulement et je reconnaissais non seulement la plaque d'immatriculation mais aussi le chauffeur somnolant derrière le volant.

J'ai payé le taxi-wallah, me suis dépêché de sortir de sa voiture et j'ai couru de l'autre côté de la chaussée pour taper sur la vitre de la Mercedes. Le chauffeur s'est réveillé en sursautant.

« Sahib ?

– Où est Satyen ? »

L'homme a essuyé la salive qui avait coulé sur son menton.

« Satyen, ai-je répété. Où est-il ?

– Il aller à hôtel, sahib. »

J'ai lâché un juron. Ce garçon voulait ma mort, et vu la tournure des événements, la sienne aussi. Que diable faisait-il au Taj ? Naturellement, je connaissais la réponse, mais cela ne m'a pas empêché de m'émerveiller de sa bêtise. S'il était dangereux de s'introduire par effraction dans le bureau d'Irani, c'était au moins un risque calculé.

Mais faire la même chose dans sa chambre, dans l'un des plus grands hôtels de Bombay quand la police était après vous et que votre nom figurait dans tous les journaux du pays, n'était rien de moins que suicidaire. Et tout cela sans compter que le colosse en question s'acheminait en ce moment même vers son lit.

Je n'avais plus le choix. À contrecœur, j'ai foncé vers l'entrée et pénétré dans le hall de l'hôtel, où dans ma hâte j'ai glissé sur le sol lustré et failli me rompre le cou. Me rattrapant de justesse au dossier d'un canapé à motif doré, j'ai levé les yeux dans l'espoir d'apercevoir Irani, mais une fois de plus il avait disparu. J'ai glissé jusqu'à la réception déserte où j'ai appuyé sur la sonnette.

Le concierge de nuit, un Indien mince au visage émacié et aux traits tirés de celui perpétuellement en manque de sommeil, a émergé du bureau du fond.

« Cyrus Irani, me suis-je exclamé. Dans quelle chambre se trouve-t-il ? »

L'homme m'a dévisagé sans trop savoir comment réagir à la vue d'un sahib en nage réclamant le numéro de la chambre d'un client à minuit et quart.

« Puis-je savoir qui le demande, monsieur ? Je vais faire porter un message à M. Irani dans sa suite. »

J'ai sorti ma carte de police et l'ai plaquée sur le comptoir devant lui. « Et si vous répondiez tout simplement à ma question ? »

Il n'a même pas eu besoin de consulter le registre de l'hôtel.

« Chambre 214, monsieur. Deuxième étage », a-t-il répliqué, mais je m'élançais déjà à toute allure vers l'escalier.

50
Satyendra Banerjee

J'ai entendu la clé tourner et la porte donnant dans le salon s'ouvrir. Un déluge de pensées a tourbillonné dans ma tête, et durant ce qui m'a semblé une éternité, je suis resté planté sur place. Il s'agissait de ne pas paniquer. Si j'avais le moindre espoir de me sortir de là, je me devais de rester calme. Je me suis obligé à respirer profondément, puis me suis tourné vers le dossier sur le lit. J'ai fourré dans ma poche les éléments comptables manuscrits et quelques prospectus, après quoi j'ai remis les autres papiers dans le dossier. Ce faisant, j'ai remarqué que le rabat intérieur était couvert d'écriture: le genre de notes que l'on prend durant une conversation téléphonique. Je n'avais pas le temps de tout déchiffrer, mais au milieu, les mots HAJI ALI, MIDI se détachaient en majuscules. En dessous figurait un numéro de téléphone: Bom 2636.

Émanant de la pièce adjacente, j'ai entendu le pied d'une chaise raclant le sol. J'ai fermé le dossier et l'ai fourré en vitesse sous le lit. Les bruits de pas à travers le salon s'intensifiaient. J'ai promptement tiré sur un coin du drap du lit et à quelques pouces de là, la porte s'ouvrait.

« Que diable faites-vous là ? »

Je me suis tourné avant de m'incliner profondément. Tête baissée, j'ai articulé avec un fort accent:

« Préparer lit, *saahb.*

– À cette heure-ci ?

– Trois collègues malades, *saahb*. Tout très en retard. »

J'ai gardé les yeux rivés sur ses pieds, feignant la soumission absolue, mais même son ombre était intimidante.

« Sortez, a-t-il ordonné.

– *Hā, saahb* », ai-je répliqué en me touchant le front avant de filer devant lui, de traverser à toute vitesse le salon et de sortir dans le couloir où, dans ma hâte, j'ai télescopé un homme arrivant dans l'autre sens.

« Satyen, qu'est-ce que vous fabriquez ? Pourquoi êtes-vous habillé en garçon d'étage ?

– Pas le temps de vous expliquer, ai-je rétorqué. Courez. »

Je l'ai aussitôt entraîné dans le couloir puis dans l'escalier de service que nous avons atteint au moment même où nous entendions une porte s'ouvrir derrière nous et la voix d'Irani me sommant de m'arrêter.

Tu rêves, ai-je songé tandis que nous commencions à dévaler les marches. Même flanqué de Sam, je n'avais aucune envie de me mesurer à un homme aussi imposant qu'Irani. J'avais espéré repasser par le vestiaire du personnel pour reprendre ma veste de costume toute neuve, mais hélas nous manquions de temps.

« Vite, ai-je soufflé, la voiture est garée dehors.

– Je le sais, a riposté Sam avec véhémence, deux marches au-dessus de moi. Je l'ai vue. À votre avis comment j'ai compris que vous étiez… »

Il s'est interrompu en entendant une porte s'ouvrir dans l'escalier au-dessus de nos têtes et des bruits de bottes sur les marches en béton.

« Peu importe, a-t-il lâché, allons-y ! »

51
Sam Wyndham

Nous sommes sortis dans la nuit. L'espace d'un instant, aucun de nous deux ne savait où nous nous trouvions.

« Par ici », ai-je fait et nous avons couru vers ce qui était, je l'espérais, l'entrée principale. Nous approchions du coin de la rue lorsque nous avons entendu la porte derrière nous s'ouvrir brutalement. Irani n'allait pas tarder à nous rattraper. À ce rythme il serait sur nous avant que nous n'atteignions la voiture.

« Continuez, ai-je crié. J'ai une idée. »

Satyen a failli s'arrêter net. « Quoi ?

– Continuez, je vous dis. Allez à la voiture et attendez-moi à la Porte de l'Inde. »

Pour une fois, il n'a pas discuté. Je l'ai suivi jusqu'à ce que nous tournions au coin de la rue, et là j'ai pilé et fait volte-face. J'entendais Irani courir dans ma direction. Lorsque j'ai eu le sentiment qu'il arrivait au coin de la rue, je me suis placé en travers de sa route. Le temps qu'il me voie, il était trop tard pour qu'il s'arrête. Il m'a heurté, et nous sommes tous deux tombés à la renverse.

Même si je m'étais préparé au choc, j'ai eu l'impression d'avoir été renversé par un omnibus. Ma seule consolation était que j'avais réussi à l'arrêter. Il a brandi un poing alors que je me relevais, et je me suis préparé à parer le coup, mais au dernier moment il m'a reconnu et s'est immobilisé. J'avais parié qu'il ne m'avait pas vu à l'extérieur de sa chambre, et qu'il pensait être à la poursuite d'un Indien déguisé en employé d'hôtel. Le fait d'avoir vu juste a eu un effet salutaire, et pas seulement pour mon visage.

J'ai perçu la confusion dans ses yeux.

« Wyndham ?

– Tout à fait, monsieur Irani.

– Que faites-vous là ?

– Je pourrais vous poser la même question, ai-je répliqué en réajustant ma cravate. Vous avez quitté la soirée en catastrophe. Au moment où un autre monsieur arrivait. » Il a jeté un coup d'œil par-dessus mon épaule, sans doute pour chercher Satyen dans l'obscurité. « Et maintenant vous courez dehors dans le noir comme un dératé. »

Ma dernière phrase a retenu son attention, et il a fait :

« Quoi ?

– Vous connaissez M. Gulmohamed ? » ai-je demandé.

Irani a secoué la tête. Derrière moi j'ai entendu un moteur démarrer. Dans quelques secondes, Satyen serait parti.

« Vous m'avez suivi jusqu'ici au beau milieu de la nuit pour me poser des questions sur un homme politique ?

– Je n'avais aucune raison d'attendre », ai-je rétorqué.

Il s'est redressé et a bombé sa poitrine.

« Peu importe qui vous êtes, je ne répondrai plus à aucune de vos questions. »

Me bousculant au passage, il a pris la direction de l'entrée principale de l'hôtel.

« Vous finirez bien par y répondre, ai-je lancé dans son dos, ou je vous ferai arrêter. »

Sans même prendre la peine de tressaillir, Irani a poursuivi son chemin.

J'ai attendu qu'il entre dans le hall avant de faire demi-tour en direction de la Porte de L'Inde. L'auto d'Ooravis Colah tournait au ralenti non loin de là, avec Satyen qui regardait par la vitre assis sur la banquette arrière. J'ai ouvert la portière et pris place à ses côtés.

« Allez-y », ai-je dit au chauffeur.

Satyen m'a regardé comme si j'étais Jésus ressuscité.

« Vous n'êtes pas blessé ? »

Le chauffeur a fait vrombir le moteur et la voiture s'est ébranlée.

« Je vais survivre, l'ai-je rassuré.

– Qu'est-ce qui s'est passé ? Comment vous avez fait ?

– Comme je fais toujours, ai-je riposté. J'ai pris des risques démesurés pour vous sauver la peau. Vous avez une cigarette ? »

Il a palpé les poches de sa tenue de garçon d'étage et tout sourire, a brandi un paquet froissé de Charminar.

« Apparemment oui », a-t-il dit en m'en proposant une.

Je l'ai glissée entre mes lèvres. « Où est votre veste ?

– C'est une longue histoire. »

Il a sorti une boîte d'allumettes, en a gratté une et a approché la flamme de ma cigarette. J'ai tiré une bouffée, et le goût âpre du tabac sans filtre m'a fait l'effet d'un coup de poing.

« Comment saviez-vous que j'étais là ?

– Je ne le savais pas. Je suivais Irani, c'est tout. Ce n'est qu'en arrivant au Taj que j'ai vu la voiture garée et compris que vous étiez probablement à l'intérieur en train de faire des âneries. Je vous avais dit de fouiller son bureau. Qu'est-ce que vous fabriquiez dans sa chambre, bon sang ?

– Il n'y avait rien dans le bureau, a-t-il répondu. Et quand je dis rien, c'est rien : ni registre, ni bordereau de chargement, tout juste quelques dossiers sans importance. J'ai trouvé ça louche. Alors je suis allé à l'hôtel en me disant que je fouillerais sa suite. Vous auriez dû le garder à la soirée plus longtemps.

– J'ai fait de mon mieux. Il a eu peur en voyant Gulmohamed débarquer. »

Satyen a écarquillé les yeux. « Gulmohamed était à la soirée ?

– Il est arrivé tard.

– Il vous a vu ?

– Je me suis fait la malle avant qu'il en ait l'occasion, tout comme notre ami Irani.

– Intéressant. Ça semble corroborer la version de Gulmohamed.

– Oui, mais cela ne prouve rien pour autant. Ils sont peut-être de mèche et ne voulaient pas être vus ensemble. Souvenez-vous, Irani n'était pas censé aller à la soirée. Il a été invité à la dernière minute.

– Avez-vous réussi à l'interroger ? »

J'ai exhalé de la fumée avant d'opiner du chef. « Il sait quelque chose sur le meurtre de Mukherjee, j'en suis sûr.

– Et ce serait lui, l'assassin ?

– Possible. En tout cas, il est suffisamment fort pour avoir étranglé Mukherjee. Ce qui me mène à la question suivante : comment diantre avez-vous pu sortir de sa chambre sain et sauf ? »

Satyen a éclaté de rire. « J'ai baissé la tête en m'excusant et je lui ai dit que j'étais là pour refaire son lit.

– À minuit ? »

Il a haussé les épaules. « Irani a vu ce qu'il s'attendait à voir. Un garçon d'étage indien obséquieux et servile. Je me suis éclipsé avant qu'il puisse considérer autrement la situation.

– Eh bien, j'espère que le jeu en valait la chandelle.

– Peut-être. »

C'était à moi à présent de le dévisager.

« Vous avez trouvé quelque chose ?

– Je ne sais pas, a-t-il fait en sortant des bouts de papier de sa poche. Peut-être bien. Nous en saurons plus une fois chez Mlle Colah. Je ne peux pas lire dans le noir. »

52
Sam Wyndham

Ooravis n'était pas encore rentrée. Sa villa était silencieuse ; seule la lueur orange de la lumière du porche était visible de l'allée. À l'intérieur, le domestique, le regard ensommeillé et toujours tiré à quatre épingles, nous a escortés jusqu'au salon avant de nous apporter du café.

Satyen s'est assis sur un fauteuil, a sorti les papiers qu'il avait libérés de la chambre d'Irani et les a étalés devant lui. Je l'ai laissé à ses occupations pour aller passer un coup de fil.

J'ai demandé à être mis en relation avec le numéro que Dawson m'avait donné, et j'ai attendu. La sonnerie a retenti pendant près d'une minute avant que quelqu'un ne décroche.

« Allô ? »

La voix, masculine et encore endormie, n'était pas celle du colonel.

« J'ai besoin de parler à Dawson, ai-je déclaré.

– Il n'est pas là. Si vous laissez un message, je lui dirai de vous appeler plus tard dans la matinée. »

J'ai soupiré. De toute évidence, la Section H manquait de personnel qualifié pour transmettre les appels aux petites heures du jour.

« Si ça pouvait attendre demain matin, j'aurais appelé demain matin. Il faut que je lui parle maintenant. »

L'homme a marqué une pause, le temps de réfléchir.

« Et avant que vous ne me posiez la question, je ne peux pas laisser de numéro. Dites-lui que c'est Wyndham.

– Pouvez-vous rappeler dans cinq minutes ? »

Cela m'a paru raisonnable, et j'ai obtempéré : j'ai rappelé exactement cinq minutes plus tard. Cette fois, je n'ai pas eu à attendre.

« Capitaine Wyndham ? Veuillez patienter, je vous prie… Je vous mets en relation. »

Il y a eu de la friture sur la ligne, puis j'ai entendu la voix de Dawson.

« Qu'est-ce qui se passe, Wyndham ?

– J'ai rencontré Cyrus Irani ce soir. Il en sait plus sur la mort de Mukherjee que ce que les journaux ont pu lui apprendre.

– Vous pensez qu'il est impliqué ?

– C'est possible. Avez-vous réussi à trouver quelque chose sur lui ?

– Je me suis renseigné à Rangoon. Il n'y a aucune information sur un quelconque Cyrus Irani. Ma source a vérifié auprès de la communauté parsie locale. Apparemment, personne n'a entendu parler de lui. »

Ce n'était guère une bonne nouvelle, mais le seul réconfort était que cela confirmait nos doutes quant à ce qu'Irani prétendait être.

« Et l'armée ? Il a peut-être été en poste là-bas ?

– C'est là où les choses deviennent intéressantes. Encore une fois, il n'y a aucune trace d'un Irani, ou d'un Parsi quel qu'il soit d'ailleurs, en poste à Rangoon, mais un autre élément a retenu mon attention. »

Je me suis surpris à serrer le combiné plus fermement.

« S'il n'y avait aucun Parsi, il y avait un Arménien. Un certain Atchabahian, Sarkis Atchabahian. Il vient d'une famille de commerçants installée à Rangoon. Ce Sarkis semble avoir connu une enfance compliquée. Son père a fait faillite quand il était jeune. Il a rejoint l'armée à seize ans, s'est battu contre les Turcs pendant la guerre et a obtenu le grade de sergent. Après l'armistice, il a été réexpédié en Birmanie mais n'a pas été démobilisé. C'est là que ça devient intéressant. Il s'avère que notre homme est un peu fou. Un rapport médical pendant la guerre soulignait une propension à la psychopathie. Et en 1922 il a battu à mort un officier d'ordonnance indien. L'affaire a été étouffée naturellement, mais il a été exclu de l'armée pour déshonneur. Atchabahian s'est soi-disant lancé dans l'import-export, enfin surtout dans la contrebande apparemment, et de l'avis général il s'en sortait plutôt mal, il joignait difficilement les deux bouts et se retrouvait régulièrement en prison. Et puis à un moment donné l'année dernière, il a mis la clé sous la porte et a disparu. Personne là-bas n'a la moindre idée de ce qu'il est devenu. »

J'ai tenté de comprendre. Est-ce que notre homme, Cyrus Irani, était en réalité cet Atchabahian ? C'était possible. Il y a des négociants arméniens dans tous les avant-postes de l'Empire et leurs communautés sont présentes dans cette partie de l'Asie depuis des siècles. L'Arménie n'est pas si loin de la Perse, d'où les Parsis sont originaires, et si un Arménien peut avoir du mal à se faire passer pour un Anglais ou un Indien, il peut, du moins aux yeux d'un observateur lambda, se faire passer pour un Parsi. Les liens à l'armée et au négoce, et sa soudaine disparition de Rangoon juste avant l'arrivée d'Irani à Bombay, étaient aussi intéressants. Mais cela ne tenait pas encore complètement debout.

« Irani vit dans une suite du Taj Hotel depuis quelques mois, ai-je dit. Ce n'est pas donné et cet homme, Atchabahian, n'a pas l'air d'avoir ce genre de moyens financiers. Je me demande aussi pourquoi un ancien sergent arménien originaire de Birmanie prendrait ses cliques et ses claques, partirait en Inde sous une fausse identité et participerait au meurtre d'un politicien indien.

– C’est vous l’enquêteur, a remarqué Dawson.

– J’aurais besoin d’une autre vérification. Pouvez-vous me dire si Gulmohamed est allé à Rangoon peu de temps avant qu’Atchabahian ne disparaisse ? »

J’entendais Dawson réfléchir au bout du fil.

« Rappelez-moi dans la matinée, à dix heures. »

J’ai regagné la salle à manger où Satyen attendait avec les papiers étalés sur la table. À voir son air, les nouvelles n’étaient pas bonnes.

« Alors, Dawson ? a-t-il fait.

– Vous d’abord », ai-je répliqué en désignant les papiers devant lui. Il fixait un prospectus, imprimé en bengali.

Il a secoué la tête. « C’est du poison, a-t-il dit. Le genre d’ignominies incendiaires qu’on voit placardées sur les murs dans les quartiers difficiles. Et qui appellent les musulmans à se soulever, revendiquent l’héritage des Moghols, et la lutte pour ne pas être réduit en esclavage par les hindous. Il est fait mention de la violence infligée aux musulmans ces derniers jours.

– Est-ce que le nom de Mukherjee est cité ?

– Non, mais ça fait allusion à lui. Ce qui signifie que ça vient d’être imprimé.

– Donc Irani a pris ce prospectus à Calcutta. En souvenir d’un meurtre qu’il a commis ou poussé Gulmohamed à commettre. Une espèce de trophée ?

– Je ne pense pas. J’en ai aussi trouvé une ribambelle d’autres, en différentes langues, du nord au sud de l’Inde, mais aucun en anglais. »

Je comprenais son point de vue. Des prospectus en d’autres langues n’auraient pas été placardés dans Calcutta parce que trop peu de gens auraient été capables de les lire. Il a saisi celui qu’il avait sous les yeux et l’a examiné comme si garder les yeux rivés dessus suffisamment longtemps allait lui donner un indice.

« Et le meurtre de Mukherjee, a-t-il poursuivi, s'il est significatif chez nous, n'a pas la même résonance à Madras ou Bombay. Il n'était pas une figure nationale, certainement pas comme Gulmohamed. »

J'ai désigné les feuilles manuscrites. « Et ces chiffres, vous y comprenez quelque chose ?

– Pas vraiment. Ce sont des paiements ou des reçus. Je ne sais pas à quoi ça correspond en général mais il y en a un, ici, avec une série de nombres. C'est peut-être un numéro de compte. » Il a fait glisser les feuilles sur la table et je les ai regardées. Ce qui ne servait à rien évidemment. Si Satyen ne pouvait pas les déchiffrer, j'allais difficilement en être capable, mais il était important d'essayer. Du doigt, il m'a indiqué une succession de six chiffres mélangés à des lettres.

« Il n'est pas impossible que le nombre lui-même soit codé, mais je dirais que c'est peu probable.

– Pourquoi ?

– Parce qu'il n'y a que dix chiffres. Quand les gens inventent des codes, ils utilisent généralement d'autres symboles pour les nombres. Sans quoi, transposer un chiffre par un autre peut créer des confusions. »

S'il s'agissait d'un paiement sur un compte bancaire, cela sous-entendait des possibilités intéressantes. Si Irani était réellement cet Atchabahian, un Arménien sans le sou, cela expliquait peut-être qu'il puisse se permettre de vivre maintenant au Taj.

Gulmohamed avait suggéré qu'Irani soutenait financièrement la cause de l'Union de l'Islam mais cela n'avait pas de sens. Pourquoi un chrétien arménien, se faisant passer pour un Parsi, voudrait financer un parti politique musulman ? Mais si c'était l'inverse ? Si la nouvelle richesse d'Irani provenait en réalité de Gulmohamed ? L'homme politique s'était montré réticent à mentionner le nom d'Irani lorsque nous l'avions interrogé. Il avait fallu le menacer de le jeter du haut d'une falaise pour qu'il nous le donne. Et s'il nous avait donné le nom, cela ne l'empêchait pas de nous avoir menti sur la nature de leur relation. Gulmohamed l'avait-il engagé pour qu'il tue Mukherjee ? Si nous parvenions à établir ce lien, j'avais le sentiment que cela nous aiderait à prouver l'innocence de Satyen. Ce n'était pas grand-chose, certainement pas recevable devant un tribunal, mais cela constituait une lueur d'espoir, et c'était mieux que rien.

Je lui ai rendu la feuille. « Autre chose ?

– Il y *avait* quelque chose. Des notes, manuscrites, sur le rabat du dossier. Je n'ai pas eu le temps de tout lire, avec Irani qui a débarqué, mais il y avait un numéro de téléphone de Bombay, le 2636, et aussi un nom et une heure : Haji Ali, midi.

– Ça vous dit quelque chose ? »

Satyen a haussé les épaules. « C'est musulman. C'est tout.

– D'accord, ai-je fait. Allons-y.

– Où ça ?

– Dans le vestibule. Nous avons d'autres coups de téléphone à passer. »

J'ai rappelé Dawson pour lui indiquer les nombres qui selon Satyen correspondaient peut-être à un numéro de compte et je lui ai demandé de se renseigner sur la question. Après quoi, je me suis tourné vers Satyen.

« On appelle ce M. Haji Ali ?

– Mais il est une heure et demie du matin.

– C'est le meilleur moment pour téléphoner, ai-je répliqué. Quand on veut la vérité, il faut appeler en pleine nuit. Les gens sont généralement trop dans le coaltar pour bien mentir. »

J'ai redemandé le numéro à Satyen, puis prié l'opératrice de me mettre en relation avant de retenir mon souffle. J'étais prêt à attendre le temps qu'il fallait pour que quelqu'un réponde, mais au bout d'une ou deux minutes mon espoir a commencé à s'amenuiser. Quelques minutes supplémentaires et il était complètement anéanti. J'ai raccroché.

« Vous pourriez demander au central téléphonique ? a déclaré Satyen.

– Quoi ?

– Vous pourriez appeler le central, leur donner le numéro et leur demander de vous indiquer le nom et l'adresse qui correspondent. S'ils peuvent vous donner un numéro quand vous leur indiquez un nom ou une adresse, il est raisonnable de penser qu'ils ont peut-être une liste dans l'autre sens, avec tous les numéros répertoriés dans l'ordre. »

Je l'ai regardé avec une toute nouvelle admiration. Ce n'était pas une mauvaise idée, qui valait sans aucun doute la peine d'être tentée, et quoi qu'il en soit nous n'avions rien à perdre.

Je me suis emparé du combiné avant d'appuyer une fois de plus sur l'appareil pour obtenir l'opératrice. Une voix féminine qui semblait beaucoup trop haut perchée pour cette heure de la nuit a répondu.

« Avec quel numéro souhaitez-vous qu'on vous mette en relation ?

– Ce n'est pas pour une mise en relation, ai-je répondu. Ce qu'il me faudrait, c'est le nom et l'adresse qui correspondent au numéro que j'ai déjà. »

Après avoir expliqué l'urgence de la situation, et le fait qu'il s'agissait d'une enquête policière – qui d'autre ferait une telle demande à cette heure de la nuit ? –, elle m'a enjoint à raccrocher en promettant de me rappeler dès qu'elle aurait obtenu l'information.

« Ça va prendre combien de temps ? me suis-je enquis.

– Le temps qu'il faut », a-t-elle rétorqué.

Pour finir, cela a pris dix minutes.

« Le numéro n'est pas enregistré au nom de quelqu'un, a-t-elle dit. Mais au nom d'une organisation, l'Union de l'Islam. »

Le parti de Gulmohamed.

« Vous êtes sûre ? ai-je fait.

– Certaine, monsieur. »

Je l'ai remerciée, j'ai raccroché et me suis tourné vers Satyen.

« Vous ne devinerez jamais à qui appartient ce numéro… »

Nous étions de retour dans le salon lorsque la porte s'est ouverte et qu'Ooravis Colah est entrée tranquillement dans la pièce, tout juste un peu moins glamour que plus tôt dans la soirée lorsque nous nous étions séparés. Le sourire sur son visage, légèrement empreint de gin, laissait entendre qu'elle avait passé une bonne soirée.

« Bonsoir, messieurs, a-t-elle lancé. J'espère que vous profitez de votre séjour. »

Satyen l'a invitée à s'asseoir et lui a servi un café tandis qu'au mépris du bon sens j'ai commencé à lui expliquer ce que nous avions appris. J'aurais mieux fait de ne pas l'inclure dans nos délibérations mais elle insistait et étant donné que nous étions chez elle et que sans son aide nous n'aurions pas avancé d'un pouce, j'ai obtempéré à contrecœur.

Je leur ai raconté à tous deux ce que Dawson m'avait dit sur un homme appelé Sarkis Atchabahian, l'ancien soldat arménien qui avait disparu de Rangoon environ six mois plus tôt.

« Ça pourrait assurément être Irani, a déclaré Mlle Colah. Cet homme n'est pas plus parsi que vous.

– En êtes-vous sûre ?

– Absolument. Vous n'avez pas remarqué la coupe de son costume ? Il n'a aucun style. Si c'est un Parsi, c'est le Parsi le moins bien habillé du monde.

– C'est tout ? Autre chose ?

– Eh bien, oui, en fait. Nous pourrions évoquer sa connaissance limitée de nos coutumes, ou le fait qu'il s'efforce toujours d'éviter les autres Parsis. Nous sommes un cercle très restreint, capitaine, quasiment une espèce en voie de disparition ; ainsi, quand nous rencontrons nos semblables, nous avons tendance à nous rassembler comme les cormorans sur le lac de Lokhandwala. Nous étions au moins une douzaine hier à cette soirée et en dehors de moi, votre homme n'a parlé à aucun d'entre nous. Mais, ce sont surtout les vêtements. »

Satyen a récapitulé.

« Donc cet homme, Atcha… Atcha…

– Atchabahian, ai-je dit.

– Cet Atchabahian, oui, arrive à Bombay en se faisant passer pour Irani et se retrouve impliqué dans l'assassinat de Mukherjee orchestré par l'Union de l'Islam. Pourquoi ? »

Grâce à ma conversation avec Dawson, j'avais le sentiment de m'approcher lentement d'une réponse. Certes encore à tâtons, mais au moins maintenant je savais dans quelle direction aller.

« Allons nous reposer, ai-je déclaré. Nous saurons à quoi nous en tenir demain matin. »

53
Satyendra Banerjee

Nos destins, à ce qu'on dit, sont écrits dès l'instant où nous venons au monde, notre sort à la fois scellé à une chronologie céleste et une géographie terrestre. Je suis né, dans la maison de mes ancêtres à Shyambazar, le cinquième jour du mois d'Agrahayan, en l'an 1304 selon le calendrier bengali, un samedi, à sept heures onze du matin très précisément. Ces détails, ainsi que la position des corps célestes à cette même heure, ont décidé, comme nous autres hindous le croyons, du cours de mon existence tout aussi sûrement que les rails en acier imposent une route à une locomotive. Dès son plus jeune âge, heure, date et lieu de naissance sont gravés dans la conscience d'un Brahmane comme dans le granit, tant ces éléments sont importants. De la même manière, les détails de ma mort sont aussi décidés, gravés sur une tablette dont j'ignore encore le contenu. Cependant, je me suis réveillé ce matin-là, accablé, convaincu que la journée qui m'attendait serait sombre.

J'avais eu un sommeil agité, mes cauchemars pleins de visions d'Irani, ou d'Atchabahian, ou quel que soit le nom de cet homme, vêtu d'un treillis militaire et fonçant sur moi armé d'une baïonnette.

Je me suis levé avant le soleil, douché et, après m'être séché, j'ai passé mon cordon sacré, symbole des Brahmanes, par-dessus ma tête et autour d'une de mes épaules avec une gravité solennelle que je n'avais plus ressentie depuis de nombreuses années.

J'ai du mal à décrire mon état d'esprit. Peur, agitation, toutes les émotions que je m'attendais à avoir, étaient curieusement absentes. Certes mon cœur était lourd, mais j'avais les idées étonnamment claires, comme affranchies des chaînes qui les entravent au quotidien. Cela peut paraître étrange, mais penser que mon destin était scellé et que je n'y pouvais rien était libérateur.

La salle à manger était vide. Mlle Colah ne semblait pas du genre à se réveiller tôt et Sam, même si ses horaires s'étaient améliorés depuis qu'il s'était sevré de l'opium, faisait rarement surface avant sept heures. J'ai embêté la femme de chambre pour qu'elle m'apporte un verre de jus d'orange, je suis sorti avec sur la véranda et j'ai regardé le soleil se lever sur la baie, ce même soleil qui depuis plus d'une heure déjà réchauffait Calcutta. Je me suis mis à penser à ma terre natale. Shonār Bangla, comme nous l'appelons, le Bengale doré. Il est toujours plus facile d'apprécier cette image avec la distance et la nostalgie sentimentale qui cachent au fils errant toutes les imperfections de son pays.

Je me suis assis et j'ai commencé à parcourir les papiers d'Irani, en essayant de comprendre le sens des colonnes de nombres. Je ne sais pas combien de temps je suis resté là-dessus, mais le soleil était haut lorsque l'impertinent craquement du plancher a interrompu mes réflexions. Des pas approchaient. Je me suis tourné, pensant qu'il s'agissait encore de la bonne, au lieu de quoi j'ai vu Sam, debout dans l'embrasure de la porte.

« Mauvaise nuit ? »

Il sait toujours de quelle humeur je suis. Il affirme que l'émotion se lit sur le visage de chaque Bengali comme dans un livre.

« Je ne sais pas comment on va s'en sortir cette fois, ai-je déclaré. Même si Gulmohamed et Irani sont de mèche, même s'ils ont tué Mukherjee, je ne vois pas comment on peut le prouver. Et si nous n'y parvenons pas, eh bien, je suis fini.

– Nous avons déjà été dans des situations difficiles, a-t-il répliqué. Nous nous en sommes toujours sortis. C'est notre métier. Le spectacle continue.

– Tous les spectacles ont une fin, ai-je remarqué. C'est peut-être tout simplement mon heure ? »

Il s'est approché et a posé une main sur mon épaule.

« Écoutez-moi, a-t-il dit. Nous ne sortons pas de scène, pas maintenant, et certainement pas avant d'avoir crié victoire. »

54
Sam Wyndham

Nous avons poursuivi dans la salle à manger, nous remettant au travail seulement après avoir demandé, obtenu et englouti un petit déjeuner. Ce cher Satyen est toujours émotif quand il a le ventre vide.

La femme de chambre a débarrassé, et il a étalé sur la table les papiers qu'il avait subtilisés dans le bureau d'Irani. Il a à peine regardé les prospectus, pour se concentrer sur les quelques pages où figuraient, d'après nos suppositions, des transactions financières.

« Ce serait plus facile si nous connaissions le contexte.

– On peut deviner, ai-je dit. Un soldat arménien mentalement instable est exclu de l'armée pour meurtre. Quasiment sur la paille, il se livre à certaines activités douteuses qui lui valent des séjours réguliers en prison. Ensuite il disparaît de Rangoon et refait surface à Bombay sous le nom d'Irani en prétendant être homme d'affaires, en élisant domicile dans un hôtel de luxe et en dépensant de l'argent à tout-va. Soudain, un homme qui apparemment ne sait que tuer les gens devient la coqueluche de la ville. »

Satyen m'a dévisagé. « Que sous-entendez-vous ?

– La nuit m'a porté conseil, ai-je dit, et je n'ai plus de doute. Un politicien comme Gulmohamed a probablement quelques amis louches dans le milieu. Disons qu'un de ses contacts lui a parlé d'Atchabahian, un homme sans argent coincé à Rangoon, qui n'aime guère les hindous. Gulmohamed se met en rapport avec lui, le fait venir à

Bombay, le remet à flot et l'installe au Taj sous le nom d'Irani pour ensuite lui demander de faire contre rémunération son sale boulot.

– Y compris le meurtre ?

– C'est vous qui l'avez vu avec Gulmohamed le jour où Mukherjee a été assassiné. Ils projettent peut-être de déstabiliser les autres partis avant les élections du mois prochain, qui sait ? Ils tuent un éminent hindou, mais pas *trop* connu non plus, sachant que Shiva Sabha réagira avec des émeutes et des violences contre les musulmans, ce qui en retour consolidera le vote musulman en leur faveur. Quand Gulmohamed nous a dit qu'il n'avait pas tué Mukherjee, c'était peut-être vrai seulement au sens littéral du terme. Il ne l'a pas tué. Il a juste demandé à Irani de le faire. »

J'entrevoyais les rouages de l'esprit de Satyen se mettre en branle tandis qu'il réfléchissait à ce que je venais de lui dire.

« S'il est arménien, pourquoi aider les musulmans ? Je pensais que les Arméniens les haïssaient après ce que les Turcs leur ont fait pendant la guerre. »

Il avait raison ; je n'y avais pas pensé. Néanmoins, je n'étais pas certain que cet argument change quoi que ce soit.

« D'après ce qu'on sait, l'homme a grandi en Birmanie. Il est peut-être d'origine arménienne, mais je ne suis pas sûr que ce soit si important. »

Derrière nous la porte s'est ouverte en grinçant. Mlle Colah est entrée, drapée dans un peignoir de soie bleue.

« Bonjour, messieurs. » Elle avait la voix rauque après la soirée de la veille. « Vous êtes matinaux. »

La femme de chambre s'est approchée et Ooravis lui a énuméré ce qu'elle voulait pour son petit déjeuner avant de venir s'installer à table.

« Déjà au travail, Satyen ?

– J'essaie de décrypter ces papiers. »

Ooravis a à peine regardé les feuilles avant de se tourner vers moi.

« Eh bien, monsieur l'enquêteur ? Qu'allez-vous faire maintenant ? »

C'était une bonne question.

« Satyen peut continuer de travailler sur ces documents, ai-je déclaré. Pendant ce temps, il faut que je mette la main sur un suspect. »

Elle a haussé un sourcil.

« Vraiment ? Quelqu'un que je connais ?

– J'en doute. Un certain Haji Ali. Je crois qu'il travaille pour l'Union de l'Islam. »

Mlle Colah m'a regardé et a ri.

« Vous en êtes sûr ?

– Nous avons trouvé son nom et son numéro de téléphone dans les papiers d'Irani, ai-je répondu. Le numéro est celui du quartier général de l'Union de l'Islam. »

Colah a secoué la tête. « Le numéro est peut-être celui de l'Union. Mais je ne pense pas que ce soit le numéro de quelqu'un qui s'appelle Haji Ali.

– Pourquoi ? a demandé Satyen.

– Parce que Haji Ali n'est pas une personne, ou du moins ne l'est plus. Il est mort depuis environ cinq cents ans. Maintenant il a donné son nom à un lieu. Une mosquée pour être plus précise. Qui se trouve sur un îlot près de Worli. »

Satyen a haussé les épaules. « C'est peut-être là que Gulmohamed et lui se retrouvent.

– Ou se sont retrouvés, ai-je dit. Nous n'avons aucune date.

– C'est aujourd'hui », a affirmé Ooravis Colah.

Nous l'avons tous deux regardée.

« C'est logique, a-t-elle poursuivi. Nous sommes vendredi. Gulmohamed va aller à la prière du vendredi à la mosquée. Les environs sont toujours bondés à cette heure-là. Si vous voulez retrouver quelqu'un dans une foule, c'est l'endroit et le moment où il faut le faire.

– Vous auriez dû travailler dans la police, ai-je remarqué.

– Peut-être, a-t-elle approuvé avant d'ajouter en désignant Satyen : même si en voyant la situation plus que délicate dans laquelle Satyen se trouve, ce n'est sans doute pas une si bonne idée quand on est indien. »

J'ai laissé Satyen à ses nombres et emprunté une fois de plus l'automobile et le chauffeur de Mlle Colah. L'homme a semblé interloqué en m'entendant lui demander de m'emmener à Haji Ali, mais il a gardé pour lui tout commentaire éventuel.

Je n'étais pas certain de ce que j'espérais accomplir, mais si je pouvais intercepter Gulmohamed en train de remettre du liquide à l'homme se faisant appeler Irani, cela me suffirait peut-être pour les arrêter tous deux. Certes, je n'avais aucune preuve de rien, mais c'est précisément ce qui rend nos lois si merveilleuses. Si vous soupçonnez un tant soit peu un Indien d'avoir commis un crime, vous pouvez tout simplement l'arrêter et trouver par la suite une raison valable de l'avoir fait. Je me disais qu'une fois qu'ils seraient tous deux en garde à vue, ce ne serait qu'une question de temps avant que Satyen ne décode les notes d'Irani ou que l'un des deux craque.

À un petit détail près, naturellement : je n'avais absolument aucune autorité pour arrêter quiconque à Bombay, mais si, comme le pensait Dawson, Gulmohamed n'était pas un agent de la Section H, alors j'espérais qu'un coup de fil au chef du renseignement à Calcutta me faciliterait la tâche en me donnant le pouvoir dont j'avais besoin. J'aurais dû déjà l'appeler ce matin-là, mais dans ma hâte de me rendre à Haji Ali, cela m'était sorti de l'esprit.

Nous avancions lentement, la voiture ne cessant de s'arrêter à cause des centaines de mahométans se dirigeant vers la mosquée. Il était encore beaucoup trop tôt pour la prière du vendredi, et je me demandais ce qui se passait. Ils faisaient peut-être les choses différemment à Bombay, mais cela me semblait improbable. S'il y a une chose qu'ont en commun toutes les religions, ai-je découvert, c'est le dogmatisme avec lequel les rituels sont suivis. L'heure précise d'un service ou le protocole d'une liturgie est d'ordinaire inscrit dans la pierre, généralement par des prêtres plusieurs siècles après que le dieu ou le prophète en question a tiré sa révérence et regagné les cieux. C'est comme ça avec la religion. On peut légitimement se demander ce qui relève de l'inspiration divine et ce qui n'est que pure bureaucratie.

Nous avons poursuivi notre chemin à un rythme d'escargot tandis que le chauffeur klaxonnait à tout-va avec autant d'effet que s'il avait voulu déplacer un troupeau de buffles d'eau.

« Qu'est-ce qui se passe ? » ai-je demandé.

Le chauffeur a secoué la tête. « *Mujhe nahin pata, sahib.*

– Eh bien, demandez à quelqu'un », ai-je rétorqué.

Il s'est penché et a appelé l'un des hommes qui passaient. Comme les autres, il était tout de blanc vêtu, avec un petit couvre-chef. L'homme a répondu en agitant la tête, cet étrange mouvement indien qu'après cinq ans dans ce pays je suis toujours incapable de comprendre véritablement.

Le chauffeur s'est tourné vers moi.

« Rassemblement, a-t-il dit. L'Union de l'Islam tient une réunion publique aujourd'hui à la mosquée. »

Une réunion publique à Haji Ali. J'ai eu le sentiment que Gulmohamed préparait quelque chose. Avec les élections imminentes, c'était aujourd'hui qu'il mobiliserait ses troupes. Le fait qu'Irani ait pris note de cet événement scellait le lien entre eux. Gulmohamed voulait probablement garder son homme de main à sa portée ; peut-être y avait-il d'autres personnes qu'il voulait voir mortes.

55
Satyendra Banerjee

Mlle Colah avait cessé de s'intéresser à ce que je faisais peu après le départ de Sam, me laissant seul examiner les documents codés, de sorte que j'ai été surpris quarante minutes plus tard lorsqu'elle est revenue me chercher dans la salle à manger.

« Téléphone pour vous.

– Moi ? » J'étais en cavale. Personne n'était censé savoir où je me trouvais, et encore moins avoir un numéro de téléphone où me joindre.

« L'homme au bout du fil a demandé le capitaine Wyndham, mais en son absence il a dit que vous feriez l'affaire.

– Qui ?

– Il ne m'a pas donné son nom. Vous pourriez peut-être lui demander, vous. »

Il n'y avait aucune raison de refuser de prendre cet appel.

Je l'ai suivie dans le vestibule où se trouvait le téléphone.

« Allô ? me suis-je risqué.

– Banerjee ? a répliqué une voix anglaise et sèche. Dawson à l'appareil. Où est Wyndham ? »

J'ai soupiré, soulagé.

« Il est parti essayer de surprendre Gulmohamed en train de payer Irani, ou Atchabahian, ou je ne sais qui. Il pense qu'Atchabahian travaille pour Gulmohamed. S'il peut les prendre la main dans le sac, il pourra les arrêter.

– Eh bien, ça ne va pas se passer comme ça », a-t-il dit.

J'étais d'accord.

« Je lui ai dit que c'était naïf.

– Je ne sais pas si c'est naïf, mais c'est certainement stupide. Parce que Atchabahian ne travaille pas pour Gulmohamed.

– Quoi ?

– Wyndham m'a demandé de vérifier si Gulmohamed était allé à Rangoon avant la disparition d'Atchabahian. Je n'ai rien trouvé là-dessus, mais il y avait quelqu'un d'autre là-bas. Un certain MacRae. Il travaillait avant pour la Section H à Bombay. Il a été démis de ses fonctions il y a un mois environ.

– Vous voulez dire qu'il travaille pour *vous* ?

– Je vous dirais tout ça à votre avis s'il travaillait pour moi ?

– Pourquoi MacRae a-t-il été révoqué ? ai-je demandé.

– Je l'ignore, mais vous pouvez être sûr que je ne tarderai pas à le savoir.

– Je vais transmettre tout ça au capitaine Wyndham dès que possible.

– Il y a autre chose, a déclaré Dawson. Ce compte en banque qui vous intéressait. C'est un compte à la Grindlays, dans une agence de Calcutta, au nom du Shiva Sabha. Le paiement provient d'un compte domicilié à Bombay, dont Irani est l'unique signataire.

– Irani envoie de l'argent au Shiva Sabha ? Pourquoi ferait-il une chose pareille ? Surtout s'il est responsable du meurtre de Mukherjee ? »

Dawson a marqué une pause. « Trouvez les réponses, sergent. Vous êtes assez intelligent pour y voir clair. »

Étourdi, j'ai regagné la salle à manger. Il fallait que j'intègre ce que Dawson m'avait dit. En ouvrant la porte, j'ai trouvé Ooravis Colah en train de parcourir distraitement les prospectus que j'avais laissés sur la table.

« Il y a tant de langues, s'est-elle émerveillée. Qui peut gouverner un pays avec autant de langues ? »

Alors qu'elle désignait les différentes écritures, je me suis approché : les langues du sud de l'Inde avec leurs boucles soignées et compactes ; la monolithique écriture aryenne du nord de l'Inde, et les lettres tranchantes et anguleuses du bengali.

Elle s'est emparée d'un prospectus et a commencé à lire à voix haute.

« C'est du gujarati ? ai-je demandé.

– Marathi, a-t-elle rectifié. Mais ça ne rime à rien. »

Je l'ai regardée. « Qu'est-ce que ça dit ?

– *Fils de l'islam !* a-t-elle lu en fronçant les sourcils tandis qu'elle traduisait le texte. *Mobilisez-vous et vengez le massacre des innocents. Vengez la mort de Gulmohamed et des martyrs de Haji Ali.* »

Durant une seconde qui m'a paru une éternité, j'ai regardé le papier, stupéfait. J'ai tourné mon attention vers les rangées de nombres sur les pages de registre que j'avais volées. L'une d'elles correspondait à un paiement à la faveur de Shiva Sabha. Soudain, dans un moment de terrible clairvoyance, la vérité m'a frappé.

« Il faut que j'aille à Haji Ali, ai-je déclaré. Je dois trouver Sam. »

56
Sam Wyndham

Il semblerait que les saints hommes des religions orientales placent traditionnellement leurs autels et lieux de pèlerinage dans les endroits les plus reculés possible. Bouddhistes et hindous ont tendance à installer leurs monastères en altitude dans l'Himalaya, et les Jaïns, comme j'ai pu m'en rendre compte, se plaisent à édifier leurs temples dans des lieux qui sont en règle générale à un jour de marche voire plus de la route la plus proche. D'ordinaire, les musulmans semblent plus raisonnables, mais le tombeau de Haji Ali et la mosquée qui porte son nom réussissent – exploit suprême – à être situés dans la ville tout en demeurant difficile d'accès.

L'édifice était bâti sur un îlot qui émergeait dans la baie et ne ressemblait à aucune des mosquées que j'avais pu voir auparavant. Il semblait surgir directement de la mer, avec ses épaisses digues blanches abritant la délicate architecture moghole. D'emblée la mosquée paraissait complètement isolée au milieu des eaux mais en s'approchant une jetée, bondée de monde, se dessinait, la reliant au continent.

J'ai ordonné au chauffeur de se garer et d'attendre, puis je suis sorti de voiture pour me mêler aux centaines de fidèles se dirigeant vers la jetée.

Quelques pieds au-dessus de l'eau, celle-ci filait sur quelque quatre cents yards. D'ordinaire, ce devait être une promenade agréable, mais aujourd'hui, avec une telle foule, l'entreprise était plutôt périlleuse. Sans qu'aucune rambarde ne les protège, des hommes marchaient côte à côte par six le long de l'eau qui venait lécher leurs sandales.

Il n'y avait aucun moyen de les doubler à moins de prendre un bain dans la mer ; je me suis donc fondu dans la procession qui avançait lentement vers l'îlot. Le passage s'élargissait à l'arrivée, ce qui toutefois n'améliorait guère la circulation. La place devant l'arche à l'entrée de la mosquée était déjà pleine de monde et sur une scène drapée de vert islamique, quelques hommes installaient un système de sonorisation.

Je me suis frayé un chemin dans la foule pour m'approcher de la scène, ce qui m'a valu des regards curieux. Ici, dans ce lieu saint – ou du moins à une dizaine de pieds de l'endroit à proprement parler –, j'étais le seul infidèle, et j'ai été soulagé de voir la foule me céder volontiers le passage. Une fois arrivé à la scène, j'ai abordé l'un des ouvriers qui s'occupaient d'un haut-parleur et lui ai demandé où je pourrais trouver Gulmohamed. Je n'ai pas eu besoin d'attendre sa réponse, car l'homme lui-même, soulevant un rideau sur le bord de la scène, a subitement surgi.

En me voyant il s'est figé, l'air apeuré, et pourtant il a su aussitôt se ressaisir. Il était entouré d'amis, probablement un millier, et s'il l'avait voulu, ils m'auraient découpé en morceaux membre par membre, cela ne faisait aucun doute.

D'ailleurs, à voir son expression, il était peut-être en ce moment même en train d'y songer. J'ai décidé de prendre l'initiative avant qu'il ne passe à l'acte.

« Je suis au courant pour Atchabahian », ai-je lancé en marchant vers lui.

Il a feint l'ignorance.

« Qui ?

– Votre ami, Irani. Il est arménien en réalité. Je sais que vous l'avez recruté à Rangoon, que vous l'avez fait venir à Bombay et que vous l'avez installé au Taj sous une nouvelle identité. »

Il m'a dévisagé comme si j'avais complètement perdu la tête.

« Qu'est-ce que vous racontez ? Irani ne travaille pas pour moi, et je ne connais absolument pas d'Arménien. »

Quelques-uns de ses gardes du corps qui se tenaient non loin de là ont perçu la tension et commencé à se rapprocher. J'ai senti leurs regards sur moi.

« Ne faites pas l'idiot, ai-je répliqué. Je sais que vous l'avez payé pour tuer Mukherjee. »

Gulmohamed a éclaté de rire. « *J'ai* payé Irani ? Je n'ai jamais rien payé à Irani, sinon peut-être un taxi. Au contraire, c'est lui qui a donné une somme considérable à notre parti. Quant à Mukherjee, je vous l'ai dit, je n'avais jamais entendu ce nom avant qu'il soit assassiné. Je ne savais pas qu'il se trouvait dans cette maison et je n'y suis même pas entré. Maintenant, je vous conseille de partir avant que mes amis décident de vous aider à regagner le continent à la nage. »

J'ai tenté un dernier coup de dés.

« Je sais qu'il vient ici vous retrouver. »

Gulmohamed a secoué la tête. « Ça m'étonnerait. » Il a désigné la scène. « Je dois faire un discours. Vous pouvez rester et écouter si vous le souhaitez, vous êtes plus que le bienvenu, mais ce sera en ourdou. Ça m'étonnerait qu'Irani ou vous y compreniez grand-chose. »

Avant que je ne puisse répondre, il a fait volte-face et a disparu derrière le rideau. Je lui ai emboîté le pas, mais deux types plutôt costauds, que Gulmohamed n'avait certainement pas engagés pour leur conversation, m'ont barré la route.

J'ai songé à forcer le passage à coups de poing, mais ce n'était peut-être pas la chose la plus intelligente à faire dans la mesure où je me trouvais devant une mosquée, au beau milieu d'un millier d'hommes pour lesquels j'étais un infidèle. En matière de lynchage à caractère religieux, nous autres Britanniques avions créé un précédent exemplaire en la personne du général Gordon à Khartoum. Malgré deux garnisons de soldats et l'aide divine du prophète Isaïe, il ne s'en était pas très bien sorti. Et moi, je n'avais dans mon camp que Satyen assis dans une villa à Malabar Hill et un chauffeur que j'avais emprunté, qui m'attendait dans une automobile à cinq cents yards de là.

Si j'avais été raisonnable, j'aurais rebroussé chemin, mais je n'en avais pas encore terminé avec Gulmohamed. La discrétion est peut-être la première des vertus, mais je n'ai jamais compris pourquoi. Pour finir, j'ai décidé de couper la poire en deux, de faire semblant de partir avant de me retourner et de foncer entre les deux. Il devait y avoir longtemps que quelqu'un ne les avait pas défiés avec autant d'audace, et ma réaction a paru les surprendre. Je les avais dépassés et filais aussi vite que possible lorsque j'ai senti une main massive m'attraper par le col. On m'a fait pivoter et j'ai reçu un coup de poing dans le ventre, qui m'a coupé le souffle. Plié en deux, j'ai cherché à respirer, et en un éclair on m'a emmené de force loin de la scène. L'espace d'un instant, j'ai cru qu'ils allaient mettre à exécution la menace de Gulmohamed et me jeter dans la mer, et si j'avais contrattaqué avec un ou deux coups de poing, ils l'auraient peut-être fait. Heureusement, ils ont préféré m'escorter jusqu'au bout de la jetée, et je leur en ai su gré. Malgré le nombre sans cesse croissant d'hommes se dirigeant dans l'autre sens, ils n'ont eu aucun mal à m'accompagner à bon port. En voyant un sahib malmené par deux mastards, les pèlerins se sont écartés pour nous laisser passer.

Ils m'ont déposé sur la terre ferme en me poussant de manière peu amène, puis ils sont restés là pour s'assurer que l'idée ne me viendrait pas de retenter ma chance.

Optant avec un peu de retard pour la discrétion, j'ai reculé de plusieurs pas pour me ressaisir et attendre que les goondahs rebroussent chemin vers la mosquée.

Appuyé contre un mur en déliquescence, j'ai allumé une cigarette en songeant aux commentaires de Gulmohamed. S'il disait la vérité, il n'y avait *pas* de rendez-vous de prévu à midi avec l'homme qui se faisait appeler Irani. Pourtant, j'avais le sentiment qu'Irani allait quand même venir. J'ai consulté ma montre. Midi moins vingt. Je n'allais pas tarder à en avoir le cœur net.

J'ai fini ma cigarette et suis reparti vers la jetée. Les deux hommes de main de Gulmohamed étaient toujours là, et quelques minutes plus tard, mes pires craintes se sont réalisées. Irani, vêtu d'un costume en lin et portant une mallette en cuir marron, s'approchait. Dépassant d'un pied les pèlerins, il était plus baraqué que tout le monde mais si les deux gardes du corps l'ont longuement dévisagé, ils n'ont rien fait pour l'arrêter. Les deux sbires de Gulmohamed étant toujours en place, tenter de suivre Irani sur la jetée eût été une folie. J'avais mon revolver sur moi, mais le sortir et les menacer avec aurait probablement fait plus de mal que de bien. Je suis donc resté là, impuissant, mais j'ai soudain reconnu dans la foule un visage familier.

57
Satyendra Banerjee

J'ai quitté en courant la maison de Mlle Colah et réquisitionné la bicyclette du jardinier. C'était loin d'être le moyen de transport le plus rapide, mais comme disent les Britanniques, *on ne fait pas la fine bouche quand on n'a rien à se mettre sous la dent.*

D'un coup de pédale j'ai quitté l'allée pour gagner la rue. Par chance, la majeure partie du trajet était en pente, et je n'ai pas tardé à rouler à bonne allure en direction de la plage de Chowpatty. Là, au carrefour, je suis tombé sur une file de taxis. Dérapant pour freiner, j'ai remercié les dieux, me suis débarrassé de mon vélo, et précipité vers le taxi le plus proche.

Ce n'est qu'une fois installé à l'arrière du taxi en route vers Pedder Road que j'ai pu faire le point. Irani était effectivement Atchabahian. Il avait été engagé par la Section H, ou du moins par un agent véreux de la Section H : MacRae. Son but ? Jouer sur les deux tableaux pour tirer profit de la situation, en versant clandestinement de l'argent britannique à la fois aux radicaux hindous et aux extrémistes musulmans pour tenter, je le supposais, de faire perdre des bulletins de vote aux partis plus modérés lors des prochaines élections, ou pire, dans le but de déclencher des violences qui serviraient de prétexte pour les annuler purement et simplement.

Au regard de cet objectif, le mobile de l'assassinat de Mukherjee devenait évident. Atchabahian avait attiré

Gulmohamed à Budge Budge sous prétexte de rencontrer un généreux donateur. Il avait ensuite étranglé Mukherjee dans l'espoir de faire porter le chapeau à Gulmohamed et de faire d'une pierre deux coups. Mais Gulmohamed avait flairé le piège et quitté les lieux sur-le-champ. En revanche, moi, j'étais tombé en plein dedans. Atchabahian avait certainement dû prévenir en amont la police locale, ce qui expliquait pourquoi les agents étaient si vite arrivés sur place.

Si son plan s'était déroulé comme prévu, le meurtre de Mukherjee et l'arrestation de Gulmohamed auraient suffi à mettre le feu aux poudres et à pousser hindous et musulmans à s'affronter à travers tout le pays. Dans l'état actuel des choses, la mort de Mukherjee avait suffi à enflammer Calcutta, en grande partie grâce aux milliers de prospectus placardés la nuit à la fois dans les quartiers hindous et musulmans, des prospectus qu'Atchabahian, comme je le présumais maintenant, avait fait imprimer à l'avance et ensuite distribués aux extrémistes des deux bords.

Si la vague de violence n'avait pas réussi à s'étendre, c'était probablement parce que Mukherjee était un hindou radical de seconde zone et parce que Gulmohamed n'était finalement pas impliqué dans l'affaire. Mais Atchabahian avait bien l'intention à présent de rectifier son erreur. À en croire le prospectus que Mlle Colah avait traduit, si Atchabahian n'avait pu accomplir ce qu'il voulait à Calcutta, il était sur le point de rectifier le tir à Bombay. Il assassinerait Gulmohamed à la mosquée et pousserait au soulèvement les musulmans du sous-continent. Et cela ferait le jeu de nos souverains britanniques. Quoi de mieux pour montrer au reste du monde que les Indiens ne sont pas aptes à gouverner. *« Regardez ! »* s'exclameraient avec joie la presse britannique et leurs représentants indiens. *« Ces gens s'étripent. Nous devons continuer de gouverner l'Inde ne serait-ce que pour sauver les indigènes d'eux-mêmes. »*

C'était un plan audacieux, et j'ai dû me rappeler à moi-même que ce n'était pas Atchabahian qui l'avait fomenté. Il n'était qu'un instrument. Le plan venait des Britanniques, ou du moins avait été élaboré par un agent britannique véreux.

Même maintenant, j'avais du mal à l'accepter. Les paroles de mon père, qu'il avait proférées maintes fois depuis que j'étais petit, me sont soudain revenues.

« Diviser pour mieux régner. C'est ce que les Britanniques ont toujours fait. C'est ainsi qu'ils nous ont d'abord réduits en esclavage et c'est ainsi qu'ils nous maintiennent encore sous leur joug. Et pourtant, est-ce eux ou nous-mêmes qu'il faut blâmer ? Ils ne font qu'exploiter notre stupidité et nos préjugés. »

Je n'aurais pas dû en être choqué, et pourtant je l'étais. Je travaillais pour les Britanniques et faisais respecter leurs institutions. Et c'était ces mêmes personnes qui cherchaient actuellement à m'arrêter afin de me traîner en justice pour un crime que je n'avais pas commis. Néanmoins, cette question allait devoir attendre. Dans l'immédiat, je devais empêcher le chaos et le carnage que l'assassinat de Farid Gulmohamed ne manquerait pas de déclencher.

La voiture a filé vers la mer et au loin j'ai fini par apercevoir la mosquée, émergeant de l'eau comme dans un rêve. D'un blanc éclatant sous le soleil de midi, un dôme et un unique minaret semblaient flotter avec sérénité.

Je me suis demandé où se trouvait Sam. Avec un peu de chance, il avait arrêté et placé en garde à vue Gulmohamed. S'il l'avait fait, c'était peut-être pour les mauvaises raisons, mais cela sauverait la vie du politicien. Toutefois, c'était peu probable. Même Sam se serait certainement rendu compte qu'un Anglais seul, habillé en civil, tentant d'arrêter devant une mosquée un homme politique musulman de premier plan était pure folie.

Alors que je commençais à me dire que j'allais arriver à temps, le taxi a freiné et s'est arrêté. Un mur d'hommes vêtus de blanc barrait la route.

« Que se passe-t-il ? ai-je baragouiné en hindi.

– *Masjid mein ek baithak hai* », a répondu le chauffeur, ce qui d'après ce que j'ai compris voulait dire qu'il y avait une sorte de rassemblement à la mosquée et qu'à en juger par la foule en travers de notre chemin, ça allait être un sacré rassemblement.

Ce qu'avait noté Irani dans ses papiers a pris soudain tout son sens. Haji Ali, midi. Il n'y avait pas de meilleur endroit pour assassiner le chef de file d'un parti politique que devant un millier de ses partisans. J'ai consulté ma montre. Il était midi moins le quart. J'ai brandi un billet d'une roupie au chauffeur et j'ai bondi dehors. J'aurais plus vite fait de finir à pied. M'élançant dans la mêlée, j'ai commencé à jouer des coudes à travers l'océan de corps pour me frayer un chemin jusqu'à la jetée.

Des éclats de voix ont retenti ; il y avait du grabuge. Je me suis tourné et alors que la foule s'écartait, Sam a surgi devant moi, l'air quelque peu négligé, comme si la multitude l'avait recraché.

« Qu'est-ce que vous faites là ? a-t-il lancé en claudiquant vers moi. Peu importe en fait, je suis content de vous voir.

– Moi aussi. Que s'est-il passé ?

– J'ai essayé d'arrêter Gulmohamed, a-t-il répondu en grimaçant, mais ça n'a pas été très bien accueilli. Mais j'avais raison. Irani est ici. Je viens de le croiser sur la jetée. Ils sont de mèche.

– Non, ai-je rétorqué. Nous nous sommes trompés. Atchabahian n'est pas là pour retrouver Gulmohamed. Il est venu pour l'assassiner. »

Son visage a pris un air consterné.

« Quoi ?

– Je n'ai pas le temps de vous expliquer, me suis-je exclamé en me tournant vers la jetée. Il faut qu'on le rattrape. »

Il a posé une main sur mon épaule pour me retenir. « Ce n'est pas si simple. Je me suis déjà heurté aux gardes du corps de Gulmohamed. » Il a désigné deux hommes baraqués debout bras croisés au début de la jetée. « J'ai essayé de contraindre Gulmohamed à me parler. Ils ne l'ont pas vu d'un bon œil. »

Cela expliquait pourquoi il avait l'air de s'être battu. Je me demande parfois s'il n'est pas secrètement suicidaire.

« J'y vais seul alors, ai-je décrété.

– Attendez, a-t-il fait. J'ai plus d'un tour dans mon sac. Venez. Par là. »

58
Sam Wyndham

Satyen sur les talons, j'ai foncé en direction du quai. Là, dans l'eau, un remorqueur à la coque cabossée et à la cheminée noircie avec le temps poussait une autre embarcation vers la digue.

Comme le plus petit bateau approchait, j'ai retenu mon souffle, sauté et atterri sur le pont en bois branlant avec l'élégance d'un dugong, flanquant au passage une peur bleue au pêcheur émacié qui se trouvait là. Il a eu à peine le temps de se ressaisir que Satyen a déboulé à côté de moi en faisant tout trembler.

Après quoi nous nous sommes précipités à la poupe du bateau et là, j'ai grimpé sur le bastingage renforcé du remorqueur avant de me hisser sur son pont. Puis j'ai aidé Satyen à monter à bord et foncé vers la timonerie.

Le pilote en est sorti, se demandant manifestement si nous étions des pirates ou simplement des agents des autorités portuaires de Bombay. J'ai sorti ma carte de police et la lui ai brandie sous le nez.

« Police. Emmenez-nous à Haji Ali. »

Il a paru déconcerté, et lorsque Satyen a tenté dans un hindoustani plus que moyen de lui expliquer pourquoi, l'homme n'a pas semblé plus avancé.

Il a désigné la mosquée. « Haji Ali est juste là. Vous pouvez y aller à pied. »

Satyen s'est lancé dans une sorte d'exposé au cours duquel j'imagine qu'il indiquait pourquoi ce n'était pas envisageable pour nous, mais pour gagner du temps j'ai préféré sortir mon revolver et accélérer le processus. À la vue de mon Webley, la discussion tournant court, le pilote a regagné la timonerie et a commencé à manœuvrer le remorqueur pour mettre le cap sur la mosquée.

Quelques minutes plus tard, nous avancions tant bien que mal, non pas à une vitesse de plusieurs nœuds mais à un rythme suffisant pour voir se réduire la distance nous séparant de l'îlot. J'ai conservé le revolver braqué sur le malheureux pilote, simplement pour m'assurer qu'il reste concentré sur sa tâche.

Devant nous, les murs blancs de Haji Ali se rapprochaient. Les crépitements métalliques d'une sono qu'on allumait nous sont parvenus, puis une profonde voix de baryton a résonné.

« Ils commencent », a dit Satyen.

J'ai consulté ma montre. En cinq ans dans ce pays, je n'avais aucun souvenir d'un événement indigène commençant à l'heure annoncée.

Satyen a ordonné au pilote de s'approcher de la bande de terre devant la mosquée, où la scène avait été installée et où les fidèles étaient rassemblés. L'homme a secoué la tête.

« Impossible, sahib. Rochers. Bateau peut pas approcher. Mais il y a un ghat de l'autre côté, a-t-il suggéré.

– Fais le tour, a rugi Satyen, soulagé. *Jaldi !* »

L'homme a enfoncé son pied dans le sol, mais en dehors des émanations de diesel qui se sont accrues, il ne s'est pas passé grand-chose. Petit à petit l'embarcation a continué d'avancer dans la baie, pour finir par contourner la mosquée. Les haut-parleurs ont à nouveau crépité, puis une autre voix a résonné, que nous avons tous deux reconnue.

« Gulmohamed, a fait Satyen. Il commence son discours. »

J'ai regardé le pilote. « Cette coque de noix ne peut pas aller plus vite ? »

Il a paru prendre mes propos comme un affront personnel.

« Elle avance déjà à pleine vitesse, sahib. Si vous voulez plus vite, peut-être la prochaine fois, vous braquerez Cutty Sark ? » C'était une remarque courageuse, en particulier parce que je le tenais encore en joue, mais les capitaines de navire sont souvent susceptibles quant à leurs rafiots.

Cinq minutes plus tard, nous avons contourné la pointe de l'îlot, et les murs de Haji Ali ont cédé la place à un espace ouvert faisant office de ghat. L'embarcation s'est approchée, et lorsque l'eau a semblé être à hauteur de genou, nous avons sauté dedans et marché jusqu'à la rive.

L'endroit paraissait désert. Tous les yeux devaient être tournés vers le rassemblement qui se tenait de l'autre côté de la mosquée. Satyen et moi nous sommes dépêchés de gravir les marches, et à l'ombre du minaret, avons couru le long de la galerie en direction de l'entrée de la mosquée devant laquelle la foule était rassemblée.

La voix de Gulmohamed était plus forte désormais, ses mots clairement audibles. Il en allait de même pour les rugissements d'approbation de la foule. Je me suis brusquement arrêté pour observer ce que j'avais devant moi : un millier hommes entassés dans un espace grand comme un demi-terrain de foot, tous tournés vers la silhouette qui se tenait debout sur la scène drapée de vert. J'ai examiné les visages en quête d'Irani.

À côté de moi, Satyen reprenait sa respiration. « Où est-il ?

– Je ne le vois pas.

– Peut-être qu'il avance vers les premiers rangs ? Il pourrait facilement tirer de là. »

J'étais sur le point d'acquiescer, mais je me suis ravisé. Si Irani tirait sur Gulmohamed ici, devant autant de ses partisans les plus fervents, il signerait son propre arrêt de mort. La foule le dépècerait sur-le-champ. S'il avait prévu quelque chose, ce n'était pas de tirer vers la scène.

« Il ne va pas lui tirer dessus d'aussi près », ai-je déclaré. J'ai inspecté les hautes fenêtres et le toit de la mosquée qui surplombaient la scène. « Il va lui tirer dessus de loin…

– Vous vous trompez », a coupé Satyen.

Je me suis tourné vers lui. Son visage était grisâtre.

« Mlle Colah a traduit un prospectus. Ça parlait de venger *les martyrs* de Haji Ali. Au pluriel. Je crois qu'il a l'intention de faire exploser une bombe dans la foule. »

Je l'avais vu sur la jetée avec une mallette. Je m'étais dit que c'était pour recevoir un paiement de Gulmohamed. Mais si Satyen disait vrai, la mallette était bien plus meurtrière.

« Il faut qu'on fasse sortir ces gens d'ici. »

Une main sur mon revolver, je me suis élancé dans la masse d'hommes, nous frayant un chemin vers la scène. La voix de Gulmohamed résonnant dans les haut-parleurs noyait toutes les protestations sur notre passage. Mais alors que nous n'étions plus qu'à quelques pas, même lui a remarqué notre approche. Son ton a changé. Je n'ai pas compris ce qu'il disait, mais la réaction de la foule a suffi pour m'indiquer que nous étions en difficulté. En un éclair, des hommes se sont tournés vers moi et m'ont agrippé par la chemise et les bras. L'espace d'un instant, avant qu'une demi-douzaine d'âmes furieuses ne me bouchent la vue, j'ai aperçu Irani dans son costume de lin se dirigeant vers le rideau à l'arrière de la scène.

Je sentais des mains sur moi. Des doigts tirant mes épaules. Encore une seconde et je n'aurais plus aucune chance de l'arrêter. Avec ce qui me semblait être mes dernières réserves de force, j'ai libéré mon bras, saisi mon revolver et tiré en l'air. L'effet a été instantané. Dès lors que la détonation a réverbéré sur les murs, les mains qui avaient cherché à s'emparer de moi ont lâché prise comme si elles avaient reçu une décharge électrique. Les hommes se sont couchés par terre, cherchant vainement à se protéger. Seul Irani a continué de courir.

Il avait atteint l'entrée des coulisses. Il était sur le point de disparaître derrière les rideaux. Sur scène, les hommes de main de Gulmohamed couraient vers lui.

Libéré de l'emprise de la foule et avec Satyen à mes côtés, je me suis moi aussi élancé à la poursuite d'Irani, mais quelque chose n'allait pas. Il m'a fallu plusieurs précieuses secondes avant de comprendre de quoi il s'agissait. Je me suis figé sur place.

« La mallette ! »

Satyen m'a dévisagé. « Quoi ?

– Irani est venu avec une mallette. Il l'a laissée quelque part. Il faut qu'on la trouve », ai-je dit.

Satyen a dégluti. « Je vais la trouver. Vous, occupez-vous d'Irani.

– N'importe quoi, ai-je répliqué. Irani peut attendre. Nous la trouverons ensemble.

– Ces gens vont vous laminer si vous restez ici ! »

Cela ne me plaisait pas, de le mettre en danger, et j'étais sur le point de protester, lorsqu'il a coupé court.

« On n'a pas le temps de discuter, a-t-il décrété. Occupez-vous de lui maintenant ! »

Naturellement, il avait raison, mais je ne pouvais pas le laisser repartir dans la foule sans arme.

« Sergent, ai-je crié avant de lui lancer mon revolver. Faites attention. »

59
Satyendra Banerjee

Instinctivement, j'ai rattrapé le revolver dont la crosse était glissante de sueur.

Autour de moi, des hommes se relevaient. Heureusement, leur attention s'était concentrée sur Sam, et à ma grande surprise, je passais quasiment inaperçu. Ils étaient peut-être tout simplement soulagés de ne pas s'être pris une balle, mais personne n'a semblé se rendre compte que j'étais le complice de l'Anglais fou qui venait de tirer un coup de feu en l'air.

Je me suis efforcé d'aller là où je pensais qu'Irani avait pu laisser la mallette, mais je n'ai rien vu. Sur scène quelqu'un a crié. J'ai levé les yeux et vu Gulmohamed flanqué de ses gardes du corps, en train de me montrer du doigt. Si la foule ne m'avait pas remarqué, ce n'était pas du tout son cas. C'est alors que je l'ai repérée. Au pied de la plateforme, coincée entre deux supports en bois qui soutenaient la scène, presque directement en dessous de l'endroit où se tenait Gulmohamed, se trouvait la sacoche Gladstone en cuir marron que j'avais vue dans la suite d'Irani.

Sans réfléchir, je me suis élancé vers elle. Gulmohamed a dû croire que je me dirigeais vers lui, car l'instant d'après, l'un de ses hommes a sauté de la scène. Il n'y avait qu'une chose à faire. J'ai brandi le revolver et l'ai braqué en direction de sa tête.

L'homme s'est arrêté net.

« Police ! » ai-je crié avant de désigner la sacoche derrière lui et d'ajouter en hindi : « Je ne veux pas vous faire de mal, ni à vous ni à votre patron. Il faut juste que je m'approche de cette mallette. »

Il s'est écarté et je suis passé devant lui. Je me suis emparé de la mallette et j'ai essayé de l'ouvrir. Elle était verrouillée, mais cette fois j'ai forcé le fermoir fragile. J'ai ouvert la sacoche et eu un mouvement de recul. On ne pouvait se tromper sur la nature de ce qu'elle contenait. Des bâtons d'explosifs et quelques fils attachés à un minuteur. J'avais déjà vu des bombes auparavant, mais rien de tel, du moins pas en dehors d'un manuel d'entraînement. Les bombes qu'utilisaient nos anarchistes à Calcutta étaient des engins artisanaux comparés à celui-ci, de simples sphères métalliques avec une charge explosive et une mèche qui dépassait. Je n'avais eu qu'une seule fois l'occasion de voir une bombe à retardement, et en l'occurrence il s'agissait d'un engin improvisé qui d'ailleurs n'avait pas explosé. Ce que j'avais sous les yeux semblait bien différent. Soit Irani avait été formé par un professionnel pendant qu'il était à l'armée, soit quelqu'un avec une connaissance approfondie de ce genre de choses le lui avait donné. Quelle que soit l'explication, il y avait très peu de chances que je puisse le désamorcer.

Je me suis tourné vers le garde du corps de Gulmohamed, toujours les mains en l'air. Je lui ai fait signe d'approcher et j'ai désigné la bombe. « Il faut que ton burra sahib dise à la foule de s'éloigner le plus possible de la scène, et ensuite il faut que tu l'emmènes dans la mosquée. »

L'homme a vite compris ce qui se tramait. Il s'est hissé sur scène pour expliquer à Gulmohamed ce qu'il avait vu et ce que je lui avais dit. Le politicien m'a regardé, puis s'est emparé du micro, et d'une voix à peine tremblante, a ordonné à ses partisans de se lever et de se dépêcher d'aller soit dans la mosquée soit vers la jetée.

Il a fallu plusieurs secondes interminables pour que les gens réagissent. Si la bombe explosait maintenant, des dizaines voire des centaines d'hommes, y compris moi-même et Gulmohamed, seraient tués. Je ne savais pas du tout combien de temps il nous restait, mais je devais accélérer le mouvement. Une fois de plus, j'ai saisi le revolver, et comme Sam l'avait fait un peu plus tôt, je l'ai brandi vers le ciel et j'ai tiré. Cela a eu l'effet désiré, et une minute plus tard j'avais réussi à dégager un périmètre de sécurité de vingt pieds de diamètre autour de l'engin.

De là où je me trouvais j'ai risqué un coup d'œil vers la scène pour m'assurer que Gulmohamed avait lui aussi suivi mon conseil, mais avant que je puisse voir quoi que ce soit il y a eu un flash et un bruit de tonnerre a déchiré l'air. J'ai été violemment projeté à la renverse, et la dernière chose dont je me souvienne avant d'avoir perdu connaissance, c'est la scène qui s'écroulait dans un nuage de poussière et de débris.

60
Sam Wyndham

J'ai entendu l'explosion, suivie de cris. Irani avait traversé à toute allure les coulisses, avec moi à sa poursuite, et nous avions franchi une arche menant sur le site à proprement parler de la mosquée. Lui aussi s'est retourné au bruit de l'explosion, et en me voyant a souri.

« Arrêtez, Atchabahian ! ai-je crié. Vous êtes en état d'arrestation ! » En vain naturellement. L'homme avait de l'avance et il était armé. À sa place, j'aurais tenté ma chance. Comme s'il m'avait entendu, il a brandi son revolver et a fait feu. Le projectile est venu se loger dans le mur derrière moi, déclenchant une pluie de poussière de brique. J'ai plongé pour me protéger, mais j'ai levé la tête à temps pour le voir disparaître au coin.

Sans attendre, je me suis relevé pour lui courir après, et me suis retrouvé sous un soleil de plomb dans la cour que Satyen et moi avions traversée après avoir sauté du remorqueur. Mais Irani ne se dirigeait pas vers la mer. Il a pris la direction de l'arche à l'entrée de la mosquée, celle par laquelle nous étions arrivés dans la foule. L'endroit au-delà de l'arche était désormais un amas de corps amoncelés sur la jetée menant au continent. Je me suis arrêté, horrifié par le spectacle. La marée montait, et sans savoir où se réfugier, les gens se piétinaient les uns les autres dans l'espoir de s'échapper. Certains sautaient directement dans l'eau. Irani a disparu dans le flot de corps. J'ai songé à le suivre, mais aider les blessés s'est imposé.

J'ai fait demi-tour et me suis frayé un chemin vers la scène et les odeurs mêlées de fumée et de chair brûlée. Tout n'était plus que dévastation cauchemardesque. La scène s'était écroulée et formait un bûcher de tissu vert brûlant parmi un squelette de piliers en bambou.

Devant gisaient des hommes, à plat ventre et couverts de poussière. Quelques âmes commençaient à bouger dans les décombres, errant sous le choc. J'ai balayé du regard le carnage, à la recherche de Satyen, en priant à mi-voix un dieu auquel je ne croyais pas pour que Satyen ait eu le temps de se mettre à l'abri avant que l'engin n'explose ; pour qu'il se trouve en ce moment même quelque part dans les coulisses, en train de s'assurer que Gulmohamed soit en sécurité.

Avec angoisse j'ai observé les visages de ceux qui restaient, dans l'espoir que le sergent ne soit pas parmi eux. Puis, là, tout près de la scène, gisait un corps, le visage dans la poussière. Plus je m'approchais, plus mes craintes s'intensifiaient. La silhouette avait la taille et la carrure de Satyen. Je me suis agenouillé. La chemise correspondait à la sienne. Je l'ai délicatement retourné. Son visage et sa poitrine étaient couverts de sang, mais il était impossible de dire à quel point il avait été touché. Une vague de culpabilité m'a anéanti. C'était de ma faute. Je n'aurais jamais dû accepter son plan. C'était moi qui aurais dû me trouver allongé là, pas lui. J'ai pris son poignet et, d'une main tremblante, cherché son pouls. J'ai fermé les yeux. Il était là.

Satyen a ouvert les paupières. Il lui a fallu quelques instants pour reprendre ses esprits, puis il a semblé surpris de me trouver avec son poignet dans la main.

« Ça va ? ai-je demandé en posant son bras sur sa poitrine.

– Je crois. » Il a regardé autour de lui. « Gulmohamed ? »

Il m'était sorti de l'esprit. J'ai jeté un coup d'œil à la scène en ruines. Il ne semblait pas y avoir de victimes dans les débris fumants.

« Je crois qu'il s'en est sorti. »

Satyen a essuyé le sang et la poussière sur son visage. J'ai tendu une main. « Allez, ai-je fait. Vous n'avez quand même pas l'intention de rester allongé là toute la journée quand même ? »

Il a pris ma main et je l'ai aidé à se relever.

« Et Irani ? a-t-il demandé plein d'espoir.

– Il s'est échappé.

– Alors, c'est foutu. Sans lui, je ne peux pas prouver mon innocence.

– Ce n'est pas vrai, ai-je rétorqué. Taggart est encore vivant. Quand il se sera remis, il confirmera votre version des faits. » Ces mots semblaient vains, même à mes propres oreilles.

Sur le continent, le son des sirènes se rapprochait.

« Allez, ai-je répété. Il faut qu'on parte d'ici avant que la police arrive. »

61
Satyendra Banerjee

Alors que tant bien que mal nous rebroussions chemin sur la jetée, les premiers véhicules de police et les premières ambulances arrivaient sur les lieux. Des agents et des secouristes transportant des brancards sont passés devant Sam et moi qui nous efforcions de nous fondre dans la foule.

L'automobile nous attendait, le moteur en marche. Le chauffeur de Mlle Colah, alerté par l'explosion et l'exode en cours, avait compris qu'il allait falloir partir vite.

Nous avons roulé en silence en direction du sud, vers le cœur de la ville, en faisant un détour par le Taj Hotel, espérant que contre toute attente Irani y soit retourné. C'était futile, naturellement, comme d'essayer de s'accrocher aux branches, quand on tombe d'un arbre. Une fois sur place nous avons appris qu'Irani avait réglé sa note la veille au soir, et je doutais même que l'homme existerait encore d'ici le coucher du soleil. Atchabahian se débarrasserait tout bonnement de cette identité et disparaîtrait.

De retour à Malabar Hill, la femme de chambre de Mlle Colah a soigné mes blessures tandis que Sam tentait de contacter Dawson. J'ai essayé de me concentrer sur les choses positives. Nous avions sauvé la vie de Gulmohamed et avec un peu de chance évité le genre de bain de sang qui avait déferlé sur Calcutta après l'assassinat de Mukherjee. Cela méritait bien que l'on se réjouisse, malgré ce qui m'attendait sans doute encore personnellement.

Ooravis Colah a tenté d'alléger l'atmosphère comme seule une femme riche et oisive peut le faire, mais même sa joie de vivre n'a pas réussi à me faire oublier mes idées noires.

Comment les choses en étaient-elles arrivées là ? Encore maintenant, alors que les faits s'éclaircissaient, j'avais toujours du mal à comprendre. Un complot ourdi par la Section H finançant clandestinement les extrémistes – à la fois hindous et musulmans – dans le but de déstabiliser le consensus que Gandhi avait bâti, afin d'influer sur les élections. À en croire Dawson, cela avait mené à MacRae, un agent véreux à l'origine d'une série d'assassinats censés soulever les uns contre les autres hindous et musulmans. Et pourtant, c'était moi qui étais en cavale, moi qui serais poursuivi en justice pour l'assassinat de Mukherjee. Il allait sans dire que mon procès ne serait pas équitable. Je ne serais pas jugé par un jury : ce genre de choses n'existe pas pour les Indiens, pas sous les lois britanniques. Je serais jugé en chambre, par des juges britanniques. Aucune preuve tangible ne viendrait corroborer l'implication de la Section H, et même si l'on parvenait à en produire, elles ne seraient probablement pas jugées admissibles. L'armée s'en assurerait ; évoquerait la sécurité impériale, et l'affaire serait pliée. Même si je parvenais à éviter la potence, la vie telle que je l'avais connue alors, et les promesses d'avenir qui allaient avec, étaient terminées. Il n'y aurait pas de famille, pas de carrière, pas d'honneur. Plus j'y pensais, plus je me disais que j'étais dans l'impasse.

Depuis une semaine j'avais eu l'impression que les montagnes de l'Himalaya s'étaient écroulées sur moi, et maintenant que l'avalanche appartenait au passé, j'émergeais contusionné et amer.

Et pourtant, ces derniers jours, me suis-je rendu compte, n'étaient que la fin d'une route sur laquelle je cheminais depuis plusieurs années. Non, pas la fin, mais un nouveau croisement. Très clairement, je devais décider s'il me fallait aller à gauche ou à droite. L'hypocrisie me révoltait au plus haut point. Les autorités pour lesquelles je travaillais et que j'avais servies au péril de ma vie depuis plus de cinq ans étaient celles qui allaient à présent me juger pour des crimes que leurs propres agents avaient commis.

Sam est revenu, la mine sombre.

« Ils lancent un avis de recherche pour Atchabahian : dans tous les ports et dans toutes les gares. Ils risquent de le retrouver. Entre-temps, Dawson dit qu'ils font pression sur Gulmohamed pour qu'il lance publiquement un appel au calme. Ça ne devrait pas poser de problème. S'il rechigne la presse pourrait bien apprendre d'où lui viennent ses fonds. »

Il a marqué une pause, en attendant que je prenne la parole, mais je n'avais rien à dire. Un silence emprunté s'est installé entre nous.

« Il croit pouvoir faire annuler les charges qui pèsent contre vous. Il dit que ça peut prendre un moment, mais une fois qu'on sera de retour à Calcutta et que vous vous serez rendu, il pourra discrètement glisser quelques mots à qui de droit, et si entre-temps ils mettent la main sur Atchabahian, eh bien…

– Je ne vais pas rentrer à Calcutta, ai-je coupé. Je ne peux pas prendre ce risque. »

Sam m'a dévisagé. « Mais vous ne pouvez pas rester à Bombay. Ils vous retrouveront et vous arrêteront. Il vaut mieux qu'on rentre et que vous vous rendiez volontairement.

– Je ne vais pas rester ici, et je n'ai pas du tout l'intention de me rendre à quiconque. »

Je lui ai expliqué ce que j'envisageais.

« Bon, a-t-il finalement lâché. Vous avez raison, ça va peut-être marcher, qui sait ? »

62
Sam Wyndham

La pluie tombait drue d'un ciel sombre. L'explosion à Haji Ali avait eu lieu trente-six heures plus tôt. Nous étions de nouveau dans l'automobile d'Ooravis Colah et le chauffeur, indifférent aux éléments ainsi qu'aux flaques d'eau noire sur la chaussée, filait à toute allure dans les rues désertes.

Satyen avait insisté pour que nous nous arrêtions en route devant un autel à la gloire de Lord Ganesh, le dieu hindou à tête d'éléphant. J'en avais été surpris, dans la mesure où Ganesh était censé être le dieu de la chance et que nous en avions eu très peu ces derniers temps. « Il est aussi le dieu des débuts prometteurs », avait-il dit.

Le chauffeur s'est garé près de l'auvent dégoulinant d'un bâtiment, puis s'est aventuré dehors pour ouvrir la portière à sa maîtresse.

C'était généreux de la part d'Ooravis de venir, surtout par un temps pareil, mais elle avait insisté, affirmant qu'elle se devait de le faire. J'ai allumé une cigarette et lui ai donné quelques instants pour dire adieu à Satyen. Personne n'a pleuré, naturellement. Elle ne nous connaissait que depuis quelques jours, et si l'on peut vite se lier d'amitié, les liens émotionnels plus profonds prennent plus de temps. De plus, elle n'est pas le genre de femme à s'abandonner aux larmes.

Quant à Satyen, il hochait la tête en écoutant les conseils certainement avisés d'Oovaris. Je n'ai pas pu m'empêcher de sourire. Lorsque je l'ai rencontré la première fois, il était incapable de regarder une femme sans rougir. Et là il faisait ses adieux à une millionnaire de Bombay comme s'il était Rudolph Valentino en personne.

Ooravis l'a étreint avant de lui glisser encore quelques sages paroles. Il l'a remerciée puis l'a regardée regagner la voiture. J'allais l'accompagner seul jusqu'au bout.

À la lueur jaunâtre d'un lampadaire, j'ai consulté ma montre. Vingt heures trente.

« Prêt ? » ai-je demandé.

Il a effleuré le rebord de son chapeau. « Prêt. »

J'ai ouvert le parapluie noir pour l'abriter, mais Satyen traversait déjà la chaussée en direction du lourd portail en fer forgé. Je me suis élancé à sa suite et l'ai rejoint comme il s'arrêtait devant un poste de garde en bois.

La sentinelle avait l'air d'avoir tiré la courte paille. Il nageait dans son uniforme comme si celui-ci appartenait à un homme plus grand et plus chanceux, mieux loti que lui. Il était bizarrement assis, dans l'espoir d'éviter le goutte-à-goutte persistant qui tombait du toit de sa guérite.

Je lui ai montré ma carte.

« Où est le bureau des douanes, fiston ? Police.

– Première à gauche », a-t-il répondu en faisant un vague signe de tête.

Nous avons parcouru la centaine de yards sous le ciel éploré, la pluie tombant à verse sur le béton fissuré du quai. Le SS *Durban* ne lèverait l'ancre que dans quarante minutes, mais nous avions encore des formalités à accomplir.

Le bureau des douanes n'était qu'une cabane en bois délabrée coincée entre deux autres cahutes, plus grandes mais tout aussi décrépites. La porte était entrouverte. Le bois devait être si gondolé que le battant ne fermait plus correctement à moins d'employer la force ou de le coincer avec un verrou et une chaîne. Je l'ai poussé et j'ai laissé entrer Satyen.

Au fond de la pièce, derrière une table éclairée par le faible halo d'une ampoule nue était assis un douanier concentré sur un registre. Un autre homme, un marin à voir sa tenue, se prélassait non loin de là.

Satyen a hésité. Le douanier, un type musclé au teint livide qui n'avait rien à faire sous les tropiques, a levé les yeux.

Je me suis tourné vers Satyen. « Vous pouvez encore changer d'avis. »

Mais il a secoué la tête et s'est avancé.

« Nom ?

– Nihar Dey.

– Papiers. »

Satyen a glissé la main dans son manteau pour en sortir le passeport que Dawson lui avait fourni, qu'il a tendu au douanier.

L'homme a fait défiler les pages avec indifférence.

« Destination ?

– Southampton. »

Si Southampton était bien la destination finale du SS *Durban*, ce n'était pas celle de Satyen. Il prévoyait de quitter le navire à Gênes ou à Marseille et de se rendre ensuite à Paris ou à Berlin. Il y a des communautés émigrées dans les deux villes. Des réfugiés politiques indiens qui ont trouvé asile à la fois chez l'ancien ennemi et l'ancien allié de l'Empire britannique. D'après Satyen, l'accueil était plus chaleureux en Allemagne mais la nourriture meilleure en France.

Satisfait, le douanier lui a rendu son passeport.

« Et vous, monsieur ? a-t-il dit en se tournant vers moi.

– Je ne voyage pas.

– Très bien. Le *Durban* est amarré quai C. »

Dehors la pluie tombait encore, mais le trajet jusqu'au quai était fort heureusement court. Au-dessus de nous, la silhouette du SS *Durban* se dessinait. C'était un navire marchand avec quelques couchettes disponibles pour un nombre restreint de voyageurs. L'ami d'Ooravis, M. Panthaki, avait organisé la traversée, et cela semblait plus sûr qu'à bord d'un paquebot de ligne. Une fois, Satyen s'était plaint que les navires marchands comme le *Durban* emportaient dans leurs cales toutes les richesses de l'Inde. Ce soir-là, ses propos semblaient tout à fait justes.

Nous nous sommes arrêtés au pied de la passerelle.

« Selon mon père, commencer une nouvelle entreprise quand il pleut est de bon augure, a-t-il observé.

– Eh bien, entre lui et Lord Ganesh, je dirais que vous êtes plutôt bien servi en matière de débuts prometteurs. »

Il a eu un petit rire amer. « J'espère.

– Assurez-vous de continuer dans cette veine. »

Un marin nous a lancé un regard curieux avant de monter sur la passerelle.

« Je vous enverrai un télégramme quand je serai en Europe, a-t-il dit.

– Vous plaisantez ? Vous avez intérêt à m'envoyer une carte postale bien avant, du Canal de Suez. Quelque chose de joli comme les pyramides, ou si vous ne trouvez pas, un chameau. »

Nous avons bavardé quelques instants ; des mots sans importance, instantanément oubliés, au lieu de se dire tout ce que nous avions à nous dire. J'ai repensé à la dernière fois où j'avais vu mon père. À l'époque aussi nous nous étions séparés en échangeant des propos insignifiants. Plus d'une fois j'ai regretté de ne pas avoir profité de ce dernier moment, et pourtant j'étais là, à faire la même chose. Le monde change, l'Anglais demeure. Tel un dinosaure.

La corne de brume du navire a retenti.

« Il faut que je monte à bord », a-t-il déclaré.

J'ai hoché la tête et il s'est dirigé vers la passerelle.

« Je vais démêler tout ça, Satyen, ai-je affirmé. Je vais retrouver Atchabahian, faire en sorte que les charges contre vous soient abandonnées et qu'on vous présente des excuses. Vous serez de retour avant Noël. »

Je ne crois pas qu'il m'ait cru, mais il a eu la bonté de sourire.

J'ai tendu la main. Il l'a prise et me l'a serrée.

« Prenez soin de vous, sergent », ai-je soufflé.

Je l'ai vu réprimer ses émotions ; la sensibilité que les siens sont condamnés à porter en eux.

« Oui, monsieur. »

Il a lâché ma main et gravi la passerelle. Au sommet, il s'est retourné et m'a salué une dernière fois avec raideur avant de disparaître.

J'ai fermé le parapluie et effleuré dans ma poche le paquet de Capstan. Mes doigts ont touché la lettre que Satyen avait écrite à ses parents pour leur expliquer sa décision et qu'il m'avait confiée afin que je la leur remette. J'ai pris la dernière cigarette et l'ai allumée avec la flamme d'une allumette que j'ai soigneusement protégée de la pluie dans le creux de ma main. J'aimerais pouvoir dire quelles sont les pensées qui m'ont traversé l'esprit durant ces dernières minutes, mais en vérité, je ne pensais à rien. La guerre m'a appris à cautériser toute blessure liée à la perte ou la séparation. J'ai perdu trop d'amis pour éprouver ce genre de sentiment.

En fin de compte, je n'ai fumé que la moitié de la cigarette avant de jeter ce qui en restait dans l'eau noire comme du charbon. J'ai lancé un ultime coup d'œil au navire, puis j'ai fait demi-tour, lentement rebroussé chemin le long du quai, franchi le portail dans l'autre sens et regagné l'automobile de Mlle Colah.

63
Sam Wyndham

J'ai pris le temps de rentrer en train à Calcutta. Le colonel Dawson m'avait proposé d'embarquer à bord d'un vol militaire, mais je n'étais pas pressé. De plus, il ne savait toujours pas que Satyen s'était fait la malle, profitant du passeport qu'il lui avait lui-même fourni. Et même s'il était peu probable que le chef du renseignement transmette cette information aux autorités susceptibles de contrecarrer la fuite de Satyen, je ne voyais aucune raison de tenter le diable.

Ainsi, deux jours entiers plus tard, je suis arrivé à la gare de Howrah, où j'ai retrouvé, dans l'habituelle multitude d'âmes qui peuplaient le lieu, la figure familière et la pipe du colonel.

En me voyant descendre du train son visage s'est illuminé, en partie aussi parce qu'il s'attendait à voir Satyen dans mon sillage, mais il a vite pris un air consterné quand il a compris que le sergent n'était pas là. Pour une fois, il n'avait pas anticipé la situation, et cela m'a réjoui.

« Où est-il ?

– Moi aussi, je suis content de vous voir, ai-je répliqué. Quant à Satyen, il vous salue bien bas, mais il ne compte pas rentrer tout de suite à Calcutta.

– Je ne peux pas le protéger si je ne sais pas où il se trouve.

– Comment va Taggart ?

– Stable. Les médecins pensent qu'il va s'en sortir, mais ils ne savent pas quand.

– À mon avis, tant que Taggart ne sera pas sur pied et que les charges qui pèsent contre Satyen ne seront pas abandonnées, on ne le reverra pas. Sauf si vous arrivez à convaincre Halifax de prendre cette initiative.

– Ça ne risque pas d'arriver. Apparemment, Halifax a pris comme un affront personnel la fuite de votre ami. Il voudrait voir le sergent au bout d'une corde, idéalement avec vous à ses côtés.

– À ce point ? »

Dawson a opiné du chef. « À ce qui paraît, il veut votre peau. Pour complicité. Il va vous cuisiner, vous feriez bien de vous préparer. »

Voilà qui ne me surprenait guère. « Des nouvelles d'Atchabahian ?

– Toujours pas. Nous avons interrogé MacRae, et il a admis avoir recruté Atchabahian et l'avoir aidé à se faire passer pour Irani, mais il affirme que c'était seulement pour financer clandestinement certains partis politiques. Il prétend que la dernière fois qu'il l'a vu ou qu'il a eu un contact avec lui, c'était avant le meurtre de Mukherjee.

– Et vous le croyez ?

– Je n'ai pas dit ça.

– Bien, ai-je fait, parce que selon Satyen, la bombe à Haji Ali ressemblait à un engin fabriqué par un professionnel, pas à quelque chose bricolé dans un hôtel.

– En tout cas, on a placé MacRae sous surveillance. S'il contacte Atchabahian, nous le saurons.

– Et ensuite ? Ça m'étonnerait que vos supérieurs à Delhi acceptent qu'on examine à la loupe les activités de la Section H. Atchabahian les mettrait dans l'embarras.

– C'est vrai, a-t-il admis. Mais nous nous occuperons de ça le moment venu. »

Évidemment, Dawson avait raison. À peine avais-je regagné mon poste à Lal Bazar que Halifax et sa clique m'ont convoqué, mis sur le gril puis suspendu pour assistance à un fugitif.

Je leur ai tout expliqué : comment Atchabahian, un agent véreux de la Section H, avait assassiné Mukherjee en tentant de faire porter le chapeau à Gulmohamed pour que tout le pays bascule dans un bain de sang religieux. Mais cette vérité était beaucoup trop dérangeante pour être entendue, surtout que l'armée la niait jusque dans le moindre détail.

Et il restait une broutille de taille, Satyen ayant profité de l'attentat contre Taggart pour se faire la malle. Je leur ai dit que c'était sûrement Uddam Singh qui était derrière cette attaque ; qu'il avait espéré nous tuer, Satyen et moi, et non le chef de la police. Mais je n'avais aucune preuve pour étayer cette affirmation, et personne n'avait envie de croire que le chef britannique de la police de la ville ait pu être victime de malchance plutôt que d'un attentat méticuleusement planifié.

À propos de Singh, il avait tenu parole en freinant les ardeurs de ses acolytes. Peut-être s'agissait-il du code d'honneur des truands ; ou peut-être que l'argent qu'Atchabahian versait aux radicaux avait cessé de leur parvenir et que la violence religieuse n'était plus aussi profitable que les bons vieux rackets que sont trafic de drogue et prostitution. Quoi qu'il en soit, je ne m'en plaignais pas. J'avais moi-même tenu parole, ou du moins en partie, en m'assurant que son fils Vinay sorte de prison.

J'ai passé les deux semaines suivantes à bouillonner et à ressasser dans l'appartement de Premchand Boral Street qui me semblait désormais un tantinet trop grand. J'ai rendu visite aux parents de Satyen dans Shyambazar et leur ai remis sa lettre. Sa mère a quitté la pièce en larmes mais son père a réagi avec une fierté qui au fond n'était pas si surprenante. Dans certains cercles, se soustraire à la justice britannique est une marque d'honneur ; certainement plus que de servir d'instrument à cette même justice.

J'avais une autre missive à remettre, celle-ci dans une belle enveloppe fermée d'un sceau et contenant un billet de vingt roupies. Pour ce faire, je me suis rendu à Metiabruz, dans une grande demeure au bord de la rivière pour aller voir une jeune femme prénommée Ayisha.

Satyen m'avait raconté sa rencontre avec la nièce de Gulmohamed, et la virtuosité de la jeune femme au santour. Cependant, il avait négligé de mentionner qu'elle était belle, ce qui était étrange dans la mesure où le garçon avait tendance à utiliser à tout bout de champ ce terme en particulier, pour décrire des dames ne le méritant pas vraiment. Mais là, en ce qui concernait cette jeune femme à laquelle cet adjectif s'appliquait parfaitement, il avait étonnamment omis de le préciser.

Bien sûr, elle a été surprise de me voir.

« J'ai une lettre pour vous, mademoiselle Gulmohamed, ai-je déclaré, d'un ami commun. »

Elle a pris l'enveloppe et l'a ouverte en déchirant le sceau d'un doigt élégant. Elle a rapidement lu le contenu, assouvissant sa curiosité initiale, avant de la relire, cette fois plus lentement, pour bien intégrer les informations dont elle lui faisait part.

Elle a levé les yeux. « Où est-il allé ?

– En Europe, ai-je répondu. Je ne peux pas vous en dire plus », et pour être honnête, cela a paru la satisfaire.

« Eh bien, merci de me l'avoir apporté, monsieur… ?

– Wyndham, ai-je dit. Je suis un ami de Satyen.

– Merci, monsieur Wyndham. »

Je n'avais pas de raison de m'attarder, mais quelque chose m'a retenu. J'ai eu le sentiment de devoir dire du bien de Satyen.

« J'imagine que vous êtes au courant de l'attentat à la mosquée de Haji Ali à Bombay. Eh bien, c'est Satyen qui a sauvé la vie de votre oncle ce jour-là. »

Ce qui a semblé l'intéresser.

« Vraiment ?

– Et de beaucoup d'autres gens aussi. C'est un héros. »

Satyen ne m'aurait pas remercié d'avoir utilisé ce mot, mais il n'était pas là et j'ai pensé que la jeune femme apprécierait. En tout cas, cela a eu un impact sur elle, mais pas celui auquel je m'attendais.

« Un héros ? Et pourtant, dans sa lettre il dit qu'il a été forcé de quitter le pays. Voilà une bien étrange manière de traiter un héros. »

Comment étais-je censé répondre ? J'aurais dû aller dans son sens. En partie grâce à Satyen, une sanglante guerre civile avait été évitée. Il aurait dû être célébré pour cela. Au lieu de quoi, il avait été contraint à l'exil. Pourtant – et cela en disait sans doute long sur moi –, ma première réaction n'a pas été de soutenir mon ami mais de botter en touche en défendant mollement et de manière mensongère le système qui l'avait banni.

Soudain je me suis senti abattu – ou était-ce une expression de haine de soi ? J'en avais assez d'être toujours sur la défensive, de toujours prendre le parti de l'indéfendable. Vivre une hypocrisie semi-permanente, voilà ce que signifie être anglais en Inde, et je ne suis certainement pas le seul à ressentir cela. Dieu sait qu'il y a pléthore d'honnêtes hommes et femmes amers et brisés et poussés à la boisson et à l'autodestruction par l'absurdité de la situation : prétendre que nous sommes ici pour améliorer ce pays quand tout ce que nous faisons, c'est le vider de sa substance.

Naturellement, nous n'en parlons jamais. Cela ne se fait pas, sauf si l'on veut être mis au ban de la société. Au lieu de quoi, nous maintenons la fiction de la merveilleuse munificence de la Pax Brittanica, en affirmant être du côté des anges alors que nous accomplissons le travail du diable.

Pour finir, je n'ai rien dit; je lui ai tout simplement souhaité une bonne journée et promis que Satyen serait bientôt de retour.

Si je dois retenir quelque chose de positif de ces jours-là, c'est que j'ai pu passer un peu de temps avec Mlle Grant. J'avais reçu l'ordre de ne pas quitter la ville, et j'aurais peut-être obéi s'ils ne m'avaient pas provoqué en postant sur le trottoir en face de mon appartement un agent pour surveiller mes allées et venues. C'était là un défi que je ne pouvais ignorer, si bien que je me suis fixé l'objectif de trouver des moyens toujours plus créatifs de semer mon garde du corps, en allant aussi loin de Calcutta que possible pour revenir avant minuit et m'assurer qu'il me voie pénétrer par la porte d'entrée.

Sur un coup de tête j'ai organisé – enfin du moins j'en ai eu l'idée – un pique-nique à Barasat, à quelque quarante miles au sud de la ville. C'est Annie qui a fourni la voiture, la nourriture et le *bagan-bari**, la maison de campagne où nous avons mangé.

Nous nous sommes installés dehors sur un plaid étalé sur l'herbe avec un panier d'osier entre nous. Tout autour, les fleurs du Bengale – œillets et jasmins, bougainvillée et hibiscus, ainsi qu'une douzaine d'autres espèces que je ne saurais nommer – fleurissaient dans une mosaïque de couleurs. Dans les palmiers nichaient des perruches vertes constamment à l'affût des singes langur qui fourrageaient en contrebas en quête de nourriture.

C'était un moment de paix, bref intermède entre deux tempêtes, mais j'en étais reconnaissant. J'observais Annie en train de siroter un verre de jus de *mosambi** fraîchement pressé, les peaux vertes du fruit soigneusement empilées au soleil dans l'herbe à ses côtés. Assis là avec elle, j'en aurais presque oublié mes problèmes – presque, mais pas complètement. Ils tourbillonnaient dans mon esprit tels des vautours. La plupart concernaient Satyen, et Annie a paru le comprendre.

« Allez-vous enfin me dire où il est allé ?

– En Europe, ai-je répondu. En France pour commencer. Il y a à Paris un cercle d'immigrés indiens. Il a dit qu'il allait les contacter et voir où ça le mènerait.

– Paris ? » Les yeux d'Annie se sont illuminés. « Il va adorer, j'en suis sûre.

– Croyez-moi, il va détester, ai-je répliqué. Il ne parle pas la langue, il n'aime pas le vin, et où diantre va-t-il trouver du hilsa en France ? »

Annie n'a pas pu s'empêcher de rire. « Il va s'habituer à la nourriture, et il apprendra à boire du vin. S'il ne l'a pas fait jusqu'à présent, c'est que vous lui avez gâché le palais avec le whisky.

– J'ai *éduqué* son palais, vous voulez dire.

– Bien sûr. » Elle a bu une autre gorgée. « Il va s'en sortir. C'est de *vous* que je m'inquiète plutôt. »

C'était ridicule, mais je ne voulais pas épiloguer sur la question.

« Je me demande où il est maintenant », ai-je déclaré alors qu'un nuage passait devant le soleil.

Elle a levé les yeux. « Vous n'avez eu aucune nouvelle de lui ?

– Non. Et je n'en attends pas, du moins pas dans l'immédiat. La pire des choses serait qu'il soit démasqué maintenant et qu'il se fasse arrêter en pleine mer.

– Et ensuite ?

– Quoi ?

– Quand est-ce qu'il va pouvoir revenir ? »

J'ai haussé les épaules. « Je ne sais pas. Pas avant que Taggart se remette sur pied, ou qu'on coffre le salopard qui a assassiné Mukherjee. Mais je doute qu'on arrive à lui mettre la main dessus.

– Et vous, Sam ?

– Quoi, moi ?

– Oh, arrêtez, a-t-elle lâché. Vous traînez votre peine depuis un bon moment. Vous n'avez jamais songé à quitter la police ?

– Pour faire quoi ?

– Ce que vous voulez ! Il y a au moins mille autres carrières dans lesquelles vous pourriez vous lancer. »

L'idée était séduisante, du moins l'a-t-elle été durant quelques secondes, avant qu'elle ne se heurte au rocher du pragmatisme.

« Comme quoi ? ai-je protesté. Je suis fait pour ça.

– Eh bien, prenez un peu de temps pour y réfléchir, a-t-elle suggéré. Votre suspension vous a fait énormément de bien. Imaginez ce que ce serait s'ils vous renvoyaient pour de bon. Vous seriez merveilleux ! »

J'ai levé mon verre à sa santé. « Je pensais que je l'étais déjà. »

Le moral au beau fixe, j'ai songé à organiser un voyage plus long, pour aller à l'université de Tagore dans les bois de Shantiniketan. On m'avait dit que l'endroit était agréable, et à l'instar de presque tous les non-blancs de la ville, Annie est folle de la poésie de cet homme. Pour ma part, je trouve son œuvre plutôt sentimentale, ce que Satyen avait une fois mis sur le compte du fait que je la lis mal.

Je n'avais toujours aucune nouvelle du sergent, aucune carte postale des pyramides. Au lieu de m'inquiéter, j'ai mis toute mon énergie à organiser le voyage parfait pour Annie. Libre de toute autre responsabilité, je m'y suis jeté à corps perdu.

J'avais prévu le séjour à Shantiniketan jusque dans ses moindres détails, mais la veille de notre départ j'ai reçu un coup de téléphone de Dawson.

« Ils l'ont trouvé. »

Mon estomac s'est retourné. « Qui ? Satyen ?

– Non, Atchabahian. Il s'est glissé à bord d'un vaisseau baptisé *Rajputana* hier soir qui appareillait pour Rangoon. Il s'est enregistré sous le nom de LeClerc, une fausse identité, mais tout comme Irani ce nom a été créé par la Section H. C'est forcément lui.

– Vos collègues l'ont arrêté ?

– Le navire a quitté le port avant qu'ils puissent le faire. Et c'est tant mieux. »

J'ai été pris de vertige. « Vous voulez qu'il s'échappe ?

– Non, a répondu Dawson. C'est juste que si vous voulez vraiment prouver l'innocence du sergent Banerjee, ce serait beaucoup mieux si c'était vous qui l'arrêtiez.

– Je suis suspendu, rappelez-vous, ai-je répliqué. En ce moment, je n'ai plus le pouvoir d'arrêter qui que ce soit. »

J'ai entendu la déception dans sa voix. « Voyons, Wyndham, je le sais bien, a-t-il protesté. Et vous le savez aussi. Mais Atchabahian, non. Vous avez un uniforme ?

– Juste le blanc.

– Ça ira, a-t-il décrété. Enfilez-le. Je vous envoie une voiture. »

Une heure plus tard, je me trouvais devant la porte d'Annie, à m'excuser une fois de plus.

« C'est pour Satyen, me suis-je justifié. Si j'arrive à mettre la main sur ce salopard d'Atchabahian, j'arriverai peut-être à lui tirer des aveux. Et ça innocenterait Satyen.

– Faites ce que vous devez faire, Sam, a-t-elle déclaré. Shantiniketan peut attendre. »

Je l'ai remerciée et me suis apprêté à partir.

« Et Sam », a-t-elle ajouté.

Je me suis retourné et j'ai été surpris de recevoir un baiser.

« Faites attention à vous. »

Ainsi, le lendemain matin alors qu'un soleil rouge se levait, je me suis retrouvé non pas en route pour

Shantiniketan avec Annie, mais en train de contempler la Baie du Bengale immobile recouverte d'un voile de brouillard depuis un minuscule village qui s'appelait Frasergunj. L'endroit avait des airs de fin du monde, il n'était que boue et palétuviers et un mélange d'eau douce et salée à perte de vue.

Une vedette militaire grise attendait le long de la jetée. J'ai grimpé à bord et nous n'avons pas tardé à voguer sur les eaux vert olive en direction du large pour retrouver le SS *Rajputana* avec lequel nous avions rendez-vous, et dont le capitaine avait reçu l'ordre de modifier discrètement son cap vers le nord.

Il a fallu plus d'une heure avant que n'apparaisse à l'horizon la silhouette noire du navire, et mon cœur a commencé à battre plus vite. La distance ne semblait toutefois pas se raccourcir, et j'ai eu l'impression que nous n'arriverions jamais à sa hauteur, mais petit à petit la silhouette est devenue plus grande et nous avons fini par nous approcher et ordonner au navire de nous laisser accoster.

Dans mon uniforme blanc, je me suis tenu sur le pont tel un phare sur un rivage, comme Nelson avant qu'il ne prenne une balle sur le pont du *Victory*. J'espérais juste qu'Atchabahian ne soit pas un lève-tôt.

Avec trois soldats nous avons grimpé une échelle de corde et nous sommes hissés sur le pont du *Rajputana*, où un quartier-maître nous attendait.

« Vous avez un passager qui voyage sous le nom de LeClerc, ai-je dit. C'est un fugitif recherché par la police impériale. » Je n'ai pas précisé que je n'avais pas de mandat d'arrêt, ni que le seul membre de la police impériale qui le cherchait, c'était moi. Heureusement, l'uniforme et les trois hommes armés derrière moi ont suffi à convaincre mon interlocuteur, qui nous a emmenés voir le capitaine, lequel nous a indiqué une cabine près de la poupe du navire.

J'ai frappé et par politesse attendu une demi-seconde avant d'ordonner aux officiers d'enfoncer la porte. À l'intérieur une silhouette reconnaissable entre toutes a sauté du lit pour se précipiter vers un revolver posé sur un bureau.

« Laissez ça ! » ai-je crié alors que les deux officiers le mettaient en joue.

L'homme s'est immobilisé, puis a lentement levé les mains en l'air.

« Ravi de vous revoir, monsieur Atchabahian, ai-je déclaré. Vous êtes en état d'arrestation. »

64
Sam Wyndham

Trois heures plus tard, je roulais avec Atchabahian à l'arrière d'une automobile en direction de Calcutta.

Bien entendu, je n'avais aucune véritable autorité pour l'arrêter, sinon les fusils des deux soldats qui m'accompagnaient, et fort heureusement, cela avait suffi pour lui passer les menottes, mais la question de savoir ce que j'allais faire de lui restait entière.

Voilà pourquoi, alors que la nuit tombait, nous ne nous sommes pas rendus à Lal Bazar ni dans un aucun autre commissariat de police mais à fort William, l'imposant édifice en pierre dans lequel étaient installés le poste de commandement militaire de Calcutta, ainsi que les locaux de la Section H de Dawson.

Le choc a été grand pour l'Arménien. Il était resté silencieux durant la majeure partie du trajet, peut-être parce qu'il croyait que ses anciens soutiens militaires pourraient encore le sortir de là, mais voir la garnison l'a beaucoup plus troublé que toutes les menaces que j'avais pu proférer à son encontre.

Dawson nous attendait à côté d'une banale porte qui menait à des cellules souterraines froides et humides. Je le savais parce que j'avais moi-même eu jadis l'occasion d'y séjourner.

« Il vous a donné du fil à retordre ?

– Non.

– Et dit quoi que ce soit ?

– Pas encore, mais le vrai travail commencera demain.

– Ça peut commencer ce soir si vous voulez. Je peux demander à un de mes gars de l'amadouer un peu. »

J'ai dévisagé Dawson. C'était contre toutes mes convictions. Cependant, Atchabahian m'avait coûté mon ami, voire ma carrière, et par ailleurs à quoi bon être à cheval sur les principes lorsque l'édifice autour de vous tombe en ruine ?

« Faites ce que vous avez à faire », ai-je déclaré.

J'ai dormi ce soir-là sur mes deux oreilles. On dit que le sommeil du juste est réservé à ceux qui ont la conscience tranquille, mais en vérité on peut plutôt bien dormir même sans la moindre conscience. Nous cherchons toujours à être vus des autres sous notre meilleur jour, et ma conscience, me suis-je rendu compte, ou le peu qui m'en restait après la guerre, avait été, ces dernières années, revigorée par l'envie d'être un exemple pour Satyen en incarnant ce qu'un bon policier se devait d'être. On pourrait objecter que mon addiction à l'opium avait terni ma capacité à être un modèle, mais personne n'est parfait. Satyen n'était plus là, et je me sentais libre de laisser mes pires instincts régner ; voilà pourquoi, lorsque je me suis présenté le lendemain matin dans la cellule de fort William, j'ai été ravi de voir que le visage d'Atchabahian était tuméfié tout comme l'avait été celui de Satyen dans le commissariat de Budge Budge quelques semaines plus tôt.

On l'avait traîné menotté hors de sa cellule pour l'installer dans une petite pièce équipée d'une table, de deux chaises et d'une ampoule nue.

Je me suis assis.

« Alors, plus loquace aujourd'hui ? »

Il m'a regardé à travers la fente d'une paupière.

« Je veux voir un avocat », a-t-il zézayé. Ses lèvres étaient fendues et il avait quelques dents cassées.

« Et je veux qu'il neige à Noël, ai-je répliqué, mais ni l'un ni l'autre ne va se produire tant qu'on est assis ici à Calcutta. Si on commençait par le début ? Pourquoi avez-vous tué Prashant Mukherjee ? »

Il n'a pas répondu. Ni ce jour-là ni le suivant, à aucune de mes questions. Ce n'est qu'au troisième matin qu'il s'est ravisé.

Quelque chose avait changé en lui. Ou s'était brisé.

« On essaie encore ? ai-je demandé. Qui vous a ordonné de tuer Prashant Mukherjee ?

– Vous devez déjà le savoir.

– Faites-moi plaisir. Dites-le-moi.

– Vous.

– Moi ?

– Vous et vos amis. » Il a désigné les gardes postés derrière moi. « Ou des hommes comme vous. Des officiers britanniques à Bombay. Vous devriez me traiter en héros. » Il a ri amèrement. « Au lieu de quoi, vous m'avez enfermé dans le Ritz Calcutta. Bande d'hypocrites.

– Vous travailliez donc pour la Section H ?

– Je ne sais pas qui c'est. Je travaillais pour l'armée.

– Qui vous a recruté ?

– Un certain MacRae. Il a débarqué à Rangoon, payé mes dettes, m'a emmené à Bombay et m'a installé au Taj.

– Sous le nom d'Irani ?

– Exactement.

– Pourquoi ?

– Pour financer les fous de Dieu. Je me faisais passer pour quelqu'un de fortuné prêt à soutenir leur cause. Et pour me faire bien voir à la fois des hindous et des musulmans, je ne pouvais pas rester moi-même. Je ne pouvais pas être chrétien non plus, pour des raisons évidentes, donc MacRae a décidé que je serais parsi.

– Vous avez financé l'Union de l'Islam *et* le Shiva Sabha ? »

Atchabahian a acquiescé. « D'autres aussi. Des partis extrémistes, des gangsters.

– Vous avez financé des gangsters ? »

Il a essuyé un filet de salive au coin de sa bouche. « MacRae voulait attiser les tensions, pousser les gangs hindous et musulmans à s'entretuer pour qu'au moment des élections les gens votent pour leur propre communauté plutôt que pour la horde de Gandhi.

– Pourquoi avoir commencé par Calcutta ? Pourquoi pas Bombay ou Delhi ? »

Il a souri. « Je ne sais pas. C'est MacRae qui a décidé. Il a peut-être trouvé les idiots qu'il fallait ici.

– À qui en ville donniez-vous de l'argent ?

– Aux gangs musulmans et aux extrémistes hindous.

– Et Mukherjee ? Pourquoi l'avez-vous tué ?

– Parce que la violence des gangs ne fonctionnait pas. On croyait que les gangs musulmans allaient cibler des hindous ordinaires, mais ces enfoirés ont juste pris l'argent en disant merci beaucoup et ont continué avec leurs règlements de compte habituels. C'est pour ça que MacRae a décidé de changer de tactique. Il s'est dit qu'un assassinat politique fonctionnerait là où la violence des gangs avait échoué. Et il avait raison. Tuer Mukherjee et faire porter le chapeau à Gulmohamed était un bon plan. J'avais déjà pris contact avec Gulmohamed à Bombay. On avait carrément arrosé d'un million de roupies ou presque son Union de l'Islam. Je l'ai convaincu de venir à Calcutta. En lui disant qu'un bienfaiteur potentiel voulait le rencontrer.

– Pourquoi avoir choisi Mukherjee ?

– Disons qu'on l'a choisi pour moi.

– Donc vous êtes arrivé en avance, vous avez étranglé Mukherjee en espérant faire porter le chapeau à Gulmohamed ? »

Le regard d'Atchabahian s'est perdu. « Imaginez si on avait réussi, s'est-il émerveillé. Ces salopards seraient en ce moment même en train de s'étriper aux quatre coins du pays.

– Mais ça ne s'est pas passé comme vous le vouliez. »

Cette dernière remarque l'a ramené sur terre. « Un gars est venu mettre son nez là-dedans, et le temps que je m'occupe de lui, Gulmohamed avait disparu. »

Il semblait bien qu'en tombant par hasard sur Atchabahian et en se prenant une rouste, Satyen avait accidentellement sauvé le pays de la destruction.

« Qu'aviez-vous à y gagner ? »

La question a paru le surprendre.

« Vous êtes un Arménien vivant en Birmanie. L'Inde ne vous concerne pas. Pourquoi vous impliquer ?

– Vous voulez dire en dehors de l'argent ?

– Il n'y avait que ça ?

– En fait non. Je suis un citoyen de l'Empire. Je me suis battu pour lui et je veux qu'il perdure. Et c'était la bonne chose à faire.

– C'était la *bonne* chose ? Vous avez essayé de mettre ce pays à feu et à sang. Cela aurait pu devenir un brasier de violence communautaire. »

Atchabahian a secoué la tête. « Vous ne comprenez donc pas ? C'est tout ce que ces gens savent faire. Haïr autrui, c'est inné chez eux, et l'Empire est fondé sur cette haine. Révisez votre histoire, Wyndham. Votre général Clive, celui que vous appelez le Conquérant des Indes. Les Indes britanniques sont bâties sur sa victoire contre les musulmans à la Bataille de Plassey. Et qui a financé son armée ? Ce n'était pas votre roi à Londres, ni les actionnaires de la East India Company. C'étaient les marchands hindous du Bengale ! Et une fois qu'il les a eu libérés des musulmans, les hindous de cette ville l'ont célébré comme s'il était le bras armé de leur déesse Durga ! Mais ils n'ont pas perçu les conséquences à long terme de leurs actes, et c'est pareil aujourd'hui.

– Vous n'êtes pas le Conquérant des Indes.

– Ah bon ? J'ai fait la même chose. J'ai soulevé les hindous contre les musulmans et renforcé l'Empire britannique.

– N'importe quoi.

– Ça ne devrait pas vous mettre mal à l'aise, Wyndham. La présence britannique dans ce pays est bénéfique, et souvenez-vous de ce que je vous dis, si un jour ils vous mettent dehors, vous pouvez être sûr qu'ils s'entretueront de nouveau avant même que l'Union Jack n'ait été entièrement baissé. C'est dans leur nature. »

J'ai gardé le silence. L'homme était fou, et c'est déconcertant d'interroger un fou, en particulier lorsque quelque chose vous dit que sa folie contient peut-être une graine de vérité.

« Vous voulez savoir le plus ridicule dans tout ça, a-t-il poursuivi, de plus en plus fervent. En fait, ils sont tous pareils. Hindous musulmans musulmans hindous. Ils pensent tellement à se haïr les uns les autres qu'ils ne se rendent pas compte que pour nous ils ne sont qu'une bande de petits sauvages à la peau sombre. Si vous partez, vous autres les Britanniques, quelqu'un leur fera la même leçon. Peut-être que la prochaine fois ce sera les Russes ou les Français ou même les Chinois. Peu importe de toute façon, ils sont trop bêtes pour apprendre. Qu'est-ce que dit la bible déjà ? *Tout royaume divisé contre lui-même sera détruit ; et toute maison divisée contre elle-même tombera en ruines.* On pourrait croire que leurs livres sacrés leur auraient appris quelque chose de similaire. Mais apparemment non.

– Les leçons d'histoire politique ne m'intéressent pas, ai-je dit.

– Non ? a-t-il souri. Vous êtes peut-être devenu indien à votre insu. »

J'ai fait une pause entre deux interrogatoires, le temps de quitter fort William en voiture, pour me rendre dans un bureau non loin de la mairie. Les propos d'Atchabahian m'avaient fait réfléchir, et j'avais désormais besoin de m'entretenir avec quelqu'un. La façade était fraîchement peinte, mais les murs à l'intérieur étaient encore tachés de crachats rouges de noix de bétel, et l'escalier puait la pisse.

La pièce que je cherchais était située dans un couloir au deuxième étage, et était occupée par un conseiller municipal nouvellement élu assis derrière une table de travail fatiguée. Il a paru surpris de me voir, il lui a fallu un moment pour me remettre.

« Docteur Nagpaul, ai-je dit. Peut-être vous souvenez-vous que nous nous sommes rencontrés aux funérailles de Prashant Mukherjee. Capitaine Wyndham. »

Son visage s'est illuminé et, sourire tranchant aux lèvres, il m'a bombardé de questions. « Bien sûr, capitaine. Asseyez-vous. Que puis-je faire pour vous ? S'agit-il de l'assassinat de Prashant ? Vous avez arrêté quelqu'un ? »

Je suis resté debout. « Pas exactement, mais c'est à propos de Mukherjee que je suis ici. »

Il est resté imperturbable, comme s'il ne savait pas ce qui l'attendait.

« Voyez-vous, j'ai deux questions qui me turlupinent. Pourquoi quiconque voudrait assassiner Mukherjee, et pourquoi le faire à Budge Budge ? »

Le front de Nagpaul s'est plissé.

« Je ne suis pas certain de vous suivre.

– Pourquoi Mukherjee ? Si, comme vous me l'avez dit lors de notre dernière rencontre, il s'agissait de toute évidence de l'œuvre de musulmans voulant déclencher un conflit religieux, pourquoi Mukherjee ? Ce n'était qu'un théologien, un homme inconnu en dehors de Calcutta, et avec très peu d'influence dans la ville elle-même. Pourquoi ne pas choisir quelqu'un de plus important ? Quelqu'un comme vous ?

– Peut-être parce que je suis mieux protégé, a-t-il suggéré.

– J'en doute, ai-je répliqué. Je viens d'entrer dans votre bureau et vos larbins ne m'ont rien demandé. »

Nagpaul a admis que j'avais raison en me gratifiant d'un sourire. « Mais vous êtes un homme blanc. Ils seraient plus sur leur garde avec un Indien.

– Vraiment ? J'ai eu affaire à d'autres leaders politiques indiens, comme Subhash Bose et Farid Gulmohamed par exemple, et je peux vous dire que je n'ai pas pu m'approcher d'eux sans qu'au moins trois hommes ne m'interrogent. » Certes, Satyen et moi avions kidnappé Gulmohamed devant la gare Victoria à Bombay, mais je ne pensais pas que ce détail méritait d'être mentionné à Nagpaul. « Je crois que la raison pour laquelle j'ai pu entrer si facilement, c'est que vos gardes du corps ont l'habitude de vous voir vous entretenir avec des non-Indiens. »

Pour la première fois j'ai perçu une étincelle, un frémissement de la joue, un éclair qui a disparu aussitôt.

« Mais nous y reviendrons plus tard. Concentrons-nous sur Mukherjee. Pourquoi l'attirer à Budge Budge ? »

Il a décidé de me faire plaisir en faisant mine de m'aider. « J'imagine qu'il était plus facile de le tuer loin de chez lui.

– Certainement, ai-je approuvé, loin de sa famille et de ses domestiques, mais je veux dire pourquoi l'attirer à Budge Budge en particulier ? »

Nagpaul a haussé les épaules.

« Et ensuite, ai-je poursuivi, je me suis rappelé que la veuve de Mukherjee, Kamala, a affirmé le soir de la crémation que son mari n'était plus retourné à Budge Budge depuis longtemps, pas depuis qu'il avait cessé d'enseigner. Je ne me suis pas attardé là-dessus dans l'immédiat mais par la suite j'ai fait le lien avec une autre chose qu'elle a précisée ce jour-là. Vous étiez en froid, vous et Mukherjee, vous ne lui versiez plus son salaire et vous aviez mis un terme à ses conférences religieuses pour Shiva Sabha. Ces conférences qui s'adressaient aux cadres de votre parti, ce ne serait pas par hasard celles qu'il faisait à Budge Budge ? Peut-être même dans la maison où il a été retrouvé mort ? »

Le bon docteur n'a rien dit, mais j'ai vu encore une fois sa joue frémir.

« Si je me penchais sur la chose, docteur Nagpaul, est-ce que je découvrirais que votre parti a payé par le passé pour utiliser cette maison ? Pourrait-elle même appartenir à un sympathisant ou à un membre de votre organisation ? »

Nagpaul a secoué la tête. « Je n'ai pas...

– Voilà ce qui s'est passé à mon avis, l'ai-je coupé. Je crois que Mukherjee désapprouvait la direction que vous faisiez prendre à Shiva Sabha. Vous vous êtes fâchés et vous l'avez exclu du parti, vous avez mis un terme à ses conférences et lui avez coupé les vivres dans l'espoir de le réduire au silence. Malgré cela, il a continué de s'exprimer, si ce n'est pour prôner la tolérance, du moins pour appeler à la modération. Ce qui ne cadrait pas avec l'hindouisme musclé dont vous êtes le fer de lance. Ensuite, avec les élections imminentes, vous avez été contacté par un certain Irani. Il vous a probablement affirmé avoir de riches contacts, mettons des industriels qui croyaient en votre cause et qui voulaient vous soutenir financièrement tout en restant anonymes. Vous avez sûrement rencontré Irani plusieurs fois. Voilà peut-être pourquoi vos hommes n'ont pas réagi en voyant un non-Indien venir à votre porte il y a quelques instants. Ils ont dû voir Irani ou d'autres venir ici ?

« À un moment donné, avec Irani vous avez décidé de passer à la vitesse supérieure. Je ne sais pas qui a eu l'idée. Peut-être était-ce Irani qui vous l'a soufflé à l'oreille en vous suggérant que la meilleure manière d'obtenir des votes était de mettre en scène un meurtre et de faire porter le chapeau à un musulman connu. À mon avis vous avez décidé de sacrifier Mukherjee, et il a trouvé Gulmohamed comme bouc émissaire. Vu sous cet angle, Mukherjee était un choix inspiré. En le tuant, vous vous débarrassiez non seulement de l'épine que vous aviez dans le pied mais vous faisiez de lui un martyr pour les hindous de tout le pays. Dans la mort, il soutiendrait votre cause comme il n'avait jamais voulu le faire de son vivant.

«Je crois que Mukherjee est venu à Budge Budge en croyant *vous* voir, peut-être parce que vous lui avez fait miroiter un rapprochement. Vous lui avez peut-être dit que vous vous étiez rangé à son point de vue, ou promis qu'il pourrait reprendre ses conférences… vous saviez qu'il avait besoin d'argent. Quelle que soit l'histoire que vous avez inventée, c'est *vous* qui l'avez attiré là-bas, et Irani qui l'a tué. »

Nagpaul a soupiré. Il s'est levé lentement et s'est approché de la fenêtre. Il a regardé la rue en contrebas, puis s'est tourné vers moi.

« Où sont les autres ? »

Je ne savais pas de quoi il parlait. « Quels autres ?

– Vos renforts ? Les officiers de police, la voiture ou la camionnette ; ce qu'il vous faut pour m'arrêter et m'emmener loin d'ici. »

Je n'ai rien répondu.

« Vous êtes seul, pas vrai ? »

Il s'est approché de moi et s'est arrêté à quelques pouces de mon visage.

« Qu'est-ce que vous allez faire ? Me traîner vous-même en prison ? Je suis un élu du conseil municipal. On vous bloquerait le passage avant même l'escalier. Votre histoire n'est que pur fantasme, et étant donné que vous n'avez aucun agent pour vous prêter main-forte, j'imagine qu'elle n'a pas non plus convaincu vos supérieurs de Lal Bazar. Je ne daignerai donc pas vous répondre. Si vous souhaitez m'arrêter, je vous en prie, faites-le. Sinon, je vous demanderais aimablement de quitter mon bureau. »

L'espace d'un instant j'ai eu envie de lui faire avaler ses dents. En d'autres circonstances je me serais peut-être exécuté au risque de faire l'objet d'une enquête interne, mais ma situation était déjà suffisamment précaire.

« Je vais y aller, ai-je dit, mais avant, il faut que vous sachiez quelque chose. L'argent qu'Irani vous a versé, l'argent de ses amis fortunés. Il ne provenait pas d'industriels hindous convaincus par votre cause. Il venait de nous. Ou plutôt d'une branche du renseignement militaire. »

Il est devenu livide. « Ce n'est pas… vous mentez…

– Je vous promets que non. J'en ai vu la preuve. Comment réagiraient vos partisans s'ils découvraient que vous avez accepté l'argent des Britanniques, que vous n'êtes rien d'autre qu'une marionnette impérialiste ? »

Il s'est muré dans le silence, et j'ai cru bon de m'éclipser. J'étais devant la porte lorsqu'il a enfin repris la parole.

« Vos jours dans ce pays sont comptés. Ne vous y méprenez pas. C'est écrit, et tout le monde le sait. Lorsque vous autres Anglais mettrez enfin les voiles et partirez la queue entre les jambes, la menace des musulmans continuera de peser sur nous. Nous serons prêts, soyez-en sûr. »

Je me suis souvenu des propos d'Atchabahian plus tôt dans la journée, au sujet des Indiens tellement obsédés par la haine de l'autre qu'ils étaient incapables de voir le monde au-delà. J'ai secoué la tête, franchi le seuil de la porte et laissé Nagpaul à sa folie.

Les interrogatoires d'Atchabahian ont duré quelques jours de plus. Dawson voulait obtenir tout ce qu'il pouvait de l'homme, en extraire la moindre parcelle d'information jusqu'à ce qu'il soit à sec. Il lui avait offert l'immunité, et l'Arménien avait chanté comme un canari. Cela ne m'a guère aidé. Satyen avait eu raison. Atchabahian ne verrait jamais l'intérieur d'une salle d'audience. L'armée ne le permettrait pas. Mais savoir, comme on dit, c'est pouvoir, et Dawson allait être en mesure d'utiliser ce qu'il avait appris pour prendre le dessus sur ses rivaux de la Section H, qu'ils soient à Bombay, à Delhi ou ailleurs.

Cependant, il m'a fait une fleur : il m'a laissé escorter Atchabahian à l'aérodrome de Dum Dum où un appareil attendait pour l'emmener à Rangoon.

Il était tard lorsque nous sommes partis. L'automobile était celle d'Annie et le chauffeur le mien, Shiva. Si cela paraissait inhabituel, Atchabahian n'a fait aucune remarque. Nous avons pris la direction du nord, à travers des rues portant encore les stigmates de la violence du mois précédent. Là un bâtiment éventré, ici un magasin barricadé. Voir ce spectacle me faisait encore de la peine, mais Atchabahian y semblait indifférent. Ce n'était pas sa ville. C'était la mienne. Je connaissais les immeubles, je connaissais les rues. Et je connaissais les ruelles.

Il n'a rien vu venir. Absolument rien jusqu'à ce que la voiture s'arrête.

« Où sommes-nous ?

– Dans le nord de Calcutta, ai-je répondu.

– Pourquoi est-ce qu'on s'arrête ? »

J'ai donné le signal à Shiva, qui a fait des appels de phare.

« Nous sommes dans Gola-katta Gullee, ai-je répondu. Il y a quelqu'un qui souhaiterait vous rencontrer. »

La porte du débit de boissons clandestin s'est ouverte et la tête en forme d'obus d'Uddam Singh est apparue. Il était flanqué de son fils, Vinay, et de deux gros bras. Comme il enjambait la rigole, j'ai ouvert la portière et suis sorti de voiture. Shiva a également quitté son siège, pris un revolver et ouvert la portière d'Atchabahian.

« Dehors », a-t-il grommelé.

Uddam Singh s'est approché pour examiner Atchabahian. « C'est lui ?

– Oui », ai-je répondu.

J'avais promis à Singh de lui livrer l'assassin de son fils. S'il était peu probable que je trouve l'homme qui lui avait enfoncé une lame dans la poitrine – il était peut-être même déjà mort, victime de la violence qui avait dévasté la ville –, je pouvais au moins lui livrer celui qui avait fourni l'argent et ordonné la guerre communautaire.

Singh a reniflé comme pour examiner une marchandise frelatée. Il s'est tourné vers ses hommes.

« Emmenez-le. »

Les deux types ont saisi les bras d'Atchabahian. L'Arménien a commencé à se débattre. « Qu'est-ce qui se passe ? » a-t-il crié, mais quelques coups de poing dans les entrailles ont suffi à le faire taire.

« Nous sommes quittes ? a demandé Singh.

– Oui, ai-je répondu.

– Dans ce cas, vous n'avez aucune raison de rester. »

J'ai acquiescé avant de faire volte-face et de repartir vers la voiture.

Shiva a tourné la manivelle et alors que le moteur se mettait en marche j'ai cru entendre un cri dans la nuit.

« Où allons-nous, monsieur ? a demandé le chauffeur.

– Lal Bazar », ai-je dit.

Ce jour-là, Lord Taggart a repris conscience.

65
Satyendra Banerjee

J'ai reçu la transcription d'une transmission radio à peine quelques heures avant que les grues du port de Marseille ne soient visibles. Quelques mots laconiques qui signifiaient que mon avenir s'éclairait : TAGGART RÉVEILLÉ. CHARGES ABANDONNÉES. TEMPS DE RENTRER. SAM.

Le message à la main, j'ai contemplé la mer topaze. Agrippé au bastingage, j'ai respiré longuement et lentement en remerciant les dieux. Ils m'avaient délivré. J'ai regagné ma cabine, griffonné rapidement une réponse et l'ai portée au radiotélégraphiste. Puis je suis retourné rassembler mes affaires.

Il faisait gris et les mouettes se plaignaient sous la pluie. J'ai serré mon pardessus, saisi ma valise et descendu la passerelle pour poser le pied sur le sol français. Le retour de Taggart m'avait disculpé. Aux yeux des Britanniques, j'étais innocent. Ce qui ne signifiait pas pour autant que tout était pardonné ; du moins pas de *mon* point de vue. J'avais travaillé ces dernières années pour un système qui, je m'en rendais compte désormais, était fait pour maintenir mon peuple sous son joug, au mépris de toute morale, et quel qu'en soit le coût. C'était un système pour lequel je ne travaillerais plus.

Je rentrerais à la maison.

Mais pas tout de suite.

Glossaire

Almirah : armoire
Anchal : pli
Bagan-bari : maison de campagne
Bhadralok : mot bengali utilisé en référence aux hindous des castes supérieures qui signifie « civilisé »
Bhar : tasse en argile
Bhāt mach : plat bengali à base de riz et de poisson
Boti : couteau utilisé au Bengale pour vider les poissons
Burra : marque de respect réservée à un père, frère aîné ou un supérieur hiérarchique
Dada : grand frère
Dadū : grand-père
Dhol : instrument de percussion
Durwan : concierge
Ghat : marches donnant accès à un fleuve
Goondah : gangster
Gora : Européen ou personne à la peau claire
Gullee : ruelle
Kamala lebu : mandarine
Lathi : bâton utilisé par la police
Mosambi : citron vert
Nauka : barque traditionnelle à rame
Nimbu pani : boisson sans alcool, à base de jus de citron vert, sucrée ou salée
Paan : mélange de feuilles de bétel, noix d'arec et tabac à mâcher
Pārā : voisinage
Puja : dans l'hindouisme, adoration d'une image sacrée
Pukur : petit lac ou bassin typique du Bengale, pour nager et pêcher
Pundit : professeur ou sage
Rangoli : décoration hindoue traditionnelle et dessins faits avec du riz cassé, particulièrement pendant les fêtes
Thana : commissariat
Thanee : jeu de cartes
Tonga : calèche
Wallah : travailleur

CET OUVRAGE A ÉTÉ ACHEVÉ D'IMPRIMER
SUR ROTO-PAGE
PAR L'IMPRIMERIE FLOCH À MAYENNE
EN FÉVRIER 2024

N° d'édition : 607. N° d'impression : 104299
Dépôt légal : mars 2024
Imprimé en France